Auf Leben und Tod

Henry Denker

Auf Leben und Tod

Deutsch von
Maria Mill

Weltbild

Originaltitel: *The Choice*
Originalverlag: William Morrow & Co. Inc.

Besuchen Sie uns im Internet:
www.weltbild.de

Der Autor

Henry Denker wurde in New York geboren und besuchte dort die Schule. Nach einem abgeschlossenen Jurastudium begann er als Autor für Radio und Fernsehen zu arbeiten. Seine Serie *False Witness* war das erste Fernsehspiel, das überhaupt in den USA produziert wurde. Von seinen Theaterstücken wurden sechs am Broadway inszeniert. Henry Denker hat mehr als 20 Romane geschrieben. *Ärztin im Kreuzverhör* und *Die Tochter des Arztes* liegen als Weltbild Taschenbuch vor.

Weltbild Taschenbuch

Für Edith, meine Frau …

Danksagung

Für die medizinischen und chirurgiewissenschaftlichen Recherchen, auf denen dieser Roman basiert, möchte der Autor folgenden Personen danken: Joseph M. Lane, M.D., Professor für Orthopädische Chirurgie an der Cornell Medical School, Chefarzt der Orthopädischen Chirurgie am Memorial Sloan-Kettering Cancer Center in New York; Robert Green, M.D., Chefarzt der Orthopädischen Chirurgie am Good Samaritan Hospital in West Palm Beach, Florida; Lawrence Cone, M.D., Chefarzt der Abteilung für Immunologie und Infektionskrankheiten am Eisenhower Medical Center in Palm Desert, Kalifornien; Susan Ramirez, Technische Leiterin der Chemotherapeutischen Abteilung am Eisenhower Medical Center.

Danken möchte ich auch Pegeen Mularchuk, Forschungsassistentin am Hospital for Special Surgery in New York, deren Erfahrungen als Patientin diesen Roman zu einem reicheren und authentischeren Buch gemacht haben.

1

In Chirurgie drei auf dem fünften Stock der Uniklinik kämpfte Dr. Walter R. Duncan mit einigen Schwierigkeiten, als er der Achtundsechzigjährigen, die unter seinen kräftigen, geschickten Händen lag, die neue Titanhüfte einzusetzen versuchte.

Er bezwang seine Frustration, arbeitete geduldig weiter und war, unter Einsatz beträchtlicher Kräfte, schließlich doch noch erfolgreich. Sobald er das künstliche Gelenk getestet und sich seines reibungslosen Funktionierens vergewissert hatte, war er bereit, den Rückzug anzutreten und den Einschnitt wieder zu schließen. Die flinken Finger arbeiteten nun mit der gewohnten Leichtigkeit und Sicherheit, sodass die Gedanken zu den anderen Ereignissen dieses für ihn so hektischen Tages zurückschweifen konnten.

Er warf einen Blick auf die Wanduhr. Schon nach vier. Die Probleme, auf die er bei dieser Patientin gestoßen war – das sah er nun –, hatten sein Erscheinen bei Simones erstem Auftritt in einer Schulaufführung vereitelt. Emily würde natürlich dort sein. Aber das war nichts Besonderes für Simone; ihre Mutter war immer da. Daddy allerdings …

Schon jetzt konnte sich Walt Duncan Simones Gesichtsausdruck vorstellen, wenn er später hinaufkommen würde, um ihr ihren Gutenachtkuss zu geben. Sie verstehe vollkommen, weshalb Daddy nicht habe kommen können, würde sie dann behaupten. Der feuchte Glanz in ihren Augen aber würde ihr Verständnis Lügen strafen.

Wer sind eigentlich die besseren Heuchler, fragte er sich oft: *Ärzte oder ihre Kinder?*

Nachdem er den Einschnitt verschlossen und alles zur

Ruhigstellung der Hüfte sorgfältig verbunden und geschient hatte, trat er vom Tisch zurück, nahm die Maske ab, riss sich die dünnen Operationshandschuhe von den Händen und warf sie in den Abfalleimer. Eilig ging er in den Umkleideraum und wollte gerade in seine eigenen Kleider schlüpfen, als er hörte, dass man ihn ausrief.

Er griff nach dem Wandtelefon und meldete sich energisch: »Duncan!«

»Walt?« Eine überaus vertraute Stimme begrüßte ihn so sanft, dass es fast wie ein Tadel klang.

Er kannte die Stimme. Kannte sie gut. Kannte sie schon seit seiner Zeit als junger Arzt. Damals hatte sie zwar noch kraftvoller, aber genauso herzlich geklungen. Das erste Mal hatte Walter Duncan sie gehört, als man ihn – nach seiner Bewerbung um eine Arztstelle in der orthopädischen Abteilung des Krankenhauses – zu einem Vorstellungsgespräch lud.

Seit frühester Kindheit hatte Walter Duncan gewusst, dass er zum Medizinstudium berufen war. Die ersten Studienjahre am College hatte er mithilfe eines Tennisstipendiums bestritten. Und stets nannte man ihn als Beispiel für den seltenen Fall des Sportlers, der auch ein strebsamer Student war. Und das musste er auch sein, damit man ihn schließlich zum Medizinstudium zuließ.

Sein Engagement für sein Fachgebiet, die Orthopädie, aber verdankte sich seinen Erfahrungen in Vietnam, wo er als junger Leutnant oft aufgewühlt und besorgt bei seinen verwundeten Männern gestanden hatte, wenn sie von einer Sanitätseinheit behandelt wurden. Damals hatte er die jungen Feldchirurgen, die die Gabe besaßen, gebrochene, zerrissene und zerschmetterte Glieder zu heilen, ungeheuer bewundert. Die Fähigkeit, zerschundene junge Körper wieder ganz zu machen, war Walter Duncan als großartigste Leistung des Arztes erschienen. Nach dem Militärdienst begann er Medizin zu studieren und war entschlossen, seinen Facharzt in der Orthopädie zu machen.

Und da er sich nun einmal für dieses Spezialgebiet entschieden hatte, gab es nur eine einzige Klinik und einen einzigen Mann, in dessen Dienst zu treten wirklich erstrebenswert war: nämlich das University Medical Center und Dr. Simon Rosen.

An jenem ersten Tag während jenes ersten Vorstellungsgesprächs erlebte Walter Duncan eine ziemliche Überraschung. Die meisten Chirurgen von vergleichbarem Ruhm genossen auch den Ruf viel beschäftigter, barscher, brüsker Zeitgenossen. Von Chirurgen erwartete man keine angenehmen Umgangsformen am Krankenbett. Ihre besonderen Fähigkeiten entbanden sie von derlei kleinlichen Rücksichten.

Rosen jedoch sprach mit leiser Stimme, schien überhaupt nicht in Eile zu sein und obendrein äußerst interessiert an den Ambitionen und Ideen dieses jungen Chirurgen. Rosen nahm sich Zeit, Walter Duncan mit dem anstrengenden Leben eines Chirurgen in seiner orthopädischen Abteilung vertraut zu machen. Er forderte kein totales Engagement, das setzte er sowieso voraus. Ebenso wie ein beträchtliches Maß an freiwilliger Arbeit für die Klinik, die als Institution dem Dienst an der Gemeinde verpflichtet war.

»Ja, und Geld gibt es schließlich auch noch«, erinnerte sich Walter an Rosens Worte. »Viel zu viel davon. Ein engagierter Arzt sollte nicht genug Zeit haben, um das alles auszugeben.«

Später sollte Walter Duncan entdecken, dass Sy Rosen keinerlei nähere Verwandtschaft besaß. Er hatte nie geheiratet. Hatte keine Kinder. Und oft hatte sich Walter gedacht, dass sich eine Frau und Kinder – hätte Rosen sie denn gehabt – entsetzlich vernachlässigt gefühlt hätten.

Trotz seines so ganz anderen Privatlebens hatte Rosen stets Verständnis für Walters familiäre Verpflichtungen gezeigt. Am Tag, als Simone geboren und nach Rosen benannt worden war, hatte der Alte ihr und Emily Geschenke geschickt. Und auch Simones bisherige elf Geburtstage und elf Weihnachten hatte er nie vergessen.

Mittlerweile hatte Sy Rosen seine aktive Arbeitszeit zwar hinter sich, und man hatte ihn mit dem Titel eines Professor emeritus geehrt, den er häufig als Nachruf zu Lebzeiten bezeichnete. Man betrachtete ihn jedoch als wichtigsten Berater für alle schwierigen orthopädischen Fälle im gesamten Mittleren Westen. Und häufig kribbelte es ihm in den Fingern, wenn er die Fälle sah, die er nun jüngeren Männern überlassen musste, die noch die Kraft und das Geschick besaßen, über die auch er einst in so hohem Maße verfügt hatte.

Die schwierigsten Fälle, bei denen Probleme und Komplikationen vorauszusehen waren, verwies Rosen an Walter Duncan. Denn er betrachtete Walt nicht nur als seinen Protegé und Nachfolger, sondern auch als den Sohn, den er nie gehabt hatte. Walter Duncan war einer der wenigen jungen Chirurgen, die aus Rosens Abteilung kamen und sich, trotz lukrativerer Angebote oder des bequemeren Lebens privat praktizierender Ärzte, entschieden hatten zu bleiben.

All das und mehr kam Walter Duncan in den Sinn, als er die Stimme des alten Sy Rosen hörte.

»Du rufst mich an, Sy?«

»Hör zu, ich weiß, dass du viel zu tun hast. Simone hat heute ihre Aufführung – bist du da nicht sowieso ein bisschen spät dran?«

»Ich hatte Probleme mit meinem letzten Fall«, meinte Walt.

»Dachte ich mir schon«, erwiderte Sy, »als ich bei deiner Sekretärin anrief und gehört habe, dass du immer noch hier bist. Also, pass auf, ich hab mir ein bisschen was rausgenommen. Ich hoffe, es ärgert dich nicht.«

»Du hast dir was rausgenommen?«, fragte Walt.

»Wenn du auf den Parkplatz zu deinem Wagen kommst, findest du eine Akte. Nimm sie mit nach Hause, wirf heute Abend einen Blick hinein. Und lass uns morgen drüber reden, okay?« – »Sicher, Sy.«

»Gut. Dann mach dich auf die Socken. Vielleicht schaffst du es ja doch noch zu Simones Stück. Und gib ihr einen Kuss von mir.«

»Woher weißt du denn von dem ...«, begann Walter.

»Mein Patenkind spielt seine erste große Rolle in einer Schulaufführung, und ich sollte nichts davon wissen?«, fragte Sy und befahl dann: »Zum Teufel, Walt, mach, dass du rüberkommst zu dieser Schule!«

Unterwegs zur Schule wurde Walt klar, dass Emily mit Sy telefoniert haben musste, damit der ihn drängte, an diesem Tag einmal früher Schluss zu machen. Als er die Schule erreichte, verriet ihm der leere Parkplatz alles, was er wissen musste. Er machte sich auf den Heimweg.

Er überlegte anzuhalten, um Simone ein Geschenk zu kaufen, um seine verspätete Ankunft ein wenig willkommener zu machen. Wenn er auch in letzter Zeit gespürt hatte, dass solche ablenkenden kleinen Bestechungsgeschenke nicht mehr annähernd so gut wirkten wie früher, als Simone noch jünger war.

Als er schließlich zu Hause anlangte, hatte Simone bereits zu Abend gegessen und war schlafen gegangen. Es hätte nichts genützt, es seiner Frau zu erklären. Ihr schönes Gesicht, die sanften hellblauen Augen, ihr Schweigen tadelten ihn beredter, als alle Worte es vermocht hätten. Worte hätten ihm zumindest die Chance zu einer Erklärung geboten.

Er fragte nur: »Wie war sie?«

»Wunderbar! Während der ersten Minuten hab ich sie nicht mal erkannt. Sie ist völlig in ihrer Rolle aufgegangen.«

»Ist sie noch wach?«

»Falls sie sich nicht in den Schlaf geweint hat«, meinte Emily leise.

Und das war die einzige Kritik, die ihr über die Lippen kam. Er stieg die Treppe hinauf und gelobte sich selbst alles

Mögliche. Einen langen Urlaub, alle drei zusammen, in den Weihnachtsferien. Oder spätestens zu Ostern. Er würde seine Operationen noch früher am Morgen ansetzen, sodass er öfter zum Abendessen daheim war. Und er würde es einrichten, dass seine Zeit im Krebsausschuss und im Morbiditäts- und Mortalitätssausschuss gekürzt wurde.

Vor Simones Tür angekommen, war er von den aufrichtigsten Vorsätzen erfüllt. Emily und er hatten stets darauf geachtet, ihr Zimmer nie zu betreten, ohne vorher anzuklopfen. Das Kind sollte einen Sinn für Privatsphäre, seine eigene kleine Welt, entwickeln. Doch niemand meldete sich auf sein Klopfen. Er klopfte ein zweites Mal, auch diesmal leise. Immer noch keine Reaktion. Falls Simone schlief, verletzte er ihre Privatsphäre nicht. Behutsam öffnete er die Tür.

Das Zimmer war dunkel bis auf den Lichtspalt, der aus dem Flur hineindrang und übers Bett fiel. Mit angezogenen Beinen, zusammengekauert, die Decke eng um den kindlichen Körper gezogen, als ob sie friere, lag die kleine Simone auf der Seite. Er wusste, dass sie noch nicht schlief, nicht in so angespannter Haltung. Er näherte sich dem Bett und kniete neben ihr nieder. »Schätzchen?«, flüsterte er.

Und sie presste die Lider noch fester zusammen. Er küsste sie auf die Wange. Sie schlug die Augen auf. Emily hatte Recht. Sie hatte geweint.

»Es tut mir leid, Schatz.« Sie reagierte nicht. »Mom hat mir gesagt, du warst so toll, dass sie dich zu Anfang nicht mal erkannt hat. Ich wünschte, ich wäre dabei gewesen. Morgen beim Frühstück spielst du mir deine Rolle noch mal vor. Ja?«

Sie antwortete nicht. Er küsste sie erneut und drückte dann das Gesicht an ihren weichen, warmen, kindlichen Nacken. Schließlich stahl sich ihre Hand unter der Decke hervor und griff nach der seinen.

»Nächstes Mal?« Sie versuchte, ihm eine feste Zusage abzuhandeln. »Versprochen?«

»Nächstes Mal, Schatz«, sagte er. Sie küsste ihn. »Du musst dich rasieren, Daddy«, meinte sie. Sie drehte sich auf die andere Seite und schlief ein.

* * *

Er aß in der Essecke und widmete sich dabei der jüngsten Ausgabe des *Orthopedic Journal*. Emily entging nicht, dass er dem Gespräch auswich. Was er fast immer tat, wenn er sich schuldig fühlte. Sie ritt nicht weiter darauf herum, fragte lediglich: »Schläft sie schon?«

»Mm-hm«, meinte er. »Wir haben uns ein bisschen unterhalten. Es ging ihr wieder besser.«

Emily erwiderte nichts. Sinnlos, das Ganze weiterzuverfolgen. Der Schaden war ja schon angerichtet.

Er überflog die Krankengeschichte. Hielt die Röntgenaufnahme gegen seine Schreibtischlampe. Betrachtete die Ergebnisse der Scans. Es war ihm ein Rätsel, weshalb Sy ihn gebeten hatte, sich den Fall anzusehen. Niemals hätte er hier eine Operation empfohlen. Einige Chirurgen hätten den Eingriff zwar möglicherweise gewagt, ihm jedoch schien das zu erwartende Ergebnis weder Zeit und Aufwand noch die damit einhergehenden Risiken zu rechtfertigen. Wann immer man in den menschlichen Körper eingriff, bestanden Gefahren. Schon allein die Anästhesie war mit einem Risiko verbunden. In diesem Falle jedoch war bereits operiert worden. Und nach der restlichen Akte zu schließen war man nicht allzu erfolgreich gewesen. Wenn man das jetzt noch korrigieren wollte, so war es dafür ein wenig spät.

Warum hatte ihm Sy dann die Akte zur Durchsicht gegeben? Und warum waren die Namen sowohl des Patienten als auch des Chirurgen aus der Akte gelöscht worden?

Er würde sich am nächsten Morgen bei Sy erkundigen. Als er aufblickte und sich nach Emily umsah, stellte er fest, dass sie bereits nach oben, dass sie schlafen gegangen war. Falls er schon seine Tochter vernachlässigte, so galt das für seine Frau noch viel stärker – wobei er allerdings immer davon ausging, dass sie für die Anforderungen seines Berufs Verständnis hatte.

Zum ersten Mal hatte Walter Duncan Emily Ingraham beim Betreten der Bibliothek des University Medical Center erblickt, wo er kurz zuvor seine Assistenzzeit in der orthopädischen Chirurgie angetreten hatte. Sie erschien ihm als eine zierliche, attraktive, wenn auch überaus ernsthafte junge Dame. Eine Krankenschwester womöglich oder auch eine Medizinstudentin. Sie hatte ein Gesicht mit fein gezeichneten, vor allem aber sehr harmonischen Zügen. Mit dem dunklen Haar und der schwarz gefassten Brille machte sie den Eindruck einer nüchternen und engagierten jungen Frau, die sich ganz auf ihre Aufgabe konzentrierte.

Als er neben ihr am Schalter stand, hörte er sie nach einem medizinischen Lehrbuch fragen, das sich im Laufe der Zeit und im Zuge des wissenschaftlichen Fortschritts in eine Ansammlung abergläubischer Glaubenssätze verkehrt hatte und längst keine verlässliche Quelle aktueller medizinischer Daten mehr war. Eine Medizinstudentin oder Krankenschwester war sie also mit Sicherheit nicht.

Da sowohl die hübsche junge Frau als auch ihr merkwürdiger Geschmack in puncto medizinischer Literatur seine Neugier geweckt hatten, schaltete er sich ein: »Falls Sie Informationen zu einer wirksamen Behandlung von Tuberkulose suchen, kann ich Ihnen ein besseres Buch empfehlen. Das sich auf dem neuesten Stand befindet und verlässlich ist: *Thoraxerkrankungen* von Miller.«

Sie hatte sich umgedreht und blickte an seinem beachtlichen Gardemaß von eins neunzig empor, blickte auf den struppigen Haarschopf – weil er viel zu beschäftigt war, um an so Profanes wie einen Friseurbesuch zu denken. Sie registrierte kantige Züge, eine ausgeprägte Kinnpartie, aber auch braune Augen, die den Gesamteindruck milderten. Aus ihrem ersten Blick sprach Ärger über die Einmischung. Dann jedoch lächelte sie, und ihr Gesicht wechselte von bloß hübsch zu herzlich und einladend.

Sie wirkte belustigt, was ihm ganz und gar nicht behagte. Jung und empfindlich, wie er war, mochte er es nicht, wenn sich junge Frauen über ihn amüsierten. Als witzig und unterhaltsam wollte er gelten, das ja – keinesfalls aber als unfreiwillig komisch. Denn die darin liegende Herablassung hätte wohl jeder junge Mann als Demütigung empfunden. Und mehr als alles andere legte der junge Walter Duncan Wert darauf, von Frauen ernst genommen zu werden. Vor allem von den attraktiven unter ihnen.

Noch einmal sagte er, und nun etwas nachdrücklicher: »Falls Sie die aktuellsten und besten Informationen über Tuberkulose suchen, fragen Sie nach Miller.«

»Sollte es mir je um das Neueste und Beste zu tun sein, werde ich ihn verlangen«, meinte sie, wandte sich wieder der Bibliothekarin zu und bat erneut um den veralteten Band.

»Mannomann!«, rief Walter Duncan entnervt. »Um so stur zu sein, muss man wohl eine Frau sein!«

Er beobachtete, wie sie in Richtung Magazin schritt, wohin sie die Bibliothekarin gewiesen hatte. Dabei bemerkte er, dass die junge Frau über eine niedliche und ziemlich weibliche Figur verfügte. Und hübsche Beine obendrein. Außerdem trug sie Schuhe mit flachen Absätzen, was er als angehender Orthopäde nur gutheißen konnte. *Vernünftiges Mädchen,* dachte er, *aber was zum Teufel will sie mit einem überholten Lehrbuch über Thoraxerkrankungen?* Er konnte nicht widerstehen. Er folgte ihr und holte sie ein, als sie sich gerade damit abmühte, den gesuchten Band aus einem hohen Regal hervorzuziehen.

Es gelang ihr, doch als sie dem Regal den Rücken zukehren wollte, stieß sie mit ihm zusammen. Beide entschuldigten sich. Doch kaum war das geschehen, begann er sie aufs Neue zu belehren.

»Falls Sie sich für die Behandlung der Tuberkulose interessieren, junge Frau, so werden Sie in diesem Buch nichts als eine Menge von Fehlern und Irrtümern finden. Die Behandlung der Tuberkulose hat sich seit der damaligen Zeit radikal verändert. Damals empfahl man, vor allem in kühlen Klimazonen, Sonnenschein und frische Luft. Das ist heute völlig passé. Heute verwendet man Antibiotika. Das ist die moderne Methode. Die weit effektiver ist. Mit dem hier vergeuden Sie bloß Ihre Zeit.«

Er nahm ihr den Band aus den Händen.

»Moment mal bitte, ja …«, begann sie zu protestieren.

»Sehen Sie mal, ich sag Ihnen, was ich für Sie tun werde. Ich werde Sie persönlich Dr. Leonard Sanderson, dem Chef der Thoraxmedizin, vorstellen. Und er wird Ihnen alles beantworten, was Sie über Thoraxerkrankungen wissen wollen. Dieses Buch aber ist reine Zeitverschwendung.«

»Ich will aber genau dieses Buch«, insistierte sie.

»Eines fällt mir an Frauen, besonders den jungen, immer wieder auf: Am stursten sind sie, wenn Sie am falschesten liegen«, sagte er und stellte den Band ohne ersichtliche Anstrengung auf das hohe Regalbrett zurück.

»Ist das Ihr Spezialgebiet, Doktor? Das Studium der Frauen, ›besonders der jungen‹?« Auf Zehenspitzen balancierend, streckte sie erneut die Hände nach dem Buch aus.

»Mein Spezialgebiet soll die Orthopädie werden, aber ich kann Ihnen sagen, dass Ihr Versuch, an das Buch ranzukommen, Ihrem Kreuz alles andere als guttut.« Er nahm den Band wieder herunter, reichte ihn ihr allerdings nicht. »Ich würde mich fühlen wie der Helfershelfer bei einem Verbrechen, wenn ich zu der enormen Menge medizinischer Fehlinformationen, die sich sowieso schon im Umlauf befinden, auch noch aktiv beitragen würde.«

»An Ärzten, insbesondere jungen, fällt mir immer wieder eines auf: Am stursten sind sie, wenn sie am meisten danebenliegen«, äffte sie ihn nach.

»Was zum Teufel soll denn das heißen ... Miss ...«

»Ingraham«, informierte sie ihn. »Also, Doktor, wenn Sie weniger erpicht darauf wären, mir zu sagen, was ich suche, und etwas bedachter darauf, mir zuzuhören, dann kämen wir womöglich sehr viel besser miteinander zurecht!«

»Ich nehme doch an, dass Sie die beste Behandlungsmethode für Tuberkulose in Erfahrung bringen wollen«, erklärte er.

»Im Jahr 1927«, korrigierte sie ihn.

»1927? Warum zum Teufel sollte irgendjemand, der noch ganz bei Trost ist, wissen wollen, wie man eine heutige Krankheit mit uralten, überholten Methoden behandelt?«

»Weil ich, mein lieber junger Herr Doktor, im Begriff bin, einen Roman zu lektorieren, der in den zwanziger Jahren spielt, und ich überprüfen möchte, ob einige der Angaben des Autors stimmen.«

»Ist das Ihr Beruf? Romane lektorieren?«, fragte er fasziniert.

»Was könnte ich mit einem Bachelor in englischer Literatur wohl Besseres anfangen?«, erwiderte sie.

»Nun, das ... das ist was anderes«, meinte er. »Ich dachte, tja, wissen Sie, was ich gedacht habe?«

»Gewiss doch«, sagte sie, nahm ihm das Buch aus den Händen und trat an einen der Lesetische.

Er folgte ihr. »Haben Sie zufällig auch einen Vornamen ... Miss Ingraham?«

»Wie die meisten Leute. Emily.«

»Emily ... Emily Ingraham. Das klingt gut. Sagen Sie, Emily Ingraham, haben Sie schon mal einen Roman über einen orthopädischen Chirurgen lektoriert?«

»Bis jetzt noch nicht«, sagte sie.

»Schade. Dabei könnte ich Ihnen wirklich zur Hand gehen.«

»Nun, wenn es je dazu kommt, werde ich auf Sie zurückkommen, Doktor … äh …«

»Duncan.«

»Okay, Dr. Duncan.« Sie steuerte auf einen Stuhl zu.

Enttäuscht rief er aus: »Wollen Sie nicht mal meinen Vornamen wissen?«

Sie tat, als überlege Sie sich eine Antwort, und meinte dann: »Den werde ich wohl gleich erfahren, ob ich es will oder nicht.«

»Richtig, verdammt noch mal. Walter«, verkündete er.

»Walter Duncan, orthopädischer Chirurg. Klingt gut«, sagte sie und grinste wie ein Kobold.

Ein wenig verlegen gestand er: »Eigentlich bin ich es noch gar nicht. Das heißt, ich bin noch nicht approbiert. Ich bin Assistenzarzt bei Dr. Rosen. Simon Rosen.«

»Sie sagen das, als sollte ich den Namen kennen«, meinte sie.

»Ja. Weil er der Beste ist. Ich schätze mich wirklich glücklich, zu seiner Gruppe zu gehören. Fall Sie ihn gern kennenlernen würden, kann ich es arrangieren.«

»Tatsächlich?«, meinte sie und tat, als sei sie wirklich interessiert.

»Mittwochabends hält er bei sich zu Hause ein Seminar ab. Für eine kleine Gruppe ausgewählter Assistenzärzte. Eine Diskussionsrunde über jüngste Entwicklungen in der Orthopädie. Anschließend gibt es Kaffee und Kuchen und meistens auch Klatsch über Klinikinterna.«

»Sind denn bei diesem Seminar auch Außenstehende zugelassen?«

»Manche der verheirateten Männer bringen ihre Frauen mit. Andere ihre Freundinnen. Sy sind alle willkommen.«

»Sogar solche, die weder Ehefrauen noch Freundinnen sind?«, fragte sie.

»Für jemand so Hübsches wie Sie würde er sicher eine

Ausnahme machen«, sagte er und nahm ihr erneut das Buch aus der Hand.

Sie errötete zart.

»Sind Sie denn Mittwochabend noch frei?«, fragte er.

»Wenn ich den Roman bis dahin redigiert habe, dann schon«, sagte sie, um ihn daran zu erinnern, dass er das Buch hielt, das sie dafür benötigte.

Als habe er plötzlich entdeckt, dass er eine heiße Kartoffel in der Hand hielt, überließ er ihr das Buch sofort.

»Mittwoch«, sagte er. »Ich hole Sie ab. Sagen wir, gegen sieben?«

»Um sieben«, stimmte sie zu.

»Und wo?«

Sie schrieb ihm ihre Adresse auf.

Dieser Mittwochabend war das erste Seminar Sy Rosens, das Emily Ingraham besuchte. Danach nahm sie regelmäßig daran teil. Als Emily und Walter heirateten, stand Sy Rosen den beiden so nah, dass er Walters Trauzeuge wurde.

In den Anfangsjahren ihrer Ehe, bis zur Geburt ihrer Tochter, arbeitete Emily weiterhin als Verlagslektorin. Auch während der Schwangerschaft fuhr sie damit fort, wenn inzwischen auch von zu Hause aus, wie später während Simones erstem Lebensjahr. Als die kleine Simone dann aber aktiver und mobiler wurde, gab Emily ihren Job auf, um sich ganz ihrer Tochter zu widmen. Erst als Simone in die Schule kam, nahm Emily Duncan gelegentlich wieder Aufträge an, um etwa ein besonders wichtiges Manuskript zu lektorieren. Während der letzten sechs Monate allerdings hatte kein solches Manuskript ihre Aufmerksamkeit beansprucht.

Beim Frühstück wiederholte Simone stolz ihren Auftritt aus der Schulaufführung. Und war genauso gut, wie ihre Mutter behauptet hatte. Intensiv, gut vorbereitet, text- und interpretationssicher mit nur ganz seltenen Übertreibungen, musste man Simone Duncan in der Tat schauspielerisches Talent bescheinigen. Genug jedenfalls, dass Walt still zu hoffen begann, sie möge keine so riskante und frustrierende Laufbahn wie die einer Schauspielerin ins Auge fassen.

Als sie fertig war, gab Walt ihr einen Kuss, hielt sie im Arm und meinte: »Eines Tages werden wir dich im Fernsehen erleben. Oder sogar auf der Bühne!«

»Und kommst du dann, um mich zu sehen, Daddy?«, fragte sie ziemlich spitz.

Und damit war das Theaterspielen zu Ende, für sie und für ihn. Er wich Emilys Blicken aus, stürzte den letzten Schluck Kaffee hinunter und fuhr ins Krankenhaus.

»Ich habe mir die Akte angesehen, Sy«, meinte Walter Duncan, als er sich dem alten Berater gegenüber an den Schreibtisch setzte.

»Und?«, fragte Sy und zupfte an dem schmalen weißen Bart, der sein gerötetes Gesicht umrahmte. Jeder, der ein Prof. em. hinter seinen Namen setzen dürfe, scherzte er immer, solle der Weisheit seiner Erscheinung auch die Würde eines Bartes hinzufügen.

»Die Daten.«

»Zum Beispiel?«, fragte Sy.

»Die erste Untersuchung, die ersten Röntgenaufnahmen und das Elektromyogramm, alles innerhalb von drei Tagen. Und vier Tage später die Operation. Zu schnell. Viel zu schnell. Als kluge Praxis kann ich das nicht bezeichnen. Nicht in einem derartigen Fall.«

»Ja, auch mir schien es ein wenig hastig«, stimmte Sy ihm zu.

»Bei diesen Röntgenbildern und erst recht bei den Ergebnissen des EMG hätte ich angenommen, dass er den Eingriff vermeiden will. Wenigstens so lange konservativere Maßnahmen zur Schmerzlinderung noch nicht gescheitert waren. Offenbar gab es ja nichts Ernsthafteres als Ischiasschmerzen, die bis in den Fuß ausstrahlten, verbunden mit einer gewissen Muskelschwäche. Bei beidem hätten Ruhe, Medikamente und andere nichtinvasive Behandlungsformen anschlagen können. Aber eine Operation ...« Walt schüttelte den Kopf.

»Nichts an diesen Befunden weist auf einen lebensbedrohlichen Notfall hin«, sagte Sy. »Wie kann ein Arzt derart überstürzt operieren?«

»Sy, ich sag dir ja nur ungern, was ich vermute«, meinte Walt.

»Hat einen gewissen Beigeschmack von Unersättlichkeit, was?«

»Nach einem Eingriff, der zwar zugunsten des Arztes, aber nicht des Patienten vorgenommen wurde«, meinte Walt zustimmend. Und die Operation hat er verpfuscht. Leider, wie in vielen Fällen, die man uns vorlegt, irreparabel. Ich wüsste nicht, wie ich den Hängefuß, der dabei rausgekommen ist, je wieder hinkriegen sollte.«

»Er wird diesen Fuß nie wieder kontrollieren können, wird sein Leben lang eine Schiene tragen müssen«, pflichtete Sy ihm bei.

»Tut mir leid, Sy«, sagte Walt und gab ihm die Akte zurück. Und in der Absicht, das Thema abzuschließen, fügte Walt noch hinzu: »Junger Mann – inzwischen wohl siebzehn, achtzehn –, der mit einem Hängefuß durchs Leben gehen muss, nie wieder Fußball spielen wird. Wirklich ein Jammer.«

Sy ließ die Akte liegen. »Behalte sie, Walt. Sieh sie dir noch mal genauer an. Denn wir müssen eine Entscheidung treffen.«

»Eine Entscheidung? Dieser Schaden lässt sich nicht wieder gutmachen.«

»Diese Akte hat mir der Anwalt des jungen Mannes geschickt. Es geht hier um einen bedeutenden Kunstfehlerprozess.«

»Und sie wollen die Zeugenaussage eines Fachmanns, ist es das?«

»Darum hat man sie mir geschickt«, teilte Sy ihm mit. »Aber der alte Mistkerl Worthington aus der Kardiologie will mir weismachen, mein Herz sei dem Stress einer Zeugenaussage womöglich nicht mehr gewachsen. Ein hartes Kreuzverhör, fürchtet er, könne zu viel für mich werden.«

Walt war zu besorgt um Sys Gefühle, als dass er ihn daran erinnert hätte, »dass der alte Mistkerl Worthington« auch nur vier Jahre jünger war als Sy selbst. Doch er verstand den unausgesprochenen Zweck von Sys Erklärung. Da sie beide denselben aufrichtigen Groll gegen Chirurgen hegten, die ihren Beruf wie irgendein x-beliebiges Gewerbe praktizierten, war Walt klar, dass er hier einspringen musste.

»Okay, Sy. Solange es nicht allzu tief in mein Zeitbudget beim Operieren einschneidet. Ich werde doch hoffentlich nicht auf Gerichtskorridoren herumstehen und warten müssen, ehe ich aussage, oder?«

»Und sonst hast du keine Fragen?«, meinte der alte Mann. »Der Fall ist doch völlig eindeutig.«

»Ja, aber der Patient, und vor allem auch der Arzt – willst du nicht wissen, um wen es sich handelt?«

»Das würde nichts ändern. Die Akte genügt mir.« Und dann, als er Sys ernste Miene sah, fragte er: »Wer hat denn operiert?«

»Enright«, sagte der alte Sy.

»Enright? Peter Enright?«, fragte Walt.

Sy nickte.

»Seine Arbeit hat mir nie gefallen.« Plötzlich überlief es Walt kalt. »Hör mal, das ist doch nicht bei uns passiert, oder?«

»Nein, in der Klinik drüben im Osten, wo er war, ehe er zu uns kam. Offen gestanden, wenn ich das gewusst hätte, hätten wir ihn nie genommen. Gott sei Dank ist er weg.

Trotzdem wird es dem Ruf unserer Klinik nicht förderlich sein, wenn sie Enright die Sache anhängen.«

»Ich weiß. Für den Rest seiner Laufbahn steht in seinem Lebenslauf: ›vormals University Medical Center‹. Das ist unvermeidlich. Aber man muss an den Patienten denken und den angerichteten Schaden. Das hier gehört schließlich nicht zu den ungewollten Ergebnissen, wie sie sich auch in Folge einer gut durchgeführten Operation einstellen können.« Erneut nickte Sy.

»Wir können nicht zulassen, dass der Ruf dieser Klinik zum Schutzschild für unnötiges und sorgloses Operieren wird, egal, wo es stattfindet«, meinte Walt. »Okay, Sy, ich werde aussagen.«

»Danke, Walt. Und glaub mir, wenn ich es selbst tun könnte, würde ich es tun. Alt genug bin ich ja, hab genug Prestige, um mich von ihnen beschießen zu lassen. Aber dafür bin ich leider zu alt. Wie für so vieles heutzutage«, meinte Sy traurig.

»Ruf diesen Anwalt an. Sag ihm, ich werde ihn treffen, sobald es uns beiden passt«, erklärte Walt.

Walts Zustimmung zur Aussage belastete seinen ohnehin engen Zeitplan noch mehr, sodass er wieder zu spät zum Abendessen nach Hause kam. Wie so viele Mal zuvor hatte Simone bereits zu Abend gegessen und saß oben in ihrem Zimmer an den Hausaufgaben. Walt erwischte sie, als sie, gerade mit den Matheaufgaben fertig, ihr Schreibmäppchen einräumte. Er packte sie, hob sie in die Höhe und schwang sie hoch über seinen Kopf, wie er es früher, als sie noch kleiner war, getan hatte. Es war ein Spiel gewesen, das sie immer zum Lachen gebracht hatte.

Diesmal aber zuckte sie zusammen.

»Hab ich dir wehgetan, Simmie?«

»Nein, Daddy.«

Er wusste, dass sie ihn schonen wollte. Doch er bestand

darauf, dass sie ihm zeigte, wo es ihr wehtat. Auf der Seite hatte sie einen blauen Fleck, einen leichten Bluterguss.

»Woher hast du denn das?«, fragte er und betastete ihn sanft.

»Ich weiß nicht. Vielleicht bin ich in der Schule an eine Bank gestoßen.«

»Dann pass in Zukunft besser auf, Kleines«, sagte er.

Walt Duncan erwachte, blieb einen Augenblick liegen und merkte dann, dass er sich allein im Bett befand. Emily. Wo war denn Emily? Und warum war sie schon vor ihm auf? Normalerweise war sie, wenn er morgens zu ersten Operation ins Krankenhaus fuhr und ihr einen Abschiedskuss gab, erst halb wach.

Er fühlte sich nachlässig und pflichtvergessen, weil er zu so später Stunde noch im Bett lag. Er drehte sich um und starrte auf den Nachttischwecker. Vier Minuten vor acht. Das war ja wahrlich spät! Er wollte sich in Bewegung setzen, und dann fiel es ihm ein ... Sonntag. Heute war Sonntag.

Und er hatte Emily versprochen, dass es ein besonderer Sonntag werden sollte. Ein Tag nur für Simone. Denn Emily hatte ihn gewarnt: »Irgendwann weiß sie nicht mehr, wie du aussiehst. Dieser Sonntag gehört Simone. Nach Ansicht von Soziologen geht es nicht darum, wie viel Zeit man mit seinem Kind verbringt, sondern dass es auf die Qualität, die Intensität der verbrachten Zeit ankommt.«

Und dieser Sonntag sollte nun also ein »Qualitätstag« für Simone werden.

Er stand auf und machte die Gymnastik gegen Rückenschmerzen, die er auch seinen Patienten verschrieb. Bei denen er darauf bestand, dass sie sie absolut gewissenhaft absolvierten. Jeden Tag. Er selbst machte sie etwa einmal pro Woche.

Er ging zum Frühstück hinunter, wo Simone, die bereits

gefrühstückt hatte, auf ihn wartete. Sie war für irgendeine Art von Aktivsport gekleidet. Tennis, hoffte er. Denn Tennis spielte er noch immer recht gut. Während des gesamten Frühstücks lauschte er den Ereignissen ihrer Woche. Schule. Geburtstag eines Mädchen, an das er sich nicht mehr erinnerte. Ein Test, auf den sie eine Zwei plus bekommen hatte. Und Klagen über einen ihrer Lehrer, der viel zu streng war.

Als Walt sein Frühstück beendet hatte, ging Simone zum Dielenschrank und förderte die Ausrüstung für ihr Spiel zutage. Zwei geschwungene Stöcke. Und ein harter schwarzer Gummiball. Hockey also, dachte er. Hatte er zwar nie gespielt. Doch er war entschlossen, sein Bestes zu geben.

Während Simone voranging, sah er zu Emily zurück, die ihn schweigend aufforderte, seiner Tochter zu folgen.

Glücklicherweise war es ein schöner, trockener Frühlingstag. Das Gras bildete ein weiches, duftendes Kissen, auf das man sich bei Zusammenstößen fallen lassen und abrollen konnte. Allerdings tat er nur so, als gäbe er seiner Tochter heftigen Widerpart, und schaffte es immer, sich im entscheidenden Moment als Erster fallen zu lassen.

Die ganze Zeit über gab sie ihm Anweisungen zur Strategie des Spiels und den nötigen Manövern. Er spielte den langsamen und unkoordinierten Schüler, damit sie ungeduldig werden und ihre Überlegenheit demonstrieren konnte. Bald waren sie beide verschwitzt und schnauften schwer.

Als sie einmal aneinanderstießen, zuckte Simone zusammen und schien nach Luft zu schnappen.

»Hab ich dir wehgetan, Schatz? Tut mir leid.« Eilig entschuldigte er sich.

»Nein, alles in Ordnung«, beteuerte das Kind. Denn den Schmerz einzugestehen hätte vielleicht das Ende von Spiel und Spaß bedeutet.

»Lass mich mal sehen«, meinte er.

»Es ist nichts«, protestierte sie erneut.

»Woher willst du das denn wissen, wenn es eben erst passiert ist?«, fragte er. Und als sie ihm nichts entgegnete, meinte er: »Oder ist es nicht eben erst passiert? Lass mich mal sehen.«

Sie wandte sich zu ihm um. Er zupfte ihr das Hemd aus den Shorts und entdeckte einen schwärzlichen Fleck, der größer war als eine Halbdollarmünze.

»Wo hast du denn das her? Kommt das vom Hockeyspielen?«, fragte er.

»Vermutlich«, erwiderte sie.

»Na, dann solltest du aber mal ein bisschen achtsamer sein«, meinte er. »Sollen wir noch eins spielen? Oder wird es langsam Zeit, Mommy zum Essen auszuführen?«

»Zu dem tollen Lokal, wo sie die leckeren Brötchen haben?«, fragte Simone.

»Genau das hatte ich im Sinn.« Walt stimmte ihr gerne zu.

Während Simone duschte und sich umzog, sagte er zu Emily: »Weißt du, was ich mir eben gedacht habe, Schatz?«

»Nein. Was denn?«

»Als ich noch ein Junge war und mein Vater sich mal Zeit nahm, Bälle in den hinter unserem Haus aufgehängten Pfirsichkorb zu werfen, hatten wir auch 'ne Menge Spaß. Nur wurde das nie soziologisch betrachtet. Es waren nur Vater und Sohn, die sich miteinander vergnügten. Heutzutage gibt es für alles eine wissenschaftliche Erklärung, sogar für die einfachsten und natürlichsten Dinge der Welt.«

»Egal, wie sie's nennen«, erwiderte Emily, »ein Vater sollte möglichst viel Zeit mit seiner Tochter verbringen.«

»Stimmt. Übrigens, noch was. Findest du nicht, dass Hockey ein etwas zu raues Spiel für Mädchen ist?«

»Ich hab es auch gespielt, und es hat mir gutgetan«, sagte Emily. »Weshalb fragst du?«

»Simmie hat einen ziemlichen Bluterguss auf der Seite. So als hätte sie jemand mit einem Hockeyschläger geschlagen.«

»Niemand hat sie mit einem Hockeyschläger geschlagen«, widersprach ihm Emily.

»Wie kannst du dir da so sicher sein?«, fragte er.

»Weil das offizielle Training in der Schule erst nächste Woche beginnt.«

Ehe er die Sache weiterverfolgen konnte, tauchte Simone in einem rosa Kleid, das er mochte, im Türrahmen auf. Mit stiller Befriedigung registrierte er, dass sie sich schön gemacht hatte, um vor allem ihren Vater zu erfreuen.

»Fertig, Daddy?«, rief sie ihm lächelnd zu.

»Fertig!«, erwiderte er.

»Seit ihr zwei euch wirklich sicher, dass ihr mich heute braucht?«, flüsterte Emily.

»Nein, aber komm trotzdem mit«, meinte Walt lächelnd.

Auf der Fahrt durch die Vorstädte verwickelte ihn Simone in ihr unausgesetztes, leichtsinniges Geplauder, stellte ihm Rätselfragen, die lustige Antworten erforderten, und spielte Wortspiele mit ihm.

Und während der ganzen Zeit dachte er immer wieder: Gib auf diesen blauen Fleck Acht. Aus irgendeinem Grund beunruhigte er ihn.

2

Drei Tage später schlüpfte Walt schon sehr früh, weil um sieben die erste Operation angesetzt war, und geräuschlos, um Emily nicht zu stören, aus dem Bett. Sie nicht aufzuwecken, wenn er Frühdienst hatte, hatte er sich seit langem angewöhnt.

Es war ein Überbleibsel aus seiner Kindheit. Schon seine Mutter war immer um fünf aufgestanden, um für seinen Vater, der Fahrer auf einer der letzen Straßenbahnen im ganzen Bundesstaat gewesen war, das Mittagessen einzupacken. Sein Vater arbeitete Frühschicht, fuhr um sechs im Depot los, um die Arbeiter abzuholen, die zur Frühschicht ins Stahlwerk und zur Drahtfabrik mussten. Es war kurz nach dem Zweiten Weltkrieg, als Autos und Benzin noch knapp waren. Die Leute waren noch auf Massentransportmittel angewiesen, sogar so veraltete wie die Straßenbahn.

Nie würde er das Bild seiner Mutter vergessen. Wie sie in ihrem sauberen, aber verblichenen Kimono am Küchenschrank stand und zwei dicke Sandwiches in die verbeulte Blechdose seines Vaters packte. Im Winter gab sie ihm auch ein Portion heiße Suppe vom Abendessen des Vortags mit. Die wärmte sein Vater dann auf dem Kanonenofen im Depot auf.

Wenn seine Mom den Vater auf den Weg gebracht hatte, war es Zeit, die Jungs zu wecken. Owen und Walter. Owen war der Ältere, weshalb sie ihn zuerst weckte. Sobald sich Owen auf dem Weg ins einzige Badezimmer befand, weckte sie Walter. In Walters frühester Jugend, in seinen Kindergartentagen, hatte sie ihn schon halb angezogen, ehe er überhaupt ein Auge aufbekam. Später, nachdem Owen krank geworden war, rückte Walter an die erste Stelle vor. Und als Owen im Alter von zehn Jahren gestorben war, musste sie nur noch Walter wecken. Manchmal, in sehr traurigen Momenten oder nach tagelangem Weinen, nannte seine Mutter ihn Owen statt Walter. Was ihm viele unglückliche Augenblicke bescherte, in denen er argwöhnte, dass sie Owen womöglich mehr geliebt hatte als ihn und sie vielleicht nicht so sehr getrauert hätte, wäre er gestorben.

In den Nächten, in denen er sich schlafend stellte und die Eltern reden hörte, begann sein Ehrgeiz, Arzt zu werden, zu keimen. Der Vater schien sogar noch untröstlicher als die weinende Mutter. In seiner sturen tränenlosen Art beklagte er sein Unglück immer wieder: »So ein winziges Kerlchen, wie er war. Wie kann ein barmherziger Gott einem so kleinen Kerlchen so ein Leid aufbürden? Diese Qualen, diese Qualen.«

Walter selbst konnte sich kaum erinnern, dass der kleine Owen Schmerzen gelitten hatte, denn im fortgeschrittenen Krankheitsstadium hatte man Owen zum Sterben in die Klinik gebracht.

Zweimal hatten die Eltern Walter auf die Kinderstation mitgenommen. Nie würde er den langen, tristen Raum vergessen, der nur aus zwei endlosen Bettenreihen zu bestehen schien. In jedem Bett lag ein kleiner Junge, krank und offenbar dem Tod geweiht, denn nur die Kränksten und Unheilbaren wurden der Spitalbehandlung würdig erachtet. Später entdeckte er, dass es ein finanzielles Problem war. Die Ersparnisse der Familien wurden nur für die Schwerstkranken ausgegeben. Alle anderen wurden zu Hause versorgt, wo Mütter und Schwestern die Pflege übernahmen.

Die beiden Besuche im Krankenhaus überzeugten Walter Duncan von einer Sache: Nie würde er in einer Klinik arbeiten, wo es diese elend langen Schläuche gab, die sich Stationen nannten. Das musste sich ändern, und wenn er selbst es veränderte.

Als er dann schließlich ins Praktikum kam, hatte es sich bereits geändert.

All diese Gedanken gingen Walter Duncan durch den Kopf, als er leise durch die Küche seines schönen Hauses schlich, die Garagentür öffnete und ihm einfiel, dass er noch nicht einmal Kaffee getrunken hatte. Aber in der Klinik würde es frischen Kaffee geben. Dafür sorgte seine Sekretärin, Claudia Holcomb. Claudia war Afroamerikanerin und eine Frau, der man bei ihrem süßen, entwaffnenden Lächeln nicht zugetraut hätte, dass sie – wenn Walts enger Zeitplan es erforderte – zur Tyrannin werden konnte, sogar ihm gegenüber.

Es war vier Uhr nachmittags. Walter Duncan hatte drei längere Operationen hinter sich, war bei vier weiteren Fällen als Berater hinzugezogen worden, hatte die Hälfte des Sandwichs, das Claudia ihm aufgedrängt hatte, geschafft, als er sich schließlich zur Visite bereitmachte, um sich seine Operationsfälle vom Morgen auf der Wachstation anzusehen. Eben wollte er in wehendem weißem Kittel das Büro verlassen, als Claudia ihn stoppte. Er werde am Telefon verlangt.

»Später, Claudia!«

»Es ist Dr. Rosen«, sagte sie.

Walter Duncan ging an seinen Schreibtisch zurück, um das Gespräch anzunehmen.

»Walt?«, sagte der alte Mann und wirkte noch müder und bekümmerter als sonst. »In diesen modernen Zeiten geschehen die Dinge schneller, als man denkt. Wir geraten schon jetzt unter Beschuss.«

»Beschuss?«, fragte Walt verwirrt.

»Russell«, sagte Sy nur, und mehr musste er nicht sagen. Denn dieser Name galt in der Klinik als Schimpfwort und beliebter Fluch. James Rowe Russell war der einzige Vorstand, der seinen Sitz im Vorstandsausschuss geerbt hatte. Sein Vater war der wichtigste Initiator beim Bau des University Medical Center gewesen und ebenso sein größter und großzügigster Förderer. Daher betrachtete der gegenwärtige Russell die Einrichtung quasi als seinen Erbhof. Und alles, was sich irgendwie auf den Ruf der Klinik auswirkte, galt ihm als Beleidigung seines lieben, längst verstorbenen Vaters.

»Was will er denn diesmal?«, fragte Walt.

»Er hat vom geplanten Prozess gegen Enright gehört.«

»Wie denn das?«

»Enrights Anwalt dachte sich wohl, wenn er Russell da hineinzieht, kann er jeden Arzt, der an eine Aussage denkt, unter Druck setzen. Womit er natürlich Recht hat.«

»Also?«

»Russell will mit dir reden«, meinte Sy warnend.

»Okay«, erwiderte Walt. »Ich ruf ihn an.«

»Am besten sofort«, riet Sy. »Denn wenn du ihm Zeit zum Nachdenken lässt, ist er morgen früh fünfmal so sauer wie jetzt.« Der Hinweis war unnötig, da Walt wie jeder andere Arzt in der Klinik über Russells Eigenheiten im Bilde war.

Während Walt sich von Claudia mit James Rowe Russell verbinden ließ, war an der Midvale High School unter den wachsamen Augen Lars Olafsens – den alle Swede nannten – das Tennistraining im Gange. Schon mehr als fünfundzwanzig Jahre war Swede Sportlehrer und Tennistrainer an der Midvale High. Sein Haarschopf, der früher die Farbe reifen Weizens hatte, war inzwischen weiß wie Schnee. Sein Gesicht, einst rosig und faltenlos, hatte mittlerweile den tiefen, rötlichen Ton wettergegerbter Haut und die Beschaffenheit von altem Pergament angenommen.

Die blauen Augen aber waren, wenn er hinter den Plätzen auf und ab ging und seine Schüler in ihren unterschiedlichen Trainingsstadien beobachtete, so scharf und kritisch wie eh und je. Einige verfügten über einen festen Schlag, zogen ihre Rackets in flottem, aber elegantem Schwung durch, sodass sie die Schläger bis auf Schulterhöhe hinaufrissen. Andere befanden sich noch, den Blick auf den Ball geheftet, in den frühen Aufwärmstadien. »So lange ihr nicht das Etikett auf dem Ball lesen könnt, habt ihr ihn nicht im Blick. Guckt auf dieses Etikett. Guckt auf die Nähte. Konzentriert euch auf den Ball. Denn egal was ihr sonst noch richtig macht, wenn ihr den Ball nicht im Blick habt, könnt ihr ihn nicht richtig schlagen.«

Seine Jungenteams hatten in der Vergangenheit einen ordentlichen Teil an städtischen und regionalen Preisen eingeheimst, wie die Trophäenvitrinen in der Schulsporthalle belegten. Auch in diesem Jahr sah es aus, als würde die Mannschaft es in die Endspiele des Bundesstaats schaffen und als hätte sie sogar eine gute Chance, die Meisterschaft zu gewinnen. Allerdings versuchten diesmal auch seine Spielerinnen, den Mädchentitel zu holen.

Seine Ambitionen auf einen doppelten Triumph ruhten hauptsächlich auf den ausgezeichneten Schlägen, den guten Augen und dem wendigen, anmutigen Stil der fünfzehnjährigen Amy Bedford. Erstaunlich schlank für ein Mädchen, das so mächtige Schläge platzierte, erinnerte Amy Bedford den alten Swede an einige der ganz Großen seiner Jugend. Irgendetwas an Amy ließ ihn an Helen Wills denken. Ja, sogar ein wenig an Maureen Connolly, die man Little Mo nannte, als sie mit etwa fünfzehn Jahren die Courts beherrschte. Keine der beiden war stark oder stämmig gewesen, und dennoch waren beide zu ungeheuer mächtigen Schlägen fähig. Gepaart mit einer Stetigkeit, die Swede an Chrissie Evert erinnerte, konnte Amy Bedford nicht nur die Staatsmeisterschaften gewinnen, sondern vielleicht auch auf Landesebene weiterkommen. Womöglich würde sie gar eines Tages zu den weiblichen Profis stoßen und zu den Besten der Welt gehören.

Aber, sagte sich Swede, eins nach dem anderen. Und nun standen die Staatsmeisterschaften bevor.

An diesem Nachmittag allerdings schien Amy nicht in Form. Zwar konnte sie es immer noch mit jedem Mädchen aus ihrem Team aufnehmen und es locker besiegen, doch Swede sah, dass bei einer Gewichtsverlagerung irgendwas mit dem rechten Fuß nicht ganz stimmte. Und es war genug, um ihn zu zeigen, dass sie Schwierigkeiten hatte. Vielleicht Schmerzen oder auch ein Nachlassen der Form, wie es zuweilen geschieht, wenn ein Spieler sich zu sehr versteift oder zu viel trainiert. Er würde ihr raten, ein wenig kürzerzutreten.

Als Amy an die Seite kam, um ihr nasses, hübsches Gesicht abzutrocknen, meinte Swede: »Genug für heute, Amy.«

»Weshalb denn?«, fragte sie beinahe ärgerlich.

»Du verlierst die Ruhe, die Leichtigkeit beim Schlagen. Wenn es keinen Spaß mehr macht, ist es auch nicht mehr gut.«

»Ich versuch, damit fertig zu werden«, sagte Amy.

»Fertig werden? Womit denn?«, fragte Swede überrascht.

»Ich hab leichte Schmerzen im rechten Bein«, gestand Amy. »Aber vor dem Turnier krieg ich das noch weg. Machen Sie sich also keine Sorgen, Swede.«

»Okay, Slugger«, sagte Swede lächelnd und nannte sie bei dem Spitznamen, der nur ihr vorbehalten war. »Übertreib es nur nicht.«

Während des ganzen restlichen Nachmittags warf er ihr immer wieder vorsichtige, verstohlene Blicke zu. Sie sollte nicht das Gefühl haben, er sei ernsthaft um sie besorgt. Doch jedes Mal, wenn ein Spieler einen Teil seines Körpers zur Schmerzlinderung entlastete, wurden andere Muskeln stärker strapaziert und letztlich in Mitleidenschaft gezogen. Er überlegte, ihr das Training für einige Tage zu verbieten, um zu sehen, ob das den Schmerz nicht zum Verschwinden brachte.

Am selben Nachmittag, als seine Schützlinge den Platz bereits verlassen hatten und sich duschten, umzogen und nach

Hause gingen, sah Swede Olafsen Amy Bedford den Schulkorridor Richtung Ausgang hinabschreiten, wobei sich der Umriss ihrer zierlichen, jugendlichen Figur gegen die strahlende Nachmittagssonne abzeichnete. Auch beim Gehen hinkte sie kaum merklich.

Er würde sie in den nächsten Tagen beobachten müssen.

Die Medien bezeichneten James Rowe Russell, der inzwischen auf die sechzig zuging, meist als »vermögenden Philanthropen«, da er schon sein ganzes Leben lang von dem Reichtum lebte, das sein Vater einst angehäuft hatte. Sein Gesicht verriet all die sonnigen, windigen Tage, die er als internationaler Segler erlebt hatte, der bei Gelegenheit einen ersten Platz bei den Bermudaregatten und auch einmal einen dritten bei der New-York-Southampton-Regatta errungen hatte.

Abgesehen von seinen Verdiensten in maritimen Zirkeln bestand Russells Hauptaktivität in der Leitung des University Medical Center, das er als seinen persönlichen Erbhof betrachtete. Er sorgte dafür, dass nur solche Vorstände in den Ausschuss gewählt wurden, die ihm bei jedem Thema, das ihm am Herzen lag, eine Mehrheit garantierten. Da die Zuteilung eines Großteils der Forschungsgelder seiner Kontrolle unterlag, hatte er gewaltige Macht auch über jene Ärzte und Chirurgen, die ihm das übelnahmen.

Eins allerdings mussten sie ihm alle zugestehen: Unter Russells Leitung hatte sich die Klinik zu einer der am besten ausgestatteten im Mittleren Westen entwickelt. Nur einige wenige der größeren Universitätskliniken konnten sich ebenso bedeutsamer Errungenschaften rühmen. Und sein medizinisches und naturwissenschaftliches Wissen bewies, dass er kein Dilettant war. So sehr sie sich die Ärzte auch über ihn ärgerten, das mussten sie respektieren.

Inzwischen stand Walter Duncan vor James Rowe Russell und überlegte sich, wie er antworten konnte auf dessen

Frage: »Wenn Sie sich Ihrer Meinung hinsichtlich dieses Prozesses so sicher sind, Duncan, müssten das dann nicht die meisten Chirurgen ebenso sehen?«

»Die meisten ehrlichen Chirurgen sicherlich«, räumte Walt ein.

»Dann dürfte es doch auch nicht schwer sein, andere Spezialisten aufzutreiben, die gerne für diesen Patienten aussagen«, meinte Russell. »Warum muss es ausgerechnet ein Arzt unserer Klinik sein? Anders gesagt: warum Sie? Es sei denn natürlich, dieser Rechtsverdreher von einem Anwalt wendet sich an Sie in der ausdrücklichen Absicht, unserem Ruf in den Dreck zu ziehen?«

»Ursprünglich hat man Sy die Akte geschickt. Dr. Rosen, meine ich. Und weshalb, ist ganz offensichtlich. Welcher Orthopäde in diesem Teil des Landes genießt schließlich einen besseren Ruf? Wessen Aussage würde mehr respektiert? Als man Sy aus gesundheitlichen Gründen davon abriet, hat er mir die Sache übergeben.«

»Und natürlich konnten Sie das nicht ablehnen. Sie schlagen ihm ja nie was ab, nicht wahr?«, fragte Russell.

»Meistens sind wir uns einig«, meinte Walt nur.

»Der Anwalt, der diesen Mann vertritt, ist ebenfalls Jude, nicht wahr?«, fragte Russell auf einmal.

»Das weiß ich nicht«, erwiderte Walt. »Ich habe mich lediglich mit den medizinischen Fakten des Falls auseinandergesetzt.«

»Silverstein«, meinte Russell. »Silverstein heißt er.«

»Das ist mir, offen gestanden, nicht weiter aufgefallen«, sagte Walt. »Ich erinnere mich ja nicht mal an den Namen des Patienten. Es hat keine Rolle gespielt. Jedenfalls nicht für mich.«

Diese letzte Bemerkung sollte der unguten Tendenz von Russells letzten Fragen Einhalt gebieten.

»Nun, *offen gestanden*« , meinte Russell in anklagendem Ton, »mir scheint, dass Silverstein sich Rosen aus ganz offensichtlichen Gründen ausgesucht hat. Und Rosen aus ganz denselben Gründen mit ihm zusammengearbeitet hat.«

»Woraufhin«, meinte Walt, »dieser Dr. Simon Rosen dann den presbyterianischen Walter Duncan anrief, damit auch der sich an dieser jüdischen Verschwörung beteiligt. Weil es ja sattsam bekannt ist, dass Juden und Presbyterianer seit Anbeginn der Geschichte miteinander konspirieren.«

Russells wettergegerbtes Gesicht wurde jetzt, in seinem Zorn, nur noch röter. »Um es ganz deutlich zu sagen, Duncan, es würde dieser Klinik großen Schaden zufügen, wenn Sie gegen einen Mann aussagen, der einmal bei uns gearbeitet hat.«

»Es würde dieser Klinik noch größeren Schaden zufügen, sollte bekannt werden, dass wir aus einem fehlgeleiteten Loyalitätsverständnis gegenüber einem früheren Angestellten heraus, dessen moralische Maßstäbe im Übrigen alles andere als professionell sind, die Wahrheit verhehlen.«

»Es ist nicht die Aufgabe dieser Klinik, sich in Prozesse einzumischen«, protestierte Russell. »Vor allem nicht in Prozesse, die uns nichts angehen. Diese Sache ist an einem anderen Krankenhaus passiert und betrifft einen Mann, für den wir keine Verantwortung mehr tragen.«

»Mr Russell, ich darf Sie doch darauf hinweisen, dass jeder Arzt die Pflicht hat, darauf hinzuweisen, wenn selbstverständliche Standards der medizinischen Praxis unterschritten werden!«

Walt erhob sich von seinem Stuhl, um auf und ab zu gehen, und fuhr, zu Russells Kummer, fort: »Ich weiß, was Sie denken, Mr Russell. Und ich mache Ihnen keinen Vorwurf. Ein Urteil gegen *eine* Klinik erhöht die Versicherungsbeiträge für alle Kliniken. Und die Kosten für unsere Versicherung gegen Behandlungsfehler belaufen sich schon jetzt auf Hunderttausende von Dollars.«

»Auf mehr als eine Million!«, korrigierte ihn Russell.

»Million also«, räumte Walt ein. »Und weshalb? Weil Ärzte seit Jahren versuchen, ihre Fehler unter den Teppich zu kehren, indem sie jeden Arzt, der es wagt, zugunsten eines unglücklichen geschädigten Patienten auszusagen, quasi auf eine schwarze Liste setzen. Bis jetzt, bis die Geschworenen ihrem Ärger Luft gemacht und diese gewaltigen millionenschweren Strafen ausgesprochen haben. Nun, die Lösung liegt nicht in der Rückkehr zu den alten Methoden, sondern darin, eine bessere Medizin zu praktizieren. Und den Männern und Frauen, die diese Standards nicht einhalten können, falls nötig, die Zulassung zu entziehen.«

Beide Männer wussten, dass das letzte Wort in dieser Begegnung gesprochen war. Walt verließ den Raum so wütend und entschlossen, dass er fast mit dem Fremden im Wartezimmer zusammengestoßen wäre.

Etwas später an diesem Nachmittag schaute Walter Duncan auf seinem Nachhauseweg von der Klinik in der Kanzlei Silverstein, Brennan & Mancuso vorbei, um mit Andrew Silverstein ein erstes Vorgespräch über seine Aussage im Fall Enright zu führen.

Silverstein, ein kleiner, schmächtiger Mann, war auf Walter Duncans Besuch erstaunlich gut vorbereitet. Zu dem chirurgischen Problem legte er einen Sachverstand an den Tag, der jedem Arzt zur Ehre gereicht hätte. Nach Beendigung des Gesprächs war Silverstein so zuversichtlich, dass er meinte: »Vielleicht, Dr. Duncan, können wir die Sache auch so regeln, ohne erst einen langen und komplizierten Prozess anstrengen zu müssen.«

Als Walter Duncan wieder einmal spät seinen Wagen in die Einfahrt steuerte, machte er sich Vorwürfe. Hoffentlich war Simone noch wach. Niemand beantwortete seinen fröhlichen Ruf von der Haustür.

»Hallo! Simone?«

Er ging in die Küche. Weder Simone noch Emily waren da. Das Geschirr vom Abendessen stand noch auf dem Tisch. Was Emily nun gar nicht ähnlich sah. Oft bezichtigte er sie sogar eines Sauberkeitsfimmels. Selbstverständlich nur im Scherz; als Chirurg wusste er Reinlichkeit zu schätzen.

Er ging zur Treppe. »Hallo! Ist da oben jemand?«

»Daddy?«, ertönte Simones Stimme von oben. Angespannt, anders als sonst.

Er eilte die Teppichstufen hinauf, erreichte die Tür ihres Zimmers und sah Emily, die neben der auf dem Bauch liegenden Simone auf der Bettkante saß und ihr das Nachthemd heruntergezogen hatte, sodass ihr Körper teilweise entblößt war.

»Was ist denn los?«, fragte er, während er ans Bett trat.

»Sie hat wieder einen blauen Fleck. Diesmal am Arm«, sagte Emily und deutete auf Simones linken Arm. Ganz oben, an der Innenseite des linken Arms und durch die Nähe zum Oberkörper fast verborgen, entdeckte Walter Duncan einen unregelmäßigen schwärzlichen Fleck auf ihrer Haut.

»Wie um alles in der Welt kann sie an der Stelle von einem Hockeyschläger getroffen werden?«, fragte er und nahm den Fleck näher in Augenschein. Er bog ihren Arm ab, der sich leicht bewegte. Er drückte auf den Bluterguss, doch Simone gab durch nichts zu erkennen, dass es sie schmerzte. Schließlich meinte er: »Unterbrich das Hockeytraining für eine Weile. Wenigstens eine Woche lang.«

»Aber, Dad ...«

»Es gibt andere Sportarten, die mindestens genauso viele Vorteile bieten und weniger gefährlich ist. Warum nicht Leichtathletik oder Tennis?«

»Ach, Dad ...«

»Ich weiß«, kam er ihr zuvor, »alle deine besten Freundinnen sind beim Hockeytraining. Aber mach – vorerst – bitte was anderes.«

Und noch ehe das Kind den Streit fortsetzen konnte,

drückte ihm Walt einen Kuss auf die Wange und meinte: »Dein Vater war Tennisspieler, und es hat ihm doch nicht geschadet. Oder?«

Er lächelte; und endlich lächelte auch sie. »Nein, Dad, hat es nicht.«

»Weißt du was, wenn du Tennisstunden nehmen willst, bitte ich Swede Olafsen, dir Unterricht zu geben. Privatstunden. Und einen neuen Schläger kriegst du auch. Einen von diesen neuen, die größer sind als du selbst. Okay?«

»Okay«, räumte Simone schließlich ein.

Emily saß ihm gegenüber, als er sein spätes Abendessen zu sich nahm. Er war nur mit halber Aufmerksamkeit beim Essen; die andere Hälfte beanspruchte die jüngste Ausgabe des *Orthopedic Journal,* in der über einen Fall berichtet wurde, der eine einfachere Operationstechnik zur Behandlung von Knochenverletzungen aufgrund von Traumata bei Verkehrsunfällen in Aussicht stellte.

Er wollte gerade umblättern, als Emily sagte: »Es wird langsam kalt.«

»Hmm? Wie?«

»Dein Fleisch wird kalt. Wenn ich es noch mal aufwärmen muss, wird es zu trocken ...«

»Oh. Ja. Schmeckt köstlich«, sagte er und fühlte sich schuldig, weil es ihm nicht besser schmeckte.

»Wie war es heute?«, fragte sie.

»Das Übliche«, meinte er.

»Ich meine das Treffen mit dem Anwalt.«

»Oh, das. Er sagt, es reicht jetzt für einen Vergleich. Wenn es sich irgendwie machen lässt, will er nicht vor Gericht gehen.«

»Dann musst du also doch nicht aussagen? Gut!«

Ihre Erleichterung veranlasste ihn, die Zeitschrift beiseite zu legen und die Gabel zu senken. »Was soll denn das nun heißen?«

»Ich bin heute Millie Enright über den Weg gelaufen. Wir haben beide im Club zu Mittag gegessen. Sie hat mich ignoriert. Aber erst, nachdem sie mich wütend angefunkelt hatte.«

»Das tut mir leid«, meinte Walt. »Aber es lässt sich nun mal nicht ändern.«

»Walt, bist du dir wirklich sicher, dass Enright den Fall so schlecht gehandhabt hat?«

»Das ergibt sich ganz eindeutig aus der Patientengeschichte. Es war nicht nötig, sofort zu operieren – wenn überhaupt. Und der Zustand, in dem Enright den Patienten hinterlassen hat, beweist, dass die Operation mangelhaft durchgeführt wurde.«

»Ich begreife das nicht. Wenn Enright tatsächlich so unfähig ist, wie kommt es dann, dass man ihn je an der Uniklinik akzeptiert hat?«, fragte Emily.

»Ihn aber auch bald danach wieder gebeten hat, seinen Hut zu nehmen. Vergiss das nicht«, wandte Walt ein. »Oder vielmehr entlassen hat, um es genau zu sagen.«

»Trotzdem muss es ja mal einen Grund gegeben haben, ihn überhaupt einzustellen«, beharrte Emily.

»Das hat mich, offen gestanden, auch irritiert. Und daher war ich vor meinem Besuch bei Silverstein in der Registratur und habe mir Enrights Akte angeschaut. Mit den Empfehlungen, die er hatte, hätte ihn jedes Krankenhaus des Landes mit Handkuss genommen. Was mich stutzig gemacht hat. Wie kann ein so guter Chirurg in einem derart einfachen Fall wie dem hier zur Debatte stehenden derartigen Pfusch anrichten? Also habe ich Dick Forester angerufen.«

»Und was soll der über Enright wissen?«

»Enright hat, bevor er zu uns kam, unter Dick gearbeitet. Und Dick hatte nicht viel Gutes über ihn zu berichten.«

»Aber du hast doch gesagt, dass er ihm ein so großartiges Empfehlungsschreiben mitgegeben hat«, wandte Emily ein.

»Selbstverständlich. Dick gab zu, dass er keine andere Möglichkeit hatte. Die Vorstände bestanden darauf, um nicht von Enright verklagt zu werden – was der getan hätte, hätte Dick den verdammenden Bericht geschrieben, nach dem es ihm in den Fingern juckte. So verhalten sich Kliniken in diesen prozesswütigen Zeiten. Schicken ihre schwarzen Schafe mit großartigen Empfehlungen und Seufzern der Erleichterung davon und sagen sich: ›Sollen sich doch andere Spitäler mit ihnen herumärgern.‹«

»Und so kommt es, dass du und Sy euch mit Enright herumärgern müsst«, konstatierte Emily.

»Genau. Es passiert überall im Lande. Tausende von unfähigen Ärzten und Chirurgen praktizieren auf Kosten und auf Gefahr der Patienten einfach weiter«, sagte Walter grimmig.

»Da müsste doch was unternommen werden ...«, begann Emily sich zu ereifern.

»Wann immer die Leute sagen ›Da müsste was unternommen werden‹, kannst du verdammt sicher sein, dass gar nichts geschieht«, versetzte er.

Er hatte keinen Appetit mehr und schob seinen Teller zurück.

»Ich hab Mousse au Chocolat gemacht«, sagte Emily und wollte zum Kühlschrank gehen.

»Nein, danke, Schatz. Ich hab noch 'ne Menge zu lesen.«

Er küsste sie und sagte noch, ehe er sich an seinen Schreibtisch verzog: »Behalt Simone im Auge. Diese blauen Flecken gefallen mir nicht.«

3

Während Swede Olafsen seine Schutzbefohlenen beim Training überwachte, stellte er im Geiste die endgültigen Mannschaften zusammen, die er für das Turnier einreichen wollte. Bei der Fülle an Talenten fiel ihm die Wahl unter den Jungen schwer. Wer sollte als Nummer eins im Einzel antreten, wer als Nummer zwei und wer als Nummer drei? Und welche zwei von seinen Besten sollte er zum Doppel zusammenspannen?

Bei den Mädchen war seine Aufgabe leichter. Er war gerade mit seiner persönlichen Bestandsaufnahme hinsichtlich Tempo, Schlagkraft, Reaktionszeit, Gefühl für den Platz beschäftigt, als er bemerkte, dass Amy Bedford, die gerade Aufschlag hatte, sich plötzlich von der Grundlinie wegdrehte, zum Zaun lief und sich dort anlehnte. Sich anscheinend in Krämpfen windend, schnappte sie keuchend nach Luft. Swede rannte zum Zaun. Er war noch einige Schritte entfernt, als er sah, dass sich das Mädchen erbrach.

»Amy! Was ist denn los, Amy?«, rief er aus.

Verlegen, dass ihr so etwas passiert war, wandte sie sich ab. Er kam bei ihr an, legte ihr die Hände auf die Schulter und zwang sie, ihn anzusehen. Er zog sein Taschentuch heraus, wischte ihr die bitteren Blasen vom Mund. Stoßweise atmend begann sie zu weinen.

»Ganz ruhig, Amy, immer mit der Ruhe«, flüsterte er. »Komm mit mir.« Er führte sie zur Sporthalle.

Sie saß in seinem Büro, und als er sie fragte: »Was hast du zu Mittag gegessen?«, blickte sie schuldbewusst.

»Ich ... ich hab nichts gegessen«, gestand sie.

»Woran liegt es denn dann? Den Nerven?«, fragte der alte

Trainer. »Zu Nervosität hast du keinen Grund, Amy. Ich habe nie ein Mädchen erlebt, das besser auf die Endspiele vorbereitet war als du. Mach einfach, was du immer machst, und du hast eine gute Chance, zu gewinnen. Nicht aber, wenn du nicht schläfst, nicht isst und dich völlig verrückt machst. Hättest du was zu Mittag gegessen, wäre das nicht passiert. Also, ab jetzt ist Schluss mit alledem. Okay?«

Amy zögerte. Sodass Swede noch einmal nachhaken musste. »Okay?«

»Es ...«, begann Amy, »es lag nicht am Essen.«

»Woran denn dann?«, fragte Swede, der nach all den Jahren, die er mit Teenagern zu tun hatte, auf fast alles gefasst war.

»Ich glaube, es lag am Aspirin«, gestand Amy ihm schließlich.

»Aspirin – warum denn das?«, fragte Swede.

»Wegen der Schmerzen im Bein. Die sind einfach nicht weggegangen. Da hab ich Aspirin genommen. Hat aber nicht geholfen. Und da hab ich mehr genommen. Heute morgen waren's schon sechs«, beichtete sie.

»Das wird's dann wohl sein«, meinte Swede grimmig. »Steh auf, Amy. Lass mal sehen, wie du gehst.«

Das Mädchen gehorchte ihm. Der alte Trainer sah zu, wie Amy auf die Tür des langen Büroschlauchs zuging. Ja, es bestand kein Zweifel daran. Sie hinkte noch immer.

»Es tut immer noch weh, oder?«, fragte der Coach.

»Mm-hm«, meinte sie, sich halb zu ihm umblickend.

»Ist es schlimmer geworden?«

»Ja.«

»Komm zurück«, sagte er.

Sie setzte sich erneut in Bewegung. Nun war das Hinken weniger auffällig.

»Zunächst mal«, sagte er, »nehmen wir kein Aspirin mehr. Und auch sonst keine Medikamente. Es hat keinen Sinn, Schmerzen zu unterdrücken.«

»Aber ich will gut vorbereitet sein«, protestierte Amy. »Ich brauche diesen Titel, damit ich zu anderen wichtigen Turnieren zugelassen werde. Das haben Sie doch selbst gesagt.«

»Amy, deine Gesundheit ist wichtiger als irgendein Titel. Wenn du diesmal nicht spielst, bleibt dir immer noch ein Jahr, um dich zu qualifizieren.«

»Diesmal nicht spielen?«, erwiderte sie, und ihre dunkelblauen Augen füllten sich mit Tränen. Die Vorstellung war ihr unerträglich. »Aber ich hab doch schon Pläne gemacht. Ich wollte schon mit meinem Vater darüber reden.«

»Worüber denn?«

»Dass ich Profi werde. Auf die Tour gehe. Und all das Geld verdiene«, meinte Amy.

»Okay. Gut, gut. Aber eins nach dem anderen. Zuerst mal kommt deine Gesundheit. Statt mit Aspirin oder anderen Medikamenten probieren wir es jetzt mit ein paar Tagen Ruhe. Und dann sehen wir weiter.«

Sie wollte protestieren, doch der alte Swede schüttelte entschieden den Kopf. »Ein paar Tage Ruhe, Amy.«

Sie gab nach, zuckte die Achseln, drehte sich um und verließ sein Büro.

Der alte Coach saß da und starrte auf die Tür, durch die sie verschwunden war. Andere Trainer, die er kannte, würden auf alle möglichen Behandlungen zurückgreifen, um einem preisverdächtigen Spieler angesichts eines bevorstehenden Wettkampfs zeitweise Erleichterung zu verschaffen. Es gab Sprays, Spritzen, unzählige Medikamente. Aber Swede hatte bei so jungen Athleten nie an derartige Maßnahmen geglaubt. Denn häufig resultierten sie in Langzeitschäden. Und das war *kein* Titel und *keine* Trophäe wert.

Dann nahm er wie häufig bei solchen Problemen den Hörer zur Hand und wählte eine altvertraute Nummer. Als abgenommen wurde, fragte er: »Ist Sy zu sprechen? Für Swede Olafsen.«

Nach wenigen Augenblicken war Sy Rosen am Apparat. »Hallo, Swede, wie geht's denn so?«

»Kann mich nicht beklagen«, sagte der alte Coach – das sagte er immer. »Und du?«

»Könnte mich schon beklagen. Würde aber nichts nützen.« Das war Rosens übliche Erwiderung. Und nachdem so den Formalitäten Genüge getan waren, fragte Sy Rosen: »Was gibt's, Swede?« Wenn Swede ihn so anrief, das wusste Rosen, hatte er mehr im Sinn als einen netten Plausch.

»Sy, ich hab da ein Mädchen in meinem Team – Amy Bedford ...«

»Amy Bedford? Hab ich den Namen nicht schon mal irgendwo gehört?«, fragte Sy. »Die ist wirklich gut, oder? Klar, ich hab in der Lokalzeitung über sie gelesen. Was ist mit ihr?«

»Sie klagt über Schmerzen, Sy. Und demnächst finden die Meisterschaften statt.«

»Schmerzen? Wo denn?«, fragte Sy.

»Im rechten Bein. Das ist das Bein, auf dem sie sich dreht, wenn sie ans Netz kommt ...«

»Wo im rechten Bein?«, unterbrach ihn Sy.

»Offenbar direkt unterhalb des Knies. Vorn. Es muss schlimm sein, weil sie eine Überdosis Aspirin geschluckt hat. So viel, dass sie sich heute erbrochen hat.«

»Schick sie rein, Swede. Ich lasse sie röntgen. Wahrscheinlich ist es nichts. Aber wir sollten uns vergewissern.«

»Danke, Sy. Sie ist meine Beste. Hat eine gute Chance, mal Profi zu werden. Eine wie sie habe ich nicht mehr erlebt, seit ich Chrissie Evert in Florida gesehen habe – ehe sie auf Tour ging.«

»Schick sie rein, Swede. Kann ja nicht schaden, wenn wir uns die Sache mal ansehen, oder?«

Sy legte auf und empfand mehr Neugier und Besorgnis, als er gegenüber Swede zugeben mochte. Doch es hatte ja keinen Sinn, auf bloßen Verdacht hin Ängste und Befürchtungen zu wecken.

Im Lauf der Jahre hatte er mehr als nur ein paar solcher Anrufe von Swede erhalten. Der alte Coach war sehr besorgt um seine jungen Schutzbefohlenen. Weswegen Sy stets schnell auf Swedes Befürchtungen reagierte.

In früheren Jahren hatten sie regelmäßig eine Viererpartie gespielt. Jeden Sonntagmorgen trafen sich Swede, Sy Rosen und zwei andere Männer aus der Klinik, Harry Osmun und Cliff Westerveldt, in aller Herrgottsfrühe im Tennisclub und spielten intensiv drei Sätze. Zuweilen auch vier. Danach hatten sich die Ärzte in die Klinik verabschiedet, um Visite zu machen. Sy aber hatte immer den Verdacht gehegt, dass Swede einige Punkte verschenkte, damit ihre Matches ausgewogener erschienen, als sie tatsächlich waren. Denn es war ein Spiel, das diese Männer, die bei ihrer ständigen beruflichen Anspannung so dringend der Erholung bedurften, zu ihrem Vergnügen spielten.

Schließlich hatte ein Hirnschlag Osmun aus ihrer Mitte gerissen. Ein Herzinfarkt am Operationstisch hatte Westerveldt dahingerafft. Sy und Swede hatten die Tradition fortsetzen wollen, indem sie gemütliche Einzel spielten und nicht mehr jedem Ball nachliefen, doch es machte einfach keinen Spaß mehr. Und so hatte sich die Sitte ohne irgendwelche Absprachen mit der Zeit verloren. Allerdings waren die beiden gute Freunde geblieben. Und Sy war zum inoffiziellen Mannschaftsarzt von Swedes jungen Schützlingen geworden.

Sein Vorhaben, Amy Bedford zu röntgen, unterschied sich in nichts von dem, was er schon Dutzende Male für Swedes Spieler getan hatte. Meistens war Sy dabei erleichtert, dass sich seine Vermutungen als unbegründet erwiesen. Doch das entband ihn nicht von der Verpflichtung, immer wieder höchste Sorgfalt walten zu lassen.

* * *

»Röntgen? Warum denn, Liebes?«, rief Marion Bedford, als Amy ihr davon erzählte. »Weil dir das Bein ein bisschen wehtut? Lass mich mal sehen.«

Sie kniete sich neben ihrer Tochter auf den Boden und fuhr mit den Fingern über die Stelle unter Amys Knie.

»Also geschwollen ist nichts«, meinte Mrs Bedford. »Ich werde mal lieber Dr. Corey anrufen, ehe wir irgendwas unternehmen. Wie, sagst du, heißt der Arzt, von dem Swede gesprochen hat?«

»Dr. Rosen. Simon Rosen«, sagte Amy.

Mrs Bedford wählte die Nummer und musste einige Minuten warten, ehe Corey ans Telefon kam. Währenddessen strich sie sich immer wieder die langen blonden Haarsträhnen zurück, die ihr bei Anspannung fortwährend ins Gesicht fielen. Obwohl sie sich bemühte, das Problem kleinzureden, fürchtete sie instinktiv, dass es sich um etwas furchtbar Schlimmes handelte. Ihre Sorge spiegelte aber auch die Haltung ihres Mannes, die er häufig mit beträchtlicher Ungeduld zum Ausdruck brachte: »Verdammt noch mal, Marion, den ganzen Tag lang und die halbe Nacht schufte ich wie ein Pferd. Der Haushalt und die Erziehung unserer Tochter – das ist deine Sache. Das ist doch nicht zu viel verlangt.«

Auf diese Weise entledigte sich Bedford jeglicher Verantwortung gegenüber seiner Tochter, die er zwar liebte, mit der er aber nicht umzugehen verstand. Als ausgesprochener Workaholic fühlte er sich wohler und weit eher in seinem Element, wenn er sich um die Produktionseinrichtungen der großen Werkzeugmaschinenfabrik kümmerte, deren Inhaber er war. Dort hatte er nicht mit Kräften zu kämpfen, die sich außerhalb seines Begriffsvermögens und seiner Kontrolle befanden. Wie etwa das Verhalten und die Gewohnheiten junger Mädchen in einer Welt, in der Teenager so frei und befreit waren, dass man mit allem rechnen musste, das heißt: Drogen, Alkohol und unerwünschten Schwangerschaften.

Als Dr. Corey sich meldete, erklärte ihm Marion Bedford die Situation und was Swede Olafsen ihr nahegelegt hatte. Corey stellte nur eine Frage: »Wen hat Swede Amy empfohlen?«

»Einen Arzt von der Uniklinik namens Rosen.«

»Sy Rosen?«, fragte Corey.

»Ich glaube, ja. Simon Rosen.«

»In besseren Händen könnte sie nicht sein«, meinte Corey. »Sagen Sie Rosen doch bitte, er soll mich anrufen, sobald die Ergebnisse vorliegen.«

»Entspann dich, Amy«, sagte Dr. Rosen. »So heißt du doch, oder?«

»Ja, Sir«, erwiderte das Mädchen und spielte nervös mit den Fingern.

»Also«, begann Dr. Rosen, um sie zu beruhigen, »es scheint, als hätten wir zwei was gemeinsam, Amy. Wir haben denselben Tennislehrer. Oder hatten ihn. Ich spiele nämlich kaum noch. Solange ich aber gespielt habe, war er mein Coach. Und mein Partner im Doppel. Bis ich so gut wurde, dass er Angst kriegte, ich könnte ihn schlagen ...« Sy Rosen lachte leise. »Nein, so gut war ich nie. Und er nie so schlecht. Er ließ mich nur hin und wieder mal gewinnen, damit ich nicht aufhörte. Nun, Swede meint, du hast leichte Schmerzen im Bein.«

»Ja, Sir«, erwiderte Amy.

»Und wo genau?«, fragte Dr. Rosen und beugte sich in seinem alten Drehstuhl nach vorn.

Amy malte mit dem Finger einen Kreis um die Stelle direkt unter ihrem rechten Knie.

»Aha«, meinte Dr. Rosen. »Steh mal auf, Kind. Und geh ein paar Schritte. Nur zur Tür und zurück.«

Amy gehorchte. Auch er stellte das Hinken beim Gehen fest, das durch den Schmerz verursacht war. Als sie wieder Platz genommen hatte, kniete sich der alte Chirurg neben sie und tastete die schmerzende Stelle ab. Eine Schwellung war nicht zu erkennen, doch Rosens empfindliche Finger entdeckten eine geringfügigen Unterschied in der Hauttemperatur an der betreffenden Stelle und dem unteren Teil des Beins. So gering dieser auch war, er irritierte ihn.

»Nun«, meinte er und tat, als handle es sich um etwas Beiläufiges und Belustigendes, »machen wir doch mal eine Röntgenaufnahme. Du bist doch schon geröntgt worden, oder?«

»Nur beim Zahnarzt«, meinte Amy.

»Dann weißt du auch, dass es nicht wehtut. Du wirst rein gar nichts spüren. Du kannst dich also entspannen. Mrs Kruzsik, meine Krankenschwester, bringt dich zum Röntgen runter. Und ich werde Dr. Corey anrufen und ihm sagen, was wir herausgefunden haben.«

»Sie kennen Dr. Corey?«, fragte Amy.

»Natürlich kenne ich Dr. Corey. Schon seit vielen Jahren.« Bei diesen Worten entspannte sich das nervöse Mädchen sichtlich.

Sy Rosen beobachtete Amy beim Verlassen seines Büros, den Blick auf ihr rechtes Bein geheftet, das sie trotz aller äußeren Vollkommenheit schmerzte und zum Hinken zwang.

Verdammt, verdammt, verdammt noch mal!, dachte er. *Warum bin ich nur ein solcher Schwarzseher? Vielleicht ist es gar nichts. Ja, höchstwahrscheinlich sogar.*

Dennoch, die instinktiven Vorahnungen all der Jahre, derentwegen ihn die Kollegen für seine diagnostischen Fähigkeiten rühmten, waren ihm eine Warnung.

Walter Duncan schrubbte sich für die erste Morgenoperation die Hände. Ein langwierige, aufwendige Prozedur, die immer gleich ablaufen musste und einem Zeit ließ, über vieles nachzudenken. Über die Operation, die er demnächst durchführen würde. Und dass er noch einen Blick auf die Röntgenaufnahmen und Scans werfen musste, ehe er damit begann. Darüber, was Emily heute Morgen, kurz bevor er aus dem Haus ging, gesagt hatte, irgendwas von einer Schulveranstaltung, zu der er diesmal wirklich kommen musste. Als er die noch schlafende Simone geküsst hatte, hatte sie da schon wieder einen neuen blauen Fleck auf der Seite? Oder fing er an, sich Dinge einzubilden? Kein Wunder, dass Ärzte nicht die eigenen Angehörigen behandeln sollten. Man war einfach viel zu subjektiv, längst nicht objektiv und professionell genug.

Kaum war er mit dem Desinfizieren fertig, kam eine der OP-Schwestern herein, um ihm auszurichten, Dr. Rosen habe angerufen und gebeten, er möge nach dem Operieren bei ihm vorbeischauen.

Die Operation verlangte zwar beträchtliches Geschick, gehörte aber zum Glück zu den korrigierenden Eingriffen, die in den meisten Fällen erfolgreich sind. Da es sich um eine arthroskopische Operation handelte, die kein allzu umfangreiches Eindringen ins Bein erforderte, würde die Heilung rasch vonstatten gehen und der junge Patient schon bald wieder mit dem Baseballteam seines College trainieren können; bis zum Beginn der Saison war er wohl so gut wie neu, wenn nicht besser.

* * *

Walter Duncans dritter Eingriff an diesem Tag war beendet. Und er begann mit der Visite der operierten Patienten. Zum Glück traf er sie alle in zufriedenstellendem Zustand an, ohne Fieber und auch frei von all den anderen Komplikationen, die Chirurgen zuweilen zu schaffen machen. Nun konnte er Sy in seinem Sprechzimmer besuchen.

Als Walt die Tür öffnete, war es dunkel im Raum. Sy saß in einer Ecke. Aber sogar im Finstern konnte Walt erkennen, dass der alte Mann grimmig und sehr besorgt war.

»Sy?«, fragte Walt. »Du wolltest, dass ich mir ein paar Röntgenbilder ansehe?«

»Sie hängen dort. Sieh sie dir an.«

Walter Duncan näherte sich der Wand aus opakem Glas, knipste die Beleuchtung an und betrachtete die beiden Aufnahmen der langen Unterschenkelknochen eines jungen Patienten. Er brauchte nur wenige Minuten. Dann wandte er sich an Sy.

»Röntgenaufnahmen wie die hier ermöglichen keine definitive Aussage. Das weißt du besser als jeder andere, Sy. Trotzdem ...«

»Was trotzdem?«, fragte Sy.

»Vielleicht täusche ich mich ja, aber dich kann ich nicht zum Narren halten. Knochen-Scan. CAT-Scan. Und schließlich eine Biopsie. Nur so können wir absolut sichergehen.«

Der alte Sy nickte grimmig, denn ein computerisierter axialtomografischer Scan sollte ihnen ein dreidimensionales Bild von Amys Problem liefern.

»Um wen handelt es sich?«, fragte Walt.

»Um ein fünfzehnjähriges Mädchen.«

»Sind zwar nur Zahlen. Aber falls es sich als osteogenes Sarkom erweisen sollte, so ist das die Altersgruppe. Trotzdem muss es kein Knochenkrebs sein. Könnte sich immer noch als unikamerale Knochenzyste oder als Fibrodysplasie entpuppen.«

»Könnte«, meint Sy, doch sein Ton und seine Haltung ließen nicht auf Optimismus schließen oder darauf, dass es sich um eines dieser beiden weniger lebensbedrohlichen Leiden handeln könnte.

»Ein fünfzehnjähriges Mädchen«, meinte Walt Duncan, während er erneut die Röntgenaufnahme betrachtete. »Hmm, was für ein Jammer!«

»Ein Mädchen namens Amy Bedford«, sagte Sy.

»Die junge Tennisspielerin, über die ich gelesen habe? Einer von Swedes Schützlingen?« – »Genau.«

»Guter Gott!«, sagte Walt nur. Um gleich zu fragen: »Stand nicht auch in der Zeitung, dass sie Profi werden will?«

»Gut genug wäre sie dafür, hat Swede mir erzählt«, meinte Sy.

»Wer ist denn unser Ansprechpartner?«, fragte Walt.

»Chuck Corey ist ihr Kinderarzt. Am besten fangen wir bei ihm an.«

»Natürlich«, meinte Walt.

»Ich rufe Corey an, damit er die Familie informiert«, sagte Sy. »Übernimmst du den Fall?«

»Sicher«, erwiderte Walt, dem klar war, dass Fälle, in denen es um junge Leute ging, ihn emotional immer am stärksten mitnahmen.

Seit Simones Geburt waren seine traurigen Erinnerungen an den Tod seines Bruders Owen noch obsessiver geworden. Bei jedem Kind, das er behandelte, war ihm, als sei es sein eigenes.

Ironischerweise hatte sein Ruf, dass er besonders einfühlsam mit Kindern umgehe, dazu geführt, dass immer mehr junge Patienten an ihn überwiesen wurden.

Erst am frühen Abend schaffte es Dr. Corey, der ein viel beschäftigter Kinderarzt war, Sy zurückzurufen. Das Gespräch war kurz und inhaltsschwer.

»Chuck, ich sorge dafür, dass Walt Duncan den Fall Amy Bedford übernimmt. Könntest du dich in der Zwischenzeit drum kümmern, dass sie noch mal geröntgt wird?«

»Ein zweites Mal?«, fragte Corey verwirrt.

»Diesmal die Brust.«

Bei dem Wort Brust kam Coreys rascher Verstand instinktiv sofort zur Sache. »Was vermutest du, Sy? Metastasen an der Lunge von einem osteogenen Sarkom?«

»Es ist nur eine Vermutung, Chuck. Wir sind uns nicht sicher.«

»Ich bestelle sie morgen früh als Erstes zum Röntgen«, sagte Corey. »Und was kommt als Nächstes dran, Sy?«

»Radioisotopischer Knochen-Scan. Auch wenn es sich um ein Sarkom handelt, muss es nicht primär sein. Wir müssen sicherstellen, dass es keine Metastase aus einem anderen Körperteil ist. Und nachschauen, ob es sich, falls es primär ist, schon ausgebreitet hat. Und nun mach mal dieses Röntgenbild. Zwei Ebenen.«

»Klar«, stimmte Corey zu. Sy hörte den Grimm in Coreys Stimme. Seit den ersten Stunden ihres Lebens hatte er Amy Bedford betreut. »Tu ... du dein Bestes für sie, Sy«, fügte Corey hinzu, weil ihm sonst nichts einfiel.

»Und was ihre Familie betrifft, Chuck, wie machen wir das?«

»Ihre Mutter ist eine gute, starke Frau. Muss sie auch sein. Denn der Vater ist ein nervöser Workaholic, bei dem man glauben könnte, es gäbe nur sein Geschäft. Aber nach meiner Erfahrung versteckt er sich nur dahinter. Der Mann kann einfach nicht mit persönlichen Problemen umgehen. Sodass ich nicht garantieren kann, wie er darauf reagiert. Wenn es so weit ist ...« Corey korrigierte sich. »Falls es je so weit kommt, schlage ich vor, dass wir uns mal zusammensetzen. Du und Walt zur Beantwortung der technischen Fragen, von denen Bedford eine Menge haben wird. Und ich, um ihn, soweit das möglich ist, zu besänftigen. Aber als Erstes mache ich diese Röntgenbilder und spreche mal an, dass wir Scans brauchen.«

»Und vielleicht auch eine Biopsie«, erinnerte ihn Sy.

Sy Rosen und Walt Duncan standen im verdunkelten Raum und starrten auf den wandgroßen Kasten, auf dem die Ergebnisse sämtlicher Röntgenaufnahmen, Knochen-Scans und CAT-Scans von Amy Bedford zu sehen waren. Während sie von einer Aufnahme zur nächsten wanderten, Schatten studierten, gleißende Herde und andere Hinweise auf Amys

Zustand, gab es keinen weiteren Gesprächsbedarf. Der einzig ermutigende Aspekt waren die Brustaufnahmen, die Corey geschickt hatte und die belegten, dass wenigstens die Lungen des Mädchens sauber waren.

»Setz diese Biopsie so rasch wie möglich an, Walt.«

Walt Duncan betrachtete die Aufnahmen und bemerkte: »Eine blinde Nadelbiopsie reicht hier nicht aus. Nicht in diesem Fall.«

»Der Tumor ist nicht leicht zugänglich«, pflichtete Sy ihm bei. »Und wir können nicht riskieren, dass wir zu wenig Zellen erwischen. Es gibt keinen sichereren Weg zu einer falschen Diagnose als eine zu kleine Zellenausbeute. Eine offene Biopsie ist die Methode der Wahl. Vor allem in diesem Fall.«

Ohne es direkt auszusprechen, hatten sich die schlimmsten Befürchtungen beider Chirurgen bestätigt. Der nächste Schritt würde sich als letzte Bekräftigung erweisen, ehe über einen größeren Eingriff entschieden werden musste.

Ehe Walt Duncan an diesem Tag nach Hause ging, beauftragte er Claudia als Letztes, telefonisch den OP sowie einen Anästhesisten für Amy Bedfords Biopsie zu reservieren. Dienstag in einer Woche war der erste mögliche Termin für einen Fall, der nicht als lebensbedrohlicher Notfall galt.

Als er heimkam, hatte Simone schon zu Abend gegessen, war nach oben gegangen und auf dem Weg ins Bett. Er ging rasch hinauf, in der Hoffnung, sie zu überraschen und sein spätes Nachhausekommen ins Scherzhafte ziehen zu können. Das Schuldgefühl zwang ihn oft, zu solchen Ablenkungen Zuflucht zu nehmen. Er fand Simone im Badezimmer, wo sie sich im Spiegel betrachtete und eine Stelle auf ihrer Schulter betastete. *Verdammt*, dachte er, *ich hab ihr doch gesagt, dass sie das Hockeyspielen aufgeben soll.*

»Ich hoffe, du hast diesmal zurückgehauen«, überfiel er sie.

Simone drehte sich um und entdeckte ihren Vater. Überrascht und betroffen erwiderte sie: »Ich glaube, ich bin gegen die Tür meines Spinds gelaufen. Aber genau erinnere ich mich nicht mehr.«

Er streckte die Arme aus. Sie kam auf ihn zu. Er gab ihr einen Gutenachtkuss und betrachtete gleichzeitig den bläulichen Fleck auf ihrer Schulter. Er drückte darauf. Sie zeigte keinerlei Schmerzempfindung.

Er blickte ihr ins Gesicht.

»Is was, Daddy?«, fragte sie.

»Nein. Nichts. Geh schön schlafen. Es ist spät.«

Ohne ein Wort des Protests ging das Kind folgsam zu Bett, kletterte hinein, drehte sich auf die Seite und schlief sofort ein. Walt blieb gerade lange genug, um ihr noch einen Kuss zu geben. Dann ging er hinunter an seinen Schreibtisch, wo Emily ihm seinen Aperitif bereitgestellt hatte.

»Hast du gewusst, dass sie schon wieder so einen Fleck auf der Schulter hat?«, fragte er.

»Nein«, sagte Emily. »Sie hat mit dem Hockeyspielen aufgehört.«

»Und hat sie sich recht gesträubt?«

»Nein. Was mich überrascht hat«, gab Emily zu. »Ich hatte mit dem üblichen Aufstand gerechnet. Aber vielleicht wird sie ja schneller erwachsen, als wir denken.«

»Vielleicht«, meinte Walt gedankenverloren. »Hast du keine Veränderung an ihr festgestellt?«

»Aber nein«, sagte Emily. »Warum denn?«

»Findest du sie nicht blass?«

»Hellhäutige Brünette wirken immer blass«, entgegnete Emily. »Als Kind fanden mich auch immer alle blass.«

»Ich meine, blasser als sonst«, korrigierte sich Walt.

»Nicht, dass es mir besonders aufgefallen wäre«, meinte Emily. »Bring dein Glas mit an den Tisch. Das Abendessen ist fertig.«

»Okay«, sagte er, noch immer in Gedanken.

Sy mochte die Bedfords nicht unnötig beunruhigen – solange ihm nicht alle medizinischen Beweise vorlagen. Auch deswegen, weil man ihn vor der impulsiven Art von Amys Vater gewarnt hatte. So vermittelte er ihnen die Biopsie als kleinen Routineeingriff. Und Ed Bedford überließ alle weiteren Details seiner Frau, während er selbst wie immer und unter Vermeidung aller emotional bedrohlichen Aspekte seinen Geschäften nachging.

Am Nachmittag vor der Biopsie begleitete Marion Bedford Amy ins Krankenhaus. Das Mädchen wurde auf sein Zimmer gebracht, vom Anästhesisten befragt, gab eine Blutprobe für die routinemäßigen Laboruntersuchungen ab und wurde von einem Assistenzarzt auf seinen allgemeinen Gesundheitszustand hin untersucht. Auch Walt Duncan ließ sich bei Amy blicken.

Wie erwartet war sie – trotz all ihrer Bemühungen um Ruhe und Unbefangenheit – angespannt. Ihre Mutter, eine überschlanke Blondine, bei der Walt Duncan eine neurotische Veranlagung vermutete, stand am Fußende des Betts und hatte die Finger so fest um den Stahlrohrrahmen geklammert, dass die Knöchel weiß hervortraten. Sie versuchte zu lächeln. Ein Lächeln, das etwa Flackerndes hatte und so unvermittelt erschien und verschwand wie bei einer Puppe.

»Tja, Amy«, begann Walt, »was wir morgen vorhaben, ist eine ganz einfache Sache. Du kriegst eine Totalanästhesie, sodass du überhaupt nichts davon mitbekommst. Danach wirst du eine kleine etwa fünf Zentimeter lange Wunde haben, die vielleicht ein bisschen pocht. Aber es bleibt praktisch keine Narbe zurück.« Die Möglichkeit, dass die Narbe vielleicht eines Tages (und früher, als ihm lieb war) entfernt wurde – und zwar gemeinsam mit ihrem Bein –, verschwieg er ihr.

»Im Grunde mach ich nichts weiter, als einen kleinen Teil deines Knochens zu entfernen. Du spürst nichts davon.

Weder während des Eingriffs noch danach. Aber es wird uns bei der Entscheidung helfen, wie wir deine Schmerzen am besten behandeln können.«

»Glauben Sie, Dr. Duncan, dass ich bei den Tennismeisterschaften noch mitspielen kann? Swede meint, dass ich eine gute Chance habe, den Titel zu gewinnen.«

»Wir werden alles tun, Amy, um deine Teilnahme sicherzustellen«, erwiderte Walt. »Ich sehe dich dann morgen früh im OP.«

»Okay«, meinte das Mädchen, aber sowohl Walt als auch Amys Mutter war klar, dass sie sich mit ihrer großen Enttäuschung noch längst nicht abgefunden hatte.

Gegen 6.45 Uhr am nächsten Morgen wurde Amy Bedford ohne Frühstück auf einem Krankenhausbett in den fünften Stock gerollt. Ehe man sie nach oben brachte, hatte sie bereits eine Beruhigungsspritze bekommen. Und als Walt Duncan, in seinen grünen Chirurgenkittel gewandet, ihr noch ein paar aufmunternde Worte sagen wollte, war sie schon ziemlich benommen.

»Vergiss nicht, Amy, du wirst rein gar nichts spüren. Also entspann dich. Und wehr dich nicht gegen die Narkose. Wir sehen uns, wenn du wieder wach bist.«

Mit Sy Rosen als überaus interessiertem Beobachter an seiner Seite stand Walt Duncan, Skalpell in der Hand, bereit. Er blickte auf den Anästhesisten, der ihm mit einem Kopfnicken versicherte, dass sich die Patientin vollständig in Narkose befand. Er vergewisserte sich bei seiner leitenden OP-Schwester, die ebenfalls nickte. Dann machte er den ersten Schnitt. Eine kleine gerade Linie, nur fünf Zentimeter lang, die kaum zu sehen war, bis sie sich durch das andrängende Blut deutlich abzeichnete.

Während sein Assistent die Haut und das Gewebe zurückzog, drang Walt Duncan mit dem Elektrobohrer vor und schabte mithilfe von Küretten winzige Knochenproben aus dem Bereich, den die CAT-Scans als Zentrum der Probleme auswiesen. Er schickte einen Teil des Biopsiematerials an das Labor, um sofort einen Gefrierschnitt und eine vorläufige Diagnose zu erhalten. Die abschließende und eindeutige Diagnose hing von Labortests ab, die wenigstens fünf Tage in Anspruch nehmen würden. Erst dann würden Sy und er mit letzter Sicherheit wissen, mit welchem Tumor sie es hier zu tun hatten. Und dies würde all ihre künftigen Entscheidungen bestimmen.

Sich auf den Rückzug begeben beziehungsweise die winzige Wunde verschließen konnte Walt erst, sobald man ihm die Ergebnisse des Gefrierschnitts durchgab. Als es so weit war, nahmen Sy und er die Nachricht des Labors mit demselben selbstbetrügerischen Ausspruch in Empfang: »Ein Gefrierschnitt ist nie definitiv.«

Doch die Ergebnisse des Gefrierschnitts waren immerhin beunruhigend genug, dass Sy anordnete: »Warum machen wir eigentlich nicht – nur einfach so – unsere eigenen Brustaufnahmen? Es wäre mir äußerst zuwider, wenn wir was übersehen hätten.«

Walt verschloss den Bereich, dem er das Biopsiematerial entnommen hatte, mit höchster Sorgfalt. Denn lösten sich Sarkomzellen vom Tumor, bestand die Möglichkeit, dass sie sich ins Weichgewebe ausbreiteten. Und das konnte einer ganz furchtbaren Prognose den Boden bereiten.

Als sie den Operationsraum verließen, schickte Walt Duncan die Gewebeproben mit Amys Röntgenaufnahmen, Scans und Krankengeschichte an Dr. Alan Woodside, den Chefpathologen. Um zu einer korrekten abschließenden Diagnose zu gelangen, würde er sämtliches Material benötigen.

Auch die neuen Röntgenbilder von Amys Lunge zeigten keine Metastasen.

Sechs Tage später landete Woodsides pathologischer Bericht auf Sy Rosens Schreibtisch. Er bestätigte, dass bei der Patientin Bedford, Amy, fünfzehn Jahre alt, ein voll entwickeltes und aggressives osteogenisches Sarkom vorlag.

Als Walter Duncan den Bericht las, wusste er, welche Verfahrensweisen nun zwingend vorgeschrieben waren. Und er musste sie unverzüglich in die Wege leiten.

Beim morgigen Treffen des Krebsausschusses würde er den Fall erörtern. Die Behandlung aber musste sofort beginnen.

4

Mehrere Anrufe waren nötig, und ein Treffen musste in letzter Minute verschoben werden, ehe man Ed Bedford, seine Frau Marion und beider Tochter Amy mit Walter Duncan und Dr. Corey in Sy Rosens Zimmer zusammenbringen konnte.

Und so fiel es Sy zu, eine erste Erklärung abzugeben. Da man ihn vor Bedfords Hang, nur dem zu vertrauen, was er mit eigenen Augen sah, gewarnt hatte, bezog sich Sy auf die Röntgenaufnahmen und die Scans. An den ungeduldigen Vater gewandt, sprach Sy so ruhig, wie es ihm möglich war: »Mr Bedford, sehen Sie hier auf der Röntgenaufnahme diesen dunklen Schatten?«

»Ja«, versetzte Bedford ungeduldig. »Was ist das?«

»Ein Hinweis auf ein Neoplasma. Eine Geschwulst.«

»Eine Geschwulst«, wiederholte Bedford. »Was heißt das?«

»Ein Tumor«, erklärte Sy. »Ein Knochentumor. Und hier auf diesen Knochen-Scans könnten sie diesen Hot Spot im selben Bereich sehen ...«

»Hot Spot«, wiederholte Bedford erneut, mit einer Verachtung, die klarstellte, wie sehr er derartigen Jargon bei Ärzten missbilligte.

»Dieser Hot Spot oder Herd ist ein ziemlich eindeutiger Hinweis auf einen gefährlichen Tumor«, sagte Sy.

Als Bedford auf einmal dämmerte, worauf Sy da zusteuerte, unterbrach er ihn: »Wollen Sie mir etwa sagen, dass das ... das Ding im Bein meiner Tochter Krebs ist? Das ist unmöglich! Fünfzehnjährige kriegen keinen Krebs!«

»Ed, ich bitte dich«, unterbrach ihn Marion Bedford. Obwohl sie selbst die Tränen kaum zurückhalten konnte, versuchte sie ihrer Tochter Trost und Kraft zu spenden, indem sie nach deren Hand griff. Die, wie sie feststellte, extrem kalt war und die Furcht verriet, die sich des Mädchens bemächtigt hatte.

»Schauen Sie«, brach es aus Bedford heraus, »ich bin ein Mann, der sich mit Tatsachen auseinandersetzt. Was immer ihr Ärzte wisst, will ich auch wissen. Ich bin kein Idiot. Ich verstehe das schon. Rücken Sie heraus damit und sagen Sie's mir.«

»Einen Moment, Ed ...«, versuchte Dr. Corey dazwischenzugehen, während er gleichzeitig Sy einen entschuldigenden Blick zuwarf, der in etwa besagte: *Ich habe Sie gewarnt.*

Bedford wandte sich Corey zu. »Wie kann so was passieren, verdammt, und Sie wissen nichts davon? Amy lässt sich doch weiß Gott regelmäßig alle sechs Monate von Ihnen untersuchen. Wie konnten Sie so was übersehen? An all das Geld, das ich Ihnen über die Jahre bezahlt habe, darf ich gar nicht denken. Heutzutage kann man sich wirklich auf niemanden mehr verlassen, verdammt noch mal!«

Walt Duncan erhob sich auf seine gesamten eins achtundachtzig und packte Ed Bedford bei den Schultern: »Schluss jetzt, Bedford!«

Bedford funkelte ihn zornig an. Er sah aus, als wolle er einen Haken landen, um Walters Griff abzuschütteln. Aber er starrte nur weiter zu ihm in die Höhe und schien nicht nur kleiner, sondern auch sehr viel kleinmütiger zu werden.

Mit ruhigerer Stimme fuhr Walt fort: »Mr Bedford, es handelt sich hier um eine heimtückische Erkrankung. Die man fast nie bei einer Routineuntersuchung entdeckt. Kein Arzt kann auf sie schließen, ehe nicht irgendein Anzeichen, ein Symptom dafür vorhanden ist. Es ist das größte Problem, das wir bei der Diagnose und Behandlung von Knochenkrebs haben. Er wird nicht entdeckt. Der Schmerz ist das erste Symptom. Und nachdem der Schmerz auftrat, haben die Ärzte das Richtige getan. Und wir haben ihn entdeckt.

Und nun nehmen Sie Abschied von einem weiteren verbreiteten Irrtum. Krebs ist nicht nur die Krankheit der Alten. Auch Fünfzehnjährige erkranken an Krebs. Also vergessen Sie alle vorgefassten Meinungen und hören Sie zu. Und zwar sehr genau. Denn wir müssen noch heute eine Entscheidung treffen. Die wichtigste Entscheidung im Leben Ihrer Tochter.«

Ernüchtert von diesen Worten, ließ sich ein blasser, verschwitzter Ed Bedford in seinen Stuhl zurücksinken. Walt Duncan blieb stehen und wandte sich nun stärker an Amy als an ihren Vater. Denn er sah, dass die unbeherrschte Reaktion ihres Vaters sie erschreckt hatte. Und wenn sich ein Kind in einer kritischen Situation wie dieser nicht auf seinen Vater verlassen konnte, worauf konnte es sich dann verlassen?

»Amy, ich will die Schwere deiner Erkrankung nicht herunterspielen. Es ist eine schlimme Sache. Und ich werde dich nicht belügen. *Sie kann tödlich sein.* Aber – und Gott sei Dank gibt es heutzutage viele Abers – sie kann behandelt werden. Und zwar auf verschiedene Arten. Und deswegen müssen wir zwei eine Entscheidung treffen.«

»Der Junge von den Kennedys ...«, murmelte Ed Bedford verzweifelt, »... sie haben sein Bein ... haben es amputiert.«

Amy keuchte leise und begann zu weinen. Ihre Mutter nahm sie in den Arm. Walt Duncan ließ sich neben dem Mädchen auf ein Knie sinken. Er nahm Amys Hand, hob ihr Kinn, sodass sie ihm in die Augen blicken musste.

»Amy, vergiss nicht, ich habe das Wort nicht benutzt. Noch Dr. Rosen. Noch Dr. Corey. Ich habe gesagt, dass wir, du und ich, eine Entscheidung treffen müssen, und das heißt auch, dass wir eine Wahl haben. Ja, auch Amputation ist eine Alternative. Vielleicht die sicherste. Und – gewissermaßen – die einfachste. Aber es gibt auch eine andere Möglichkeit – wenn du es möchtest.«

Das Mädchen weinte weiter, als habe es das gar nicht gehört.

Verdammt noch mal, dachte Walter, *mit einem anderen Vater hätte das so viel schmerzloser abgehen können.*

»Also, Amy, nun hör mir mal genau zu. Denn wenn ich mit dem Erklären fertig bin, wollen wir, dass du entscheidest. Ja, wir können amputieren. Aber es gibt auch noch eine andere Möglichkeit. Und die sieht folgendermaßen aus: Während der nächsten sechs bis zehn Wochen werden wir dich einer chemotherapeutischen Behandlung unterziehen. Das ist eine Form der Krebsbekämpfung. Falls sie erfolgreich verläuft und den Tumor schrumpfen lässt, ist das ein Hinweis darauf, dass wir das Sarkom unter Kontrolle haben. Und dann kann ich eine Operation durchführen. An der wird dann Dr. Rosen teilnehmen. Und Dr. Corey ebenfalls. Wir arbeiten zusammen. Und bei dieser Operation werde ich den kanzerösen Teil deines Knochens entfernen.«

»Amputieren?«, fragte Amy zaghaft.

»Nicht amputieren, Amy. Sondern *resezieren.* Das heißt, wir entfernen lediglich den kranken Teil, den gesunden erhalten wir.«

»Aber wenn Sie doch einen Teil von meinem Bein entfernen ...«, protestierte das Mädchen.

Walt blickte sie unverwandt an.

»Amy ... Amy, hör zu.« Die Tränen liefen ihr über die Wangen. »Wenn wir eine Resektion vornehmen, dann implantieren wir eine Prothese. Einen langen Metallstab aus starkem, leichtem Titan, der den Knochen ersetzt. Ein Ersatzskelett, wenn du so willst. Wenn wir müssten, könnten wir sogar dein Knie ersetzen.«

»Und wenn das alles funktioniert, kann ich dann wieder laufen.«

»Wenn alles hinhaut, kannst du das.«

»Werde ich auch wieder Tennis spielen können?«, fragte sie.

»Nicht mehr so gut wie vorher«, erwiderte Walt.

»Dann mach ich das«, meinte Amy sofort.

»Nur nichts überstürzen, Amy«, meinte Walt. »Erstens ist das alles kein Kinderspiel. Zweitens gibt es keine Garantien. Ich will dir nichts vormachen. Vielleicht sind diese Sarkomzellen schon ins Blut gelangt, das sie in andere Teile deines Körpers transportieren kann. Zum Glück haben sie noch nicht in der Lunge gestreut. Denn das ist der am stärksten gefährdete Bereich. Die Lungen sind frei von Metastasen, sodass wir Glück haben könnten. Und es vielleicht gerade noch geschafft haben. Aber ich will, dass du die Risiken kennst. Wir wollen dir nichts vorenthalten, Amy.«

Diese ausführliche Darstellung der gefährlichen Möglichkeiten schien das Vertrauen des Mädchens in Walter Duncan zu stärken.

»Nun, liebe Amy, was deine Entscheidung betrifft. Falls du dich für die Resektion und die Prothese entscheidest, dann musst du auch bereit sein, dich einer einjährigen Chemotherapie zu unterziehen, plus der Operation, plus einer physiotherapeutischen Behandlung und allen Schmerzen und Beschwerden, die mit alledem einhergehen. Das heißt, dass du, wenn du diese Entscheidung triffst, etwa ein Jahr deines Lebens drangeben musst. Es ist ein Glücksspiel. Aber falls du dich für diese Alternative entscheidest, können wir dich vielleicht wieder gesund machen.«

»Ein ganzes Jahr?«, fragte sie.

»Ein ganzes Jahr. Tennis und alle anderen Sportarten kannst du vergessen. Zur Schule wirst du nur gehen, wenn du kannst. Deine Hauptaufgabe aber wird darin bestehen, uns dabei zu helfen, Amy Bedford wieder gesund zu machen. Was hältst du davon?«

Nach kurzem Zögern sagte Amy: »In Ordnung, Doktor, ich tu es.«

Und als hätte ihm seine Tochter Mut gemacht, nickte nun auch Ed Bedford.

»Hören Sie, tut mir leid wegen vorhin. Das Ganze wird ja wohl Geld kosten, eine ganze Stange davon. Machen Sie sich darum keine Sorgen. Am Geld soll's nicht scheitern. Helfen Sie nur meiner Kleinen, wieder gesund zu werden.«

»Wir tun unser Bestes«, sagte Sy. »Zunächst einmal braucht Amy einen Termin bei Frau Dr. Bristol, unserer Onkologin. Sie wird ihr alles über Chemotherapie erklären. Was Chemotherapie ist, was sie bewirken soll, welche Nebenwirkungen sie hat. Ich habe bereits Dr. Bristols Sekretärin angerufen. Sie erwartet dich.«

»Amy«, meinte Walt, »warum gehst du nicht mit deiner Mutter den Gang runter zu Dr. Bristols Büro und besprichst das mit ihrer Sekretärin?«

Ed Bedford erkannte, dass Walts Aufforderung die Bitte enthielt, er, Bedford, möge doch bleiben. Sobald die Tür zufiel und sich nur noch die Männer im Raum befanden, griff Bedford in die Innentasche seines Mantels und zückte sein Scheckbuch. »Gut, meine Herren, wie viel soll's denn sein für den Anfang?«

»Das war nicht der Grund, Mr Bedford, weshalb ich sie zu bleiben bat«, meinte Walt. »Die finanziellen Angelegenheiten werden zwar beizeiten zu besprechen sein. Aber wir wollten Ihnen etwas nahelegen. Ihre Tochter wird sich einer langen und anstrengenden Behandlung unterziehen. Chemotherapie hat einige sehr erschreckende und schmerzliche Nebenwirkungen, die bei einigen Patienten schlimmer ausfallen als bei anderen. Sie wird alle verfügbare Willenskraft, allen Mut gebrauchen können. Sie hat ein Jahr vor sich, in dem sie womöglich durch die Hölle gehen wird. Aber wir glauben, dass es sich lohnt.

Was sie von Ihnen braucht, ist nicht so sehr Geld als vielmehr Mut. Dass Sie selbst genügend Kraft finden, damit Ihre Tochter bei Ihnen auftanken kann. Wenn Sie das Gefühl haben, dass Sie vor lauter Wut und Zorn schreien müssen, so gehen Sie in Ihr Büro oder raus ins Freie und brüllen Sie. Wenn Sie weinen müssen, gehen Sie ins Bad und heulen Sie dort. Wenn Sie das Schicksal oder Gott verfluchen müssen, weil ausgerechnet Ihrer Tochter so was zustößt, so tun Sie es dort, wo sie Sie nicht hört oder sieht. Was sie von Ihnen braucht, ist ein Lächeln. Ein ehrliches Lächeln, das ihr sagt: ›Mach weiter, Amy, Liebes, wir schaffen das schon.‹ Was wir von Ihnen wollen, sind Worte der Ermutigung. Dass Sie sie tröstend in den Arm nehmen. Sagen Sie ihr, wie lieb Sie sie haben und dass Sie daran glauben, dass sie die Krankheit besiegen wird.

Vor allem aber geben Sie Amy nie das Gefühl, dass Sie ihre Krankheit als Belastung empfinden. Dass Sie enttäuscht sind. Vielleicht auch enttäuscht in dem Ehrgeiz, den Sie in sie gesetzt hatten. Sie haben sie vorher geliebt, lieben Sie sie jetzt umso mehr. Sie braucht es. Denken Sie immer daran, dass niemand Schuld daran hat. Keiner hätte es verhindern können. Es ist passiert. Das ist alles.«

Als Walt geendet hatte, nickte Ed Bedford zerknirscht. Seine Lippen bewegten sich, doch er blieb stumm. Der Mann versuchte, Walt ein Versprechen zu geben, fand aber keine Worte dafür. Nach kurzem Schweigen erhob er sich und steuerte in Richtung Tür. Dann hielt er inne.

Er wandte sich zu den drei Ärzten um: »Sie wissen nichts davon. Weder Amy noch ihre Mutter. Aber ich hab seit inzwischen drei Jahren Geld in festverzinslichen Wertpapieren angelegt. Um Amys erstes Jahr auf der Tennistour zu finanzieren. Das gehört jetzt alles Ihnen, meine Herren.«

Verärgert über die haarsträubenden Unterstellungen des Mannes, fragte Walt Duncan: »Und wenn wir Ihnen sagen würden, dass es zehnmal so viel kostet?«

»Es ist jedenfalls da. Nennen Sie mir nur die Summe, und Sie kriegen es«, meinte Bedford. »Tun Sie nur was! Retten Sie sie!«

Tränen stiegen ihm in die Augen, und er schlüpfte hinaus, ehe sie ihm über die Wangen rollen konnten.

Walt blickte zu Sy, der nur meinte: »Armer Mann, wenn es Gesundheit zu kaufen gäbe, wäre das alles ein Leichtes für ihn. Er würde sie ihr einfach kaufen. Was er jetzt wohl tut?«

Dr. Corey sagte: »Ich jedenfalls tue, was ich kann, um ihn in der Spur zu halten. Er ist in solchen Situationen hilflos. Er managt seine Familie genauso wie sein Unternehmen. Keine Ahnung, wie er jetzt reagiert, wo seine Tochter quasi ›beschädigt‹ ist. Wäre sie eine Angestellte, wüsste er, was er zu tun hat.«

Als Corey gegangen war, sagte Sy: »Meinst du nicht, Walt, dass du dich mit deinem Optimismus, sie zu heilen, ein wenig übernommen hast?«

»Ich musste es tun«, sagte Walt. »Nur so bringt sie den Willen auf, den sie für das, was ihr im nächsten Jahr bevorsteht, so dringend braucht.«

Die Ereignisse des Nachmittags hatten Walt stärker berührt, als er selbst gedacht hätte. Das Gesicht Amy Bedfords verfolgte ihn während der Visite. Stand vor ihm, während er sich mit Ärzten besprach, die ihm Patienten zum Operieren überwiesen hatten, und als man ihn in die Notaufnahme rief, damit er seine Ansicht über die Behandlung eines Unfallopfers und dessen komplizierte Frakturen äußerte. Es begleitete ihn so beharrlich, dass er Claudia bat, seine letzten beiden Termine abzusagen, damit er rechtzeitig nach Hause kam, um mit Simone und Emily zu Abend essen zu können. Denn es war ihm klar geworden, dass Ed Bedford und Walter Duncan, so sehr sie sich auch in beruflicher Hinsicht unterschieden, durchaus etwas gemeinsam hatten.

Es war ein vergnügliches Abendessen für alle drei. Während der gesamten Mahlzeit war Simone kaum zu stoppen. Mehr als nur einmal musste Walt sie drängen: »Liebes, dein Huhn wird kalt. Wir haben doch auch später noch reichlich Zeit zum Reden.« Doch das Kind ließ nicht locker, erzählte alles, was in der Schule passiert war, und nicht nur an diesem Tag, sondern auch an dem davor. Zu seiner Bestürzung musste Walter schließlich erkennen, dass ihre Aufregung, die glänzenden Augen im Grunde ein Tadel waren. Sie nutzte jeden Moment mit ihm aus, weil die Gelegenheiten, ihn für sich zu haben, so selten waren. Er machte jede Menge gutgemeinter Versprechungen, von denen er nur wenige würde halten können.

Sie stand auf, blieb auf der Schwelle stehen. »Kommst du später und gibst mir einen Gutenachtkuss?«

»Natürlich, Liebes«, erwiderte Walt, amüsiert über ihr Verhalten. Offensichtlich wurde seine Tochter allmählich erwachsen.

Als er seinen Kaffee getrunken hatte, stieg er die Treppe hinauf. Simones Tür stand einen Spalt weit offen. Er spähte hinein, wollte sie necken. Doch sie reagierte nicht. Sie war schon eingeschlafen. Offenbar war sie sehr müde gewesen. Er beugte sich zu ihr hinab, um sie auf die Wange zu küssen. Und schlüpfte leise hinaus.

Als er nach unten kam, sah ihm Emily mit einem Blick entgegen, der ihm verriet, dass es ein drängendes Problem gab. Sie aber meinte nur: »Du bist heute früh nach Hause gekommen.« Offenbar schien dies einer Erklärung zu bedürfen.

Er lächelte. »Spätes Nachhausekommen ist selbstverständlich. Frühes Nachhausekommen aber erfordert eine Erklärung.«

»Du kommst nicht nur früh nach Hause. Heute ist doch auch noch etwas anderes passiert.«

»Ja«, räumte er ein. »Es ist etwas passiert.« Und er erzählte ihr von Amy Bedford. »Vielleicht habe ich ihr zu viel versprochen. Aber ich hatte das Gefühl, ich muss es tun.

Beim Anblick dieser flehenden blauen Augen, in denen so viel Angst lag, blieb mir nichts anderes übrig – ich musste sie beruhigen.«

»Und wie stehen ihre Chancen?«

»Gut«, meinte er, um seine Aussage sogleich abzuschwächen: »Na ja, nicht unbedingt gut. Es besteht die dreiundachtzigprozentige Wahrscheinlichkeit, dass der Krebs bereits in der Blutbahn ist. Aber es ist denkbar, das die Chemo dem entgegenwirkt.«

»Und wenn nicht?«, fragte Emily.

Er wich dieser betrüblichsten aller Möglichkeiten aus, indem er erklärte: »Es ist dumm, darüber zu spekulieren. Wir werden es ohnehin bald genug wissen. Spätestens in sechs bis acht Wochen. Der Tumor wird zurückgehen oder nicht. Und das diktiert uns dann den nächsten Schritt.«

»Das also hat dich so früh nach Hause gebracht?«, bemerkte Emily. »Simone war ganz aus dem Häuschen. Sie hat es wirklich in vollen Zügen genossen.«

»Und sich offenbar ein wenig übernommen dabei«, meinte Walt lächelnd. »Geht sie neuerdings schon so früh zu Bett?«

»Wobei mir einfällt: Sie mault auch nicht mehr rum, wenn ich ihr das Fernsehen verbiete. Sondern geht einfach nur hoch und legt sich schlafen.«

»Schön.«

»Offensichtlich begreift sie inzwischen, dass es sowieso keinen Sinn hat, länger aufzubleiben. Daddy kommt ohnehin nicht rechtzeitig nach Hause.« Sofort entschuldigte Emily sich. »Tut mir leid, Liebling, ich wollte das nicht sagen. Es ist mir einfach rausgerutscht.«

»Ich bemühe mich, glaub mir. Ich versuche es. Nur kommt mir jedes Mal was dazwischen.«

Als er sich hinsetzte, um sich die am Nachmittag eingetroffenen Laborergebnisse eines Falls anzusehen, den er am nächsten Morgen um sieben operieren sollte, überlegte er:

Hat Emily Recht? Ist Simones nachgiebige Haltung eine Form stummen Protestes gegen meine häufige Abwesenheit? Kinder reagieren ja bekanntlich auf seltsame Arten und Weisen auf heimliche Verletzungen und Zurückweisungen.

Am Morgen würde er sich mit Dr. Rita Bristol, der Onkologin, zusammensetzen, um einen Behandlungsplan für Amy Bedfords Chemotherapie aufzustellen.

Und verdrossen erinnerte er sich, dass alle Bemühungen, die Kunstfehlergeschichte gegen Peter Enright außergerichtlich beizulegen, gescheitert waren. Er würde, sobald ein Termin feststand, vor Gericht erscheinen und aussagen müssen. Walt sah dieser unangenehmen Pflicht gar nicht erwartungsvoll entgegen.

Alle im University Medical Center empfanden Rita Bristol als sehr zurückgezogenen Menschen. Wenn man von ihrem Bildungsweg und beruflichen Werdegang absah, der einen Bachelor einer Universität aus dem Südwesten, ein medizinisches Examen einer kalifornischen Universität und ausgezeichnete Referenzen von zwei Kliniken im Osten umfasste, wo sie auch für ihr Spezialgebiet Onkologie ausgebildet worden war, war nicht viel über sie bekannt.

Sie war eine attraktive Frau, klein und dunkelhaarig. Im Umgang mit den Patienten legt sie nur wenig Gefühl an den Tag. Und was hinter den flinken und scharfen Augen vor sich ging, konnten nur wenige ermessen. Im Hinblick auf die Behandlungen jedoch, die sie ihren Patienten verschrieb, war sie überaus offen, direkt und präzise.

Sie hatte keine Kinder, wenn sie auch manchmal auf eine frühere Ehe anspielte. So wie sie davon redete, lag die allerdings schon eine Weile zurück und hatte unglücklich geendet.

Nicht bekannt in der Klinik war, dass sie mehrere Male im Jahr, wenn sie ein paar Tage freibekam, nach Osten, nach Washington flog. Dort besuchte sie das Denkmal für die Gefallenen des Vietnamkriegs, an dem sie stets mehrere Stunden verbrachte. Bei ihrer Ankunft und unmittelbar vor der Abreise strich sie mit den Fingern über einen Namen auf diesem kalten Monument – wie eine Blinde, die Brailleschrift liest.

Im Anschluss daran kehrte sie ins Krankenhaus zurück und nahm ruhig ihre Pflichten wieder auf.

An diesem Tag, als sie Amy Bedford und ihre Mutter vor sich sitzen hatte, wirkte Dr. Bristol so lebhaft und tüchtig wie eh und je. Sie hatte ihr schwarzes Haar zu einer Art Krone geflochten, die aussah, als würde das Frisieren Stunden in Anspruch nehmen. Doch brachte sie ihre klassischen Züge aufs Eleganteste zur Geltung. Offensichtlich hatte sie Amys Laborberichte, körperlichen Befunde, Röntgenaufnahmen, Scans, den pathologischen Bericht wie auch den Walter Duncans sowie dessen Kommentar eingehend studiert.

Amy saß so still, wie sie das in einer Zeit so gewaltiger Spannung und Angst nur fertigbrachte. Ihre Mutter saß neben ihr und versuchte verzweifelt, den Eindruck zu erwecken, dass man es mit einer intelligenten, kooperativen und nicht völlig gefühlsgebeutelten Person zu tun hatte. Und hätte sie das nervöse Flattern am Hals in den Griff bekommen, wäre ihr dies womöglich auch gelungen.

Dr. Bristol, die das alles registrierte, bemühte sich, das Treffen mit einem optimistischen Ton zu beginnen.

»Du hast sicher schon Horrorgeschichten darüber gehört, Amy, was Leuten passiert, wenn sie sich einer Chemotherapie unterziehen. Wie die meisten Gruselgeschichten sind auch diese in der Regel übertrieben. Was nicht heißen soll, dass es angenehm werden wird. Denn dein Körper wird zum Austragungsort einer Schlacht werden. In dem die Guten die Medikamente sind. Die Bösen aber die abtrünnigen Zellen, die Krebszellen. Und wie in allen Kriegen kommt es vor, dass zuweilen unschuldige Zivilisten, die Patienten nämlich, verletzt werden. Daher wirst du Zeiten des Unbehagens erleben. Übelkeit. Eine Zeit lang sogar Brechanfälle. Aber das alles ist nicht so schlimm, wie man es dir erzählt hat. Wichtig dabei ist, dass wir – solange ich hier praktiziere – niemals einen Patienten an die Chemotherapie verloren haben.

Unsere Hauptaufgabe ist es, diesen Tumor in deinem Bein zu verkleinern. Wenn wir beide das schaffen, kann Dr. Duncan seine Operation durchführen, und dann solltest du eigentlich eine sehr gute Chance haben, das Ding zu besiegen. Deshalb musst du jedes Mal, wenn du aufgeben willst, jedes Mal, wenn du dir denkst ›Diese Bristol will mich umbringen‹, an dein Ziel denken. *Den Tumor in deinem Bein zum Schrumpfen zu bringen*. Okay?«

»Okay«, murmelte Amy kaum hörbar. Um gleich darauf zu fragen: »Und was ist, wenn er es nicht tut?«

Da Rita Bristol nicht wusste, was Walt Duncan in diesem Falle gesagt hätte, beschloss sie, dass es am besten war, bei der Wahrheit zu bleiben.

»In diesem Fall gäbe es keine andere Wahl. Dr. Duncan müsste amputieren.«

Amy war es, als lege sich eine kalte Hand um ihren Magen und drücke zu. Sie sah ihre Mutter an. Doch Dr. Bristol intervenierte.

»Amy! Ich habe nicht gesagt, dass das passiert. Ich habe nur gesagt, dass es geschehen würde, wenn wir beide keinen Erfolg hätten. Daher ist es sehr wichtig, dass jede von uns das Ihrige beiträgt. Jedes Mal, wenn du Unbehagen oder Übelkeit verspürst, wenn du das Gefühl hast, als würde dir die Chemo die Eingeweide zerreißen, musst du daran denken, dass du für einen guten Zweck leidest. Das momentane Unbehagen, der momentane Stress können bedeuten, dass du einige Wochen später operiert wirst. Und danach ein ganz neues Leben für dich beginnt. Statt also die Behandlung zu hassen, solltest du sie als Chance begreifen. Eine Chance, wie du sie vor nicht allzu vielen Jahren noch nicht gehabt hättest.«

Amy sah Dr. Bristol an und fand Trost in der Zuversicht, die sie in den tiefen, dunklen Augen las.

»Ja, Amy, und das wird dein Programm für die nächsten acht Wochen sein. Du bekommst neun Dosen eines Mittels namens Methotrexat, das intravenös gespritzt wird. Sodass du kein widerlich schmeckendes Zeug schlucken musst. Aber es kann zu Erbrechen führen.«

»Muss ich ins Krankenhaus?«, fragte Amy.

»Immer nur für drei Tage. Einen Tag für die Behandlung. Zwei Tage, damit wir sehen, wie die sich auf dein Blut und deinen Urin auswirkt, wie gut dein Körper das Methotrexat verträgt.«

»Dann versäume ich also drei Schultage«, meinte Amy.

»Ich werde mit den Verantwortlichen reden. Wir regeln das alles so, dass du – wenn du dazu in der Lage bist – in die Schule gehen kannst.«

Amy nickte. Doch man sah, dass sie nicht beruhigt war.

Ihre Mutter streckte die Hand aus und tätschelte ihren Arm. »Denk dran, Liebes, ein Jahr hat Dr. Duncan gesagt. Was ist schon ein Jahr, wenn es bedeutet, dass du für den Rest deines Lebens gesund bist?«

Dr. Bristol war zwar erleichtert, dass nicht sie dieses überzogene Versprechen gegeben hatte. Doch sie hütete sich auch, es zu relativieren.

»Was die Schule angeht, so werden wir schon eine Regelung finden, Amy. Unterricht zu Hause. Und einen speziellen Lehrplan. Aber es wird auch Tage geben, an denen du, wenn du möchtest, ohne weiteres zur Schule gehen kannst. Fürs Erste habe ich dir ein Zimmer im Kinderpavillon reservieren lassen.«

»Ich bin fünfzehn!«, protestierte Amy.

Dr. Bristol lächelte. »Tut mir leid, aber in der Medizin gehörst du damit immer noch auf die Kinderstation. Also, bis Montagmorgen. Acht Uhr!«

»Acht Uhr«, echote Marion Bedford bekräftigend.

»Komm, Schatz«, sagte sie. »Wir besorgen die Sachen, die du für Montag brauchst.«

Rita Bristol sah ihnen nach. *Wie jung und hübsch sie doch ist,* dachte sie. *Und dann mit so was konfrontiert zu sein.* Nach allem, was sie über den Fall wusste, fühlte sie sich hinsichtlich der Prognose nicht zu uneingeschränktem Optimismus berechtigt. Sie hatte ähnliche Fälle scheitern sehen. Was Amputation nach sich zog. Und Schlimmeres.

Prozentsätze, »Heilungsraten« waren im jeweiligen besonderen Fall nie eine Garantie. Man hielt sich an Verfahren, die sich in der Vergangenheit als erfolgreich erwiesen hatten. Wie der Patient hoffte man mit religiöser Inbrunst auf das gewünschte Resultat. Der einzige Unterschied zwischen Arzt und Patient – wenn die Sache dann scheiterte – war, dass der Arzt es früher geahnt hatte.

5

In jener Nacht schreckte Amy aus einem Traum in die Höhe, von dem sie nur ihren protestierenden Ausruf »Ich bin doch viel zu jung ... zu jung ...« in Erinnerung hatte. Erschöpft lag sie auf dem schweißfeuchten Laken. Und ihr erster bewusster Gedanke war: *Erst habe ich Dr. Bristol widersprochen, ich sei zu alt für den Kinderpavillon. Und jetzt sage ich, dass ich zu jung bin ...*

Langsam kamen Teile ihres Traumes zurück. Sie hatte einer Person widersprochen, die groß und irgendwie schemenhaft über ihr aufragte: »Ich bin zu jung für so was ... zu jung, um so krank zu sein ... zu jung für diese Worte ... wie immer diese Worte, die Krebs bedeuten, auch lauten mögen ... zu jung.«

Sie atmete tief, wischte sich mit den Händen den Schweiß von der Stirn. Sie fühlte sich wie manchmal nach einem langen, harten Satz gegen einen der Jungs aus dem Team, eine Übung, die Swede Olafsen sie häufig absolvieren ließ, um sie an härtere Schläge zu gewöhnen, als sie sie in Mädchenwettbewerben normalerweise erlebte.

Montag, dachte sie plötzlich. *Am Montag werde ich mich zur ersten Dosis von diesem Zeug, von dem Dr. Bristol geredet hat, einfinden müssen. Metho-Dingsbums. Das alle möglichen scheußlichen Dinge bewirkt. Übelkeit. Erbrechen.* Sie konnte seine Bitterkeit förmlich schmecken.

Und wenn das nun alles umsonst war? Wenn es sich nur um einen der medizinischen Irrtümer handelte, von denen man ständig in der Zeitung las? Wo sich dann irgendwann später herausstellt, dass das Medikament dem Patienten nur geschadet hat?

Sie drehte sich auf die Seite. Spürte jenen leichten, aber hartnäckigen Schmerz in ihrem Bein.

Für sie war der Feind der Schmerz und nicht die Krankheit. Den Schmerz spürte sie.

Für die Krankheit hatte sie keinen Beweis.

Abgesehen davon, dachte sie. *War es möglich, dass ein Mädchen an einem Tag noch für die Tennismeisterschaften des Bundesstaats trainierte und am nächsten vom Tod bedroht war?*

Ehe sie sich dem Schrecken der Chemotherapie unterzog, würde sie selbst noch einige Nachforschungen anstellen. Sie glitt aus dem Bett. Ging zum Schrank.

Sie öffnete die Schranktür, auf der ihre Mutter an ihrem zwölften Geburtstag einen hohen Spiegel angebracht hatte. Zeichen dafür, dass sie nun erwachsen genug war, um sich über ihr Aussehen in Kleidern und schicken Tennisoutfits Gedanken zu machen.

Und natürlich war es auch die Zeit, in der man sich für Jungs zu interessieren begann.

Sie stellte die Tür ein wenig schräg, dass der volle Strahl des Deckenlichts auf den Spiegel fiel. Sie stand vor dem Spiegel, setzte den rechten Fuß leicht nach vorn und betrachtete ihr Bein.

Sie drehte es nach der einen, dann nach der anderen Seite. Eine Schwellung aber konnte sie nicht entdecken. Und auch sonst keinerlei Veränderung oder Verunstaltung.

Sie drückte, zwickte und fühlte nichts außer den lästigen Schmerz, der sie – eigensinnig – Tag und Nacht quälte.

Andererseits – redete sie sich ein – war es nach dem anstrengenden Training in Vorbereitung auf das Turnier doch nur natürlich, dass ihr das Bein wehtat.

Manchmal war es die Schulter, weil sie sie beim Aufschlag zu hart nach unten riss. Manchmal war es jenes brennende Stechen im Arm, das man als Tennisarm bezeichnete.

Wo immer der Schmerz auch auftrat und wie lange er anhielt, er gehörte zu jenen voraussehbaren Verwundungen, wie man sie in »Tennisschlachten« einfach davontrug.

Sie hatte auch früher schon gespielt, obwohl sie Schmerzen hatte. Es gab keinen Grund, es nicht wieder zu tun. Und genau dazu entschloss sie sich nun.

Sie legte sich wieder ins Bett. Schlief ein in Gedanken an den Plan, den sie am nächsten Morgen in die Tat umsetzen wollte.

Sie erwachte früher als sonst. Ob es wohl noch zu früh war für ihren Anruf? Sie beschloss, es zu riskieren.

Da die Eltern ihr das eigene Telefon vor dem sechzehnten Geburtstag noch verweigerten, musste sie den Apparat im Wohnzimmer oder in der Küche benutzen. Das Wohnzimmer war sicherer.

Denn vielleicht war ihr Vater, weil er früh in der Firma sein musste, bereits in der Küche und machte sich Frühstück, um dann, ehe Amy und ihre Mutter überhaupt aufgestanden waren, schon aufzubrechen.

Auf nackten Füßen schlich sie die Treppe hinunter. Es brannte kein Licht in der Küche. Was bedeutete, dass sie das ganze Erdgeschoss für sich hatte. Sie ging ins Wohnzimmer, setzte sich an den Schreibtisch ihres Vaters und wählte.

Sie hatte sich genau überlegt, was sie sagen würde, falls Brent Martins Mutter sich meldete. Gott sei Dank aber war er selbst am Telefon.

»Brent? Hier Amy.«

»Oh, hi!«

Obwohl er sich zurückzuhalten versuchte, war die freudige Überraschung und Aufregung in seiner Stimme nicht zu überhören.

Das ganze letzte Jahr über hatte er sich bemüht, sie kennenzulernen, und erst aufgegeben, als ihm klar wurde, dass sie seine Gefühle nicht teilte.

Daher war ihr Anruf – nach seiner Begeisterung zu schließen – eine willkommene Überraschung.

»Wo hast du denn in den letzten Tagen gesteckt, Amy? Beim Training habe ich dich nicht mehr gesehen. Was war denn los?«

»Du kennst Swede doch. Ich hatte Schmerzen im Bein, und er wollte einfach nicht, dass ich weitertrainiere. Also muss ich die Sache wohl selbst in die Hand nehmen. Und daher hab ich mich gefragt, ob wir uns, da heute ja Samstag ist, vielleicht für ein, zwei Stunden treffen könnten? Nur damit ich wieder zu meinem Timing zurückfinde?«

»Aber wenn Swede doch gesagt hat ...«

»Nicht in der Schule. Im Tennisverein. Im Park«, meinte Amy. »Bitte, Brent?«

»Okay, Amy, nur weil du's bist. Wann denn?«

»Um neun?«

»Neun Uhr. Soll ich dich abholen?«

Amy überlegte kurz, ehe sie sagte: »Nein. Ich ... ich treffe dich dort. Beleg schon mal einen Platz.«

Das Gras war noch taufeucht, als Amy Bedford im Tennisverein erschien. In ihrem marineblau-roten Trainingsoutfit war sie bestens angezogen. Die Farben kontrastierten mit ihrem blonden Haar und ihren Augen. Und die knappe Passform brachte ihre schlanke Figur sehr vorteilhaft zur Geltung. Sie trug den Anzug irgendwie trotzig, als wolle sie allen sagen: »Ich bin jung, bin kerngesund; mir fehlt doch nichts!«

Ängstlich besorgt wartete sie auf Brent Martin, fürchtete, er könne vielleicht doch nicht auftauchen. Vielleicht hatte er sich in letzter Minute von Swedes Anweisung, dass Amy keinesfalls trainieren dürfe, irritieren lassen und es sich anders überlegt.

Doch um neun erschien Brent Martin wie versprochen mit seinem Schläger und einem Netz, prall gefüllt mit alten

Tennisbällen, die sich zum Üben aber noch prima verwenden ließen.

In seinen Augen sah man, kaum hatte er sie erblickt, dass er sie am liebsten geküsst hätte.

Aber das eine Mal, als er es probiert hatte, hatte sie sich gesträubt.

»Bist du auch sicher, dass du trainieren kannst?«, fragte er, als sie ihre Trainingsanzüge auszogen.

»Na klar doch. Ich fühl mich super. Ich glaube, der Schmerz ist fast weg. Und bis zum Turnier sowieso«, versicherte ihm Amy.

»Na gut.«

Sie begannen sich aufzuwärmen. Er servierte ihr lange, einfache Schläge, die etwa einen Meter innerhalb der Grundlinie landeten.

Genau die Sorte von Schlägen, die Amy gern mit ebenso langen retournierte.

Rasch weiteten sie das Spielgebiet aus, und einige von Brents Bällen landeten weit abseits der Mittellinie und schließlich in den äußersten Ecken des Platzes, sodass Amy sich weiter und rascher bewegen musste als zu Anfang.

Brent schlug seine Bälle überlegt und zielgerichtet, sah zu, wie sie dem Ball nachrannte und es meistens schaffte, einen guten Return hinzulegen.

Manchmal aber konnte sie, obwohl sie sich wirklich ins Zeug legte, den Ball kaum erreichen. Brent rannte ans Netz, angeblich, um den Ball mit einem Volley zurückzuschlagen.

Sobald er aber dort war, tupfte er mit dem Racket aufs Netz und meinte fragend: »Amy?«

»Ja?«, erwiderte sie ganz außer Atem und mit schweißglänzendem Gesicht.

»Du kriegst den Ball nicht wie sonst.«

»Bin ja auch noch beim Aufwärmen«, erwiderte sie schroff, und ihre Ungeduld hatte mehr mit Schuldgefühlen als mit Verärgerung zu tun.

»Du bist doch schon aufgewärmt«, meinte der junge Mann. »Irgendwas stimmt nicht mit dir.«

»Das ist nicht wahr. Geh wieder zurück und spiel mir ein paar kurze Bälle zu, damit ich ans Netz muss.«

»Bist du auch sicher ...«, begann er wieder.

»Mein Gott, du bist ja schlimmer als meine Mutter. Nun geh wieder zurück!«, beharrte Amy.

»Okay. Gut.«

Er bezog wieder hinter der Grundlinie Stellung. Er spielte ihr den Ball mit einem weiten Schlag zu, den Amy von der Grundlinie aus zurückschlug. Er ließ einen Return folgen, der auf der Aufschlagslinie aufkam, sodass sie, um ihn zu kriegen, laufen musste und danach noch drei Schritte in Richtung Netz machte.

Von dort spielte sie seinen Return mit einem kräftigen Volley zurück, sodass er gerade noch innerhalb der Linie landete, aber in einem derartigen Winkel, dass er ihn nicht mehr erwischte.

Sie wandte sich zurück zur Grundlinie, um das Muster zu wiederholen. Als sie sich von ihm entfernte, fiel Brent Martin das Hinken auf, das schon ihren Trainer Swede Olafsen irritiert hatte.

Brent hatte das Gefühl, er müsse sie zum Aufhören überreden, wusste allerdings, wie stur Amy war. Wenn nicht er mit ihr trainierte, gab es jedenfalls keinen Zweiten mehr im Team, der es ihr abschlagen würde.

Er beschloss, vorerst weiterzumachen und zu beobachten. Bei der ersten sich bietenden Gelegenheit würde er darauf bestehen, dass sie aufhörten.

Sie zogen Satzübungen durch. Nach einer Weile bat sie ihn, kurze Bälle zu schlagen, sodass sie üben konnte, nach ihren eigenen Returns ans Netz zu laufen. Sie lief nach einem ihrer Vorhandschläge ans Netz. Zweimal folgte sie – nachdem sie kräftig genug geschlagen hatte – sogar ihrer Rückhand.
Sie schwitzte, atmete heftig, fühlte sich aber großartig. Sie

empfand wieder die alte Zuversicht. Ob mit oder ohne Schmerzen, geistig und seelisch war sie in der Lage, jedes Mädchen ihres Alters im gesamten Bundesstaat zu schlagen. Es war doch denkbar, das alles, was die Ärzte ihr erzählt hatten, nur Unsinn war.

»Spiel mir ein paar hohe Bälle zu!«, rief sie Brent zu.

Er tat es, lobbte ihr hohe Bälle, die gerade noch innerhalb der Linien aufkamen. Amy folgte ihnen, das Racket schon im Voraus hochgerissen, und schmetterte dann ungeheuer machtvoll und schickte die Bälle mit derartiger Wucht in die eine oder andere Ecke, dass Brent nicht einmal versuchte, sie zu erreichen.

Alles klappte vorzüglich. Die Unterbrechung hatte ihr Spiel nicht so stark beeinträchtigt, wie sie befürchtet hatte. Es war gut, sich wieder einmal warm und nass zu fühlen und zu spüren, wie alle Muskeln leicht und mühelos reagierten.

»Wir wär's mit ein paar Spielchen«, rief sie zu ihm hinüber.

»Warum nicht«, erwiderte Brent. »Schlag auf!«

Amy klaubte drei Bälle auf, schob einen in die Gesäßtasche ihres Höschens und begann aufzuschlagen. Den ersten schlug sie noch nicht aus voller Kraft, da sie es langsam angehen wollte.

Brent retournierte – ein weiter, flacher Ball, der tief in ihr Hinterfeld flog. Nicht zu schwer, aber schwer genug, um auch von Amy einen guten Return zu erfordern.

Sie spielte ihn zurück.

Sie machten weiter, bis Amy einen Vorteil sah und nach einem ihrer starken Vorhandschläge ans Netz eilte. Er schlug den Ball direkt in ihre Richtung, aber sie konnte sich zur Seite drehen und einen blitzschnellen, harten Schlag vollführen, der den Ball gerade übers Netz und außerhalb von Brents Reichweite beförderte.

Sie spielten etwa zwanzig Minuten lang, zogen mit dem Tempo an, vermehrten ihre Schläge, testeten Amys Grenzen. Doch zäh und beharrlich hielt sie durch, entschlossen, sich selbst zu beweisen, dass sie so gut war wie immer. Ja sogar besser.

Sie stand wieder auf ihrer Grundlinie und wartete auf Brents Aufschlag. Sein erster Aufschlag landete im Netz. Er machte sich für einen zweiten ersten Aufschlag bereit. Dieser flog sehr schnell auf sie zu, landete aber Gott sei Dank hinter der Aufschlagslinie, sodass sie ihn beiseite fegen und auf seinen zweiten Aufschlag warten konnte. Der war kürzer, irgendwie weicher als der erste und hatte einen leichten Drall. Sie rannte hinein, um ihn in einem weiten Schlag zurückzuschicken. Sie raste ans Netz, aber plötzlich gab ihr rechter Fuß unter ihr nach. Sie fiel – lang ausgestreckt – nach vorn auf den grünen Zement und riss sich das Knie auf. Der Schmerz war so jäh, so heftig, dass sie unwillkürlich aufschrie. Brent rannte zu ihr hin, hob das Netz, um zu ihr zu gelangen.

Er kniete neben ihr, sah die weiße, abgeschürfte Haut. Blut begann hervorzusickern. Trotz ihrer Proteste hob er sie hoch und trug sie zu seinem Wagen.

»Bitte, fahr mich nicht nach Hause«, bat sie ihn.

»Ich kann dich nicht zu Fuß gehen lassen«, sagte er. »Nicht mit diesem Bein.«

Als sie in die Straße einbogen, in der sie wohnte, flehte sie ihn noch einmal an. Doch er blieb stur. Als sie vor ihrem Haus hielten, erwartete sie schon – wie sie befürchtet hatte – ihre Mutter am Eingang.

»Bitte«, flüsterte Amy, »bitte, Brent, mach das Ganze nicht noch schlimmer, indem du mich zur Tür bringst.«

»Okay«, sagte er. »Aber sag ihr die Wahrheit. Verheimliche nichts.«

»Wir haben Tennis gespielt. Weshalb sollte ich denn lügen?«

»Ich weiß auch nicht. Aber ich hab das Gefühl, dass es falsch war«, sagte er.

Sie öffnete die Wagentür und stieg aus. Zum Glück verbarg der Trainingsanzug ihr aufgeschürftes Knie. Aber ihre Schmerzen konnte sie nicht überspielen. Das Brennen der offenen Wunde machte es unmöglich, die Verletzung zu verheimlichen.

Als Amy die Tür erreichte, hatte sich die Miene ihrer Mutter von bloßer Besorgnis zu Verzweiflung verdüstert. Sie half ihrer Tochter ins Haus, führte sie in die Küche, setzte sie auf einen Stuhl. Behutsam rollte sie das Bein von Amys Trainingsanzug hoch. Der Anblick der zerrissenen Haut und des Bluts auf dem kranken Bein schockierte sie.

Nachdem sie es vorsichtig mit warmem Wasser und milder Seife gereinigt hatte, bestrich sie die Wunde mit Vaseline und legte ein weiches Mullkissen darauf. Dann trat sie, ohne ein Wort des Tadels darüber zu verlieren, ans Telefon und wählte die Nummer von Dr. Corey.

»Rufen Sie Dr. Duncan an«, lautete der Rat des Kinderarztes. »Ich will, dass er sich Amy sofort anschaut! Verstehen Sie? Sofort!«

»Nun, nun«, meinte Walter Duncan so leichthin, wie es ihm möglich war, während er auf Amy Bedfords rechtes Bein starrte.

Das Mädchen blickte vom Untersuchungstisch zu ihm auf und versuchte in seinen Augen zu lesen. Er wirkte nicht so besorgt wie ihre Mutter oder so alarmiert wie Dr. Corey.

In Wirklichkeit aber war er noch viel betroffener als diese beiden.

»Erzähl mir nur, wie es passiert ist«, meinte Walt und betastete mit größter Vorsicht das Bein, wobei er den Wundbereich nur leicht mit dem Zeigefinger berührte.

Sie gab zu, dass sie gespielt hatte, und betonte, wie gut es gelaufen war. Ja, sie habe immer noch einen leichten Schmerz verspürt, der aber, wie ihr schien, im Laufe des Trainings nachgelassen habe. Walter Duncan sah darin aber nur den Versuch, ihren Verstoß gegen seine Anweisungen nachträglich zu beschönigen.

Schließlich beschrieb sie, wie es zu dem Sturz gekommen war. Mit Schmerzen habe der rein gar nichts zu tun gehabt. Sie hatte ihr Bein nicht geschont. Hatte auch nicht gehinkt. Es war einfach einer jener Unfälle, wie sie auf Tennisplätzen vorkamen, wie der Arzt es aus eigener Erfahrung wissen müsse.

»Sie sehen also, Doktor, dass der Schmerz ganz und gar nichts damit zu tun hatte.«

Entlastet und erleichtert legte sie sich auf den Tisch zurück und wartete auf seine Reaktion.

»Weißt du, Amy, im Grunde spielt es keine Rolle, wie es passiert ist«, sagte Walt Duncan.

Sie empfand ungeheure Erleichterung. Offenbar war es ihr gelungen, seinem Ärger zu entgehen.

»Es ist nicht wichtig, ob du über eine Stufe gestolpert bist oder beim Aussteigen aus dem Auto oder ob du auf feuchtem Boden ausgerutscht bist. Das Einzige, was zählt, ist die Tatsache, dass du dir – zum Glück – nicht das Bein gebrochen hast.«

Sie fühlte sich gleich noch erleichterter.

»Denn wenn es gebrochen wäre, hätten wir keine Wahl mehr gehabt. Ich hätte amputieren müssen. Heute noch!«

Ihr stockte der Atem. Und sie spürte, wie sich ihr ganzer Körper mit einer Gänsehaut überzog. Einen Moment lang zweifelte sie und dachte: *Das sagt er doch nur, um mir einen Schrecken einzujagen.* Doch als sie in seine Augen blickte, wusste sie, dass es die Wahrheit war.

»Gegenwärtig, Amy – und hoffentlich noch so lange, bis wir die Behandlung in Gang gebracht haben – ist die Gefahr auf diesen kleinen Bereich beschränkt. Nach all unseren bisherigen Feststellungen befinden sich die Krebszellen alle hier und haben noch nicht in andere Teile deines Beins gestreut.

Und wir hoffen, dass sie noch nicht in die Blutbahn gelangt sind. Kommt es aber zu einem Knochenbruch, dann brechen sie aus und beginnen sich, wie bewaffnete Söldner, die nur zerstören und töten wollen, zu verbreiten und zu wuchern.

Daher bliebe uns im Fall eines Knochenbruchs nur die Möglichkeit, das Bein mit den tödlichen Zellen zu entfernen, und zu Gott zu beten, dass wir die meisten geschnappt haben, ehe sie uns entwischen konnten.«

Amy begann zu zittern. Und Duncan legte ihr beruhigend die Hand auf die Schulter.

»Ich habe dir gesagt, dass das nur passiert, wenn ein Bruch vorliegt. Und deshalb werde ich in Zukunft und vor allem während der Chemotherapie darauf bestehen, dass du eine Beinschiene trägst. Wir wollen schließlich nicht riskieren, dass du dir das Bein brichst – auch wenn du nichts Anstrengendes unternimmst.«

»Eine Schiene? Wie ein Krüppel?«, fragte Amy.

Walter Duncan korrigierte sie.

»Nein, Amy, sondern eine Schiene, wie sie einer jungen Dame mit einer gefährlichen Krankheit, die wir heilen wollen, sehr wohl ansteht.«

»Muss ich die ständig tragen?«

»Ja.«

»Sie meinen, sogar an Tagen, an denen ich zur Schule gehen kann?«

»Ja. Auch an den Tagen, an denen du die Schule besuchst.«

»Dann gehe ich nicht! Ich will nicht, dass mich jemand so sieht!«

»Amy, ich habe schon mit Hans Metterling telefoniert, der unten in unserer Abteilung für Stützapparate und Prothesen arbeitet. Er wartet auf dich. Und ich habe auch mit Dr. Bristol gesprochen. Statt am Montag, sagt sie, wird deine Chemo nun erst am Mittwoch beginnen.«

Hans Metterlings Arbeitsplatz im Untergeschoss der Klinik machte den Eindruck eines chaotischen Durcheinanders aller möglichen Teile, die aus einem glänzenden Metall namens Titan bestanden.

Titanteile in unterschiedlichen Stadien der Bearbeitung klemmten in Schraubstöcken und Zwingen. Skizzen bedeckten die Wände. Mehrere fertige Prothesen, die, abgesehen von ihrer Farbe und den fein polierten Oberflächen, Skeletteilen menschlicher Beine glichen, hingen neben den Skizzen, nach denen sie angefertigt waren.

In all dieser scheinbaren Unordnung werkelte ein alter Mann mit unerschütterlichem Selbstvertrauen vor sich hin, wusste genau, wo jedes einzelne Werkzeug lag beziehungsweise in welchem Stadium sich jeder dieser Apparate befand.

Für Amy war es ein überwältigender und willkürlich scheinender Anblick. Und sie begann zu bezweifeln, ob es richtig war, dem alten Mann etwas so Wichtiges wie die Beinstütze, auf die Dr. Duncan solchen Nachdruck gelegt hatte, anzuvertrauen.

Mit einer Handbewegung forderte Metterling sie auf, Platz zu nehmen. Er kümmerte sich nicht gleich um sie, sondern konzentrierte sich auf das Metallteil, das er gerade in Bearbeitung hatte und minutiös genau zurechtfeilte. Er betrachte es eingehend, verglich es mit einer Skizze, strich noch dreimal zart mit der geradezu mikroskopisch fein gezähnten Feile darüber. Ein letzter prüfender Blick, und er schien zufrieden.

Schließlich wandte er sich Amy zu, die nervös seine Begutachtung abgewartet hatte. Statt sie nun wirklich anzusprechen, schien er sich nachträglich an etwas zu stören und wandte sich erneut dem mechanischen Teil zu und verpasste ihm zwei weitere sanfte Striche mit der Feile.

»Ah«, meinte er dann – zufrieden, den gewünschten Perfektionsgrad erreicht zu haben. »Und jetzt«, wandte er sich wieder an Amy, »zu dir. Dr. Duncan hat mir von dir erzählt.« Seine überdeutlich akzentuierten Worte klangen wie ein Tadel. »Eine junge Dame, die auf einem Tennisplatz herumspringt und sich auf Teufel komm raus die Haxen brechen will. Nun, das werden wir zu verhindern wissen. Wie findest du das, junge Dame?«

Er spähte über die extrastarken Gläser, die er bei seiner Arbeit trug.

»Du bist wirklich eine Hübsche – da hat Dr. Duncan Recht –, und für hübsche Mädels macht der alte Hans auch extra hübsche Beinstützen.« Er lächelte. »Und wenn nicht hübsch, dann wenigstens viel besser als die, die wir früher mal gemacht haben. In der guten alten Zeit – so sagt ihr Jungen doch, wenn ihr die Zeit vor zehn Jahren meint? – in der guten alten Zeit nämlich waren die Stützen aus schwerem Stahl und aus Leder. Heutzutage haben wir dank des Raumfahrtprogramms alle möglichen neuen Metalle zur Verfügung. Leichter. Besser. Wie das hier zum Beispiel. Siehst du das?«

Er hob ein langes, schlankes Metallobjekt in die Höhe, das einmal das Schienbein eines Patienten ersetzen sollte. Er schwenkte es hin und her, um zu demonstrieren, wie leicht es war.

»Leicht wie eine Feder«, meinte der alte Handwerker. »Der junge Mann, der das bekommt, wird keinen Unterschied spüren. Er wird nicht mal wissen, dass es da ist. Schon erstaunlich – wie der Fortschritt immer weitergeht. Bei dir beispielsweise ...«

Er sah Amy an.

»Dir machen wir eine Stütze, die ebenfalls federleicht sein wird. Na, gefällt dir das, junge Dame?«

Amy versuchte zu nicken, schaffte es aber nicht.

»Ich weiß, ich weiß«, fuhr er fort. »Du denkst: Was werden nur meine Freunde sagen? Ein junges Mädchen, das mit einer Beinschiene rumläuft. Nun, zwei Möglichkeiten hast du. Du kannst ihnen sagen, dass es dir völlig egal ist, was sie denken. Oder aber du trägst Hosen, und sie werden es nie erfahren. Also, ich an deiner Stelle würde mich für Hosen entscheiden. Und nun ...«

Behutsam nahm er ihren rechten Fuß, streckte ihr Bein aus und betrachtete es. Dann begann er vor sich hinzumurmeln und auf einen alten Block Notizen zu krakeln, die sie an Hieroglyphen erinnerten.

Mithilfe eines Maßbands und eines Tastzirkels ermittelte er ihren Beinumfang an verschiedenen Stellen, die Länge des Beins, den Abstand zwischen Knie und Fußgelenk, zwischen Knie und Schenkelmitte.

Amy schien es, als habe er sich Hunderte von Zahlen aufgeschrieben, während er die ganze Zeit über in seiner Muttersprache, einer Variante des Deutschen namens Schwyzerdütsch, vor sich hin murmelte.

Als Amy schon immer nervöser wurde, meinte der Alte schließlich: »In vier Tagen kommen wir zum Probieren, was?«

»Ja, ja, natürlich«, stimmte das Mädchen ihm eilig und aufgeregt zu.

»Gut, gut!«, sagte er und machte sich eine letzte Notiz. Während er die Zahlen studierte, zupfte er an der ausgefransten Spitze seines weißen Schnurrbarts herum. Und während er noch so zwirbelte, meinte er plötzlich: »Weißt du, junges Fräulein, du denkst sicherlich, du bist die Einzige hier. Das einzige junge Mädchen, die einzige Jugendliche, die solche Probleme hat. Aber wenn du dich hier umguckst, dann siehst du all diese ... diese Teile, die ich meistens ... meistens für junge Leute angefertigt habe. Leute wie dich, fünfzehn, sechzehn Jahre alt, manche sogar jünger, manche älter. Manche viel älter. Und ich denke mir, dass Dr. Duncan und ich, wir beide, diesem alten Bastard, dem Krebs, ganz schön den Daumen ins Auge drücken. Wir sagen immer, wir reißen ihm die Leute von der Schippe, die er schon sicher zu haben glaubte. Duncan rettet sie, und der alte Hans bringt sie wieder zum Laufen. Also hab keine Angst, kleines Fräulein. Der Doktor Duncan, der wirkt manchmal Wunder. Und ich … ich trag auch mein Scherflein dazu bei.«

Der alte Mann lächelte, betrachtete sie über den Rand seiner Brille hinweg und zwinkerte ihr aus wasserblauen Augen zu.

»In vier Tagen sind wir wieder da, was?«

»Ja, ja, Mr Metterling.«

»Hans …«, korrigierte er sie. »Hans.«

Sie ging und fühlte sich ungeheuer erleichtert und ungeheuer angespornt.

6

Amy Bedford lag in ihrem Krankenbett. Nervös befingerte sie den Saum des Lakens, das ihren schmalen Körper bedeckte. Sie starrte auf ihre Mutter, die lächelnd am Fußende des Betts stand und versuchte, ihr Mut zu machen.

Amy lächelte zurück.

Denn hätte sie es nicht getan, würde ihre Mutter wohl demnächst in Tränen ausbrechen.

Schon dreimal hatte Amy ihre Mutter in Augenblicken, da sie sich allein wähnte, weinend angetroffen.

»Alles wird gut ... alles wird gut«, wiederholte die Mutter wie ein Mantra.

»Ehe du dich recht versiehst, spielst du schon wieder Tennis. Hat Swede mir gesagt. Er hat sich mit Dr. Duncan und Dr. Rosen unterhalten, und die meinen, alles wird gut.«

Amy nickte immer wieder, obwohl sie nur dachte: *Lieber Gott, mach, dass sie endlich geht. Siehst du nicht, dass sie es nicht erträgt? Sie weiß nicht, was sie sagen soll. Ständig erfindet sie Sachen. Swede hat ihr das nie so erzählt.*

Zu Amys Erleichterung trat Dr. Bristol ein, gefolgt von einer Schwester, die eine Tablett mit Medikamenten und Spritzen trug.

»Mrs Bedford, bitte!« Dr. Bristol komplimentierte sie hinaus.

Marion Bedford nickte und versuchte erneut zu lächeln. »Ich warte draußen, Amy, Liebes.«

»Das ist nicht nötig«, meinte Dr. Bristol.

»Für eine Weile wird Ihre Tochter wohl keinen Besuch gebrauchen können.«

»Ich ... ich bin im Wartezimmer hier auf dem Flur. Wenn sie mich braucht, dann rufen Sie nur.«

* * *

Dr. Bristol füllte die große Spritze mit einer farblosen Flüssigkeit.

»Amy, das ist es. Methotrexat. Bald wirst du dieses Wort hassen. Es wird dir ein paar sehr unangenehme Erfahrungen bereiten. Schmerzen. Übelkeit, Erbrechen. Aber vergiss nicht, während alldem bekämpft es die Krebszellen. Wir müssen den Tumor zum Schrumpfen bringen, damit Dr. Duncan dein Bein retten kann. Darauf nämlich kommt es an: *Wir müssen diesen Tumor verkleinern!*«

Sie zog einen dünnen hautfarbenen Gummischlauch um Amys Bizeps, bis am Innenarm eine Vene hervortrat. Sie desinfizierte die Stelle mit einem in medizinischem Alkohol getränkten Tupfer.

Dann hob sie die Spritze, schob die Nadel behutsam in Amys Vene und spürte, wie sich das Mädchen bei dem leichten Schmerz anspannte. Langsam injizierte sie die hochwirksame Flüssigkeit.

»So, das war's. Erste Behandlung«, meinte Dr. Bristol. »Die Schwestern kannst du jederzeit erreichen ... Drück einfach auf den Knopf. Und zögere nicht. Wir wissen, was du durchmachst. Also schäm dich nicht, um Hilfe zu rufen. In der Zwischenzeit aber kannst du lesen. Radio oder Kassetten hören. Oder fernsehen.«

»Ich habe mir ein paar Bücher mitgebracht«, meinte Amy. »Ich will mit dem Schulstoff nicht in Rückstand geraten.«

»Gute Idee, Amy. Kann ich sonst noch irgendwas für dich tun?«

Amy zögerte, ehe sie sagte: »Ja. Bitte, bitte schicken Sie meine Mutter nach Hause.«

Dr. Bristols instinktiver Widerstand veranlasste Amy zu einer Erklärung: »Ich hätte sie schon gerne hier. Ich bin nicht gern allein. Aber es ist einfach zu viel für sie. Viel zu viel.«

»Lass sie bleiben, Amy«, bat Dr. Bristol.

»Sie fühlt sich so hilflos, sie denkt sich Sachen aus. Um mir Mut zu machen. Aber das hat keinen Sinn ... das funktioniert einfach nicht.«

»Ich kann ihr nur vorschlagen zu gehen. Ich kann sie nicht zwingen«, meinte Dr. Bristol

»Dann tun Sie das bitte«, bat Amy.

Am Spätnachmittag, ein paar Stunden nachdem sie die zweite Methotrexatinjektion erhalten hatte, spürte sie die ersten Übelkeitswellen. Sie begannen im Magen und stiegen nach oben, bis es in der Kehle wie Feuer brannte. Sie griff nach dem Summer. Doch als sie ihn drückte, überkam es sie, und das bittere grüne Zeug begann ihr aus dem Mund zu quellen und sich über das saubere weiße Laken und ihr Kliniknachthemd zu ergießen.

Sie versuchte den Rest zurückzuhalten, was ihr nicht gelang. Sie fing an zu weinen und versuchte sich mit den Händen den Mund abzuwischen. Eine Schwester kam ins Zimmer gestürzt.

»Schwester ... Schwester ...«, begann Amy, aber die Worte wurden von einer weiteren Eruption des zähflüssigen, klumpigen Breis ertränkt. Die Schwester hielt ihr das Edelstahlbecken an die Lippen und legte ihr den freien Arm um die Schulter.

»Schon gut, Amy, alles in Ordnung«, murmelte sie. »Das war abzusehen. Hab keine Angst. Und genier dich nicht.«

Der erste Ansturm war überstanden. Schwitzend und außer Atem legte sich Amy in ihrem beschmutzten Nachthemd zurück und schob das feuchte Laken und die Decke von sich.

»Wir bringen dir frische Sachen, dann fühlst du dich gleich wohler.«

Rasch verließ die Schwester das Zimmer. Ehe sie aber mit dem frischen Bettzeug zurückkam, hörte Amy, wie jemand leise, fast entschuldigend die Tür öffnete.

»Amy«, sagte ihre Mutter schüchtern.

»O je, Mom, nicht jetzt ... Ich seh fürchterlich aus.«

»Ich weiß. Die Schwester hat es mir erzählt. Kann ich irgendwas für dich tun? Liebes?«

»Die Schwester bringt mir neue Sachen.«

Die Schwester kehrte zurück. »Raus aus den Federn, Amy«, meinte sie forsch, aber in ihrer Stimme schwang keinerlei Tadel mit. Sobald Amy das Bett geräumt hatte, zog die Frau es rasch ab und überzog es mit einem frischen Laken und einer sauberen weißen Decke, denen der Aprilgeruch frisch gewaschener Wäsche anhaftete.

Sie schüttelte ein sauberes Nachthemd auf. »Zieh das aus, Amy.« Sie wusch Amy mit einem feuchten Lappen, hielt ihr das Nachthemd hin, und Amy schlüpfte hinein. »Und jetzt marsch wieder ins Bett.«

Die Schwester schob ihr ein zweites Kissen unter den Kopf und meinte: »Na. Jetzt fühlst du dich wieder wie neu, was?«

»Bis zum nächsten Mal«, meinte Amy.

»Nimm beim nächsten Mal die Schüssel. Und egal was passiert, genier dich nicht. Das ist alles völlig normal.« Sie wandte sich an Marion Bedford, gab ihr zu verstehen, dass sie nun gehen könne. »Mrs Bedford ...«

»Nein, bitte«, unterbrach Amy die Schwester: »Ich ... ich möchte, dass sie bleibt.«

»Selbstverständlich«, erwiderte die Schwester überrascht, da sie lediglich Dr. Bristols vorher erteilte Anweisungen befolgt hatte.

Leise fiel die Tür hinter ihr ins Schloss. Marion Bedford stand am Fuß des Bettes ihrer Tochter und betrachtete sie aus verweinten blauen Augen, denen anzusehen war, was sie während der im Wartezimmer verbrachten Stunden getan hatte.

Angestrengt beobachtete sie jede Regung im Gesicht ihrer Tochter, um zu sehen, ob sie die nächste Übelkeitswelle nicht erkennen und vorhersagen konnte. Gleichzeitig versuchte sie zurückhaltend und unbesorgt zu erscheinen, um nicht den Groll ihrer Tochter zu erwecken.

Nach einer Weile spürte Amy, wie sich das Übel erneut in ihrem Magen meldete. Wieder begann es in der Kehle zu brennen. Die Lippen reagierten schon.

»Mama!«, rief sie.

Marion Bedford stürzte nach der Schüssel, hielt sie ihrer Tochter an den Mund, umarmte die Zitternde, während Amy erneut würgte. Sie keuchte und würgte gleichzeitig und hatte dabei das Gefühl, als reiße man ihr die Gedärme aus dem Leib.

Langsam verebbten die Krämpfe. Das frische Nachthemd war durchgeschwitzt. Sie atmete heftig. Fürs Erste aber war es geschafft. Ihre Mutter wandte sich um und stellte die Schüssel beiseite.

»Mama?«, sagte das Mädchen leise.

»Ja, Schatz?«

»Halt mich fest, Mama, halt mich ein bisschen fest.«

»Aber natürlich, mein Schatz, natürlich.«

Mehrere Male hatten sie das Nachthemd gewechselt, die Wäsche aber hatte zum Glück nicht mehr gewechselt werden müssen.

Gemeinsam hatten Amy und ihre Mutter das Problem gemeistert, bis es ihnen zur Routine wurde, eine unerwünschte Routine zwar, aber zu bewältigen. Dazwischen gelang es Amy immer wieder, für eine Weile einzudösen. Und die Mutter wachte bei ihrer Tochter und wischte ihr zuweilen den Schweiß von Stirn und Wangen.

Als Amy das letzte Mal aufwachte, war es draußen schon dunkel.

»Ist es schon Nacht? Warum bist du noch hier, Mama?«

»Es ist erst kurz nach sechs. Und Dad ist unterwegs. Er kommt mich abholen.«

»Ah. Gut!«

»Du musst was zu Abend essen.«

»Mir ist nicht danach«, protestierte Amy.

»Dr. Bristol war da, während du geschlafen hast. Sie meint, du solltest was essen.«

»Ich kann's nicht bei mir behalten«, wandte Amy ein.

»Das würdest du sagen, hat sie gesagt. Du sollst es aber trotzdem versuchen. Ich ruf Mrs Sanchez.«

»Heißt so die Schwester?«

»Ja. Hast du auch gewusst, dass sie zwei Töchter und einen Sohn hat? Ihr Sohn ist genauso alt wie du.«

Mrs Sanchez hatte das Tablett auf den Rolltisch gestellt, schob es Amy hin und klappte den Kopfteil des Bettes hoch, damit Amy essen konnte.

»Okay, jetzt fang an!«, befahl sie.

Amy blickte auf das fade Essen hinunter, das man für sie bestellt hatte. Ein winziger Salat. Weißes Hühnerfleisch. Eine gebackene Kartoffel. Und Melbatoast.

»Iiiih«, sagte sie.

»Wir haben bei Burger King angerufen«, sagte Mrs Sanchez. »Sie hatten keine Whopper und Doppelcheeseburger mehr.«

Sie lächelte.

»Versuch's, Amy. Du brauchst es. Bitte!« Sie wandte sich an Mrs Bedford. »Sorgen Sie dafür, dass sie isst.«

Amy hatte es versucht. Das Essen war völlig geschmacksneutral. Aber sie verstand nun, warum es so fade war. Jedes Gewürz hätte den unseligen Prozess sofort aufs Neue ausgelöst.

Sie hatte so viel gegessen, wie sie konnte, und das war wenig genug. Sie starrte noch immer auf das Essen, als langsam die Tür aufging. Ihr Vater lugte verstohlen ins Zimmer, fast, als erwarte er, hinausgeschickt zu werden.

»Daddy ...«, sagte sie.

Er umarmte sie nur mit dem rechten Arm, weil er im linken ein Paket hielt. Der Form nach zu schließen handelte es sich um einen Karton, dem Gewicht nach um etwas Substanzielles.

»Ich habe meine Sekretärin die ganze Stadt danach absuchen lassen, Liebes. Warte, bis du's siehst.« Er begann, es vorsichtig auszuwickeln. Doch als das Ganze zu lange dauerte, riss er den Karton ungeduldig auf. Er zog einen kleinen schwarzen Gegenstand, kaum größer als ein Transistorradio heraus. »Und wie findest du's?«, fragte er.

»Was ist denn das?«, fragte Amy mit deutlich hörbarer Überraschung.

»Ein Fernseher ganz für dich allein. Sieh mal den kleinen Bildschirm. Damit kannst du in jeder möglichen und unmöglichen Haltung fernsehen. Du brauchst nicht auf dem Rücken zu liegen, musst nicht auf das Gerät an der Wand starren. Du kannst dich bequem auf die Seite legen oder auf die Wand gucken oder was auch immer. Und er hat einen großartigen Empfang. Hier, ich zeig's dir!«

Er löste das Klebeband, welches das Kabel zusammenhielt, und steckte den Netzstecker ein.

Er drückte auf den Einschaltknopf und wartete darauf, dass sich der Bildschirm erhellte. Was der schließlich auch tat.

Er wechselte von einem Programm zum nächsten wie ein Verkäufer, der die Qualität des Empfangs demonstrieren möchte. Leider brachte kein einziger Sender ein akzeptables Bild hervor. Er war ungeheuer enttäuscht.

»Ich ... ich bringe ihn in die Firma. Fritch kennt sich mit solchen Sachen hervorragend aus. Er betreut unsere Computer. Er wird schon rausfinden, woran es liegt.«

Und er wechselte das Thema.

»Na, wie ist es denn heute gelaufen, Liebes? Mom hat mir erzählt, dass du ganz schön was mitgemacht hast. Aber du siehst großartig aus ... wirklich großartig.«

Amy versuchte zu lächeln und dachte sich: *Was, wenn es solche Allerweltsworte wie »großartig« nicht gäbe? Den meisten Leuten würde es wohl die Sprache verschlagen. Und man hört's ihnen immer an, wenn sie nicht ganz ehrlich sind. Immer sagen sie »großartig« ... Und dann, wenn sie richtig lügen, fügen sie noch ein weiteres »großartig« hinzu. Aber wenigstens gibt er sich Mühe. Fünfzehn Jahre konnte er lernen, ein Vater zu sein. Und noch immer ist er im Probierstadium.*

Um sein Unbehagen wegen des missglückten Geschenks zu mildern, sagte sie: »Es ist nicht so schlimm, wie sie's angekündigt haben. Nicht wahr, Mom?«

Er registrierte das Tablett. »Du hast ja nicht viel gegessen, Liebes.«

Er musterte das Essen.

»Krankenhausfraß. Kein Wunder. Pass auf, ich bestell dir was Ordentliches. Sag, was du haben willst, und du kriegst es.«

Der Satz klang Amy vertraut in den Ohren. Den hatte sie schon oft gehört – etwa wenn ihr Vater mit Kunden telefonierte, wenn diese ihn wegen eines Notfalls zu Hause anriefen. Was immer der Kunde auch wünschte, Ed Bedford versprach es im Nu. »Nennen Sie es mir, und Sie kriegen es.« Danach musste er dann auflegen und seinen Produktionsleiter anrufen: »Mach, dass du runterkommst ins Werk und mit der Herstellung beginnst.«

Ihr gegenüber benutzte er nun dieselben Worte und dasselbe beschwichtigende Gehabe. *Armer Daddy, kennt er keine andere Art, mit Menschen umzugehen?*

Um ihn von seinem Versprechen zu entbinden, sagte Amy: »Es ist wirklich gut. Schmeckt besser, als es aussieht. Ich mag es.«

Gleichzeitig betete sie stumm: *Bitte, lass ihn gehen, ehe ich das nächste Mal kotzen muss. Ich weiß nicht, ob er das verkraftet.*

Dr. Bristol rettete sie schließlich, als sie, bereits in Straßenkleidung, ins Zimmer trat und sich ganz offensichtlich auf dem Heimweg befand.

»Na, wie war es heute, Amy?«, fragte sie und registrierte dann, dass noch eine vierte Person im Zimmer war. »Mr Bedford? Dr. Bristol.«

»Hallo, Frau Doktor«, meinte Bedford. »Wie geht es denn unserer kleinen Patientin?«

»Nach allem, was ich heute gesehen und gehört habe, muss ich doch sagen, dass sie sich hervorragend hält. Sie hat zum vorgesehenen Zeitpunkt ihr Medikament bekommen. Hat zum richtigen Zeitpunkt darauf reagiert. Und auch genau so, wie wir es erwartet haben. Wenn es so weitergeht, werden wir diesen Tumor wohl ziemlich bald kleinkriegen. Tja. Amy hält sich wirklich ganz prima.«

»Großartig«, meinte Ed Bedford. »Großartig ...«

»Und jetzt denke ich – falls ich das vorschlagen darf –, dass sie vielleicht gerne mal ein bisschen allein wäre. Quasi um sich auf das Einschlafen vorzubereiten. Was meinst du dazu, Amy?«

»Ja, ja, das wär schön.«

Ed Bedford küsste seine Tochter, packte Geschenk, Papier und Karton zusammen und steuerte Richtung Tür. »Ich lass ihn reparieren, Liebes«, sagte er.

Marion Bedford küsste ihre Tochter und folgte ihrem Mann aus dem Zimmer.

Sobald sie draußen waren, fragte Dr. Bristol: »Was war denn das?«

»Ein Fernseher für mich ganz allein.«

»Hat er denn irgendwelche Programme, die andere Geräte nicht haben?«

»Nein. Mein Vater hat einfach keine gute Hand bei der

Auswahl von Geschenken für junge Mädchen. Normalerweise erledigt das seine Sekretärin für ihn. Und offenbar sind der die Ideen ausgegangen.«

»Na, er hat sich jedenfalls Mühe gegeben. Das ist das Wichtigste«, meinte Dr. Bristol tröstend, als sie Amys Bett richtete und den Rolltisch zur Seite schob.

»Viel gegessen hast du nicht«, meinte sie. »Dass es dir momentan nicht schmeckt, ist normal. Aber versuch's zumindest. Was immer dein Körper an Nährstoffen kriegt, tut dir gut. Du hast nicht viel zuzulegen, nicht viel Gewicht, von dem du zehren kannst. Wenn du dick und pummelig wärst statt mager und athletisch, könntest du dir das leisten. Also bemüh dich.«

Sie wandte sich zur Tür, doch Amy rief ihr nach: »Doktor Bristol ...« Rita Bristol drehte sich um. »Ja?«

Amy zögerte, ehe sie sie fragte: »Wann wissen wir, ob ... na ja, ob sich das alles gelohnt hat ...?«

Ehe Dr. Bristol antworten konnte, spürte sie, wie hinter ihr die Tür aufging. Sie drehte sich halb um und sah Walter Duncan ins Zimmer treten.

»Na, wie geht's Ihrer Patientin, Rita?«

»Es läuft alles nach Plan«, erwiderte Dr. Bristol.

»Gut.«

»Aber sie wollte mich eben was fragen, das Sie vielleicht besser beantworten können als ich«, meinte Dr. Bristol. »Amy?«

Das Mädchen zögerte und fragte dann: »Wann werden wir nach alledem ... nach der Chemo ... der Übelkeit, dem Kotzen ... wann wissen wir, ob es das Ganze auch wert war?«

»Du meinst, wann wir wissen, ob die Behandlung die gewünschte Wirkung erzielt hat?«, fragte Walt – und präzisierte ihre Befürchtung.

»Ja«, gestand sie.

»In sechs, sieben, höchstens acht Wochen müssten wir

ziemlich deutliche Hinweise haben, ob sie gewirkt hat. Aber mach dir darüber jetzt keine Gedanken. Mach einfach mit bei Dr. Bristols Behandlungsplan …«

Noch ehe er seinen Satz beendet hatte, platzte das Mädchen heraus: »Wenn es aber mal so weit ist … wenn Sie … mir das Bein abnehmen müssen … dann lassen Sie mich lieber sterben!«

»Amy!«, tadelte er sie heftiger, als er eigentlich wollte.

»Nein, es ist mir vollkommen ernst!«, beharrte das Mädchen. »Wissen Sie, ich hab keine Ahnung, was er tun würde. Aber ich könnte seinen Blick nicht ertragen.«

»Wessen Blick denn?«, fragte Walt.

»Den … meines Vaters.«

Walt sah zu Rita Bristol hinüber. Dann trat er näher ans Bett.

»Hör mir mal zu, Amy. Auch ich bin ein Vater. Auch ich habe ein kleines Mädchen. Nicht ganz so alt wie du. Aber ich weiß, was Väter empfinden. Was auch immer geschieht, er wird dich lieben. Und sich immer das Beste für dich wünschen.«

»Sie verstehen das nicht«, protestierte das Mädchen. »Er hat sich nie damit abgefunden, dass er eine Tochter hat. Er wollte nämlich einen Sohn. Jemanden, mit dem er Fußball spielen kann. Der später mal an die Harvard Business School geht. Und eines Tages seine Firma übernimmt.«

Walt lachte. »Das machen heutzutage aber auch Frauen, Amy. Betriebswirtschaft studieren. Geschäfte übernehmen. Und nicht nur die ihrer Väter.«

»Er hat sich einen Sohn gewünscht«, beharrte sie. »Deswegen habe ich mit dem Tennisspielen begonnen. Damit er stolz auf mich sein kann. Damit er mich beachtet«, gestand sie. »Vater eines Mädchens zu sein – das überfordert ihn einfach.«

»Jeder Mann wünscht sich Töchter. Die sind doch viel anschmiegsamer und netter als Jungs. Und man kann alle möglichen hübschen Sachen für sie kaufen. Rüschenkleider et cetera. Ich habe nie einen Mann gekannt, der sich keine Töchter gewünscht hätte.«

»Haben Sie wohl, Sie wussten es nur nicht«, widersprach ihm Amy. »Also, wenn was passiert … und Sie wissen, was ich meine … dann will er keine Tochter, und erst recht keine einbeinige.«

»Amy … Amy, nun aber mal halblang«, sagte Walter Duncan.

Doch das Mädchen wandte sich ab, wollte seine Tränen verbergen. Walter legte ihm die Hand auf die Schulter und tröstete es. »Amy, ich hab dir mein Wort gegeben. Ein Jahr, und ich mache dich wieder gesund.«

Die Bedfords hatten die Klinik verlassen, waren auf dem Heimweg. An den meisten anderen Abenden wäre Ed Bedford nicht so früh nach Hause gekommen. Er hatte die ein, zwei Stunden der Einsamkeit, wenn alle heimgegangen waren und er ungestört arbeiten konnte, immer geschätzt. Es gab keine Unterbrechungen. Keine Anrufe. Kein Angestellter klopfte an seine Tür oder fing ihn auf dem Flur ab, um ihm zu erklären: »Mr Bedford, wenn Sie einen Moment Zeit hätten, ich hab da ein Problem.«

Seine Tage waren eine einzige Aneinanderreihung solcher Unterbrechungen. Nur am frühen Morgen oder nach Arbeitsschluss konnte er seine Arbeit erledigen, Pläne schmieden, über personelle Angelegenheiten, über neue Produkte, neue Märkte nachdenken, durch die er sein Unternehmen aus einem einzigen Fertigungsbetrieb für Werkzeugmaschinen zu einer Firma mit Werken in vier Bundesstaaten und internationalen Geschäftsbeziehungen ausgebaut hatte.

An diesem Abend fehlte ihm der Sinn fürs Geschäftliche. Er brachte sich und seine Frau nach Hause in dem großen teuren Cadillac, das Superluxusmodell, von dem in diesem Jahr nur eine limitierte Anzahl produziert worden war. Er brauchte kein ausländisches Auto. Man musste die amerikanische Industrie unterstützen, davon war er überzeugt. Ebenso wie sein Vater damals, der es zufrieden gewesen war, eine einzige Fabrik zu leiten, und nicht davon träumte, in andere Bundesstaaten oder Länder zu expandieren.

Ed Bedford hatte natürlich andere Träume und Ziele. Expandieren, expandieren, expandieren war eines davon, und zwar die Märkte ebenso wie die Produktion. Aber dabei immer die Kontrolle behalten. Immer alles im Griff behalten. Nie an die Börse gehen. Diejenigen unter seinen Zeitgenossen, deren einziger Ehrgeiz es gewesen war, ihre Unternehmungen groß genug zu machen, um an die Börse zu gehen, waren alle übernommen oder von Konzernen geschluckt worden. Und jetzt waren sie nutzlose Pensionäre, die ihre Zeit totschlugen und nichts anderes mehr zu tun hatten, als der Sonne zu folgen und Golf zu spielen. Niemand, niemand sollte jemals Ed Bedford und Bedford Industries übernehmen. Sein Firmenkapital gehörte ihm und seiner Frau Marion, die still neben ihm saß, und die Anteile von Amy wurden treuhänderisch verwaltet.

Bedauerlich fand er in seinem Leben nur eins: dass er keinen Sohn hatte, dem er das Geschäft übergeben konnte.

Selbstverständlich spielten Frauen heutzutage eine weit bedeutsamere Rolle im Geschäftsleben als früher. Auf seinen Geschäftsreisen hatte er zunehmend mit weiblichen Führungskräften zu tun. Und auch Bedford Industries erhielt immer mehr Bewerbungen von weiblichen Absolventen, darunter solche von den besten Universitäten: Harvard, Wharton in Philadelphia, New York University. Bis Amy – in sieben, acht Jahren – mal so weit war, konnte eine Frau es durchaus schaffen.

Ja, zu guter Letzt hatte er es akzeptiert. Zwar aus der Not heraus, nicht aus freien Stücken. Aber vor Jahren hatten Marions Ärzte, angesichts der Komplikationen, die es bei Amys Geburt gegeben hatte, gemeint, dass sie besser keine

Schwangerschaft mehr riskieren sollte. Daher kam ein Sohn, ein eigener Sohn, nicht mehr infrage. In der Vergangenheit hatte sie zwar davon gesprochen, einen kleinen Jungen zu adoptieren. Aber Ed Bedford wusste, dass er mit nichts weniger als seinem eigenen Sohn zufrieden sein würde. Für einen Mann, der in der Welt des modernen Geschäftslebens existierte, arbeitete und erfolgreich war, waren das ziemlich archaische Vorstellungen, doch so war er nun mal.

An diesem Abend, als er vom Krankenhaus nach Hause fuhr, dachte er grimmig, dass sich nun vielleicht sogar der Alternativplan, Amy das Geschäft zu übergeben, als Illusion entpuppen mochte.

Trotz all der ermutigenden Worte der Ärzte und von diesem älteren Mann – Rosen oder so ähnlich? – und dem jüngeren, Duncan, trotz allem, was sie gesagt hatten, wusste er, Ed Bedford, was Sache war.

In jeder Stadt, die er seit Amys erster Diagnose besucht hatte, hatte er die Fakten recherchiert. Zwischen den Besuchen in seinen Fabriken und Zusammenkünften mit Kunden hatte er persönlich einen Großteil der Spezialisten des Landes konsultiert, vor allem in den Großstädten, wo es die berühmten Kliniken gab: Los Angeles, Pittsburgh, Chicago, New York, Cleveland. Dort gab es die besten Behandlungsmethoden, die besten Ärzte und Chirurgen, die modernste medizinische Ausrüstung.

In jeder dieser Städte verschwand Ed Bedford für zwei bis drei Stunden, um sich gegen Honorar die Zeit und Erfahrung der besten amerikanischen Krebsspezialisten zunutze zu machen. Er stellte Fragen, genaue Fragen. Und er bekam Antworten, die ebenfalls genau waren und allein durch die Tatsache, dass die Ärzte die Patientin nicht untersucht noch ihre Röntgenaufnahmen und Scans gesehen hatten, relativiert wurden. Ed Bedford wollte unbedingt wissen, was die besten und optimistischsten Aussichten in einem derartigen Fall waren und was die schlimmsten.

Er erfuhr verschiedene Dinge. Zunächst einmal, dass der Behandlungsplan, den Duncan, der jüngere Arzt, vorsah, von allen konsultierten Experten befürwortet wurde. Mehrere von ihnen kannten Duncan. Hatten bei Medizinertagungen mit ihm das Podium geteilt. Sodass an Duncans Befähigung für die Behandlung Amy Bedfords kein Zweifel bestand.

Aber Ed Bedford hatte auch von den Gefahren erfahren. Den Realitäten. Ein Beinbruch konnte tödlich sein. Die Chemotherapie unter Umständen nicht zum erwünschten Ergebnis führen. Die Operation bedeutete, auch wenn sie Erfolg hatte, noch keine Heilung. Ja, sogar eine Amputation zog nicht notwendigerweise die Heilung nach sich. Amys Krankheit war überaus aggressiv. Sie konnte auf andere Körperteile übergreifen und nicht nur die Lungen.

Wie bei jedem Problem oder Geschäft, mit dem er sich konfrontiert sah, bestand Ed Bedford darauf, sowohl die vorstellbaren Verluste als auch die möglichen Gewinne zu kennen. Nur so konnte ein Mann intelligente Entscheidungen treffen.

Allerdings war in dieser Situation – wie er jetzt wusste –, in der Situation, wo es um das Leben seiner Tochter ging, keine seiner Entscheidungen von Belang. Alles lag in den Händen der Ärzte. Und hing von Faktoren ab, die keiner von ihnen unter Kontrolle hatte.

Sie näherten sich dem Haus. Ed Bedford versuchte, seine deprimierenden Gedanken abzuschütteln. So sehr er Marions Trost bedurft hätte, er konnte sie ihr nicht sagen und sie damit belasten. Sie trug sowieso schon so schwer an allem.

Schweigend aßen sie zu Abend. Mehrere von Eds Gesprächsvorstößen stießen auf einsilbige Antworten, die ihn entmutigten. Er warf verstohlene Blick auf Marion, die ihm am Tisch gegenübersaß und nur so tat, als äße sie, tatsächlich aber kaum etwas zu sich nahm.

Das alles weckte Erinnerungen, unglückliche Erinnerungen an die Zeit, als ihr Gynäkologe ihnen mitteilte, dass sie den Gedanken an ein zweites Kind aufgeben müssten. Auch damals war sie in diese schweigsame, abwesende Haltung verfallen, die sie jetzt wieder an den Tag legte. Hatte das Essen verweigert, hatte abgenommen und schließlich psychiatrische Hilfe in Anspruch nehmen müssen, um einen totalen Zusammenbruch zu verhindern.

Um Gottes willen, dachte er, *nicht noch mal. Nicht ausgerechnet jetzt. Amy braucht sie. Und ich auch.*

Appetitlos, lustlos aß er weiter, und das Kauen fiel ihm schwer, ja schien ihm fast unmöglich. Plötzlich durchbrach sie das Schweigen.

»Es ist unsere Schuld«, sagte sie.

»Unsere Schuld?«, fragte er verwirrt. »Was denn?«

»Amy«, sagte sie nur.

»Amy? Amy ... unsere Schuld?«

»Wir hätten sie nie dazu ermutigen dürfen.«

»Wovon redest du eigentlich?«, meinte er, legte seine Gabel beiseite und sah sie an. »Marion?«

»Tennis! Tennis!«, brach es ungnädig aus ihr hervor.

»Was hat denn Tennis mit alldem zu tun?«

»Wir haben zugelassen, dass sie sich da verausgabt. Zu häufig trainiert. Zu viele Spiele macht. Sie hat sich einfach völlig überfordert, hat sich erschöpft.«

»Das hat doch nichts mit dem ...«, begann er.

Aber sie unterbrach ihn: »Doch, hat es!«

Er fürchtete, dass sie dem Zusammenbruch schon näher war, als er geglaubt hatte.

Sie fuhr fort. »Ich hab das in dieser Zeitschrift gelesen, Frauen-äh irgendwas ... In der Buchhandlung im Einkaufszentrum. Darin stand, dass Ärzte heutzutage zunehmend glauben, so was passiere, wenn das Immunsystem zusammenbricht oder so geschwächt ist, dass es die Krankheit nicht mehr bekämpfen kann. Und wir haben das zugelassen.

Wir haben es zugelassen ...« Sie begann zu schluchzen. Er ging zu ihr, zog sie in die Höhe, nahm sie in die Arme. Als er sie hielt und spürte, wie sie von Krämpfen geschüttelt wurde, versuchte er sie zu beruhigen:

»Mare, Liebling, bitte ... ich habe mit den besten Spezialisten des Landes gesprochen. Keiner kennt die Ursache dieser Krankheit. Und alle sagen dasselbe wie Dr. Duncan. Er tut das Richtige. Und das heißt auch, dass wir das Richtige tun. Deswegen musst du aufhören, dich schuldig zu fühlen. Es liegt nicht an uns. Wir hätten es nicht verhindern können. Wir tun alles, was wir können. Alles, was in unserer Macht steht.«

Da sie auch in seinen Armen noch so erbärmlich zitterte, fühlte er sich veranlasst, es mit der ermittelten Wahrheit nicht allzu genau zu nehmen. »Einige dieser Ärzte, mit denen ich gesprochen habe ... die meisten ... meinten, sie habe eine gute Chance, den Krebs zu besiegen. Eine wirklich gute Chance. Ich kann dir gar nicht alle die Fälle nennen, wo sie Heilungen erzielt haben. Hundertprozentige Heilungen. Und ohne zu amputieren. Wir müssen sie jetzt nur nach Kräften unterstützen. Wenn wir daran glauben, glaubt auch sie daran. Und wenn sie daran glaubt, dann schafft sie es auch. Haben mir die Ärzte erzählt. Alle miteinander. Okay?«

Sie brachte ein Nicken zustande.

»Dann lächle doch mal.«

Sie sah zu ihm auf. Lächelte unter Tränen.

»Schon besser. Viel besser«, sagte er. »Und jetzt helfe ich dir, den Tisch abzuräumen.«

»Nein, lass nur. Ich schaff das schon. Du bist sicher müde. Geh nur. Lies was. Oder sieh fern.«

Erleichtert ging er hinaus. Er trat in das dunkle Wohnzimmer. Machte sich nicht mal die Mühe, das Licht einzuschalten. Setzte sich in seinen hochlehnigen Ohrensessel und begann zu weinen. Er fühlte sich allein. Mutterseelenallein. Durch die Lügen gegenüber seiner Frau hatte er sich auch der einzigen Verbündeten beraubt, die ihm in dieser Zeit hilfloser Verzweiflung noch blieb. Nun würde er nicht nur Amy, sondern auch seiner Frau etwas vorspielen müssen.

Es war nach Mitternacht. Amy Bedford erwachte aus einer der kurzen Schlafphasen, die ihr in dieser Nacht weiterer Übelkeits- und Erbrechensanfälle vergönnt waren. Sie versuchte sich damit zu trösten, dass die Chemo, wenn sie sich derart schlimm auf sie auswirkte, auch diesen verdammten Krebszellen ganz schön zu Leibe rücken musste.

Sie drückte auf ihr Bein, um zu prüfen, ob das Ding womöglich schon geschrumpft war. Unfähig, es bei seinem richtigen Namen zu nennen, bezeichnete sie es nur als *das Ding*. Ihr Bein fühlte sich noch genauso an wie vorher. Der Schmerz war immer noch da.

Stumm betete sie: *Werd kleiner. Schrumpfe. Bitte, Gott, mach es kleiner, damit Dr. Duncan operieren kann, damit er es rausschneiden kann. Bitte!*

Lange lag sie wach. Sanft rieb sie das Bein. *Zwei ganze Monate*, dachte sie. *Werde ich das zwei volle Monate lang aushalten ...?*

Und ihr wurde klar: *Mir bleibt gar nichts anderes übrig. Ich muss es aushalten. Denn wenn ich es nicht aushalte, heißt es amputieren. Nie wieder Tennis. Nie wieder mit Jungs ausgehen. Denn welcher junge Mann hätte dann noch Lust, sich mit mir zu treffen? Nicht mal Brent. Und es heißt auch: nicht heiraten, keine Kinder. Nichts. Da bin ich lieber gleich tot. Lieber tot!*

Schließlich schlief sie wieder ein.

Als sie erneut erwachte, dämmerte es bereits. Der erste Tag, die erste Nacht lagen hinter ihr.

* * *

»Wollen Sie mich jetzt nicht röntgen?«, fragte Amy Dr. Duncan, als er, ehe sie die Klinik verließ, noch einmal besuchte.

Er lächelte. »Wir stehen noch ganz am Anfang, Amy. Die Chemo braucht Zeit, um zu wirken. Wir röntgen dich schon noch rechtzeitig. In der Zwischenzeit aber untersuchen wir dein Blut und deinen Urin. Jeden Tag. An Tagen, an denen du zur Schule gehst, kannst du auf dem Schulweg bei uns vorbeischauen.«

»Und warum müssen Sie das jeden Tag untersuchen?«, fragte ihre Mutter, und neuerliche Besorgnis schwang in ihrer Stimme.

»Um sicherzustellen, dass sie die Chemo verträgt. Ein zu hoher Säuregehalt im Urin könnte Komplikationen nach sich ziehen. Nierenversagen. Und das können wir momentan wirklich nicht gebrauchen.«

Mrs Bedford nickte, doch Walt registrierte die Anspannung im Blick der Frau. *Verdammt noch mal,* dachte er, *nun mach mal halblang, Frau. Wir haben gerade erst angefangen. Deine Tochter wird dich demnächst noch brauchen, und zwar mehr, als du glaubst.*

»So, und jetzt bringen Sie Amy nach Hause. Lassen Sie sie die nächsten zwei Tage ausruhen. Das Zeug wirft einen um, daran muss man sich erst gewöhnen.«

»Aber Sie haben doch von Schule geredet ...«, protestierte Amy.

»Die ersten zwei Tage bleibst du zu Hause. Momentan bist du wahrscheinlich schwächer, als du dich fühlst. Weißt du, was ich an deiner Stelle tun würde? Die Lehrer anrufen, um Hausaufgaben bitten, Stoff nachholen. Damit du, wenn du wieder zur Schule gehst, nicht zu weit hinterherhinkst.«

»Darum kümmere ich mich ...«, meinte ihre Mutter beflissen.

»Amy?«, sagte Walt fragend.

»Ich schaff das schon, Mom«, meinte Amy. Sie bürstete

sich das lange Blondhaar, das ihr anmutig auf die Schultern fiel. Hätte sie noch Tennis gespielt, hätte sie es mit einem Band zurückgebunden. Nun ließ sie es offen herunterhängen.

Sie kehrte dem Spiegel den Rücken und versuchte zu lächeln. Walt kannte die Anzeichen: Die Patientin versucht in den Augen des Arztes stärker zu erscheinen, um ihn so davon zu überzeugen, dass sie geheilt werden kann, ja, geheilt werden wird.

»Amy, eh du nach Hause gehst«, sagte Walt Duncan, »noch ein paar Dinge, die du nicht vergessen solltest. Inzwischen kennst du schon die Magenkrämpfe. Aber es kann auch zu Entzündungen kommen. Im Mund. An den Lippen. Der Zunge. Die können sehr schmerzhaft sein. So, dass du womöglich nichts essen willst. Mach dann eine lindernde Spülung aus warmem Wasser und Natron. Aber iss was. Wenn ich operiere, brauche ich ein starkes Mädchen. Ist das klar?«

»Klar«, sagte Amy und streckte die Hand aus.

Sie lächelte noch einmal. Und er dachte: *Hoffentlich lächelt sie in zehn Monaten, in einem Jahr immer noch. Wenn sie – bei all den denkbaren Komplikationen – überhaupt noch am Leben ist und lächeln kann.*

7

Sieben Wochen waren vergangen. Amy Bedford hatte sich regelmäßig zu ihren Chemoinfusionen im Krankenhaus eingefunden. Die Behandlung hatte sich verändert, denn Dr. Bristol hatte Amy von Methotrexat auf das stärkere Vincristin umgestellt. Jeder Schritt der Therapie zielte auf die Verkleinerung des Tumors, damit schließlich operiert werden konnte.

Amy hatte alles, das ganze mit der Behandlung verbundene Leiden mit Fassung ertragen, fand sich jeden Tag im Krankenhaus ein, um Blut und Urin überprüfen zu lassen. Die Schule besuchte sie nur noch, wenn sie sich dazu in der Lage fühlte, und sie und ihre Lehrer hatten sich damit abgefunden, dass sie nun nicht mehr mithalten konnte. Allerdings wollte sie nicht zu weit hinter ihre Klassenkameraden zurückfallen.

Insgeheim zählte sie die Tage. Hakte sie ab auf einem Kalender, den sie in ihrer Schreibtischschublade aufbewahrte. Wenn die Aussagen der Ärzte stimmten, würde man bald die entscheidenden Knochen-Scans und Röntgenaufnahmen machen, die zeigen würden, ob das verdammte Ding nun geschrumpft war oder nicht.

Denn wenn es nicht kleiner geworden war – und der letzte Scan verriet nichts davon – dann ... sie brachte es einfach nicht über sich, das Wort auszusprechen oder es auch nur zu denken.

Jeden Tag stellte sie sich vor den Spiegel, drehte das Bein nach links und nach rechts, um zu sehen, ob sich etwas verändert hatte. Dünner sah es aus. Vielleicht hieß das, dass das Ding kleiner wurde. Allerdings war sie überhaupt dünner geworden. Hatte abgenommen. An den Beinen, Armen, im Gesicht. Nie hatte sie einen Menschen, den sie kannte, als hager bezeichnet. Genau das aber war sie jetzt.

Sie stellte sich nicht mehr auf der Badezimmerwaage ihrer Mutter. Es machte ihr Angst. Medikamente gegen Übelkeit wirkten bei ihr nicht, sodass sie Tage durchzustehen hatte, an denen sie meinte, es sei ihr fünfmal so viel hochgekommen, wie sie überhaupt gegessen hatte. Angesichts all dessen war es unvermeidlich, dass sie an Gewicht verlor. Und diese Entzündungen, vor denen Dr. Duncan sie gewarnt hatte, machten das Essen auch nicht erfreulicher. An manchen Tagen konnte sie kaum die Milchshakes ertragen, die ihre Mutter ihr aufnötigte.

Es gab nur einen Trost: Bald würde es vorbei sein ... Bald ... Und was danach kam, daran durfte sie gar nicht denken. Denn es gab Dinge, die waren noch schlimmer als die Chemo. Und kein Arzt hatte ihr versprochen, dass die Chemo nach einer Amputation aufhören würde.

In der Nacht vor dem entscheidenden CAT-Scan schlief Amy noch unruhiger als sonst. Sie schreckte auf und war entsetzt; ein bitteres Brennen im Hals kündigte neue Übelkeit an. Sie lag still. Das Gefühl legte sich. Sie war die andauernde Wiederholung von Übelkeit, gefolgt von Erbrechen, schon derart gewohnt, dass jede Spur einer Magenverstimmung den quälenden Kreislauf aufs Neue in Gang zu setzen drohte.

Sie lag auf dem Rücken und starrte an die Decke ihres Zimmers. Auf die – gefiltert durch die vom Nachtwind bewegten Blätter der Birke vor ihrem Fenster – das Licht der Straßenlampe fiel. Das hatte sie schon viele Male in ihrem jungen Leben gesehen. Heute aber schien es ganz anders als sonst. Nichts hatte sich verändert, nur sie selbst. Und doch war auch nichts mehr so wie zuvor. Weder Essen, Schlafen, Zur-Schule-Gehen noch die endlosen Gespräche mit den Freundinnen am Telefon.

Sobald das vernichtende Wort – *Krebs* – erst einmal ausgesprochen ist, kann nichts mehr sein wie zuvor. Und dennoch behaupteten die Ärzte, er könne geheilt werden. Und sie hatten ihr die sehr komplizierte Behandlungsmethode dargelegt. Dem ersten schwierigen Teil davon unterzog sie sich schon. Aber es gab keine Garantien. Auch der sanfte Dr. Duncan konnte ihr lediglich versprechen, dass er sein Bestes geben werde. Das Höchste, was er in Aussicht stellte, war eine Möglichkeit. Dass sie vielleicht wieder ohne Schmerzen gehen, vielleicht wieder ein normales Leben führen konnte. Keiner aber gab ihr ein uneingeschränktes Versprechen. *Würde, könnte, dürfte,* das waren ihre Worte.

Erschöpft, schläfrig und dennoch schlaflos drehte sie sich auf die Seite. Auch das hatten ihr die Ärzte erklärt. Die Chemo konnte einen völlig schaffen, sodass man noch Tage danach ziemlich weggetreten war. Daher war es wichtig zu schlafen.

Als sie sich umdrehte, ließ sie den rechten Arm leicht auf das Kissen fallen. Und fühlte etwas, das sie erschreckte. Sie streckte die Hand aus und schaltete das Licht ein. Und dann sah sie sie: lose blonde Strähnen auf dem rosa Kissen. Das, wovor man sie gewarnt hatte, hatte begonnen. Tränen schossen ihr in die Augen. Sie verbarg das Gesicht in den Händen.

Nachdem sie eine Weile geweint hatte, beschloss sie, den Tatsachen ins Gesicht zu sehen. Sie warf die Decke zurück und blieb auf der Bettkante sitzen – bis sie bereit war, aufzustehen und den Blick in den Spiegel zu riskieren. Schließlich war sie so weit.

Sie starrte in den Spiegel. Es war längst nicht so schlimm, wie sie befürchtet hatte. Ihr blondes Haar, das sie meist glatt herunterhängen ließ, wirkte so dicht und gesund wie immer. Sie fühlte sich erleichtert, da sie sich schon die schlimmsten Fantasien ausgemalt hatte, wie sie mit dünnem, strähnigem Haar aussehen würde. Oder mit gar keinem.

Zwar fühlte sie sich versucht, an einigen der Strähnen zu zupfen, um zu sehen, ob sie sich lösten. Aber sie beschloss, es lieber nicht zu tun. Stattdessen griff sie nach der Bürste und begann sie kräftig auszubürsten, um so den Kreislauf anzuregen und dem Haar Nährstoffe zuzuführen, damit es die Auswirkungen der Chemo besser überstand.

Sie machte weiter, bis sich die Bürste in ihrer Hand plötzlich merkwürdig anfühlte. Sie legte sie beiseite, um die Finger anzuspannen. Sie spürte ein Prickeln, und dann Taubheit. Erneut griff sie nach der Bürste, bot alle verfügbare Kraft auf, wollte es unbedingt erzwingen. Sie hob sie in Kopfhöhe. Plötzlich aber gehorchten ihr die Finger nicht mehr. Sie konnte nicht mehr greifen. Mit einem lauten Krach fiel die Bürste auf dem Toilettentisch und glitt zu Boden.

Entsetzt rief Amy aus: »Mom! Mom!« Sie rannte aus dem Zimmer. Platzte in das Schlafzimmer ihrer Eltern, schrie: »Mommy, Mommy, ich bin gelähmt. Ich bin gelähmt!«

Entsetzt und erschöpft schreckten Marion und Ed Bedford aus unruhigem Schlaf. Marion sprang aus dem Bett, umarmte ihre schluchzende Tochter und versuchte sie zu trösten. »Kleines, Liebes, nun beruhige dich doch. Erzähl mir alles.«

Ihr Vater stand daneben und war so hilflos und schockiert, dass er seine weinende Tochter nur anstarren konnte.

»Die Bürste ... die Haarbürste ... ich konnte sie nicht halten, sie ist mir einfach aus der Hand gefallen«, sagte Amy schluchzend. »Ich kann nichts mehr halten. Ich bin gelähmt.«

»Amy! Zeig mir deine Hand!«, befahl ihre Mutter.

Amy hielt ihr die rechte Hand hin.

»Beweg die Finger.«

Das Mädchen öffnete und schloss die Hand.

»Da! Sieh mal! Du bist nicht gelähmt«, sprach ihre Mutter und versuchte, trotz schlimmster Befürchtungen, ruhig und überzeugend zu klingen.

»Aber es kribbelt, und ich kann nichts mehr halten.« Durch die Demonstration seiner Frau ermutigt, griff Ed Bedford nach seiner eigenen Haarbürste und hielt sie ihr hin. »Hier, Liebes. Nimm sie.«

Amy starrte auf die Bürste und griff danach. Als sie die Finger darum geschlossen hatte, ließ Ed Bedford die Bürste los. Einen Moment lang konnte Amy sie festhalten, aber dann wurden die tauben Finger wieder kraftlos. Und die Bürste fiel zu Boden.

»Seht ihr, ich hab es euch doch gesagt. Ich hab's euch doch gesagt!«, rief sie aus und weinte aufs Neue.

»Ich werde Dr. Duncan anrufen!«, erklärte ihr Vater.

»Ed! Ed! Doch nicht zu so nachtschlafender Zeit«, warf seine Frau ein.

»Wenn meine Tochter in Not ist, ist mir die Tageszeit ganz egal. Außerdem bezahl ich ihn dafür, oder etwa nicht?«

Er griff nach dem Telefon, das auf dem Nachttisch stand, und rief die Information an. Nachdem er erklärt hatte, dass es sich um einen medizinischen Notfall handelte, nannte man ihm Dr. Duncans Privatnummer.

Das schrillende Telefon neben Duncans Bett zerriss die nächtliche Stille. Walter Duncan drehte sich instinktiv zu ihm hin, in der Annahme, dass die Notaufnahme oder die Traumaabteilung sofortigen Expertenratschlag oder einen guten Chirurgen benötigte.

Er nahm den Hörer ab. »Duncan«, meldete er sich.

»Dr. Duncan«, legte Ed Bedford umgehend los, »meine Tochter steckt in der Bredouille. Und zwar in einer ganz gewaltigen.«

»Wer sind Sie denn eigentlich?«

»Bedford. Ed Bedford.«

Walt Duncan setzte sich so plötzlich auf, dass sich Emily, noch im Halbschlaf, zu ihm umdrehte und murmelte: »Walt?«

»Schhhhh«, beruhigte er sie. »Also, Mr Bedford, können Sie mir genau sagen, um was für eine Bredouille es sich dabei handelt?«

»Es sind die Hände. Sie kann nichts mehr halten ...«, erklärte Bedford.

»Geben Sie sie mir bitte!«, befahl Walt. Er wartete, bis er Amy schluchzen hörte. Sie befand sich nun zwar am Apparat, brachte aber kein Wort heraus. »Amy, Amy, kannst du mich hören?«

»Mm-hm.«

»Spürst du ein Kribbeln?

»Bisschen, ja.«

»Und hast du zuweilen auch so ein Taubheitsgefühl in den Fingern?«

»Ja.«

»Hör mir jetzt gut zu, Amy. Es handelt sich dabei um etwas, die wir neurale Toxizität nennen. Es sieht zwar so aus, als würdest du manchmal Funktionen verlieren, aber du bist nicht gelähmt. Das ist gänzlich unmöglich. Das Medikament Vincristin, das Dr. Bristol dir gegeben hat, kann solche Nebenwirkungen hervorrufen. Aber das vergeht wieder. Könntest du kurz etwas ausprobieren?«

»Ja?«

»Stehst du momentan?«

»Nein, Doktor«, sagte Amy, die inzwischen nicht mehr weinte.

»Steh auf. Leg den Hörer beiseite. Geh im Zimmer auf und ab. Und komm dann wieder zurück«, befahl er. Er wartete.

»Hab ich gemacht, Doktor.«

»Und wie war es? Genau wie immer?«

»Nein.«

»Dann komm morgen zu mir in die Klinik. Vielleicht müssen wir die Dosis reduzieren oder das Vincristin völlig absetzen. So, und jetzt geh wieder schlafen. Mach dir keine

Sorgen. Du bist nicht gelähmt. Und die Taubheit wird wieder verschwinden. Das verspreche ich dir.«

»Ja, Doktor. Tut mir leid, dass wir Sie geweckt haben, aber ich hatte solche Angst, es war furchtbar.«

»Schon in Ordnung, Amy. Wann immer du Ängste oder Fragen hast, ruf an.«

»Danke, Doktor, vielen Dank.«

Sie wollte gerade auflegen, als ihr Ed Bedford den Hörer aus der Hand nahm.

»Doktor, Sie kümmern sich doch wirklich gründlich um sie, nicht wahr? Ich meine, Sie tun doch alles, alles, was ihr nur helfen kann; ich zahle.«

»Ja, ich verstehe, Mr Bedford«, meinte Walter Duncan und dachte sich: *Warum sich manche Leute nur einbilden, dass ihnen die Ärzte Wunder verkaufen können, wenn nur der Preis stimmt?*

»Egal wie viel!«, wiederholte Bedford mit Nachdruck.

»Natürlich«, meinte Walter. »Und nun geben Sie mir bitte Ihre Frau.«

Ihrer Stimme war anzuhören, dass sie um Fassung rang. »Ja, Doktor?«

»Mrs Bedford, Amy ist zurzeit sehr angespannt, was durchaus verständlich ist. Momentan nimmt sie alles sehr übertrieben wahr. Schließlich hat sie morgen früh eine wichtige Untersuchung vor sich. Vielleicht will sie nicht mal in die Klinik kommen. Manche Patienten weigern sich plötzlich im letzten Augenblick. Weil sie die Wahrheit lieber nicht wissen wollen. Daher müssen Sie – egal wie Amy sich morgen fühlt oder was sie sagt – dafür sorgen, dass sie zur vereinbarten Zeit in der radiologischen Abteilung erscheint. Morgen Abend will ich diese Röntgenaufnahmen und Scans sehen. Sorgen Sie dafür, dass sie rechtzeitig da ist!«

Walt hockte auf der Bettkante, als ihm, etwas spät, einfiel, das Telefon wieder aufzulegen. Er warf einen Blick auf den Radiowecker. Fünf Uhr dreiundfünfzig. Zu früh, um aufzustehen, zu spät, um noch einmal einzuschlafen. Überdies sollte er an diesem Morgen noch früher in der Klinik sein als sonst. Es gab Wichtiges zu erledigen. Beginnend um halb sieben, standen vier Fälle an. Dann folgte ein Treffen des Krebsausschusses, wo man die Behandlung einer Reihe von Krebspatienten erörtern und Therapiepläne für mehrere neue Fälle aufstellen würde.

Inzwischen war auch der Enright-Prozess angelaufen – was sein Leben weiter komplizierte –, und Silverstein hatte Walt wissen lassen, dass man ihn jederzeit zur Zeugenaussage auffordern könne. Am Ende des Tages aber warteten Amy Bedfords Scans und Röntgenaufnahmen auf ihn, aus denen hervorgehen würde, ob die Wochen der Chemotherapie das Ergebnis gezeitigt hatten, auf das all dieses Leiden abzielte. Andernfalls wären die Qualen des Kindes umsonst gewesen. Amy sagen zu müssen, dass er amputieren musste, wäre, das wusste er, noch schlimmer für ihn, als die Operation tatsächlich auszuführen.

Mit all diesen Gedanken im Kopf war ihm klar, dass nicht mal an ein kurzes Nickerchen zu denken war. Er würde das Defizit ausgleichen, eine kalte Dusche würde ihn wach machen.

Während der Dusche dachte er mit Widerstreben an die bevorstehende Aussage vor Gericht. Zwar war es richtig und seine Pflicht, aber auch lästig und ungelegen. Noch einmal würde er sein Versprechen nicht geben. Aber er wusste auch, dass er es beim nächsten Fall von Ärztepfusch wieder so machen würde. Blieb nur zu hoffen, dass die Anwälte die Sache heute nicht in die Länge zogen, sodass er morgen gleich noch mal vorgeladen wurde.

So geräuschlos wie möglich und ohne das Licht einzuschalten, hatte er sich angezogen; er wollte Emily nicht wecken. Draußen war es noch dunkel, als er bei Simone vorbeischaute, um ihr einen Abschiedskuss zu geben. Er beugte sich über sie. Als er sie küssen wollte, öffnete sie die schlafverhangenen Augen und sagte – weil es finster war – »Gut Nacht, Daddy« und schlief wieder ein.

Er küsste sie auf die Stirn und wollte gerade wieder aufstehen, als er eine fiebrige Wärme bei ihr bemerkte. Er legte ihr die Hand auf die Stirn. Sie fühlte sich warm an, ein leichtes Fieber, diagnostizierte er. Nicht weiter alarmierend bei einem Kind. Und dennoch irritierte es ihn. Er musste Emily eine Nachricht hinterlassen.

8

Dr. Walter Duncan schickte sich an, die jüngsten Röntgenaufnahmen der Patientin Bedford, Amy zu studieren. Der Raum war verdunkelt.

Er schob drei Folgen von zusammengehörenden Aufnahmen in die über die ganze Wandlänge sich erstreckende Glasbox. Er schaltete das Licht ein.

Zuerst betrachtete er die Aufnahmen, die bei Amys erster Untersuchung gemacht worden waren.

Er nahm sich die nächste Reihe von Bildern vor, die später, aber aus exakt den gleichen Winkeln aufgenommen waren wie die ersten. Schließlich wandte er sich den jüngsten Aufnahmen zu.

Auf die Lungenbilder musste er nicht viel Zeit verwenden. Es gab nichts zu sehen. Keine Metastase weit und breit. Ein ermutigendes Zeichen.

Lange und angestrengt starrte er auf die dazugehörigen Filme von Ober- und Unterschenkel. Betrachtete den ersten, den zweiten und schließlich die Aufnahmen dieses Tages.

Wenn die letzten Lungenaufnahmen mit den ersten identisch waren, so war dies ein gutes Zeichen. Für die anderen Röntgenbilder jedoch galt das nicht.

Leider ähnelten auch sie sich – viel zu sehr. Nach zwei beschwerlichen Behandlungsreihen mit Methotrexat und Vincristin hatte er auf eine sichtbare Schrumpfung des Tumors gehofft.

Trat sie nicht ein, so blieb ihm keine Wahl mehr.

Armes Kind, dachte er, *da hat es die ganze schwierige Behandlung mutig und guter Dinge ertragen. Und nun …*

Die jäh aufgehende Tür unterbrach seinen Gedankengang. Dr. Bristol war eingetreten.

»Ich habe gehört, Amys neue Röntgenaufnahmen sind fertig«, meinte die Onkologin.

»Ja.« Walt wies mit einem wenig begeisterten Kopfnicken darauf.

Dr. Bristol brauchte etwas Zeit, um sich an die Dunkelheit zu gewöhnen. Sie verglich die Filme, einen nach dem anderen, alte Aufnahmen, neue Aufnahmen, alte, neue. Sie sagte kein Wort, gab nur einen leisen enttäuschten Laut von sich.

»Was meinen Sie, Rita? Sollen wir ihr eine weitere Behandlungsreihe zumuten?«

»Kann sicher nicht schaden. Vielleicht stehen wir ja kurz vor dem Durchbruch. Jetzt aufzugeben wäre eine Schande.«

»Verträgt sie es?«, fragte Walt.

»Die Magenkrämpfe und das Erbrechen hat sie tapfer ertragen. Ihr Mund war auch entzündet. Sehr sogar. Aber ich glaube, sie macht weiter mit. Wenn Sie die Amputation um drei Wochen hinauszögern können, ohne ihr Leben zu gefährden, würde ich sagen, probieren wir es«, meinte die Onkologin.

»Ich gehe und spreche mit ihr«, sagte Walt Duncan und beendete damit die Unterredung.

Als Walt Duncan in Amy Bedfords Zimmer trat, wurde er von ihr und ihrer Mutter geduldig erwartet. Das junge Mädchen saß aufrecht im Bett und versuchte, Gesundheit und Kraft auszustrahlen, ganz offenbar, um so den Arzt von jedem Gedanken an eine mögliche Amputation abzubringen.

Er war sich dieses Bemühens sehr wohl bewusst, doch es war ihm auch klar, dass er nicht mehr dieselbe Patientin vor sich hatte wie noch vor einigen Wochen.

Ihr hübsches Gesicht war schmaler geworden. Und an der

hageren Wange zeichnete sich sogar ein unregelmäßiger roter Fleck ab.

Zwar ließ sie das blonde Haar noch immer offen auf die Schultern fallen, die Tatsache, dass es viel dünner geworden war, ließ sich aber nicht verbergen; die Kopfhaut wies bereits einige kahle Stellen auf.

Immer noch blickte sie fragend zu ihm auf, fragend, flehend, um ein gutes Wort bittend, irgendeinen positiven Bericht, der besagte, dass sich ihre wochenlangen Leiden gelohnt hatten.

»Hi, Amy«, sagte Walt und versuchte beiläufig und gleichzeitig ermutigend zu klingen. »Dr. Bristol und ich haben uns eben deine Röntgenaufnahmen angesehen.«

Noch ehe er fortfahren konnte, sprachen Mutter und Tochter gleichzeitig: »Was haben Sie gefunden? Er ist doch kleiner geworden, oder?«

»Wir ... wir glauben, dass wir nah dran sind«, meinte Walt.

»Nah dran«, wiederholte Amy nur, doch die Worte fassten all ihre Enttäuschung, all ihre Qualen, all die zerschlagenen Hoffnungen zusammen.

»Wir haben's nicht aufgegeben, Amy. Wir würden gern eine weitere Behandlungsreihe starten. Und das Methotrexat um ein weiteres Medikament ergänzen.«

»Wieder Chemo«, sagte Amy, und in ihren Augen glänzten ungeweinte Tränen.

»Amy, Amy«, sagte Walt Duncan und nahm vorsichtig ihre Hand.

»Ich weiß, was du durchgemacht hast. Ich weiß, was eine weitere Behandlung für dich bedeutet.«

»Gar nichts wissen Sie!«, stieß das Mädchen wütend und traurig hervor.

»Amy!«, versuchte ihre Mutter, ihrem Ausbruch Einhalt zu gebieten.

Doch all die Emotion, die sich in wochenlangem Leiden

und Hoffen angesammelt hatte, ließ sich nicht so leicht besänftigen.

»Sie wissen eben *nicht,* wie es ist, wenn man morgens in den Spiegel guckt und sich fragt: ›Bin ich das? Bin das wirklich ich?‹ Ich weiß es selbst nicht mehr. Das ist nicht mein Gesicht. Das ist das Gesicht einer Patientin, die meinen Namen trägt. Aber nicht ich. So hab ich nie ausgesehen. Ich wache morgens auf und finde Haare auf meinem Kissen. Strähnenweise. Büschelweise. Bald werde ich eine Glatze haben. Bald bin ich ein Glatzkopf.«

»Amy, bitte«, flehte ihre Mutter sie an.

Doch Walter Duncan bedeutete der Mutter mit einer wortlosen Geste zu schweigen.

Und das Mädchen, dem die Tränen über das Gesicht liefen, fuhr fort. »Ich mach das nicht mehr mit. Ich kann nicht. Ich kann ihnen nicht mehr unter die Augen treten ...«

»Wem, Amy? Wem kannst du nicht mehr unter die Augen treten?«

»Den anderen. Den Jungs und Mädchen in der Schule«, gestand sie. »So kann ich mich doch nicht sehen lassen. Unmöglich.«

Sie verlor völlig die Fassung, weinte nun hemmungslos, und ihr dünner Körper wurde von Schluchzern geschüttelt. »Lassen Sie mich doch einfach sterben ... lassen Sie mich sterben ...«

»Amy!«, flehte ihre Mutter fast flüsternd.

Walt sah die Mutter an und schüttelte den Kopf: »Lassen Sie sie ruhig eine Weile weinen, lassen Sie sie alles sagen, was sie sagen muss.«

Bald ließ das Schluchzen nach, und Amy wischte sich mit dem Taschentuch, das Walt ihr gereicht hatte, die Tränen ab.

Ihre ersten Worte waren: »Ich wette, dass ich jetzt noch viel schlimmer aussehe. Ich bin ein einziges Wrack. Und Sie sind an allem schuld!«

»Du bist kein Wrack«, widersprach Walt. »Du bist ein junges Mädchen mit roten Augen, die wieder ganz normal und so hübsch und blau wie immer sein werden, sobald du über diesen Heulanfall weg bist. Aber was soll denn das heißen, du gehst nicht mehr in die Schule? Ich hab dir gesagt, dass du gehen kannst. Und Dr. Bristol ebenfalls.«

»Aber so, wie ich aussehe, doch nicht!«, widersprach das Mädchen.

»Amy, als ich sagte ›Gib mir ein Jahr deines Lebens, und ich heile dich‹, da hab ich nicht gemeint, dass du sonst nichts mehr tun sollst. Ich meinte, dass du, so gut es geht, dein normales Leben fortführen sollst. Du musst wieder in die Schule!«

»Nein, so wie ich aussehe, gehe ich nicht!«, protestierte sie. Sie fuhr sich durch die blonden Haare und hielt Strähnen in der Hand.

»Sehen Sie doch! Da! Sehen Sie!«

»Das also ist es«, meinte Walt, »das stört dich also. Okay. Warte hier!«

Als er hinausgegangen war, beschwor ihre Mutter sie: »Amy, Liebes, er tut sein Bestes für dich. Bitte, bitte, beleidige ihn nicht. Er ist wirklich ein sehr sensibler Mann. Ich spüre das.«

Walt Duncan war wieder zurück und hatte ein Stück hellgrünen Stoff in der Hand, der sich, als er sie öffnete, als Chirurgenhaube entpuppte.

Er stülpte sie Amy über den Kopf und fragte ihre Mutter nach ihrer Meinung: »Na, wie finden Sie das? Oder sieht es so besser aus?«, meinte er, als er ihr die Mütze schief übers Ohr rückte.

»Ich finde es so besser, Sie nicht auch, Mrs Bedford?«

»Es hat was, doch.«

Er ging zum Medizinschränkchen im Badezimmer, öffnete die Spiegeltür, sodass Amy sich darin sehen konnte. »Komm, schau dich an, Amy!«

Das Mädchen näherte sich dem Spiegel, betrachtete sich darin und räumte schließlich ein: »Na ja, ganz blöd sieht's nicht aus.«

»Es sieht sogar verdammt gut aus!«, sagte Walt Duncan. Und während sie sich im Spiegel betrachtete, fuhr er fort: »Amy, was hältst du von meinem Vorschlag? Bist du bereit, bei einer weiteren Behandlung mitzumachen? Ich denke, sie könnte uns den Durchbruch ermöglichen.«

Sie antwortete nicht sofort. Sie dachte wieder an die Tage und Nächte im Zangengriff der Medikamente, spürte wieder, wie sie ihr buchstäblich die Eingeweide herausgerissen hatten, während sie stumm flehte: *Nehmt mein Bein, nehmt mein Leben, wenn nur diese Qual endlich aufhört!*

»Amy ...«, schmeichelte Walt Duncan. »Ich glaube wirklich, dass wir es schaffen können.«

Schließlich biss sie die Zähne zusammen und nickte.

»Gut!«, sagte der Chirurg.

Dann machte er Marion Bedford ein Zeichen, dass er sie unter vier Augen sprechen wollte.

»Mrs Bedford, ich will nicht, dass Ihre Tochter zur Einsiedlerin wird. Dass sie sich aus dem Leben zurückzieht und ein Fall für den Psychiater wird. Ich möchte, dass sie wieder zur Schule geht. Denn ich glaube, dass die stabile psychische Verfassung einer Patientin einen entscheidenden Beitrag zu ihrer Genesung leisten kann. Also, hat sie irgendwelche Freundinnen und Freunde, die ihr womöglich helfen könnten?«

»Es gibt da diesen Jungen. Sie geht zwar nicht mit ihm, aber sie sind beide in der Tennismannschaft. Er heißt Brent Martin.«

»Ist das nicht der junge Mann, mit dem sie zusammen war, als sie gestürzt ist?«, erinnerte sich Walt.

»Ja, ja, das ist er.«

»Bitten Sie ihn doch, mich anzurufen«, meinte Walt.

Als sich der Tag dem Ende zuneigte, die letzte Visite bei den Frischoperierten vorbei war und er auch die zwei OP-Fälle für den nächsten Morgen besucht hatte, stieß Walt die Tür zu seinem Büro auf und traf einen Fremden im Wartezimmer an.

Es war ein junger Mann, kaum älter als siebzehn. Blond, groß, schlaksig, doch von einer Gestalt, die, wie Walt aus Erfahrung wusste, mit zunehmender Reife voller werden würde.

»Ihre Sekretärin musste weg. Sie hat mich gebeten, auf Sie zu warten«, erklärte der junge Mann.

»Worum geht's denn? Wer hat Sie denn überhaupt zu mir geschickt?«

»Sie haben mich selbst bestellt.«

Verwirrt murmelte Walt: »Ich habe Sie bestellt ... ah, dann sind Sie sicher Brent Martin.«

»Stimmt. Es hat wohl mit Amy zu tun, da Mrs Bedford mich angerufen hat. Gibt es etwas, das Sie von mir wissen wollen? Ich meine, wegen dieser Trainingsstunde, bei der sie gestürzt ist? Ich hab versucht, sie davon abzubringen. Aber sie war so entschlossen. Aber wenn Sie sie kennen, dann wissen Sie ja, *wie* entschlossen sie ist.«

»Entschlossen?«, sagte Walt. »Kommen Sie in mein Büro, Brent.«

Sobald der junge Mann an Walts Schreibtisch saß, meinte Walt: »In manchen Dingen ist Amy mehr als entschlossen. In anderen aber nicht resolut genug. So weigert sie sich beispielsweise, in die Schule zu gehen, auch an den Tagen, wo sie es eigentlich könnte.«

»Wir dachten, sie darf nicht.«

»Sie darf es nicht nur, ich wünsche sogar ganz ausdrücklich, dass sie möglichst ihr ganz normales Leben weiterführt. Wir müssen auf diese Weise dafür sorgen, dass sie den Mut nicht verliert. Und ich glaube, Sie könnten ihr dabei helfen.«

»Ich tue alles, was Sie sagen, Doktor, wenn ich Amy damit helfen kann.«

»Reden Sie mit ihr. Bringen Sie sie dazu, wieder zur Schule zu gehen. Holen Sie sie morgens ab. Tun Sie alles, was ihr das Gefühl gibt, dass sie wieder zur Schule muss.«

»Ich kann es versuchen«, meinte der junge Mann.

»Es wird sicher nicht leicht für Amy. Weil auch die Behandlung kein Kinderspiel ist. Manchmal wird sie sich sträuben. Weil sie sich grässlich fühlt. Und schwach. Weil ihr übel ist. Sie wird sich schämen, weil ihr die Haare ausgehen. Weil sie nicht mehr so attraktiv ist wie früher. Ihre Aufgabe ist es dann, ihr immer wieder zu sagen, dass die Haare nachwachsen. Dass sie wieder zunehmen wird. Wieder hübsch sein wird. Mit einem Wort, Brent, Sie müssen den Cheerleader spielen, müssen sie aufheitern, anspornen und motivieren.«

Der junge Mann nickte verständig und fragte dann: »Aber das stimmt doch auch, oder? Ich meine, das mit den Haaren, und dass sie nachher wieder zunimmt?«

»Nach allem, was wir wissen, stimmt's.«

»Gut. Ich will sie nämlich nicht belügen«, sagte Brent und wiederholte dann gedankenverloren: »Belügen? Wo ich nicht mal die Möglichkeit hab, mit ihr zu reden. Seit das alles angefangen hat, hat sie sich von allen Freunden abgekapselt.«

»Manche Menschen sind so«, räumte Walt ein. »Sie haben das Gefühl, Krebs sei etwas, dessen man sich schämen muss. Meinen, sie hätten etwas Falsches getan und würden nun dafür bestraft. Hat sie irgendeinen Freund, der sie da eines Besseren belehren könnte?«

»Swede ... ich glaube, wenn überhaupt einer, dann vielleicht Swede.«

»Okay, Brent. Deine erste Aufgabe lautet: Sprich mit Swede. Und falls du Verstärkung brauchst, so kann ich mit Dr. Rosen reden. Er und Swede sind alte Tennispartner.«

»Ich werde mein Bestes tun«, versprach Brent. Er war schon auf dem Weg zur Tür, als Walt plötzlich meinte: »Brent!« Der junge Mann drehte sich zu ihm um. Walt warf ihm ein Stück grünen Stoff zu. Brent fing es auf, schlug es auseinander, betrachtete es.

»Was ist das?«

»Eine OP-Haube«, meinte Walt lächelnd.

»Und was soll ich damit?«

»Überzeug Amy davon, dass sie wieder zur Schule muss, und ich zeig's dir.«

Swede Olafsen traf am Spätnachmittag vor dem Haus der Bedfords ein. Er läutete. Marion Bedford – ganz überfürsorgliche, übervorsichtige Mutter – kam an die Tür. Sobald sie Swede erkannte, traten ihr schlagartig Tränen in die Augen.

»Sie will Sie nicht sehen. Sie will niemanden sehen«, meinte sie warnend.

»Sagen Sie ihr, dass ich ihre Hilfe brauche«, meinte Swede mit Nachdruck.

»Hilfe?« Die Frau war verwirrt, misstrauisch.

»Sagen Sie ihr einfach, der alte Swede hat ein Problem und braucht ihre Hilfe. Bitte! Gehen Sie rauf, und sagen Sie es ihr!«

Mrs Bedford zögerte – und stieg dann die Treppe hinauf. Swede wartete. Er wartete lange. Schließlich kam Mrs Bedford herunter.

»Sie ist einverstanden. Aber bitte starren Sie sie nicht an. Sie ist sehr befangen. Zuweilen habe ich das Gefühl, als wolle sie nicht mal, dass ich sie ansehe. Sie mag nicht mal mehr ins Krankenhaus gehen. Was immer Sie auch tun, fragen Sie sie nicht nach der Mütze, die sie aufhat. Sie leidet jetzt unter Haarausfall. Die meisten sind ihr schon ausgegangen, und sie ist sehr empfindlich.«

»Mrs Bedford, ich habe seit sechsunddreißig Jahren mit

Jugendlichen zu tun. Ich weiß, wie empfindlich Teenager sein können.«

Er erkannte Amys Zimmer an der einen Spalt weit geöffneten Tür und der Dunkelheit. Er klopfte an. Nach einer kurzen Weile kam ihre leise, zögernde Antwort. »Kommen Sie rein.«

Er schob die Tür auf und sah hinein. In dem unbeleuchteten Zimmer, das in der Dämmerung noch düsterer wirkte, konnte er lediglich ihre Silhouette ausmachen. Zusammengekauert, als fröre sie, saß sie in einem Sessel in der Zimmerecke. Das war nicht das Mädchen, nicht die Amy Bedford, die er kannte, die so viel Schwung und Feuer hatte und Turniere gewinnen wollte.

Diese verdammte Krankheit hat sie besiegt, dachte er schockiert und verbittert.

»Amy ...«, begann er. »Ich weiß, dass es dir nicht so besonders gut geht. Ich habe davon gehört, was diese Medikamente einem antun können. Und ich würde dich jetzt auch nicht belästigen, wenn ich nicht ein Problem hätte. Da du in dieser Saison ausfällst, muss ich auf Carole Wallace als Nummer eins bei den Mädchen zurückgreifen.«

»Ja«, sagte Amy, »das hab ich mir schon gedacht.«

»Tja, also, man kann einem Mädchen zwar sagen, dass sie Nummer eins ist, aber bis dahin, dass sie sich auch als Nummer eins fühlt, ist es noch ein langer Weg. Niemand weiß das besser als du. Und du weißt auch, wenn ein Mädchen nicht das Gefühl hat, dass sie die Beste ist, dann wird sie auch nicht so spielen.«

»Was kann ich tun?«, fragte Amy.

»Ich glaube, es würde was bringen, ja sogar sehr viel bringen ... Nun, Carole bewundert dich, sie hat dich immer bewundert. Wenn *du* ihr sagen könntest, wie gut sie ist, das würde ihr sicher helfen.«

»Wenn Sie wollen, ruf ich sie an«, erbot sich Amy.

»Du kannst ihr nicht sagen, wie gut sie ist, wenn du sie nicht spielen siehst. Du musst dabei sein. Musst sie sehen. Anrufen reicht nicht, Amy.«

»Aber das hieße ja, dass ich ...« Sie konnte sich nicht überwinden, es auszusprechen.

»Richtig, Amy. Um wirklich was auszurichten, damit was draus wird, müsstest du wieder in die Schule kommen, Carole nachmittags beim Training zusehen und dann mit ihr reden.«

»Wieder in die Schule ... das kann ich nicht.«

»Warum denn nicht?«

»Weil«, sagte das Mädchen und schien sich noch tiefer in die Dunkelheit zurückzuziehen.

»So kann ich nicht mehr zurück. So, wie ich jetzt aussehe, kann ich das nicht.«

»Wenn ich nicht deine Hilfe bräuchte, würde ich dich nicht darum bitten«, meinte Swede. »Du weißt, was so ein Meisterschaftstitel für mich und für die Schule bedeutet. Langsam denke ich auch dran, in Pension zu gehen. Nach sechsunddreißig Jahren fühle ich mich dazu berechtigt. Aber diesen Titel, diese Trophäe in der Schulsporthalle, die hätte ich vorher noch gerne.«

Sie gab keine Antwort.

»Amy?«

»Ich ... ich überleg es mir«, war alles, was sie über die Lippen brachte.

Doch als sich der hoch gewachsene weißhaarige Sportlehrer zum Gehen wandte, rief Amy ihm plötzlich nach: »Swede ...«

»Ja, Amy?«

»Ich weiß, was es Ihnen bedeutet. Also ... okay, ich werde es tun.«

Brent Martin wartete eine Straße vom Haus der Bedfords entfernt. Er wartete schon seit Viertel vor sieben. Er sah Mr

Bedfords Wagen herauskommen und in Richtung Interstate Highway fahren.

Brent blieb auf seinem Posten. Schließlich ging die Vordertür auf. Amy und ihre Mutter traten heraus. Sie wechselten ein paar Worte.

Einen unbehaglichen Moment lang schien es ihm, als ob Amy ihre Meinung ändern und ins Haus zurückgehen könnte. Doch schließlich begann sie, den Bürgersteig entlangzumarschieren. Er wartete, bis sie in Richtung Schule abbog. Dann verließ er sein Versteck und eilte ihr nach.

Als er sie einholte, verlangsamte er seine Schritte und tat, als habe er sie zufällig entdeckt.

»Hi! Amy? Bist du das?«

Sie wandte sich halb zu ihm um. Und was er sah, gefiel ihm. Wie sie diese Chirurgenmütze trug! Die sie ein wenig schief auf dem Kopf sitzen und mit einer Haarklammer befestigt hatte. Sie war dünner geworden, aber fast genauso hübsch wie früher.

»Hey, du siehst ja wirklich toll aus, Amy!«, rief Brent begeistert.

»Findest du?«

»Na klar. Toller Hut, was immer das auch für ein Teil ist«, sagte er. »Darf ich dir die Bücher tragen?«

»Ich schaff das schon«, sagte sie und presste sie fester an sich.

»Ich habe das auch bloß gesagt, weil ich mal gelesen hab, dass junge Männer früher den Mädchen damit ihre Zuneigung gezeigt haben. Ich glaube, es steht irgendwo bei Mark Twain. Jedenfalls hab ich's gelesen. Oder meine Großmutter hat erzählt, dass Großvater sich so an sie rangemacht hat.«

»Bücher tragen?«, wiederholte Amy. »Hat man das früher so gemacht?«

»Ja. Heute müsste man wohl sagen ›deine Stereoanlage oder deinen Laptop tragen‹.« Er lachte. Und sie stimmte ein.

Er fühlte sich ermutigt. Es klappte ja. Oder schien wenigstens zu klappen. Der entscheidende Moment aber stand ihnen noch bevor. Der Augenblick, in dem sie der ganzen Klasse gegenübertreten musste.

Sie waren etwa noch einen Straßenzug von der Schule entfernt. Von der Schultür aus hatte Pam Sanford, die man zum Beobachtungsposten bestimmt hatte, sie erspäht.

Sie kehrte ins Gebäude zurück, raste durch den Korridor, rempelte in ihrer Eile, vor der Schulglocke in ihre Klasse zu kommen, andere Schüler an.

Sie rief nur: »Okay, Leute. Sie sind im Anmarsch!« Und sofort ließen sich alle in Erwartung von Amys Ankunft auf die Stühle fallen. Kein Wort wurde gesprochen. Sie warteten eine Ewigkeit – wie es schien.

Amy und Brent betraten das Gebäude, marschierten den Gang entlang. Die paar Schüler, die durch den Flur rasten, um der Schulglocke zuvorzukommen, hatten keine Zeit, stehen zu bleiben und Amy anzustarren.

Schließlich standen Brent und Amy vor der Tür des Klassenzimmers, in dem ihre erste Stunde stattfand. Er spürte, wie sie sich in ihr Schneckenhaus zurückziehen wollte. Er streckte die Hand aus und hielt ihren Arm. Gemeinsam traten sie ein.

Bei dem Empfang, den die Klasse ihr bereitete, wurde Amy von Tränen der Erleichterung übermannt. Alle Mädchen trugen Chirurgenhauben, die von Haarklemmen ordentlich an Ort und Stelle gehalten wurden. Und alle lächelten. Ein Mädchen rief ihr einen begeisterten Willkommensgruß zu: »Amy!« Und sie stürzte auf Amy zu und umarmte sie, und bald hatten sich alle Mädchen um sie versammelt. Schlangen die Arme um sie, küssten sie, hießen sie willkommen, kurz, zeigten ihr, wie sehr sie sich freuten, sie wieder unter sich zu haben.

Der Lehrer, Mr Hitchins, traf wie abgesprochen erst etwas

später ein. Und rief dann, indem er den sonstigen pädagogischen Ernst nur simulierte: »Na, sollen wir's riskieren, heute noch was über die amerikanische Geschichte zu lernen?«

Dann fügte er lächelnd hinzu: »Amy Bedford, vielleicht könntest du, um uns zu zeigen, dass du deine Hausaufgaben gemacht hast, etwas über die Auswirkungen der Kubakrise auf die amerikanische Außenpolitik erzählen.«

Amy Bedford stellte sich neben ihr Pult und begann: »Bis zur Kubakrise war die Monroe-Doktrin Eckstein der amerikanischen Außenpolitik für die gesamte westliche Hemisphäre ...«

Hitchins lehnte sich in seinem Stuhl zurück. Der Unterricht flutschte mal wieder. Amy Bedford war, wie immer, gut vorbereitet. Eine wichtige Krise war angegangen und überwunden worden.

Die kleine Verschwörung zwischen Walter Duncan, Brent Martin, Swede Olafsen und Alfred Hitchins hatte wunderbar hingehauen. Ein kleiner Sieg war errungen – in dieser großen und verzweifelten Schlacht zur Rettung eines jungen Lebens.

Es war zwanzig nach vier. Alle Tennisplätze hinter der High School waren besetzt. Das Team trainierte hart. Swede ging wie immer hinter den Plätzen auf und ab, beobachtete, machte sich im Geiste seine Anmerkungen, kritisierte, billigte, ermutigte.

Diesmal wurde er von Amy Bedford begleitet. Die Stützschiene am rechten Bein, unter der Hose diskret verborgen, ermöglichte es ihr, mit Swede Schritt zu halten, und sie hinkte nur leicht.

Sie näherten sich dem Platz, wo Carole Wallace gegen Ethel Lindquist spielte, die, nachdem Amy sich zurückgezogen hatte, auf den zweiten Rang in der Mädchenmannschaft vorgerückt war. Amy sah, dass beide Mädchen weite und kräftige Bälle schlugen. In seiner Jugend, hatte Swede ihr immer erzählt, hätten Frauen noch kein solches Tennis gespielt.

Amy konzentrierte sich auf Caroles Spiel. Carole war ein hoch gewachsenes Mädchen, dunkelhaarig und mit kräftigen Schultern und Armen, deren wirksamste Waffe ihr Aufschlag war.

Leider war Carole – sobald die Gegnerin mal das Geheimnis ihres Aufschlags geknackt hatte – bei anderen Bällen, die sie nicht direkt aus der Luft holte, nicht mehr so stark. Amy war klar, worauf Swede hinauswollte.

Das Training war zu Ende. Die Mädchen verließen den Platz. Beide begrüßten Amy lächelnd und mit einer Umarmung.

»Schön, dass du wieder da bist, Amy«, sagte Carole. »Wenn ich auch fürchte, dass wir bei deiner Art Tennis nicht mithalten können.«

»Du spielst auch nicht gegen mich, Carole. Du spielst als Nummer eins gegen Eve Sampson aus Northside. Und wenn du die geschafft hast, trittst du gegen Sue Axelrod aus Wilson an, und nach Sue bleibt dir nur noch Deedee Snider von der Cleveland School.«

»Nur?«, echote Carole. »Deedee ist brutal. Falls ich überhaupt so weit komme.«

»Carole«, meinte Amy und zog das größere Mädchen näher an sich heran, »ich hab gegen alle gespielt. Und sie, das ein oder andere Mal, alle geschlagen.«

»Weil du du bist. Aber ich bin ich.«

»Ich kann dir sagen, wie du sie schlägst. Wenn du es hören willst.«

»Würdest du das tun?«, fragte Carole eifrig.

»Jede von ihnen hat ihre Schwäche. Spiel deine Stärke gegen ihre Schwäche aus, dann schaffst du es.«

»Meinst du wirklich?«

»Ich weiß es«, sagte Amy im Brustton der Überzeugung.

Swede stand abseits und beobachtete sie, schnappte hin und wieder ein paar Worte auf, genug jedenfalls, um zu wissen, dass Amy eine Aufgabe gefunden hatte und einen Grund, um ihr selbst auferlegtes Exil zu beenden. Und er hoffte, dass es ihr helfen würde, gegen den Killer, den sie immer noch in sich hatte, zu kämpfen.

* * *

Als Walter Duncan in sein Büro zurückkam, fand er auf seinem Schreibtisch eine Nachricht vor. ED BEDFORD HAT ANGERUFEN. WÜNSCHT, DASS SIE IHN ZURÜCKRUFEN.

Walt warf einen Blick auf die Schreibtischuhr. 18.47 Uhr. Falls er Bedford richtig verstand, so befand der sich noch immer in seinem Büro. Er wählte die Nummer. Bedford antwortete selbst.

»Mr Bedford? Hier Dr. Duncan. Sie haben mich angerufen. Geht es um die neue Chemoserie, die ich vorgeschlagen habe? Die ersten beiden haben nicht das Resultat gebracht, das Dr. Bristol und ich uns erwartet hatten. Daher wollten wir, ehe wir an Amputation denken, noch einen Versuch machen.«

»Ich weiß. Meine Frau hat es mir erklärt. Und ich weiß zu schätzen, dass sie noch nicht aufgeben. Aber ich rief an, weil meine Frau mir erzählt hat, dass Sie und Trainer Olafsen und der junge Brent Marlow ...«

»Martin«, korrigierte ihn Walt.

»Ja. Richtig. Brent Martin«, meinte Bedford. »Sie haben es mit vereinten Kräften geschafft, Amy wieder in die Schule zu kriegen. Das ist ganz großartig. Ich kann Ihnen gar nicht sagen, wie's mir ging, wenn ich abends heimkam und feststellen musste, dass sie sich wieder in ihrem Zimmer eingesperrt hatte. Und nicht rauskommen wollte, nicht mal, um mit uns zu Abend zu essen. Das haben Sie großartig gemacht. Und ich würde gern etwas tun, um Ihnen meine Wertschätzung zu zeigen.«

»Zum Beispiel?«, fragte Walt.

»Gibt es irgendetwas, was dieser junge Mann gerne haben würde, oder etwas, das Olafsen sich wünscht, oder auch die Schule? Ich habe gehört, dass Amys Klassenkameraden ganz großartig waren. Deswegen würde ich gern was für sie tun. Vielleicht eine Party für sie geben. Oder der Schule etwas schenken, irgendeinen Ausstattungsgegenstand. Vielleicht ein Sportgerät.«

»Mr Bedford, wenn Sie meinen ehrlichen Vorschlag hören möchten ...«

»Aber sehr gerne«, meinte Bedford.

»Dann würde ich sagen, dass das, was Brent, Swede, die jungen Leute in Amys Klasse gemacht haben, nicht mit Geld oder Geschenken oder Partys aufzuwiegen ist. Ich würde Ihnen vorschlagen, dass Sie mehr Zeit mit Ihrer Tochter verbringen. Und weniger in Ihrem Unternehmen.«

»Ihnen scheint offenbar nicht ganz klar zu sein, Doktor, dass tausendzweihundertsiebzehn Leute und ihre Jobs von mir abhängen. Das ist eine gewaltige Verantwortung! Wenn ich da die Zügel schleifen lasse, lasse ich meine Leute im Stich.«

»Mr Bedford, Sie mögen zwar tausendzweihundertsiebzehn Angestellte haben. Aber bedenken Sie dabei auch: Sie haben nur eine Tochter.«

Abrupt legte Walter Duncan auf. Er ging seine anderen Nachrichten durch, fand aber keine, die nicht bis zum nächsten Morgen warten konnte.

Er schlüpfte aus dem weißen Arztkittel und in sein Jackett und machte sich wieder einmal spät auf den Heimweg, um nach der eigenen Tochter zu sehen.

9

Weitere Wochen gingen ins Land; ein neuer Tag brach an. Ein neuer Morgen. Walter Duncan stand am Küchentisch, schüttete das Gebräu aus der Kaffeemaschine hinunter, als Emily, in ihren Morgenrock gewickelt, in die Küche trat.

Seine hastiges morgendliches Kaffeetrinken, bei dem er sich nicht einmal an den Tisch setzte, bekümmerte sie. Doch sie wusste auch, dass er an solchen Tagen besonders früh operierte, weswegen sie den Impuls, ihn zum wiederholten Male darauf hinzuweisen, unterdrückte. Denn gewöhnlich witzelte er dann: »Eigentlich hab ich dich geheiratet, um von meiner Mutter wegzukommen, die ständig deswegen an mir rumgenörgelt hat.«

Als er sich umwandte, um seinen restlichen Kaffee in die Edelstahlspüle zu kippen, bemerkte er sie.

»Hi, Schatz, hab ich dich geweckt?«

»Nein«, sagte Emily. »Ich würde dir gern was zum Frühstück machen. Es dauert nicht lange.«

»Danke. Aber ich muss schon vor sieben im OP sein. Und danach wahrscheinlich den halben Tag im Gericht.«

»Die Geschichte mit Enright?«

»Ja«, erwiderte er. »Angesichts dessen, wie die Anwälte die Sache in die Länge ziehen, sollte man annehmen, sie würden tageweise dafür bezahlt.«

»Hoffentlich wird es nicht allzu unschön.«

»Wann immer ein Arzt einen Fall versaut, tendiert er dazu, sich zu was Unschönem auszuwachsen«, meinte Walt. »Wie auch immer, meine Rolle dabei müsste sich eigentlich auf den heutigen Tag beschränken lassen.« Er küsste sie und war schon auf dem Weg zur Garage, als es ihm plötzlich wieder einfiel: »Übrigens, brütet Simmie eine Erkältung aus?«

»Die muss sie nicht mehr ausbrüten, die hat sie schon«, korrigierte ihn Emily.

»Sie sollte ein, zwei Tage zu Hause bleiben.«

»Aber sie geht so gern zur Schule. Und sie hat es auch schon fast überstanden. Ansteckend ist sie bestimmt nicht mehr.«

»Miss ihr die Temperatur. Und behalt sie zu Hause, falls sie Fieber hat.«

»Das wird ihr gar nicht gefallen.«

»Sag ihr, Dr. Duncan besteht drauf.«

Er erreichte den Klinikparkplatz, steuerte auf seinen Lücke zu und bremste plötzlich. Zum Glück befand sich niemand hinter ihm. Er blieb eine Weile sitzen und ließ sich all das, was er an seiner Tochter in den vergangenen Monaten beobachtet hatte, Symptom für Symptom durch den Kopf gehen.

Leichtes Fieber, Blässe, ungewöhnliche Fügsamkeit, blaue Flecken, eine Neigung zur Schwäche. Keines dieser Anzeichen war besonders extrem oder auffallend, aber zu leugnen waren sie auch nicht. Konnte ein Arzt sich so stark ins eigene Fachgebiet vertiefen, dass er alle anderen Anzeichen und Symptome vergaß, die ihm doch aus dem Studium und aus den Jahren als Assistenzarzt so vertraut waren?

Aber dafür hatte er jetzt keine Zeit. Er musste sich die Hände desinfizieren und sich auf die bevorstehende Amputation an einem zweiundsechzigjährigen Mann mit fortgeschrittener Diabetes einstellen.

Er hatte seine drei Morgenfälle erledigt, die grüne OP-Kleidung mit den eigenen Kleidern vertauscht und war zu seinem Büro hinuntergegangen.

Sobald er die Tür aufmachte, wurde er schon von Claudia begrüßt: »Mr Silverstein hat wieder angerufen. Ich habe ihm gesagt, dass Sie, sobald der Prozess nach der Mittagspause fortgeführt wird, im Gericht sein werden.«

»Werde ich auch«, erwiderte Walt. Er tat, als ärgere er sich über ihre Erinnerung. Es war ein Spiel, das sie miteinander spielten. Denn ohne ihre ruhige Hartnäckigkeit würde er viele Termine, Besprechungen oder sonstige Pflichten, die er zusätzlich zu den Operationen zu absolvieren hatte, verschwitzen. »Claudia, wie lange werden Sie heute da sein?«

»So lange Sie wollen. Gibt's irgendwas?«, fragte die junge Frau.

»Erinnern Sie mich.«

»Woran?«, fragte sie verwirrt.

»Erinnern Sie mich einfach nur. Dann weiß ich schon Bescheid«, meinte er. »Ach, übrigens, wegen Amy Bedford. Die neuen Röntgenaufnahmen?«

»Ich hab mich schon erkundigt. Sie ist gerade in der Radiologischen.«

»Gut! Ich schau mal vorbei und unterhalte mich mit ihr, ehe ich ins Gericht gehe. Sie ist ein ziemlich ängstliches Kind. Was ich ihr nicht zum Vorwurf machen kann.«

Sobald er gegangen war, malte Claudia in großen Druckbuchstaben auf ein Blatt Papier: HIERMIT ERINNERE ICH SIE. Den Zettel spießte sie auf seinen Schreibtischkugelschreiber und platzierte ihn an markanter Stelle.

Als Walter Duncan den Gerichtssaal betrat, sah er sofort, dass Dr. Peter Enright neben seinem Anwalt am Verteidigertisch saß. Das hieß, dass er seinem feindseligen Exkollegen nun während der gesamten Aussage gegenüberstehen musste. Was die Sache zwar unangenehm machte, aber weder an den Fakten und Befunden, zu denen er aussagen musste, noch an seiner medizinischen Meinung etwas ändern würde.

Er hatte im Zeugenstand Platz genommen und sich vereidigen lassen, als Andrew Silverstein, der Anwalt des achtzehnjährigen Klägers, vortrat und ihn bat: »Doktor, könnten Sie den Geschworenen Ihren beruflichen Werdegang schildern und Ihre Referenzen nennen?«

Walt beschrieb seinen Ausbildungsgang, sein Collegestudium mit Schwerpunkt Biologie, das Medizinstudium, die beiden Jahre im medizinischen Praktikum, die dreijährige Assistenzzeit sowie seine vierzehnjährige Laufbahn als Chirurg am University Medical Center.

»Sind Sie vom Nationalen Ausschuss orthopädischer Chirurgen zugelassen?«

»Ja.«

»Wie viele Artikel haben Sie bisher bei führenden medizinischen Zeitschriften eingereicht und veröffentlicht?«

»Dreiundzwanzig.«

Silverstein ließ Walter Duncan daraufhin die Titel dieser Artikel aufzählen. Danach wandte er sich an die Richterbank. »Euer Ehren, bestehen irgendwelche Einwände gegen oder Zweifel an Dr. Duncans fachlicher Qualifikation beziehungsweise seiner Eignung, im gegebenen Fall seine fachliche Meinung darzutun?«

Der Richter wandte sich an den gegnerischen Anwalt. »Mr Sullivan?«

»Keine Einwände«, erwiderte Rechtsanwalt Roger Sullivan, während er nach Stift und Block griff, um sich Fragen zu notieren, die er Walter Duncan im Kreuzverhör stellen wollte.

»Dr. Duncan«, begann Silverstein, »haben Sie sich eingehend mit der Akte dieses Falles beschäftigt?«

»Jawohl.«

»Und haben Sie den jungen Kläger, der hier am Tisch sitzt, auch untersucht?«

»Ja«, erwiderte Walter.

»Könnten Sie den Geschworenen den Zustand schildern, in dem Sie den jungen Mann angetroffen haben.«

»Der gesundheitliche Allgemeinzustand des jungen Mannes war gut. Allerdings litt er links unter einem ausgeprägten Hängefuß.«

»Haben Sie versucht, die Ursache dieser Behinderung zu erforschen?«

»Das habe ich.«

»Und was konnten Sie als Ursache feststellen?«

»Bei einer Bandscheibenoperation wurden aus Versehen wichtige Nervenbahnen durchtrennt«, erwiderte Walter Duncan.

»Können diese Nerven Ihrer Ansicht nach ihre Funktion zurückgewinnen, Doktor?«

»Nein.«

»Heißt das, dass dieser junge Mann, der heute achtzehn Jahre alt ist, für den Rest seines Lebens behindert sein wird?«

»Das heißt es«, sagte Walter.

»Wissen Sie, Doktor, dass dieser junge Kläger einmal ein hervorragender Footballspieler war, der ein Sportstipendium von einer der besten und prominentesten Universitäten in Aussicht hatte ...«

An dieser Stelle stand Sullivan auf und erhob Einspruch: »Euer Ehren, wie qualifiziert der gute Doktor auch zu einer Aussage über orthopädische Themen sein mag, ich glaube nicht, dass sein ›Wissen‹ im Bereich des Sports für diesen Prozess relevant ist.«

»Eurer Ehren«, protestierte Silverstein, »Dr. Duncan ist auch Facharzt für Sportmedizin.«

»Dann soll er seine Aussage auf die Sportmedizin beschränken!«, schrie Sullivan und wurde ganz rot im Gesicht.

Silverstein lächelte und fuhr fort: »Noch eine letzte Frage, Dr. Duncan. Nachdem Sie sämtliche Röntgenaufnahmen, das Elektromyogramm, die CAT-Scans, alle Einzelheiten der Patientengeschichte, einschließlich der Diagnose und der durchgeführten Operation, studiert haben – würden Sie sagen, dass sich die Behandlung des Patienten im Einklang mit neuesten medizinischen Erkenntnissen und Operationsmethoden befand?«

Walter Duncan sah Peter Enright an, der seinen Blick halb herausfordernd, halb ängstlich erwiderte. »Nach meiner Ansicht«, erklärte Walt, »entspricht die hier praktizierte Medizin, entsprechen die hier angewandten Operationstechniken nicht diesem Standard.«

»Würden Sie also sagen, dass sich der Angeklagte in diesem Fall einen Verstoßes gegen seine ärztlichen Pflichten zuschulden kommen ließ?«

Walter Duncan nickte und sagte dann: »Ja, ja, das glaube ich.«

»Vielen Dank, Dr. Duncan. Ihr Zeuge, Mr Sullivan.«

An dieser Stelle griff der Richter ein. »Ehe der Zeuge fortfährt, werde ich eine zehnminütige Sitzungspause einlegen, um einem anderen Anwalt, der mir noch etwas vorzutragen hat, entgegenzukommen.« Er verließ die Richterbank.

»Dr. Duncan«, sagte Silverstein, »Sie können den Zeugenstand verlassen, wenn Sie möchten.«

Walter Duncan stieg hinunter. Gleichzeitig trat ein Mann auf ihn zu und begrüßte ihn.

»Dr. Duncan ...« Walt musterte ihn kurz und erkannte den Mann, den er nach seinem Treffen mit James Row Russell vor dem Büro des Klinikvorstands hatte warten sehen. Der Mann stellte sich vor. »Tom Fraser von der Versicherungsgesellschaft Worldwide Insurance.«

»Ja?«, fragte Walter und war neugierig, was Fraser von ihm wollte.

»Wir sind der Versicherer Ihrer Klinik. Schon seit Jahren. Wir versichern auch das Krankenhaus, das in diesem Fall betroffen ist. So, wie es jetzt allerdings läuft, wo Urteile uns Millionen kosten können, überlegen wir uns, uns ganz aus der Versicherung von Kliniken zurückzuziehen. Oder aber die Beiträge noch stärker zu erhöhen.«

»Sie wollen doch nicht etwa versuchen, Fraser, meine Aussage zu beeinflussen, oder?«, fragte ihn Walter Duncan.

»Ich versuche nur, Sie mit den Tatsachen des Lebens bekannt zu machen, Doktor. Den Tatsachen des Lebens, wie sie heute sind«, meinte Fraser.

»Herzlichen Dank«, erwiderte Walt knapp.

Der Richter kehrte zurück. Der Prozess wurde wieder aufgenommen, und Roger Sullivan trat an den Zeugenstand.

»Dr. Duncan«, begann Sullivan, »wissen Sie eigentlich, wie es zu der Verletzung kam, die den korrektiven Eingriff überhaupt erst nötig machte?«

»Der junge Mann hat es mir erzählt.«

»Und was hat er gesagt?«

»Dass er sich die Verletzung bei einem Footballspiel zugezogen hat. Als er von hinten, ungedeckt und daher wehrlos, angegriffen wurde.«

»Folglich trägt Dr. Enright an der ursprüngliche Verletzung keine Schuld, nicht wahr?«

»Nein, aber ...«

Sullivan unterbrach ihn. »Mit Ihrem Nein, Doktor, haben Sie meine Frage bereits beantwortet. Tatsache ist, dass Dr. Enright für die ursprüngliche Verletzung nicht verantwortlich zu machen ist. Und nun, da wir dies festgestellt haben, frage ich Sie, was Sie getan hätten, wenn ein junger Mann mit derselben Verletzung zu Ihnen gekommen wäre.«

»Zunächst einmal hätte ich eine Anamnese gemacht. Anschließend den Schmerz lokalisiert und seine mögliche Ursache festgestellt. Und danach hätte ich ihn geröntgt, um zu sehen, ob sich die genaue Schmerzursache überhaupt ermitteln lässt.«

»Und können Sie, Doktor, nach Ihrer Untersuchung der Patientenakte sagen, ob Dr. Enright auf diese Weise verfahren ist?«

»Ja, ja, das ist er«, gab Walter Duncan zu.

»Sodass also bis hierher kein Behandlungsfehler vorliegt, nicht wahr?«

»Nein. Allerdings ...«

Wieder unterbrach ihn Sullivan. »Zu Ihren Einwänden, Doktor, kommen wir noch. Nun, also. Angenommen, Sie hätten festgestellt, dass es in diesem speziellen Fall einen von einem Bandscheibenvorfall herrührenden Schmerz gab, der sich nicht behandeln ließ, was hätten Sie dann verordnet?«

»Jedenfalls hätte ich nicht sofort operiert«, erwiderte Walter.

»Ich habe Sie nicht gefragt, Doktor«, tadelte Sullivan ihn scharf, »was Sie *nicht* getan hätten. Ich habe Sie gefragt, was Sie *gemacht hätten!*«

»Ich hätte dem Patienten Bettruhe und Medikamente verordnet, um dem Körper Zeit zur Selbstheilung zu geben. Hätten diese Mittel versagt, hätte ich ihn mehrere Wochen in einen Streckverband gesteckt. Aber ich hätte es nicht eilig gehabt, ihn zu ...«

»Gut, gut, Doktor!«, unterbrach ihn Sullivan. »Erzählen Sie den Geschworenen nur, was Sie getan hätten.«

»Tut mir leid«, sagte Walt. Aber die juristischen Regularien, die ihn davon abhielten, den Geschworenen ohne beständige Unterbrechungen und Zwischenfragen einfach zu schildern, was er herausgefunden hatte und was er dachte, brachten ihn auf die Palme.

»Also, Doktor, angenommen, der Schmerz hätte, nachdem sie den Patienten mit Medikamenten, Bettruhe und Extension behandelt hatten, immer noch angehalten. Welche Schritte hätten Sie dann erwogen?«

»Dann hätte ich als allerletzten Ausweg eine Operation ins Auge gefasst.«

»Sie sagen also – damit die Geschworenen uns folgen können –, dass Sie dann an den verletzten Wirbeln des Patienten ein chirurgisches Verfahren namens Laminektomie durchgeführt hätten?«, fragte Sullivan. – »Ja.«

»Folglich ist also die Entscheidung für eine Laminektomie doch nicht als ärztlicher Behandlungsfehler anzusehen, oder?«

»Die Operation wurde mit übergroßer Eile angegangen, was meiner Ansicht nach sehr verdächtig ist«, erwiderte Walter.

»Übergroße Eile?«, meinte Sullivan in herausforderndem Ton.

»Was heißt das, Doktor? Dass Dr. Enright intelligent und vorausschauend genug war, um zu wissen, was getan werden musste? Oder womöglich auch, dass Sie selbst zu langsam reagiert hätten?« Er wandte sich lächelnd an die Geschworenen, als wolle er auch sie zum Lachen auffordern. Einige der zwölf taten ihm den Gefallen.

Verärgert erwiderte Walter Duncan: »Eine Operation sollte stets der letzte Ausweg und niemals die erste Option sein. Wann immer es sich anders verhält, ist Misstrauen geboten ...«

»Euer Ehren«, unterbrach ihn Sullivan, lauter als vorher, »Euer Ehren ...«

Der Richter schlug mit dem Hammer auf den Tisch und mahnte verärgert: »Beschränken Sie sich auf die Beantwortung von Fragen, Doktor!«

Walters erste Regung war es, den Richter zu ignorieren und fortzufahren, doch er bezwang sich und lehnte sich zurück.

Sullivan drehte sich zur Verteidigerbank herum, um nach einen Bündel von Papieren zu greifen, ehe er sich wieder an Walter Duncan wandte.

»Bin ich recht informiert, Dr. Duncan, wenn ich annehme, dass Dr. Enright einst dem Mitarbeiterstab Ihrer Klinik angehörte?«

»Ja, Sir.«

»Und ist er nach Überprüfung seiner Referenzen durch Ihre Klinik in diese Stellung gelangt?«

»Ja, er erhielt die Position, nachdem der Personalausschuss seine Referenzen gebilligt hatte«, musste Walter einräumen.

»Sagen Sie mir, Doktor, pflegt Ihre Klinik Ärzte willkommen zu heißen, die gewohnheitsmäßig pfuschen?«

»Selbstverständlich nicht«, versetzte Walter.

»Können wir also davon ausgehen, dass Dr. Enright den hohen Ansprüchen Ihrer Klinik in jeder Weise entsprochen hat?«

»Sie können ausgehen, von was Sie wollen – genauso wie auch ich«, erwiderte Walter Duncan.

Von seiner Verteidigerbank aus versuchte Rechtsanwalt Silverstein, Walter zu signalisieren, er möge Fassung bewahren und sich nicht von Sullivan zu irgendwelchen unklugen und schädlichen Ausbrüchen provozieren lassen.

»Doktor«, fuhr Sullivan fort, »ich lege Ihnen jetzt einen Brief vor, den ich, sobald Sie ihn identifiziert haben, in die Liste der Beweismittel aufnehmen lassen möchte.«

Silverstein erhob sich von seinem Platz. »Euer Ehren, ich bestehe darauf, das Dokument vorher in Augenschein zu nehmen, ehe der Zeuge es sieht.«

»Selbstverständlich«, sagte Sullivan und hielt ihm das Blatt hin. Rasch las er es durch und gab es zurück. »Darf ich, Mr Silverstein?«

Silverstein nickte. Sullivan drehte sich wieder zu Walter Duncan herum.

»Also, Doktor, können Sie den Geschworenen jetzt sagen, worum es sich bei diesem Brief handelt?«

Walter überflog das Dokument. Es war die Fotokopie eines Empfehlungsschreibens, das Enright in höchsten Tönen lobte und dessen Original sich in Enrights Personalakte in der Klinik befand.

»Doktor?«, drängte Sullivan.

»Es ist ein Brief des Inland State Hospital.«

»Ist das das Krankenhaus, in dem Dr. Enright drei Jahre angestellt war, ehe er Mitarbeiter Ihrer Klinik wurde?«

»Ja, ja, so ist es«, stimmte Walter zu. – »Sodass das Inland State also durchaus mit Dr. Enrights Wirken und seiner Arbeitsauffassung zufrieden war.«

»Nicht unbedingt ...«, begann Walter.

Doch Sullivan schnitt ihm das Wort ab. »Doktor, würden sie den Geschworenen die unterstrichene Passage aus diesem Brief vorlesen?«

Er reichte Walter erneut das Dokument, das dieser widerstrebend in Empfang nahm. Walt warf einen Blick auf die unterstrichenen Sätze. Die Zornesröte, die ihm plötzlich ins Gesicht schoss, verriet seinen Widerwillen.

»Doktor?«, drängte Sullivan selbstgefällig.

Walter blickte zu Silverstein, der ihm mit einem kurzen beherrschten Nicken zu verstehen gab, dass er keine andere Wahl habe. Er begann zu lesen: »Es heißt hier: ›Wir haben gefunden, dass Dr. Peter Enright sich stets an höchsten ethischen Maßstäben orientierte und seine ärztliche und chirurgische Praxis den höchsten Ansprüchen unserer Profession unterwarf.‹«

»Handelt es sich hierbei um die Erklärung einer gut beleumundeten Klinik, auf die sich auch Ihre Klinik verließ?«, fragte Sullivan. Als die Antwort nicht sofort erfolgte, drängte er: »Dr. Duncan?«

»Ja, ja«, stimmte Walter Duncan widerwillig zu. »Allerdings ...«

»Schon wieder, Doktor«, sagte Sullivan und lächelte den Geschworenen zu.

Walter Duncan wandte sich an den Richter. »Euer Ehren, wenn man mir nicht erlaubt, die ganze Wahrheit zu schildern, wie es in meinem Eid so schön heißt, so werden wir diesen Geschworenen einen völlig falschen Eindruck von diesem Fall vermitteln!«

»Nun, Doktor«, meinte der Richter ein wenig herablassend, »so wie die Ärzteschaft ihre eigenen Verfahren hat, so auch wir, die Vertreter des Rechtssystems.«

»Weswegen Gerichte und Gerichtsverfahren wohl einen so schlechten Ruf genießen«, erwiderte Walter.

Silverstein sprang auf. »Euer Ehren, verzeihen Sie. Dr. Duncan ist ein viel beschäftigter Mann, auf dem viele Verpflichtungen lasten. So mögen ihm unsere Methoden vielleicht unnötig zeitraubend erscheinen, ja vielleicht sogar ... als Zeitverschwendung. Daher seine Ungeduld und sein Ausbruch.«

»Das Gericht erwartet eine Entschuldigung des Zeugen«, meinte der Richter feierlich.

»Da kann es warten, bis es schwarz wird!«, sagte Walter Duncan und erhob sich in seinem Zeugenstuhl.

»Doktor ... Doktor ...«, rief der Richter tadelnd und verärgert.

»Also, wollen Sie, dass diese Geschworenen erfahren, worum es in diesem Fall wirklich geht, oder wollen Sie fortfahren, sie zu verwirren und durcheinanderzubringen?«, fragte Walt.

Sogar Silverstein griff nun ein. »Dr. Duncan ... Dr. Duncan, bitte ...«

Der Richter griff nach seinem Hammer. »Gerichtsdiener, bringen Sie die Geschworenen hinaus!«

Erst nachdem der Gerichtssaal von allen Zuschauern geräumt war, wandte sich der Richter an Walter Duncan: »Ich muss Sie über Ihre Rechte belehren, Doktor. Es liegt in der Macht dieses Gerichts – nein, es ist sogar die Pflicht dieses Gerichts –, Sie, falls Sie sich weiterhin so aufführen, wegen Missachtung des Gerichts zu verurteilen. Also, können Sie uns versprechen, entsprechend den Regeln der Beweisaufnahme und des üblichen Verhaltens vor Gericht mit Ihrer Aussage fortzufahren?«

Schweigend überlegte sich Walter Duncan seine Antwort eine Weile. »Euer Ehren, ein junger Mann wurde für sein ganzes Leben beschädigt. Eine Sportlerkarriere vereitelt. Und Schuld daran trägt dieser Arzt. Wenn ich den Geschworenen die Wahrheit über diesen Fall erzählen darf, werde ich hier mitspielen. Andernfalls werde ich das auf meine Weise tun müssen.«

»Ihnen ist doch klar, Doktor, dass ich Sie wegen Missachtung des Gerichts verurteilen kann?«, erinnerte ihn der Richter.

»Wenn die Wahrheit zu sagen eine Missachtung des Gerichts darstellt, dann können Sie das wohl«, meinte Walter Duncan.

»Mr Silverstein ...« Der Richter nahm Zuflucht beim Anwalt des Klägers.

»Euer Ehren, kann ich Dr. Duncan kurz unter vier Augen sprechen?«

»Ja, wir werden diesen Fall für fünf Minuten aussetzen.«

Silverstein führte Walter in eine Ecke des Gerichtssaals.

»Duncan, unser Fall hängt von Ihrer Aussage ab, ich bitte Sie daher, bringen Sie nicht den Richter gegen uns auf. Und kämpfen Sie nicht gegen Sullivan. Antworten Sie nur auf seine Fragen. Und zu allem, was Sie sonst noch sagen wollen, werde ich Ihnen, wenn ich Sie das zweite Mal vernehme, die Möglichkeit geben.«

»Werde ich dann alles sagen können, was ich zu sagen habe?«

»Alles«, versprach Silverstein.

»Also gut«, stimmte Walter Duncan ihm schließlich zu.

* * *

Die Geschworenen waren zurückgekehrt. Walter Duncan befand sich wieder im Zeugenstand. Anwalt Sullivan nahm seine Befragung wieder auf.

»Um Ihr Gedächtnis aufzufrischen, Doktor: Wurde Peter Enright in diesem Schreiben gelobt, wurde sein Ethik als hoch, seine medizinische und chirurgische Praxis aber als den höchsten ärztlichen Ansprüchen genügend beschrieben?«

Walter Duncan schluckte seinen Ärger und sah sich gezwungen, das einzuräumen: »Ja, so steht es darin.«

»Danke, Doktor. Sie hätten uns eine Menge Zeit und Ärger ersparen können, wenn Sie das gleich zugegeben und nicht versucht hätten, diese Geschworenen in die Irre zu führen und zu verwirren.«

Mit verächtlichem Gebaren kehrte Sullivan Walter Duncan den Rücken und ging zurück zum Anwaltstisch.

Noch ehe Walter ein zweites Mal explodieren konnte, eilte Andrew Silverstein nach vorn, um ihn zu befragen. Silverstein, ein kleiner Mann und so dünn, dass er fast zerbrechlich wirkte, stellte seine erste Frage mit einer Stimme, die fast nur ein Flüstern war.

Die Mitglieder der Jury beugten sich vor, um seine Worte zu verstehen. Genau dies war der beabsichtigte Effekt. Denn er war im Begriff, die Crux dieser Sache zur Sprache zu bringen.

»Wenn Sie für einen Augenblick die skurrile Attacke auf Ihre Motive und Ihren Charakter ignorieren könnten, Doktor ...«

»Euer Ehren?« Sullivan sprang auf, um dazwischenzugehen.

»Ja, Mr Sullivan?«, meinte der Richter und wandte sich dann an Silverstein. »Bitte, wir kommen ohne Vorreden aus. Stellen Sie einfach Ihre Fragen.«

»Verzeihen Sie, Euer Ehren«, meinte Silverstein, befriedigt darüber, dass der Richter Sullivans Attacke so umstandslos beiseite gewischt hatte. »Nun, Doktor, was hätten Sie, als Experte auf diesem Gebiet, getan, wenn ein junger Mann von siebzehn Jahren, der sich bei einem Fußballspiel verletzt und mit einem bis in den Fuß ausstrahlenden Ischiasschmerz sowie einer Muskelschwäche in diesem Bein zu Ihnen zur Behandlung gekommen wäre?«

»Zunächst einmal hätte ich ihn untersucht. Vollständig. Um das Ausmaß der Verletzung festzustellen«, meinte Walt.

»Das hat Dr. Enright doch auch getan, oder nicht?«, sagte Silverstein.

»Ja«, gestand Walt ihm zu und fragte sich, warum Silverstein Sullivans Strategie auch noch unterstützte.

»Und hätten Sie den Patienten auch geröntgt?«

»Selbstverständlich.«

»Und, hat Dr. Enright das nicht getan?«

»Doch, das hat er getan«, sagte Walter.

»Ist er nicht sogar noch weitergegangen und hat den Patienten einem noch aufschlussreicheren Test unterzogen, indem er ein Elektromyogramm machte, um die Nervenleitfähigkeit des schmerzenden Beins zu ermitteln?«

»Ja.«

»Hätten Sie das ebenfalls getan?«

»Ja, hätte ich«, erwiderte Walter Duncan und wurde ein wenig ungeduldig mit dem Anwalt, für den er da seine Aussage machte.

»Und wo, Doktor, hat dann in diesem Fall eigentlich der ärztliche Behandlungsfehler gelegen?«

Walt erkannte nun, dass Silverstein ihm einen Weg gebahnt hatte, damit er ausführlich und detailliert aussagen konnte, wie er es von Anfang an hatte tun wollen. Sehr zu Sullivans Ärger begann Walt nun seine Erklärung und sprach nicht nur zu den Anwälten, sondern auch zu den Geschworenen.

»Die Röntgenaufnahmen und das Elektromyogramm konnten nur einem Zweck dienen. Dazu, die Schmerzquelle zu ermitteln. Was in diesem Falle eine gerissene Bandscheibe war. Nun wird ein vorsichtiger Arzt angesichts eines solchen Befunds sicher nichts übereilen und sofort operieren. Vielmehr verordnet man dem Patienten Bettruhe. Damit sich der betroffene Bereich erholen und die Entzündung des Nervs, der den Schmerz verursacht, abklingen kann. Erst wenn das nicht anschlägt, steckt man den Patienten in einem Streckverband. Entweder zu Hause oder im Krankenhaus. Mit anderen Worten, man gibt dem jungen Körper eine Chance zur Selbstheilung. Drei Wochen, vier, fünf, wenn nötig auch sechs. Eins ist dabei jedenfalls sicher, die Bettruhe wird den Gesundheitszustand des jungen Mannes nicht verschlechtern. Sie kann nicht schaden. Und das ist das Entscheidende.

Denn es entspricht dem alten hippokratischen Eid: ›Ich werde sie – meine Patienten – bewahren vor Schaden und Willkürlichem.‹ Erst dann aber, wenn Bettruhe, wenn Beruhigungsmittel, wenn der Streckverband, wenn das alles versagt hat, würde ein guter, sorgfältiger Chirurg einen Eingriff in den Körper des Patienten erwägen. Weil jedes Mal, wenn man das Skalpell zu Hand nimmt, der Patient einem Risiko ausgesetzt wird. Auch unter den günstigsten Bedingungen und auch wenn der Chirurg äußerste Sorgfalt anwendet, kann bei einer Operation etwas schiefgehen. Der Patient kann auf unerwartete Weise auf die Anästhesie reagieren. Es kann zu Entzündungen kommen. Eine Operation ist immer die letzte Option, und nicht die erste.«

Walter veränderte leicht die Haltung, sodass er den Tisch, an dem Peter Enright und sein Rechtsanwalt saßen, im Blick hatte.

»Und wenn man doch operiert, dann lässt man, verdammt noch mal, Sorgfalt walten! Man straft einen jungen Mann nicht für den Rest seines Lebens mit einem Hängefuß und einer Fußstütze!«

Silverstein wartete geduldig, bis Walt Duncan geendet hatte.

»Was, Doktor, ist Ihrer Meinung nach die Ursache des Schadens, den der Kläger erlitten hat?«

»Aus dem späteren Elektromyogramm ist ersichtlich, dass der L-fünf-Nerv in seiner Wirbelsäule bei dem verpfuschten Versuch, die Bandscheibe zu entfernen, durchtrennt wurde. Wenn man den L-fünf durchtrennt, führt das zu einem Hängefuß. Und eine ständig zu tragende Fußstütze kann notwendig werden.«

»Ist die Durchtrennung eines solchen Nervs während einer Laminektomie das Ergebnis fehlerhafter ärztlicher und chirurgischer Praxis?«

»Daran kann meiner Meinung nach kein Zweifel bestehen«, sagte Walter Duncan bestimmt. »Die hier durchgeführte Operation entsprach durchaus nicht den üblichen chirurgischen Standards.«

»Danke, Doktor.«

Da Sullivan erkannte, wie sehr dies alles seinem Mandanten schadete, trat er nach vorn, um das letzte verdammende Sperrfeuer Walter Duncans aus der Wahrnehmung der Geschworenen zu tilgen.

»Ist es nicht möglich, Doktor, dass zwei Chirurgen in einem Fall hinsichtlich der Behandlungsmethode differieren? Haben Sie noch nie eine andere Ansicht als Ihre Kollegen vertreten?«

»Doch«, räumte Walt ein.

»Waren Sie etwa noch nie in der Situation, wo der eine Chirurg sagte: *Operieren!* Und der andere: *Auf keinen Fall!*

»Doch, doch, selbstverständlich«, räumte Walt aufs Neue ein.

»Und ist nicht genau das hier gegeben? Dr. Enright entschied: Operieren. Später aber, ein Jahr danach, kommt Dr. Duncan daher und meint: Auf keinen Fall! Wo liegt da der Unterschied?«

»In der Eile, mit der operiert wurde, Mr Sullivan, in der Hast«, erwiderte Walt Duncan. »Und es gibt Dinge in der Akte dieses Patienten, die uns Hinweise darauf geben, weshalb das geschehen ist.«

»Welche Dinge?«, fragte Sullivan. Schon einen Augenblick später sollte ihm seine Frage sehr leid tun.

»Mr Sullivan, die nichtmedizinischen Fakten. Die Notiz etwa des Honorars, das die Familie dieses jungen Mannes bezahlte. Viertausend Dollar. Für einen jungen Chirurgen von dreißig oder einunddreißig Jahren – mit Frau, Haus und

Hypothek – konnte dies ein stärkeres Argument für eine Operation sein als der Zustand des Patienten.«

»Dr. Duncan, was würden Sie für eine ähnliche Operation verlangen?«, hakte Sullivan nach.

»Wahrscheinlich dasselbe, je nach Patient. Manchmal machen wir es auch kostenlos.«

»Haben auch Sie eine Frau, ein Kind, ein Haus, eine Hypothek?«

»Ja.«

»Könnte man dann nicht sagen, dass das Motiv des Profits auch Sie beeinflusst?«

»Sagen könnten Sie es, aber es entspräche nicht der Wahrheit!«, schoss Walt zurück.

Als er merkte, wie stark er schwitzte und wie heftig sein Herz klopfte, vor Zorn, aber auch Stress, wurde ihm klar, dass Kardiologe Worthington Recht gehabt hatte, als er es dem alten Sy verbat, sich in diese Situation zu begeben.

Da Sullivan glaubte, er habe einen wichtigen Punkt gemacht, fuhr er fort und versuchte seine Verteidigungsstrategie zu festigen.

»Sagen Sie mir, Doktor, waren Sie bei Dr. Enright im Operationssaal, als er den Eingriff am Kläger vornahm?«

»Selbstverständlich nicht.«

»Dann haben Sie die Situation, die Dr. Enright bei der Öffnung der Wirbelsäule des Klägers vorfand, also nicht miterlebt?«

»Nein.«

»Dann wissen Sie auch nicht, was Sie selbst angesichts dieser Situation getan hätten, oder?«

»Eines weiß ich. Nämlich dass dieser junge Mann, der hier am Tisch sitzt, einen Hängefuß hat, weil ihm jemand seinen L-fünf-Nerv durchtrennt hat. Wer immer das getan hat, hat sich einer Nachlässigkeit, einer groben Fahrlässigkeit schuldig gemacht. Zu einem anderen Schluss können wir hier nicht gelangen, Mr Sullivan.«

»Wollen Sie damit sagen, dass Dr. Enright ein unachtsamer Chirurg ist?«

»Damit will ich sagen, dass er in diesem Falle geschludert hat, ja, das allerdings«, erwiderte Walt bestimmt.

»Doktor, haben Sie jemals gemeinsam mit Dr. Enright operiert?«

»Nein, das habe ich nicht.«

»Haben Sie ihn je beim Operieren beobachtet?«

»Nein«, räumte Walt ein.

»Dann gründen Sie Ihre Meinung über seine Arbeit also allein auf diesen einen Fall, den Sie nicht aus eigener unmittelbarer Anschauung kennen«, stellte Sullivan fest, eine Bemerkung, die vor allem für die Geschworenen gedacht war.

Sullivan wandte sich an den Anwaltstisch, griff nach dem Empfehlungsschreiben, auf das er sich zuvor bezogen hatte, und schleuderte es mit dramatischer Geste vor die Geschworenen hin.

»Doktor, Sie stellen Ihr Urteil, Ihr voreingenommenes Urteil über das der Chirurgen einer Klinik, in der Dr. Enright drei Jahre gearbeitet hat, von Ärzten, die ihn drei Jahre lang tagaus, tagein bei der Arbeit beobachtet haben?«

»Ich beurteile lediglich seine Arbeit in diesem speziellen Fall«, beharrte Walt.

»Wollen Sie damit sagen, dass all die Chirurgen, deren Namen in diesem Empfehlungsschreiben stehen, sich getäuscht haben, als sie schrieben – ich zitiere: ›Wir haben gefunden, dass Dr. Peter Enright sich stets an höchsten ethischen Maßstäben orientierte und seine ärztliche und chirurgische Praxis den höchsten ärztlichen Ansprüchen unterwarf‹?«, fragte Sullivan mit einer Stentorstimme, die durch den ganzen Gerichtssaal hallte. »Wollen Sie das damit sagen, Dr. Duncan?«

Und mit kaum mehr als einem Flüstern sprach Walter Duncan zu den Geschworenen gewandt: »Für jemanden, der es nicht besser weiß, ist dieses Schreiben sicher sehr beeindruckend ...«

»Euer Ehren«, unterbrach ihn Sullivan, »weisen Sie den Zeugen an, meine Frage zu beantworten.«

»Dr. Duncan«, griff der Richter ein, »ich gebe zu, dass die Frage ein wenig indirekt formuliert war, aber bitte, tun Sie Ihr Bestes, sie direkt zu beantworten.«

»Genau das tue ich, Euer Ehren. Aber es ist die Sorte von Frage, bei der man ein wenig weiter ausholen muss. Wenn ich also ...«

»Euer Ehren«, protestierte Sullivan.

Doch der Richter entschied. »Der Zeuge soll die Möglichkeit haben, seine Antwort zu untermauern.«

»Wie ich schon sagte«, fuhr Walter Duncan an die Jury gewandt fort, »wird dieses Schreiben einen Laien stärker beeindrucken als einen Arzt. Denn schon seit langem haben wir Männer und Frauen der Medizin die traurige Tatsache unter den Teppich gekehrt, dass wir inkompetente Ärzte und Chirurgen in unseren Reihen haben.«

»Euer Ehren, der Zeuge schweift ab«, protestierte Sullivan und sprang auf.

»Ich finde die Abschweifungen aber sehr interessant«, meinte der Richter. »Und da Sie dieses Empfehlungsschreiben so ausführlich gewürdigt haben, bin ich mir sicher, dass die Geschworenen gern mehr darüber hören würden. Fahren Sie fort, Doktor!«

»Wir wissen, wer diese inkompetenten Ärzte sind. Aber wir können nicht viel gegen sie unternehmen. Denn wenn wir sie an den Pranger stellen, wenn wir versuchen, ihnen ihre Zulassungen abzuerkennen, müssen wir sehr kostspielige Prozesse anstrengen. Daher sind die Kliniken dazu übergegangen, diesen Ärzten völlig übertriebene Empfehlungsschreiben mitzugeben, sodass sie andere Stellen an anderen Kliniken finden und so zum Problem eines anderen Bundesstaats und einer anderen Kommune werden.«

Er wandte sich an Sullivan. »Nein, um Ihre Frage zu beantworten, nein, ich glaube nicht, dass die Ärzte, deren Namen auf diesem Schreiben stehen, sich ›getäuscht‹ haben. Sie haben gelogen! Weil sie ihren eigenen Ruf und ihre eigene Klinik, ihre eigene Gemeinde vor einem unfähigen Arzt schützen wollten, indem sie ihn an das nächste nichts ahnende Spital entsorgten, das bereit war, ihn zu nehmen.«

An die Geschworenen gewandt fuhr er fort. »Eines Tages werden wir Ärzte die Courage aufbringen, uns selbst zu disziplinieren. Dann werden wir weit weniger Kunstfehlerprozesse haben und sehr viel niedrigere Versicherungsprämien. Den Patienten wird besser gedient sein, und Empfehlungsschreiben werden wieder etwas gelten.«

Silverstein erhob sich. »Mr Sullivan, ich nehme an, Sie haben keine weiteren Fragen.«

»Keine weiteren Fragen«, sagte Sullivan und sank auf seinen Stuhl zurück.

»Gut«, sagte Silverstein, »denn der Zeuge ist ein viel beschäftigter Mann, und ich würde ihn gerne entschuldigen, damit er wieder an seinen Arbeitsplatz zurückkehren kann.«

Walter Duncan erhob sich von seinem Stuhl, schüttelte Silverstein die Hand und eilte Richtung Mittelgang und zur Tür. Der Richter aber rief ihm nach: »Dr. Duncan!«

»Ja, Euer Ehren?«

»Vielen Dank für einen höchst lehrreichen Nachmittag. Ich bin mir sicher, dass sowohl die Geschworenen als auch dieses Gericht davon profitieren werden.«

Auf dem Weg aus dem Gerichtssaal passierte Walt Peter Enright. Der jüngere Chirurg funkelte ihn zornig an. Doch Walter sah zu, dass er in die Klinik zurückkam, wo ihn zwei neue Patienten erwarteten und die Visite bei den Frischoperierten anstand. Weil die Gerichtsaufzüge so langsam waren, sprang er die drei Treppenfluchten zur Straße hinunter, glitt hinters Lenkrad und steuerte flott Richtung Klinik. Noch beim Fahren fühlte er sich von einem so merkwürdigen Impuls beherrscht, dass er sich zwingen musste, langsamer zu fahren. An der Ampel wurde ihm klar, was die Ursache seines dringenden Bedürfnisses, seiner übergroßen Eile war. Er musste seine Arbeit an diesem Tag so rasch wie möglich beenden und nach Hause fahren. Nach Hause. Zu Simone.

Er hatte seinen Wagen geparkt und wollte das Krankenhaus durch den Seiteneingang betreten, als Alan Bridges ihm entgegenkam. Er war ein Kollege aus der Orthopädie, und was Operationen anging, wurde er nur von Walt Duncan übertroffen.

»Hi, Alan ...«, grüßte Walt ihn flüchtig im Vorbeigehen.

»Wie ist es gelaufen?«, fragte Bridges.

»Gelaufen? Was?«, fragte Walt, einen Moment lang verwirrt, zurück.

»›Was?‹«, wiederholte Bridges ärgerlich. »Mehr bedeutet es Ihnen also nicht? Man hakt es lediglich ab und hat es eine halbe Stunde später vergessen?«

»Wovon zum Teufel reden Sie, Alan?«, fragte Walt, erpicht darauf, möglichst schnell weiterzukommen.

»Ich rede davon, was Sie gerade dem Ruf aller orthopädischen Chirurgen zugefügt haben!«

»Oh, Sie meinen den Fall ... meine Aussage«, dämmerte es Walt.

»Ja! Genau davon rede ich. Sie und Sy bilden sich vielleicht ein, das sei eine hochmoralische Angelegenheit, zu der sie sich da verschworen haben. Aber ich würde Sie gern daran erinnern, was das für unsere Versicherungsprämie bedeutet. Die sowieso schon exorbitant ist mit achtzigtausend Dollar im Jahr. Und die nach dem heutigen Fall in wer weiß welche Höhen steigen wird!«

»Al, ehe Sie weiter Dampf ablassen, haben Sie sich die Patientenakte mal angesehen? Haben Sie den Patienten gesehen? Ein Achtzehnjähriger mit einem irreversiblen Hängefuß?«

»Das war nicht nötig. Ich gehe davon aus, dass es in Anbetracht einer gewissen Anzahl chirurgischer Eingriffe hier und da zu einem Unfall, einem unerwarteten Resultat, kommen muss.«

»Das war kein Unfall. Das war schlicht und einfach Pfusch!«, explodierte Walt.

»Und wenn schon?«, meinte Bridges provozierend.

»Sie können doch nicht eine Behinderung, unter der ein Junge sein Leben lang leiden wird, mit einem ›Und wenn schon?‹ abtun!«

»Um einem Jungen zu helfen, haben Sie beschlossen, Tausende von orthopädischen Chirurgen, unschuldigen Chirurgen, die nichts mit diesem Burschen zu tun haben, zu bestrafen. Sie und Sy haben sehr töricht gehandelt, als Sie sich entschlossen, sich in diesem Fall einzumischen!«

»Tut mir leid, wenn Sie das so sehen«, meinte Walt Duncan und schob sich durch die Tür.

»Ich bin nicht der Einzige!«, rief Bridges ihm nach.

Das klang wie eine Drohung. Doch Walt Duncan hatte keine Zeit, sich darüber Gedanken zu machen. Da war die Visite. Neue Patienten. Dann nach Hause. Simone.

Ja, Simone.

10

Er schaute kurz in seinem Büro vorbei, um sich bei Claudia nach eventuellen Notfällen zu erkundigen. Es gab jedoch keine, und er konnte zu seiner letzten Visite aufbrechen. Als er sich auf den Weg machte, war es an diesem Tag später als üblich. Er störte die Schwestern und Pfleger nicht gern, wenn sie den Patienten ihr frühes Abendessen servierten. Und es war ihm aus therapeutischen Gründen wesentlich lieber, wenn seine Patienten einen möglichst entspannten und friedlichen Tagesablauf hatten.

Die drei Patienten, die er am frühen Morgen operiert hatte, waren alle wach. Trotz postoperativer Schmerzen und Beschwerden ging es ihnen gut, und sie beklagen sich nicht.

Sogar der alte Mann, den er hatte amputieren müssen, war bei Bewusstsein und legte eine bemerkenswert fröhliche Stimmung an den Tag. Das emotionale Trauma – das wusste Walt – würde den Mann erst später, während der Reha, einholen.

Er plauderte mit Mrs Colucci, die sich von einer Laminektomie erholte und sich freute, endlich schmerzfrei zu sein.

Eben gab sie ihrer Begeisterung über die in wenigen Tagen bevorstehende Heimkehr Ausdruck, als Walt vom Piepser in seinem weißen Arztkittel ans Telefon gerufen wurde. Die beharrlichen Töne verrieten, dass es sich um etwas Wichtiges handeln musste.

Er griff nach dem Hörer auf Mrs Coluccis Nachttisch. »Duncan«, meldete er sich.

»Walt? Hier Rosen. Komm bitte sofort herunter in mein Sprechzimmer!«

Das Sprechzimmer war dunkel, nur aus den Leuchtboxen drang Licht. Es erhellte eine Reihe von Röntgenaufnahmen und Scans, die paarweise nebeneinander hingen. Sobald Walt die Daten auf den Röntgenbildern erblickte, wusste er, um wen es sich handelte: 14. März, 25. Mai – es waren Amy Bedfords erste Röntgenaufnahmen und Scans und jetzt noch die letzten, die erst an diesem Tag gemacht worden waren.

»Sieh sie dir an, Walt, sieh sie an!«, drängte ihn Sy voller Aufregung.

Walt studierte die Filme, eine Gruppe nach der anderen und bewegte sich dabei allmählich von links nach rechts. Jede Gruppe, vorher und nachher, Röntgenbild und Scan, bewies vor allem eines: nämlich dass der Tumor geschrumpft war. Amys Geschwulst war, wenn nicht völlig besiegt, so doch zum Rückzug gezwungen worden.

»Mehr brauchen wir nicht zu wissen«, sagte Walt.

»Bestell sie rein. Sofort«, sagte Sy.

»Genau!«

Walt kehrte an seinen Schreibtisch zurück. Obwohl es bereits nach sieben war, war seine Sekretärin Claudia noch immer im Büro.

»Was machen Sie denn noch hier? Kontrollieren Sie mich etwa? Zwischen Ihnen und meiner Frau bleibt mir überhaupt kein Raum mehr für Eskapaden«, witzelte er.

»So, wie Sie mich heute drum gebeten haben, Sie zu erinnern, dachte ich mir, ich bleibe lieber und mach das persönlich. Also, was kann ich für Sie tun?«

»Verbinden Sie mich mit Amy Bedford. Und falls ihre Mutter zu Hause ist, sagen Sie ihr, sie soll an den Nebenanschluss gehen.«

Er ging in sein Büro, erblickte Claudias an seinem Kugelschreiber aufgespießten Zettel und fragte sich, warum sie, wo sie doch eine so auffällige Notiz hinterlassen hatte, so lange geblieben war?

Hatte er es sich irgendwie anmerken lassen, wie wichtig es ihm war, erinnert zu werden?

Das Telefon klingelte. »Doktor, Amy und ihre Mutter sind am Telefon.«

»Danke, Claudia. Gehen Sie jetzt nach Hause!« Er drückte auf den leuchtenden Knopf, um das Gespräch zu übernehmen. »Amy?«

»Ja, Doktor?« Er spürte die Erwartung und die Angst in ihrer Stimme. Sie bebte und konnte es nicht verbergen.

»Amy Bedford, ab heute werde ich dich all meinen Patienten, die die Qualen der Chemotherapie durchstehen müssen, als leuchtendes Beispiel vorhalten.«

»Doktor ...«, begann Amy, wagte aber nicht weiterzusprechen.

»Ja, Amy. Du hast es geschafft! Du hast's gepackt! Die Übelkeit, die Brechanfälle, die Fisteln, das Haar, das dir büschelweise ausgefallen ist – es hat sich alles gelohnt. Dr. Rosen und ich haben uns gerade deine Röntgenaufnahmen und Scans angesehen. Der Tumor ist so weit geschrumpft, dass wir guten Gewissens die Operation in Angriff nehmen können.«

»Oh, Doktor ...«, begann das Mädchen zu jubeln und brach dann in Tränen aus.

Nie hätte er gedacht, dass es ihn so glücklich machen könnte, jemanden weinen zu hören.

»Doktor«, meldete sich nun Marion Bedford, »wann soll sie kommen?«

»Ich werde morgen früh einen OP-Termin und ein Bett für sie bestellen, Mrs Holcomb wird Ihnen Bescheid geben. Mit Sicherheit wird es noch im Lauf dieser Woche sein. Vielleicht schon in zwei Tagen. Inzwischen aber dürfen wir uns freuen, dass wir die erste Schlacht in einem langen Krieg gewonnen haben. Schlaf gut heute Nacht, Amy.«

»Danke, Doktor, vielen herzlichen Dank«, meinte das Mädchen.

Er legte auf. Die Signalleuchte auf seiner Telefonanlage war kaum erloschen, da hörte er es schon klopfen.

»Ja?«, rief er.

Die Tür ging auf. Wieder stand Claudia Holcomb im Türrahmen.

»Ich hatte Ihnen doch gesagt, dass Sie gehen sollen! Haben Sie nicht auch einen Mann und einen Sohn? Gehen Sie nach Hause!«

»Sind Sie sicher, dass Sie mich nicht mehr brauchen?«, erwiderte sie.

»Wie kommen Sie bloß auf diese Idee?«, konterte er unwirsch.

»Nur wegen der Art, wie Sie mich heute Morgen gebeten haben, Sie zu erinnern«, meinte sie. »Gibt es irgendwelche Probleme? Probleme, von denen ich nichts weiß?«

»Claudia, ich bitte Sie, gehen Sie einfach nach Hause. Ich brauche die nächste Stunde für mich.«

Er hatte das mit solchem Ernst gesagt, dass sie nichts mehr erwiderte, sondern nur nickte und langsam die Tür hinter sich zuzog.

Zwar fühlte sie sich versucht, noch zu bleiben, denn in den vier Jahren, die sie für ihn arbeitete, hatte sie ihn noch nie so erlebt.

Doch sie gehorchte ihm, packte Mantel und Handtasche und ging leise hinaus. Als sie bei der Telefonzentrale der Klinik vorbeikam, wies sie die Vermittlerinnen an: »Stellen Sie bitte keine Anrufe mehr an Dr. Duncan durch. Er will nicht gestört werden.«

Walter Duncan zögerte, ehe er sich zur Bücherwand hinter seinem Schreibtischstuhl umdrehte. Sein Blick wanderte über die Rücken der vielen medizinischen Lehrbücher, deren Titel nicht nur sein eigenes Spezialgebiet, sondern auch die der meisten anderen Gebiete umfassten. Er zog einen großen, in blaues Leder gebundenen Band heraus, den er seit

Jahren nicht mehr in der Hand gehabt hatte. Er suchte nach dem Kapitel, in dem Anzeichen und Symptome beschrieben wurden. Er begann zu lesen:

> *... zeigt sich häufig als offensichtlicher Infektionsprozess mit jähem Beginn ... und Fieber ... Patient kann teilnahmslos ... und fügsam erscheinen ... Gelenkschmerzen können dazu führen, dass man fälschlicherweise akutes rheumatisches Fieber diagnostiziert ... Petechien, Ekchymosen und andere Verfärbungen der Haut können auftreten ...*

Er ließ den Band auf die Tischplatte sinken. Denn die Anzeichen und Symptome, die er da eben nachgeschlagen hatte, bezogen sich auf eine Krankheit, die, wie das osteogene Sarkom, junge Menschen weit häufiger befiel als alte.

Akute Leukämie.

Wie alle Eltern, die sich mit einer so erschreckenden Möglichkeit konfrontiert sehen, war sein erster Impuls, sie zu leugnen. Ihre Existenz mit diversen Vernunftgründen zu widerlegen.

Diese Anzeichen hier und die, die Simone aufwies, waren nicht dieselben. Im Buch stand *Blutungen aus Mund und Nase können auftreten* ... Simone aber hatte nie geblutet. *Vergrößerung der Leber und der Lymphknoten* .... Er musste sie danach abtasten, sobald er nach Hause kam. Sie, falls nötig, auch wecken.

Außerdem gab es für diese Hautverfärbungen bei ihr, für diese schwärzlich-bläulichen Flecken ja einen guten Grund. Das Hockeyspiel. Ein zufälliger Zusammenprall mit einer Gegnerin. Ein unabsichtlicher Schlag mit einem Hockeyschläger. Dass sie gegen den Schulspind gelaufen war.

Dennoch aber waren einige der Flecken erst aufgetaucht, nachdem sie sie überredet hatten, das Hockeyspielen aufzugeben.

Er wischte sich den Schweiß von der Stirn und merkte auf einmal, dass er nicht wagte, irgendeine Möglichkeit außer Acht zu lassen.

Was er jetzt zu tun hatte, musste unter allen Umständen auf eine Weise geschehen, die Simone und Emily nicht unnötig in Unruhe versetzen würde.

Auf dem gesamten Heimweg überlegte er sich, wie er sein Vorhaben ausführen konnte, ohne bei seiner Frau unnötige Besorgnisse zu wecken.

Als er in die Auffahrt zu ihrem Haus bog, hatte er sich entschieden.

Er betrat das Haus durch die Garage, rief: »Hallo, Schatz! Ich bin wieder da!«, und merkte, dass er sich viel zu auffällig um Heiterkeit und Herzlichkeit bemühte. Sie antwortete ihm aus dem Obergeschoss.

Sie kam herunter und begrüßte ihn mit einem Kuss. »Möchtest du einen Drink, während ich dir das Essen aufwärme?«

»Heute nicht. Ist Simmie noch auf?«, fragte er so beiläufig, wie es ihm unter den gegebenen Umständen möglich war.

»Wir sind eben ihr Referat für morgen durchgegangen. Weißt du, sie hat wirklich … na ja, ich will ja nicht wie eine dieser Mutter klingen, die ihre Kinder blind vergöttern … aber sie hat eine Ader fürs Schreiben. Ich wäre nicht überrascht, wenn sie sich eines Tages als Autorin entpuppen würde. Oder wenn sie in einer Branche landen würden, die mit Schreiben zu tun hat. Werbung etwa. Oder Fernsehen.«

»Ich glaube, ich geh mal rauf und sage unserem angehenden Genie gute Nacht«, meinte er.

»Dass sie ein Genie ist, hab ich nicht behauptet. Aber als gute Lektorin weiß ich, dass sie schriftstellerisch begabt ist. Oder, wenn dir das lieber ist, dass ihr das Formulieren im

Blut liegt. Aus der wird mal was. Egal, was ihr Vater denkt.«

Sie lachte.

Er lachte.

Ein wenig gezwungen.

Ich muss rauf, ehe Simmie einschläft, dachte er.

Als er den oberen Treppenabsatz erreicht hatte, sah er, dass in diesem Moment der Lichtstreifen unter ihrer Tür erlosch.

Er klopfte.

»Simmie. Ich bin's, Dad. Kann ich noch kurz zu dir reinkommen?«

»Klar, Daddy.«

Sie schaltete das Licht gar nicht ein, da sie erwartete, er werde ihr wie meist, wenn er spät kam, nur einen Kuss geben, kurz mit ihr reden und sie dann schlafen lassen.

Er näherte sich dem Bett, setzte sich auf die Kante, beugte sich über sie und küsste sie. Sie schlang ihm die Arme um den Hals. Sie atmete tief durch und meinte dann: »Heute Nachmittag hast du nicht operiert, Daddy, oder?«

»Woher weißt du das denn?«

»Weil du nicht diesen OP-Geruch an dir hast.«

»Das ist doch nicht möglich. Jedes Mal, wenn ich im OP fertig bin, dusche ich.«

Er spielte den Entrüsteten.

»Aber der Geruch setzt sich in den Haaren fest. So wie bei den Leuten, die rauchen«, meinte sie. »Ich rieche das immer.«

»Gut, dann riech jetzt noch mal und sag mir, wo ich heute Nachmittag war.«

Sie schnüffelte, drückte das Gesicht in sein Haar und atmete tief ein.

Einmal.

Noch einmal.

»Und, brauchst du einen Tipp?«, neckte er sie.

»Bitte!« – »Riech ich vielleicht nach Richter? Oder nach zwei sich bekriegenden Rechtsanwälten?«

»Gericht! Du warst heute vor Gericht, um deine Aussage zu machen!«, rief sie aus. »War's wie im Fernsehen, Daddy? Haben sie dich vereidigt, musstest du versprechen, die Wahrheit zu sagen und alles?«

»Alles, alles. Und dir, Liebes, wie geht's dir?«

»Prima!«, meinte sie.

»Keine blauen Flecken mehr?«, fragte er.

»Nein.«

»Das glaub ich dir nicht.« Er tat, als widerspräche er ihr.

»Ich zeig's dir«, meinte sie.

Erpicht darauf, ihre Behauptung unter Beweis zu stellen, streckte sie die Hand nach der Nachttischlampe und knipste sie an.

Was für ein Glück, dachte er, *dass sie nicht misstrauisch ist, sondern im Gegenteil höchst bereitwillig. Genug jedenfalls, um mein erstes Problem zu lösen, nämlich wieder Licht zu haben.*

Sie zog sich das Oberteil des Schlafanzugs über den Kopf und wandte ihm dem Rücken zu.

»Los, Daddy, schau!«

Er sah sich den Rücken an und fand keinerlei Verfärbungen. Drehte sie leicht, um die rechte Seite und dann die linke zu untersuchen. Er entdeckte nichts Verdächtiges. Er begann, sie am Rücken zu massieren und fragte: »Wie fühlt sich das an? Gut?«

»Toll«, meinte sie.

Beim Massieren drehte er sie langsam um, bis sie auf dem Rücken lag. Er rieb weiter und konzentrierte sich auf den Bauch, vor allem den Bereich direkt unter den Rippen. Dann drückte er ein wenig fester, bis sie sich etwas unbehaglich zu winden begann.

»Tut mir leid, Schatz«, sagte er. Doch seine geübten Finger verrieten ihm, dass eine leichte Vergrößerung der Leber vorlag. Vorsichtig tastete er weiter, bis er ihre Lymphknoten spüren konnte, entdeckte jedoch nichts. Noch einmal versuchte er, die Leber zu tasten, war sich diesmal aber des vorigen Befunds nicht mehr so sicher.

Weitere Beobachtung ist angezeigt, entschied Walt Duncan.

Emily kam die Treppe herauf und rief: »Walt? Essen ist fertig.« Sie kam ins Zimmer und fragte: »Stimmt was nicht?«

»Nein«, meinte er, »ich habe ihr nur eine kleine Entspannungsmassage verabreicht. Und jetzt schlaf schön, mein Schatz.«

»Dann bis morgen, Daddy?«, meinte sie fragend.

»Nein. Ich muss schon früh los.«

»Schon wieder?«, fragte sie enttäuscht.

»Schon wieder. Oh, übrigens, Simmie, ich hab doch von diesem Mädchen, Amy Bedford, gesprochen?«

»Klar, der tollen Tennisspielerin. Swede spricht oft von ihr.«

»Nun, sie macht sehr gute Fortschritte. Ich werde sie operieren und ihr angegriffenes Bein womöglich sogar retten können.«

»Oh, Daddy, das ist ja cool! Echt cool! Da wird sich Swede aber freuen.«

»Dann sollten wir es ihm sagen. Und jetzt schlaf schön, Liebes.«

Beim Essen überflog er die Tageszeitung. Es war seine einzige Möglichkeit, sich über die Landespolitik auf dem Laufenden zu halten. Er hatte keine Zeit, Radio zu hören oder sich die Fernsehnachrichten anzuschauen. Emily saß ihm gegenüber und beobachtete ihn, bis sie ihre Neugier nicht mehr bezwingen konnte.

»Hat sich Simmie denn beklagt?«, fragte sie.

»Simmie? Nein. Weshalb denn?«

»Ich dachte, sie hätte vielleicht über Schmerzen geklagt.«

»Hatte sie denn in letzter Zeit Schmerzen?«, fragte er und versteckte sich hinter der Zeitung.

»Nein. Sie hat zwar immer noch Fieber. Aber keine Schmerzen.«

Er fühlte sich erleichtert.

»Ich habe mich nur gewundert, dass du sie massiert hast.«

»Nun«, improvisierte er, »sie war schon am Einschlafen, als ich ins Zimmer kam. Ich fühlte mich schuldig, weil ich sie geweckt hatte. Daher dachte ich, durch eine besänftigende Massage schläft sie schneller wieder ein.«

Emily gab sich wohl mit seiner Erklärung zufrieden, dachte er. Denn sie hakte nicht nach.

Nach einer Weile fragte er: »Hat sie sich denn in letzter Zeit über etwas beklagt?«

»Nein.«

»Ist dir was an ihr aufgefallen?«, fragte er.

»Nein. Außer, dass sie tatsächlich etwas müde wirkt. Wahrscheinlich das Fieber.«

»Wahrscheinlich«, meinte er und tat, als lese er weiter.

Eine eingehendere Untersuchung war unumgänglich. Er musste sich irgendeinen harmlos klingenden Grund einfallen lassen, um sie von ihrem Kinderarzt untersuchen zu lassen.

Oder litt er am Syndrom der Medizinstudenten, die, sobald sie die Anzeichen irgendeiner Krankheit kennen lernten, unter den Symptomen zu leiden begannen?

Sie absolvierten ihr Medizinstudium, machten eine Krankheit nach der anderen durch, ohne sich in all den vier Jahren auch nur einen Tag ins Bett zu legen.

Beobachtung, entschied er, vorsichtige, kluge, unauffällige Beobachtung.

In seinem weißen Arztkittel steuerte Walter Duncan durch den Flur des Untergeschosses auf Hans Metterlings Werkstatt zu und fand dort den alten Techniker, den er im Grunde als Künstler betrachtete.

Hans musterte gerade eine Prothese aus Titan, die er nach den minutiösen Berechnungen und Angaben eines Computers geschaffen hatte. Wenn alles nach Plan lief, sollte der Apparat exakt dort passen, wo Walt Duncan an Unter- und Oberschenkel von Amy Bedfords rechtem Bein Knochen entfernen würde.

Hans präsentierte die schlanke, aber robuste, schimmernde silberfarbene Vorrichtung, die Amys kranke Knochen so effizient ersetzen sollte, dass das Mädchen wohl auch in Zukunft ein aktives Leben genießen konnte. Die Prothese war durchaus solide. Und am Kniegelenk, das aus starkem, dauerhaftem Plastikmaterial bestand, das Jahre, wenn nicht Amys ganzes Leben lang halten würde, ließ es sich mühelos abbiegen.

Walt betrachtete sie eingehend. Und fragte dann: »Wie viel Spielraum haben wir, Hans?«

Der alte Schweizer Handwerker schickte sich an, ihm zu demonstrieren, wie sich die Prothese mit einigen exakten Drehungen der Erweiterungsringe an den Enden verlängern ließ.

Die Aufnahmen von Amy Bedfords Wirbelsäule deuteten darauf hin, dass das Wachstum noch nicht völlig abgeschlossen war. Wenn sie aber wuchs, konnte Walt eine ziemlich unkomplizierte Operation ausführen und die Prothese verlängern, sodass sie sich dem natürlichen Wachstum des anderen Beines anpasste.

Auf diese Weise würden ihre Beine ihr Leben lang gleich lang sein. Wenn alles nach Plan lief, würde sie nie humpeln oder merkwürdig gehen oder laufen müssen.

Wenn alles nach Plan ging.

Dieser Vorbehalt überschattete jeden von Walts Gedanken. Derartige chirurgische Eingriffe bleiben stets mit einem Risiko behaftet. Wie würde die Patientin während der Operation reagieren? Mit welchen unerwarteten Befunden würde sich der Operateur konfrontiert sehen?

Walt hatte erlebt, wie überraschende Wendungen plötzlich die besten Pläne infrage stellten.

Sobald Hans die Prothese zu Walters Zufriedenheit vorgeführt und auch dieser sie begutachtet hatte, die Verlängerungsmöglichkeit getestet und sie schließlich wieder auf ihre ursprüngliche Länge eingestellt hatte, nickte er und reichte sie dem alten Techniker zurück. Hans wickelte sie zärtlich in die Plastikverpackung, überreichte sie dem Chirurgen und sagte leise und sehr ernst: »Viel Glück, Walter, viel Glück. Sie ist so ein nettes Mädchen.«

Ohne viel Wort zu verlieren, hatte Hans die Sorge und die Vorbehalte Walts zur Kenntnis genommen. Das Glück würde bei dem, was Amy Bedford von nun an begegnete, eine Rolle spielen, eine sehr große sogar.

Nun, da er die Prothese in Händen hielt, blickte Walt Duncan seiner letzten und in der Regel schwierigsten Pflicht vor der Operation entgegen. Er schaute in seinem Büro vorbei. Claudia hatte das umfangreiche Formular zur rechtlichen Absicherung des Chirurgen und der Klinik schon vorbereitet. Er nahm es an sich und stieg hinauf in den zweiten Stock des Pädiatrischen Pavillons.

Ed und Marion Bedford erwarteten ihn, gemäß seiner Bitte, am Bett ihrer Tochter. Walt erkannte sofort, dass Marion Bedford die ganze Nacht kein Auge zugetan hatte. Die müden Lider verrieten sie. Ihr nervöses Lächeln bestätigte es. Es flackerte auf und verschwand, obwohl sie es verzweifelt zu kontrollieren versuchte. Ed Bedford saß an der Seite seiner Tochter, auf der Armlehne ihres Stuhls, und hielt ihr die Hand.

Zur Beruhigung seiner Tochter oder zur eigenen?, fragte sich Walt. *Doch gehen wir's lieber an und hoffen, dass er die Stärke hat, die seiner Frau abgeht. Für die junge Amy Bed-*

ford kann sich das hier sehr rasch zu einer qualvollen Geschichte auswachsen. Aber zunächst einmal, dachte er, *eine etwas heiterere Note.*

»Amy, ich möchte, dass du jemanden kennen lernst, der bald ein Teil von dir wird. Vielleicht hast du sogar Lust, ihm einen Namen zu geben. ›Hansi‹ vielleicht. Ja, warum nicht? Die Preise der amerikanischen Filmakademie heißen schließlich auch Oscars. Und die Fernsehpreise Emmys. Und das hier ist eben Hansi, zu Ehren von Hans Metterling, der das Ding entworfen hat.«

Sorgfältig entfernte er die Plastikverpackung und präsentierte die silberfarbene Apparatur, hielt sie hoch, drehte sie nach den Seiten und bog dann das Kniegelenk ab.

»Sieh mal, wie leicht, wie natürlich es sich bewegt, genau wie dein eigenes Kniegelenk. Es hat eine kleine Einrastvorrichtung, durch die es stabilisiert wird. Du wirst beizeiten lernen, wie man sie bedient. Aber so sieht es aus.«

Amy streckte die Hand aus, um das lange, skelettartige Objekt aus kaltem Metall zu berühren. Aber sie wagte nicht, es anzufassen.

Ihr Vater griff danach.

Walt reichte es ihm. Er betrachtete es eingehend. Sein Wissen, seine langjährige Erfahrung mit anspruchsvollen Werkzeugmaschinen veranlassten ihn zu dem Ausruf: »Mann! Das ist ja ein erstaunliches Teil! Und was für eine Präzision!«

»Ja, das ist eben Hans. Amy und ich haben ihn inzwischen schon ganz gut kennengelernt, nicht wahr?«

»Ja«, erwiderte das Mädchen. »Ein netter Mann. Ein sehr netter Mann.«

»Nun, Amy, das hier gehört dir. Dir ganz allein. Niemandem sonst auf der Welt würde es passen. Und ab morgen wird es für den Rest deines Lebens ein Teil von dir sein.«

Walt nahm die Vorrichtung wieder an sich, packte sie wieder ein, um sich dann auf den nächsten Schritt zu konzentrieren. Er tastete in der linken Brusttasche seines Arztkittels, um sich zu vergewissern, dass er die Unterlagen auch dabei hatte.

»Hansi war nicht der einzige Grund, weshalb ich sie heute hierher gebeten habe. Ehe die Operation durchgeführt kann, müssen wir noch eine Formalität erledigen.«

Er legte ihnen das Formular vor.

»Hier wird noch einmal die Operation beschrieben, die ich durchführen werde, und festgehalten, dass sie ihr zugestimmt haben. Und da du noch nicht volljährig bist, Amy, müssen dein Vater und deine Mutter unterschreiben. Aber ich möchte, dass auch du unterschreibst.«

Das Mädchen sah zu ihm auf. Dann blickte es auf seinen Vater, der ebenso verwirrt und angespannt schien wie es selbst. Amy wandte sich wieder Walt Duncan zu, wartete, was er zu sagen hatte.

»Trotz all der anspruchsvollen Tests, Röntgenaufnahmen, Scans, CAT-Scans und Biopsien kann es in einem Fall wie deinem vorkommen, dass wir bei der Operation dennoch einen unerwarteten Befund antreffen.«

»Was für einem Befund?«, wollte ihre Mutter sofort wissen.

»Ja, was für einen Befund?«, echote Amy und umklammerte die Hand ihres Vaters noch fester.

»Amy, ich möchte, dass du die Worte in dieser Zeile liest«, sagte Walt und fuhr mit dem Finger unter der nachträglich eingefügten Zeile entlang.

Ehe sie dazu kam, mischte sich ihr Vater ein. »Ich will das zuerst sehen!«

Walt überließ ihm das Formular. Ed Bedford las die Worte. Langsam senkte er das Blatt. Er starrte Walt Duncan an. In bemühtem und gerade noch kontrolliertem Ton sagte er: »Ich dachte, Sie tun das, um alles das, was hier steht, zu verhindern.«

»Das ist richtig«, sagte Walt, »aber wie gesagt, wir können uns nicht sicher sein, ehe wir es gesehen haben.«

»Ich will es sehen«, verlangte Amy. Walt nahm ihrem Vater das Blatt aus der Hand und reichte es dem Mädchen. Sie nahm es, starrte darauf, ohne den Inhalt zu begreifen. Bis Walts Finger unter den Worten entlangfuhr: *Wir sind uns im Klaren darüber und wir stimmen zu, dass der Chirurg – falls er es für die Gesundheit und das Überleben der Patientin für medizinisch indiziert hält – bevollmächtigt ist, eine Amputation des betreffenden Körperteils durchzuführen.*

»Amputation ...« Amy war kaum in der Lage, das Wort auszusprechen. »Aber Sie haben doch gesagt: ›*Gib mir ein Jahr ...*‹«

Ihre Hand zitterte derart, dass das Formular zu rascheln begann. Ihr Vater musste es ihr aus der Hand nehmen und so ruhig halten, wie er konnte. Hinter dem Mädchen aber brach die Mutter in Tränen aus.

Walt beugte sich zu dem Mädchen vor, nahm es bei der Hand, sprach zu ihm, von Angesicht zu Angesicht, mit leiser, aber bestimmter Stimme. »Ja, Amy, ich habe gesagt: ›Gib mir ein Jahr, und ich werde dich heilen.‹ Und ich werde mein verdammt Bestes tun, um das wahr zu machen. Weil du eine großartige Patientin bist. Aber ich weiß auch, was im Operationsraum alles passieren kann. Ein Chirurg geht hinein, gewappnet mit sämtlichen Tests, Daten, Plänen, all seinem Wissen, und stellt fest, dass die Natur ihn überlistet hat. Der Schein hat getrogen. Was nach einem gesunden Knochen oder gesundem Gewebe aussah, entpuppt sich plötzlich als etwas anderes. Eine Arterie, die sauber wirkte, ist es nicht. Und ohne diese spezielle Arterie ist das Bein nicht lebensfähig. Dann hat der Chirurg keine andere Wahl. Er muss das Leben des Patienten retten. Das bedeutet dieser Satz. Er bedeutet: ›Doktor, tun Sie Ihr Bestes. Vor allem aber vertraue ich darauf, dass Sie mir das Leben retten.‹«

»Wenn Sie mir das Bein abnehmen, will ich nicht mehr leben«, stieß das Mädchen hervor.

»Doch, Amy, du willst leben«, erwiderte Walter Duncan mit fester Stimme.

»Du bist viel zu mutig und charakterstark, um dein Leben einfach so hinzuwerfen. Es gibt noch zu viel für dich zu tun, um jetzt schon aufzugeben. Amy, unterschreib das. Rechtlich mag deine Unterschrift zwar keine Bedeutung haben, mir aber ist sie wichtig. Weil sie zeigt, dass du deinem Chirurgen vertraust.«

Amy starrte ihn an, starrte auf das Dokument und schüttelte den Kopf. »Ich kann nicht«, widersprach sie ihm, »ich kann nicht.« Sie drehte sich um und vergrub das Gesicht an der Schulter ihres Vaters. Er tätschelte ihr zärtlich die Wange und starrte zu Walter Duncan hinüber.

»Brauchen Sie das, Doktor, um weiterzumachen?«

»Ohne Ihre Zustimmung können wir die Operation nicht durchführen.«

»Und werden Sie verdammt noch mal Ihr Bestes tun, um ihr Bein zu retten?«

»Das wissen Sie doch ganz genau.«

»Okay«, meinte Ed Bedford, inzwischen ruhiger, als Walt Duncan es erwartet hatte. »Das Leben meiner Tochter bedeutet mir alles.« Er nahm einen Füller aus seiner Innentasche, hielt das Formular an die Wand und unterschrieb wackliger, als er es jemals getan hatte.

Walter Duncan nahm das unterzeichnete Formular in Empfang und fragte leise: »Amy?«

»Ich kann nicht, ich kann es nicht«, wiederholte sie, ohne ihn anzusehen.

11

Es war später Nachmittag. Marion Bedford saß im Ledersessel in der Ecke des Krankenzimmers und starrte auf ihre Tochter, die auf dem Bett lag und eher wie ein Mädchen in einem Studentenwohnheim wirkte als wie eine Patientin in Erwartung einer Operation, die über ihr restliches Leben entscheiden sollte.

Was, wenn nun das Schlimmste geschieht?, dachte Amy Bedford. *Wird irgendein Mann ein Mädchen mit nur einem Bein noch heiraten wollen? Wie kann ein Mann mit einer unvollständigen Frau schlafen? Werde ich allein durchs Leben hinken müssen, ein humpelnder Krüppel? Oh, natürlich gibt es Geschichten – ich habe sie in Zeitschriften gelesen, im Fernsehen gesehen – von Leuten, die die schlimmsten Katastrophen überstehen und am Ende triumphieren.*

Aber ich hätte lieber meine eigenen zwei Beine, als dass ich eine Heldin bin. Hätte lieber mein Leben wieder so wie früher. Mit Träumen von Liebe und Ehe und Kindern. Wenn ich von Anfang an gewusst hätte, dass all die Wochen der Chemo, das Kotzen, die Entzündungen, der Haarausfall, letztlich doch nichts nützen, dann hätte ich etwas unternommen.

Etwas unternehmen, das klang ein wenig ungenau. Aber sie wusste, was es hieß.

Selbstmord.

Wie sie es zustande gebracht hätte, wusste sie nicht. Aber sie hätte schon einen Weg gefunden. Alles, wenn sie auf diese Weise nur vermied, dass sie für den Rest ihres Lebens ein Krüppel war. Alles.

Sie hatten nicht länger als eine Stunde miteinander gesprochen, Mutter und Tochter. Hatten nicht einmal versucht, einander zu trösten. Sie wussten nicht, wie.

Marion Bedford war mit ihren eigenen Gedanken beschäftigt, die ihre Entschlusskraft nicht gerade stärkten. *Ich hab versagt,* dachte sie. *In Zeiten der Not müsste ich ein Bollwerk der Stärke sein. Und bis jetzt bin ich's auch gewesen. Ich hab alle Kinderkrankheiten mit ihr durchgestanden. Aber wer hätte denn so was vorhersehen können? Es war doch nur ein so leichter Schmerz, dass sie, als er zum ersten Mal auftrat, nicht mal daran dachte, sich zu beklagen. Und jetzt erzählt Dr. Duncan so was. Was soll ich ihr denn sagen? Wird schon wieder? Ist doch egal, ob sie amputieren müssen, du wirst leben, und es wird dir gutgehen? Leben? Gutgehen? Wer kann denn da noch von Leben reden? Oder von Gutgehen? Seit sie so ein hübsches, kleines, blondes Ding war, hab ich mir ausgemalt, was für eine hübsche Braut sie mal sein wird. Jetzt wird sie vielleicht nie eine. Hübsch schon, aber keine Braut. Nie eine Braut.*

Sie merkte, dass Amys Atmung flach geworden und fast nicht mehr zu hören war. Gott sei Dank war sie endlich eingeschlafen. Mrs Bedford glitt aus dem Zimmer, um bei den Schwestern Erkundigungen einzuholen.

Als langsam die Tür aufging, döste Amy noch immer. Doch nach der Stille, die vorher im Raum geherrscht hatte, weckte der Laut, so leise er war, sie auf. Sie wandte sich zur Tür in Erwartung einer Schwester, weiterer Medikamente, eines weiteren Tests. Und erblickte einen jungen Mann von etwa vierundzwanzig Jahren, groß und ziemlich attraktiv. In einer weniger angespannten Zeit hätte sie ihn womöglich für »ganz schön sexy« gehalten. Wahrscheinlich handelte es sich wieder um einen jungen Arzt im Praktikum, obwohl er keinen weißen Kittel anhatte.

»Amy Bedford?«, fragte er und blieb im Türrahmen stehen. – »Ja.« – »Darf ich reinkommen?« – »Ja.«

Er trat ein und blieb am Fußende des Bettes stehen. »Ich heiße Josh Tedrow. Dr. Duncan hat mich gebeten, bei Ihnen vorbeizuschauen.«

»Sind Sie ein Freund von ihm oder ein Kollege?«

»Beides. Sozusagen«, meinte er lächelnd.

»Sozusagen?«, fragte Amy verwirrt.

»Wir arbeiten zusammen. Darf ich mich setzen?«

»Ja«, erwiderte sie, immer noch verwirrt.

Er durchquerte das Zimmer und nahm auf dem Sessel Platz. Er lehnte sich zurück, sodass die Fußstütze des Sessels heraussprang.

Er legte die langen Beine hoch und lehnte sich bequem zurück. »So. Das ist schon besser.«

»Was wollen Sie hier, Mr Tedrow?«

»Walt hat mich gebeten, bei Ihnen vorbeizuschauen. Er meinte, dass Sie sich angesichts der bevorstehenden Operation vielleicht ein wenig unwohl fühlen.«

»Nach all der Chemo, die ich schon hinter mir habe, ist unwohl ein etwas schwacher Ausdruck für das, was ich fühle«, meinte Amy.

»Ja, ist es nicht die Hölle?«, meinte der junge Mann.

Er erhob sich aus seinem Sessel und trat auf Amy zu. Er lehnte sich ans Fußende ihres Betts.

»Ich wette, Sie haben sich auch schon zuweilen gesagt: ›Wenn das Heilung bedeutet, dann sterbe ich lieber.‹«

»Mehr als nur einmal.«

»Und haben sich auch schon so elend gefühlt, dass Sie Walt am liebsten einfach anrufen wollten, um ihn zu beschimpfen?«

»Mehr als nur zweimal«, meinte Amy.

»Tja, ich habe es tatsächlich mal getan«, sagte er und rückte seinen Stuhl neben ihr Bett. Er setzte sich, schlug die Beine übereinander. Dann beugte er sich vor, als wolle er ihr ein Geheimnis anvertrauen.

»Ich habe ihn eines Abends angerufen und ihm gesagt,

dass er mitsamt seiner Chemo zur Hölle fahren soll. Ich wollte nichts mit seiner Behandlung oder seiner Operation zu tun haben.«

»Sie ... Sie sind operiert worden?«, fragte Amy überrascht.

»Ja. Dieselbe Operation, die auch Ihnen bevorsteht«, sagte er.

»Aber Sie ...« Sie sprach es nicht aus.

Und sie musste es nicht. Denn er tat es für sie. »Ich sehe völlig gesund aus. Ich fühle mich großartig. Ich bewege mich gut. Kann gehen, sitzen, die Beine übereinanderschlagen, es ist Ihnen nicht aufgefallen. Heute tue ich alles, was ich will. Spazieren gehen, laufen, schwimmen, segeln, Golf spielen. Das Einzige, wovor er mir abgeraten hat, ist Skifahren. Ich nehme an, er fürchtet das Risiko eines Sturzes. Aber alles andere ist erlaubt.«

»Er hat Sie gebeten, mir das zu erzählen, nicht wahr?«

»Es ist Teil unseres Abkommens. Falls er mich heilt – hab ich ihm versprochen –, werde ich das in Zukunft für ihn tun.« Tedrow lächelte. »Der beste Deal, den ich je gemacht habe. Denn ich weiß, was es heißt, morgen mit dieser Operation konfrontiert zu sein. Sich zu fragen, wie es wohl ausgeht. Was man nach dem Aufwachen wohl vorfinden wird. Tja, und ich bin ein ziemlich gutes Beispiel dafür, was man vorfinden kann. Nämlich ein großartiges Leben.«

Er nahm das Bein vom Knie, erhob sich aus seinem Sessel, nahm ihre Hand: »Ich war etwa in Ihrem Alter, Amy. Genauso ängstlich. So geschwächt von der Chemo. Immer wieder hoffnungslos. Ich bin nachts heulend aufgewacht. Hab mich gefragt, warum Gott mich dazu ausersehen hat, so jung zu sterben. Aber dann kam Walt mit seinem breiten Lächeln, seiner Zuversicht herein, und ich sagte mir: ›Ich zieh das mit ihm durch. Er wird mich heilen. Ich will weiterleben, und er wird mir dabei helfen!‹«

»Sie haben das alles auch durchgemacht?«, fragte Amy.

»Alles. Die Chemo, die Operation, die Chemo danach. Ein ganzes Jahr lang. Und sechs Jahre später stehe ich hier. Sie können's auch schaffen, Amy. Gehen Sie nur morgen mit diesem Vorsatz und dieser Überzeugung in diese OP.«

Tränen traten ihr in die Augen. Er beugte sich zu ihr hinunter und küsste sie auf die Wange. Ganz leise wiederholte er: »Auch Sie können es schaffen.«

Ihre Mutter kam herein. Tedrow tätschelte Amy die Wange. Er zwinkerte ihr zu, wandte sich um und sagte: »Mrs Bedford?«

»Ja.«

»Sie haben eine großartige Tochter. Eine sehr mutige Tochter. Sie wird es schaffen.« Er ging.

Marion Bedford sah ihm nach. Sobald die Tür zufiel, fragte sie: »Wer war denn das?«

»Josh Tedrow.«

»Ist er nicht ein bisschen alt, um dein Freund zu sein?«

»Vielleicht. Aber er ist wirklich ein Freund. Ja, wirklich.«

Ein leises, fast um Entschuldigung bittendes Klopfen unterbrach sie. Mutter und Tochter drehten sich beide zur Tür. Zweifellos war es wieder eine Schwester mit einem weiteren Medikament. Das hörte nie auf.

Leise öffnete sich die Tür. Ein weißhaariger Mann mit rötlichem Gesicht lugte lächelnd ins Zimmer.

»Swede!«, rief Amy aus und empfand auf Anhieb Erleichterung und Freude beim Anblick ihres alten Trainers. Dann wandte sie sich beschämt ab. Ihre Krankheit schien ihr wie ein Verrat an all der Sorgfalt, Zeit und Anstrengung, die er in sie investiert hatte.

»Amy! Liebe Amy!«, meinte der Lehrer leise tadelnd. »Wir verstecken uns doch nicht voreinander, oder? Wir doch nicht.«

Sie drehte sich wieder zu ihm um. Ihre blauen Augen füllten sich mit Tränen.

»Ich bin gekommen, um dir für morgen Glück zu wünschen«, meinte Swede. Er lächelte. »Wie vor einem großen Spiel. Du weißt schon, diese Minuten der Nervosität, ehe man auf den Platz hinausgeht. Wenn man völlig angespannt ist. Und ein komisches Gefühl im Magen hat. Und ganz kalte Hände. Gib mir mal deine Hände.«

Sie hielt sie ihm hin. Er nahm sie in seine großen starken von der Sonne gebräunten und mit Altersflecken gesprenkelten Hände. Ihre Hände fühlten sich wirklich kalt an.

»Gut«, meinte er. »Ich mag es, wenn ein Spieler vor einem Match nervös ist. Man sollte nie zu zuversichtlich sein. Denn dann kann einen auch ein Gegner überraschen, der nicht annähernd so gut ist wie man selbst.«

Er rieb ihr die Hände, während er sprach.

»Morgen, das wird wie ein Match. Also sei darauf vorbereitet. Sag dir: ›Egal, was ich beim Aufwachen vorfinde, ich werde mich ihm stellen. Ich werde es überstehen.‹ Weißt du noch, als du zum ersten Mal an den Endspielen teilgenommen hast. Du warst erst in der siebten Klasse. Alle sagten: ›Das magere Ding hat keine Chance gegen eine Neuntklässlerin, die außerdem den Titel schon mal gewonnen hat.‹ Du warst damals zwar ein mageres Ding. Aber ich hab dir gesagt: ›Spiel immer nur um den nächsten Punkt. Blick nicht zurück auf deine Fehler. Schau nicht voraus auf das nächste Spiel. Spiel um diesen einen Punkt.‹ Und du hast mir geglaubt. Und hast gewonnen. Ein mageres Ding, das alles auf eine Karte gesetzt hat. Weil du wusstest, dass ein verlorener Punkt oder ein verlorenes Spiel nicht heißt, dass das ganze Match verloren ist. Jedes Mal, wenn du aufschlägst, spielst du um einen neuen Punkt. Nun, morgen ist es genauso, liebe Amy. Auch wenn du ein oder zwei Punkte verlierst, hast du immer noch das ganze Spiel zu spielen. Und meine Amy, mein Mädchen wird nicht aufgeben. Egal, was passiert. Stimmt's?«

Sie starrte in seine blauen Augen, in sein hageres, rötliches nordisches Gesicht: »Hat Dr. Duncan Sie gebeten zu kommen?«

»Nein«, erwiderte er, anscheinend völlig aufrichtig und unverstellt.

»Aber irgendjemand hat sie doch gebeten«, insistierte sie.

»Ja. Dein Vater«, gestand Swede.

»Mein Vater?« Sie schien überrascht.

»Er meint, er kann es nicht. Er wisse nicht, wie. Aber er wollte, dass jemand dir sagt, dass du, egal was morgen passiert, noch dein ganzes Leben vor dir hast. Er will, dass du mit demselben Eifer, demselben Kampfgeist in diesen Operationsraum gehst wie in ein Match. Und dass du, egal was passiert, auch wieder so herauskommst.«

»Ich werde vielleicht nie wieder spielen können. Oder laufen können. Oder auch nur gerade gehen können.«

»Amy, Liebes, glaubst du, dass es im Leben nur darum geht? All diese Dinge, von denen du da sprichst, verlieren sich sowieso nach und nach. Langsam, möglicherweise. Aber für jeden von uns kommt die Zeit, in der er nicht mehr spielen kann. Oder nicht mehr rennen kann. Aber wir leben weiter. Wir finden unseren Platz. Wir machen das Beste aus unseren Möglichkeiten. Und darum geht es im Leben im Grunde. Ob wir sechzehn oder sechzig sind, wir tun unser Bestes. Das hast du immer getan. Dadurch bist du zum Champion geworden. Sei auch morgen ein Champion, Amy. Versprich es mir!«

Sie starrte ihn an, begann zu weinen, schaffte es aber schließlich zu lächeln und nickte.

»Braves Mädchen«, sagte Swede. Er küsste sie auf die nassen Wangen. »Braves Mädchen«, flüsterte er.

Ehe Walter Duncan am Abend die Klinik verließ, überprüfte er – im Hinblick auf die am nächsten Tag bevorstehende Operation – noch einmal alle Röntgenaufnahmen, Scans und Laborbefunde der Patientin Amy Bedford.

Er schaute in ihrem Zimmer vorbei, um ihr gute Nacht zu wünschen. Und stellte fest, dass es ihrem Vater gelungen war, seine Frau zu überreden auszugehen, um zum ersten Mal an diesem Tag etwas zu sich zu nehmen. Amy war allein.

»Wie fühlst du dich, Amy? Bist du bereit?«

»Josh Tedrow war heute hier«, erwiderte sie.

»Netter junger Mann, Josh.«

»Sie haben ihn geheilt. Er hat mir von Ihrem Abkommen erzählt. Dass er, wenn Sie ihn drum bitten, mit Ihren Patienten spricht.«

»Er hat mir noch nie einen Korb gegeben. Hatte immer Zeit. Er hat seinen Teil unseres Abkommens erfüllt. Und du wirst es auch tun.«

»Ich?«

»Ja. Das ist meine einzige Bitte. Dass du, wenn du geheilt bist, zurückkommst. Zurückkommst, um anderen Jugendlichen Mut zu machen. Damit sie wissen, dass auch andere es durchgestanden haben und stark und gesund daraus hervorgegangen sind.«

»Ich könnte das nicht«, meinte Amy.

»Wenn es so weit ist, kannst du es, Amy, dann kannst du's«, meinte Walt Duncan zuversichtlich. Er tätschelte ihr die Hand. »Bist du bereit, Amy?«

»Ich bin bereit«, erwiderte sie überzeugt.

»Gut, sehr gut«, sagte er und war erleichtert, dass sie sich inzwischen viel besser fühlte als bei ihrem Gespräch am Morgen. Er überprüfte ihre Krankenkarte. Keinerlei Anzeichen von Fieber oder sonstigen Beschwerden. Alle Laborberichte deuteten darauf hin, dass sie sich in ausgezeichnetem Zustand befand. »Dann also bis morgen.«

Sie nickte. Als er schon an der Tür war, rief sie ihm nach: »Doktor?«

»Ja, Amy?«

»Wegen dieses Formulars, das ich unterzeichnen sollte«, sagte sie. »Wenn Sie immer noch wollen, unterschreibe ich es jetzt.«

Er starrte sie an. Sie erwiderte seinen Blick. Mit einem Lächeln. Und der Ausdruck in ihren klaren blauen Augen verriet Kraft und Entschlossenheit.

Er wollte noch einmal in sein Büro, um ein letztes Mal seine Anrufe zu checken. Auf dem Weg spürte er, wie sich seine Befriedigung über Amys Unterschrift auf dieser Einverständniserklärung in ein irritierendes Schuldgefühl verwandelte.

Als er in sein Büro kam und das Licht einschaltete, wusste er wieder, warum. Sein emotionales Engagement für Amys Fall hatte tiefere Wurzeln, als ihm auf Anhieb klar gewesen war. Amy war eine Art zweite Tochter für ihn geworden. Aber er sorgte sich auch um seine erste Tochter, sorgte sich sogar sehr. Die Untersuchung Simmies hatte zwar keine spezifischen Befunde ergeben, aber auch seine Ängste hatte sie nicht beschwichtigen können.

Verhalte ich mich hier eigentlich wie ein Arzt, fragte er sich, *oder eher wie ein Vater? Wie so viele Väter und Mütter, wenn ihre Kinder unter einer lebensbedrohlichen Krankheit leiden? Ich hab das alles schon oft genug erlebt. Muss ich mir etwa dasselbe vorwerfen? Und ist meine Verleugnung – wie bei all den anderen liebenden Eltern – vielleicht noch stärker, weil diese Krankheit noch bedrohlicher ist? Schon ab dem Augenblick meines ersten Verdachts hätte ich Simmie umgehend einem anderen Arzt anvertrauen sollen. Ja, genau das werde ich tun. Aber vorher noch ein Test. Ohne Simmie oder Emily zu beunruhigen. Noch heute Abend.*

Auf dem Weg nach draußen schaute er noch einmal in seinem Behandlungszimmer vorbei und nahm sich eine sterile Spritze, ein Teströhrchen und mehrere Nadeln mit. Er wickelte sie in ein Stück Verbandstoff, verstaute alles sorgfältig in seiner Manteltasche, schaltete das Licht aus und setzte sich in Bewegung.

Nie war ihm der Korridor zwischen Aufzug und Parkplatz so lang erschienen.

»Ich werde Simmie ein bisschen Blut abzapfen«, sagte er zu Emily. Als seine Frau überrascht und besorgt reagierte, versuchte er die Gefahr kleinzureden, indem er erklärte: »Ich glaube, diese Erkältung könnte bei ihr eine leichte Infektion hinterlassen haben. Ich würde das gerne klären, damit wir sie richtig behandeln.«

»Gute Idee«, stimmte Emily ihm zu. »Soll ich dir helfen?«

»Würdest du das tun?«

Während Walt die Spritze vorbereitete, bereitete Emily Simone darauf vor.

»Schatz, Daddy möchte dir ein bisschen Blut abnehmen. Damit er es mit in die Klinik nehmen und analysieren lassen kann. Damit du endlich dieses Fieber loswirst.«

»Es tut doch nicht weh? Oder?«, fragte das Kind. Seine hellbraunen Augen verrieten Furcht, obwohl es sie zu verbergen versuchte.

»Glaubst du, dein Daddy könnte dir wehtun?«, fragte Emily.

»Nein ...« Simone dachte nach und räumte ein: »Nein. Das heißt, nicht sehr.«

Emily hielt Simmie in den Armen, drückte das Gesicht des Kindes an ihre Wange, während Walter geschickt die Nadel in die Armvene schob. Langsam zog er sie hoch, sodass sich der Plastikschlauch mit hellrotem Blut füllte. Er injizierte das Blut in das kleine Reagenzglas und versiegelte es.

Am Morgen würde er es Victor Ogura, dem Hämatologen der Klinik, übergeben, für den er große Hochachtung hegte.

12

1942, nach dem japanischen Angriff auf Pearl Harbor, hatte man Victor Ogura und seine Familie aus Tarzana/Kalifornien in ein Lager für feindliche Ausländer nach Montana gebracht. Dennoch verließ Ogura, der damals noch ein Junge war und sich seit seiner Geburt in Tarzana nie als feindlichen Ausländer gesehen hatte, das Lager mit dem Entschluss, den Schmerz und die Beleidigung hinter sich zu lassen. Er nahm seine Ausbildung wieder auf, verbrachte seine Collegejahre an der Universität von Kalifornien und studierte Medizin an der UCLA.

Obwohl sein Vater nur Gärtner gewesen war, der Englisch mit deutlichem Akzent radebrechte, lebte Victor Ogura das traditionelle amerikanische Muster, nach dem die Kinder von Einwanderern zu Amerikanern und in die Gesellschaft integriert werden und so ihren Eltern, sich selbst und ihrem Land zur Ehre gereichen.

Victor Ogura, einen fleißigen Mann, der zu den Besten seiner Zunft gehörte, fand man zumeist über sein Mikroskop gebeugt, bedacht darauf, Diagnosen zu stellen, die über das Leben und den Tod ihm unbekannter Patienten entscheiden konnten.

Zwar verordnete er weder Medikamente noch operierte er, doch seine Meinung war entscheidend bei der Behandlung vieler lebensbedrohlicher Krankheiten.

An diesem Morgen schaute Walter Duncan schon früh in Oguras Büro vorbei.

»Hallo, Vic.«

»Walt ...«, sagte der Hämatologe zur Begrüßung, als er vom Mikroskop aufsah. »Was gibt's?«

Walt reichte ihm das Röhrchen mit Blut, das er seit dem Abend im Kühlschrank aufbewahrt hatte.

»Oh, okay«, meinte Ogura, wie immer.

»Vic, wenn du Bescheid weißt, ruf mich an.«

»Klar. Was suchen wir denn? Krebszellen?«

»Sag mir einfach, was du findest. Okay?«

»In Ordnung.«

Walters irgendwie ausweichendes Verhalten veranlasste Ogura zu der Frage: »Vom wem stammt das? Spezieller Patient?«

»Nein. Routinesache. Sag mir nur Bescheid.«

»Werde es sofort erledigen.«

»Danke.« Walt wandte sich zur Tür, blieb aber dann stehen. »Ach, ich bin den ganzen Morgen im OP.«

»Ich sag Claudia Bescheid.«

»Nein. Ich ... ich ruf dich an. Okay?«

»Klar, Walt, natürlich«, stimmte Vic Ogura ihm zu. Walter Duncans merkwürdiges Verhalten irritierte ihn. Doch Ogura schwieg.

Und wandte sich wieder dem Objektträger zu, den er unter seinem Mikroskop liegen hatte.

In Zimmer zweihundertfünf des Pädiatrischen Pavillons war Amy Bedford zeitig geweckt worden. Ein Klinikbarbier hatte ihr sehr sorgfältig das rechte Bein rasiert.

Eine Krankenschwester wusch das Bein vom Zeh bis zur Hüfte mit einer antiseptischen Lösung ab.

Dann sagte sie: »Komm, Liebes, schluck das hier.« Sie hielt ihr einen kleinen Pappbecher mit zwei kleinen weißen Pillen hin.

»Was ist das?«, fragte Amy.

»Es soll die Nerven beruhigen.«

»Meine Nerven sind in Ordnung. Ich bin völlig ruhig«, protestierte das Mädchen, da es glaubte, man erwarte nun einen besonders mutigen Auftritt von ihm.

»Nimm sie trotzdem«, schmeichelte die Schwester, denn beim Waschen war ihr Amys rascher Puls aufgefallen.

Amy versuchte, sich zurückhaltend zu geben.

»Klar nehme ich sie. Um wenigstens *Sie* zu beruhigen.«

»Schön«, meinte die Schwester.

Kaum hatten sie sich geeinigt, da schob schon ein weiß gekleideter Pfleger, ein Afroamerikaner mittleren Alters, ein Krankenhausbett ins Zimmer.

»Wer ist denn die Kleine, die ich im Buggy spazieren fahren darf?«, fragte er. Dann tat er, als habe er sie eben erst entdeckt und meinte: »Hübscheste Patientin, die ich heute hatte.«

Amy lachte. »Es ist ja auch erst halb sieben.«

»Dann eben die hübscheste Patientin, die ich mir heute *erwarte*«, sagte er.

Mit den Augen machte er der Schwester ein Zeichen. Sie trat an die Seite des Betts. Gemeinsam hoben sie Amy auf das fahrbare Krankenbett. Und die Schwester deckte sie zu.

»Viel Glück, Schätzchen«, meinte sie, als Amy zur Tür hinausgerollt wurde.

Auf der Fahrt zum Aufzug dachte Amy immer wieder: *Sie müssen wissen, welche Angst ich habe, weshalb sonst würden sie mich alle so anlächeln und all diese Witzchen reißen, von denen keines besonders lustig ist.*

Auf dem Weg ins Untergeschoss hielt der Aufzug in jedem Stockwerk an, um Krankenhauspersonal einzulassen, Leute, die in Uniform zu ihrer Schicht eintrafen, und andere in Straßenkleidung, die die Klinik verließen. Jeder neue Passagier sah sie zuerst an und dann weg. Einige begrüßten den Pfleger.

»Na, Ralph, wie geht's so? Kassierst du immer noch dein Kilometergeld?«

Sie erreichten das Stockwerk, auf dem sich der OP befand. Amy spürte, wie sie einen weiteren Korridor hinuntergerollt wurde und dann in einen kleineren Raum, als sie eigentlich erwartet hatte.

»Ist es das?«, fragte sie enttäuscht.

»Nein, Schätzchen, das ist nur der Vorraum. Du bist jetzt in guten Händen. Viel Glück!«, meinte Ralph.

»Danke.«

Die gegenüberliegende Tür öffnete sich. Der Anästhesist, der sich schon am Vortag mit ihr unterhalten hatte, kam herein und trug diesmal die grüne OP-Kleidung.

»Hallo, Amy. Schön, dich wiederzusehen. Jetzt werden wir dir die intravenöse Kanüle legen, damit das Narkosemittel in den Arm tropfen kann. Schon nach dem ersten Stich wirst du nichts mehr spüren.«

Er schlang ihr ein Gummiband um den Oberarm, schob ihr behutsam die Nadel in den Arm und löste das Band. Da trat Walter Duncan durch die Tür.

»Hallo, Amy. Wie geht's uns denn heute?«, fragte er lächelnd. »Geht's gut?«

»Ich ... ich glaube schon.«

»Komisches Gefühl im Bauch?«

»Äh ... ein bisschen vielleicht«, räumte sie ein.

»Nun, darum brauchst du dir keine Sorgen zu machen. Dr. Sy ist da drinnen. Und Dr. Corey. Das tollste Operationsteam, das du dir nur vorstellen kannst. Und wir haben alles unter Kontrolle. Alles.«

»Doktor, was ist, wenn ... ich meine, wenn Sie ... wenn Sie amputieren müssen, wie werde ich es erfahren?«

Walt Duncan nahm ihre Hand. »Wenn du aus der Narkose aufwachst, Amy, werden wir deine Zehen zählen. Gemeinsam. Du und ich. Dann wirst du Bescheid wissen. Zehn Zehen. Das ist unser Ziel. Und wir werden es erreichen. Hörst du?«

»Ja, Doktor.«

»Braves Mädchen.«

Er wandte sich an den Anästhesisten. »Bringen wir sie hinein.«

Sie wurde durch die Tür in den großen Operationssaal gerollt, der ihr wie ein Labyrinth aus Deckenleuchten und elektronischen Instrumenten erschien, die hinter dem – ja, dem Operationstisch aufragten. Sie spürte, wie man sie vom Bett auf den Tisch hob. Sie starrte hinauf in die Lichter. Einen Moment lang war sie geblendet. Sie sah sich um und erblickte keine Gesichter, nur Augen und Masken. Hinter einer der Masken aber ertönte eine vertraute Stimme.

»Amy ...«

Es war Dr. Corey. Der Mann, der neben ihm stand, hatte warme, feuchte, mitfühlende Augen, die sie erkannte.

»Sy?«

»Ja, Amy.« Er begann, ihr sämtliche Mitglieder des maskierten Teams vorzustellen und nannte seine oder ihre Funktion während der Operation.

»Und das hier, Amy, ist Miss Kimble, die Assistentin des Anästhesisten. Sie wird jetzt einige Sensoren an dir befestigen, damit wir während der Operation deinen Zustand überwachen können.«

Kimble fixierte die Sensoren an Amy, während der Anästhesist ihr eine Blutdruckmanschette um den linken Oberarm legte und mit einem Gerät verband, das den Blutdruck auf einem grünen elektronischen Monitor aufzuzeichnen begann.

Walter Duncan wandte sich vom Waschbecken ab, wo er eben mit dem Schrubben fertig geworden war. Er hielt die Hände hoch, während eine Schwester ihm dünne Gummihandschuhe über die ausgestreckten Finger zog. Dann bestäubte sie die Handschuhe mit antiseptischem Puder. Er war bereit, an den Operationstisch zu treten.

»Bist du so weit, Amy?«

»Ja, Doktor«, sagte sie.

Mit dem Kopf gab er dem Anästhesisten ein Zeichen. Und der Mann schickte sich an, das Narkosemittel durch den Tropf in ihren Arm zu leiten. Während Walt auf ein Zeichen des Anästhesisten wartete, blickte er auf die

Wanduhr. Ihm war, als habe er eigentlich noch einen anderen Termin.

Ein durchaus ungewohntes Gefühl. Denn normalerweise gab es für ihn, sobald er sich im OP befand, keine Zeit und keine Termine mehr. Nur der momentane Fall zählte. Und ob der nur eine halbe oder sechs Stunden in Anspruch nahm, Walts einziges Kriterium war, die Operation mit größtmöglicher Sorgfalt durchzuführen. Heute aber blickte er auf die Uhr.

Kurz bevor ihm der Anästhesist das Zeichen zum Anfangen gab, fiel Walt ein, dass er nicht an die Operation, sondern an Victor Ogura dachte und wie weit er wohl mit Simones Blutprobe war.

Sich während dieses komplizierten chirurgischen Eingriffs von etwas anderem ablenken zu lassen konnte er sich unmöglich leisten. Es waren einfach zu viele wichtige Entscheidungen zu treffen, als dass er sich solche Konzentrationsmängel hätte erlauben können. Dennoch, er dachte an Simmie ... und die verstörenden Anzeichen und Symptome ... und die Blutprobe ... und Ogura ...

Der Anästhesist gab ihm das Zeichen. Die Patientin war in Narkose, war bereit. Zeit, mit der Operation zu beginnen.

Walter Duncan zeigte keine Reaktion.

»Walt ...«, drängte der Anästhesist.

Sogar Sy Rosen bemerkte es, denn er beugte sich vor und fragte flüsternd: »Walt, alles in Ordnung?«

»Natürlich. Warum?«

»Ich weiß nicht, ich dachte nur ... Ich, ich habe dich nie zögern sehen. Wenn du dich nicht gut fühlst, lass uns abbrechen.«

»Mir geht's gut. Großartig!«, beteuerte Walt.

Er streckte die Hand aus. Seine OP-Schwester, die ihm schon in Hunderten von früheren Fällen assistiert hatte, sah ihn an, ehe sie ihm das Skalpell in die Hand gab.

Der Doktor wirkte irgendwie völlig verändert. Bei so manchem anderen Chirurgen, dem sie schon assistiert hatte, hätte sie einen Kater vermutet. Vielleicht sogar Medikamenten- oder Drogenmissbrauch. Nicht aber bei Walt Duncan.

Nun, da er das Skalpell in der Hand hielt, wusste Walt, dass er Ogura und Simmie umgehend vergessen musste – soweit dies denn möglich war –, alles vergessen musste außer Amy Bedford, deren Zukunft, ja Leben vielleicht von dem abhing, was in den nächsten drei bis vier Stunden in diesem Operationssaal geschah.

Er würde gegen die Natur antreten, die in solchen Situationen verschlagen und grausam sein konnte.

Niemand, kein Arzt, kein Chirurg, keine Röntgen- oder Scan-Techniker konnte mit Sicherheit voraussagen, was er, nachdem er seinen ersten langen Einschnitt gemacht hatte, vorfinden würde.

In etwa acht Prozent der Fälle blieb ihm, wenn er verkrebste Gewebe, Arterien, Venen, Nerven oder Knochenränder vorfand, nichts anderes übrig, als zu amputieren.

In solchen Momenten war alles chirurgische Geschick umsonst. Auch all sein Mut half einem Patienten dann nichts mehr.

Und alle Gebete der Welt fanden kein Gehör.

Falls ein derartiger Befund auftrat, dann musste er amputieren. Wenn ihn die Scans aufgrund irgendeines Zufalls in die Irre geführt hatten und er einen Bruchteil weniger von dem kranken Knochen entfernte, als eigentlich nötig war, würde er amputieren müssen. Er brauchte saubere, sichere Gewebe- und Knochenränder an beiden Enden des resezierten Bereichs; sonst hatte er keine Wahl. Er musste Amy das Bein abnehmen.

Von solchen Ängsten und Sorgen geplagt, machte Walt Duncan seinen ersten langen frontalen Schnitt von der Mitte von Amy Bedfords Wade bis auf die halbe Höhe des Oberschenkels. Sauber. Gerade. Und einen Moment lang nicht blutend. Dann aber quoll das Blut. Walt gab ein Zeichen, und der Arzt, der ihm assistierte, griff zum elektrischen Kauterisiergerät, um die Blutung zu stoppen.

Vorsichtig zog er das Gewebe zurück, um an die Hauptarterien, Arteria femoralis und dann an die Vene zu gelangen. Behutsam klaubte sie Walt aus dem Knochenbereich heraus. Er nahm beide in die Hand, betrachtete sie genau. Und atmete ein wenig leichter. An keinem der beiden Gefäße war ein Hinweis auf eine geschwulstartige Veränderung zu erkennen. Und hätte es die gegeben, so hätte das auch bedeutet, dass der Tumor außerhalb des Knochens gestreut hatte. Die gesunde Blutversorgung des Beins wäre nicht mehr gewährleistet gewesen und folglich auch keine Hoffnung, es am Leben zu erhalten.

Nachdem diese Hürde genommen war, löste er langsam den Ischiasnerv. Und auch hier war der Befund negativ. Nun zupfte er mit derselben, größtmöglichen Sorgfalt den Nervus peronaeus vom Knochen weg. Das Glück war ihm hold. Ihm und Amy Bedford. Der Nerv war ebenfalls krebsfrei.

Er tauschte einen Blick mit Sy Rosen, dessen wässrige Augen ihn über der Gesichtsmaske beobachteten und Zustimmung signalisierten: *So weit, so gut; machen wir weiter!*

Er blickte hinab auf die freigelegten Knochen von der Hälfte der Wade bis zur Hälfte des Oberschenkels, verbunden durch die Patella. Durch sorgfältige Messungen, Vergleiche von Röntgenbildern, Scans und CAT-Sans hatte man den Bereich des kanzerösen Knochens dargestellt. Und Walt hatte die Grenzen des befallenen Knochens und des daran anschließenden gesunden Knochens markiert, die eine sichere Randzone unterhalb des kranken Knochens in der Tibia und oberhalb des befallenen Knochens im Femur bilden sollten.

Er hatte nur einen einzigen Versuch. Wenn er den Knochen durchtrennte und sich dann herausstellte, dass der scheinbar sichere Rand mit Krebszellen infiziert war, blieb ihm wiederum keine andere Wahl. Amputation war die einzige Option, falls der Tumor die eigenen Zellgrenzen verlassen und sich bereits in anderes Gewebe eingewachsen hatte. So verhielt es sich nun einmal bei dieser aggressiven und bösartigen Sorte von Krebs.

Der nächste Schritt, bei dem die sterile elektrische Edelstahlsäge zum Einsatz gelangte, musste also reibungslos vonstatten gehen und beide Ränder gesund sein, denn andernfalls gab es keine Hoffnung, Amy Bedfords Bein zu retten.

Er starrte auf den freigelegten Knochen, auf die von ihm angebrachten Markierungen. Er warf einen Blick auf Sy, in dessen Augen Angst und Hoffnung standen, die Hoffnung, dass die Ränder so sicher, gesund und krebsfrei waren, dass sie mit ihrem ursprünglichen Operationsplan fortfahren konnten.

Schließlich streckte Walt die Hand aus. Die Oberschwester reichte ihm die elektrische Hochgeschwindigkeitssäge. An der vorgesehenen Stelle der Tibia legte er das Sägeblatt an und startete die Säge. Sauber und rasch schnitt sie durch den Knochen. Er wiederholte dasselbe am oberen Ende des Operationsfeldes. Und durchtrennte das Femur. Wiederum rasch und glatt. Er entfernte die Patella und reichte sie der Schwester, um sie bis zu einen späteren Zeitpunkt der Operation aufzubewahren.

Nun kam der entscheidende Augenblick. Der letzte und ausschlaggebende Test, der über Amy Bedfords Schicksal entschied. Denn falls die Ränder nicht krebsfrei waren, so befand sich nicht nur ihr Bein, sondern auch ihr Leben in Gefahr. Hatte die Krankheit bereits auf ihren übrigen Körper übergegriffen, würde sie dies nicht lange überleben. Höchstens ein paar Monate. Wenn überhaupt so lange.

Er schabte oberhalb und unterhalb der Einschnitte Knochenproben aus. Schickte eine Schwester ins Labor, um sofort durch Gefriersektion feststellen zu lassen, ob die Ränder gesund waren.

Es würde nur Minuten dauern. Lange Minuten jedoch, die ihm wie Stunden vorkommen würden – bis der Pathologe schließlich am Telefon seinen Bericht durchgab.

Jetzt konnte man nur warten. Walt Duncan blickte zur Wanduhr hinauf. Über eine Stunde war vergangen, seit er mit der Operation begonnen hatte. Hatte Ogura während dieser Zeit Simmies Blutprobe untersucht? Wenn ja, war er zu irgendeinem Schluss gelangt? Lass sie gutartig sein. Mach, dass all die Anzeichen und Symptome sich als nichts weiter entpuppen als – Anzeichen und Symptome eben, die sich zu keiner gefürchteten Diagnose addieren.

Sy Rosen bemerkte sein Unbehagen. Und da er nichts von Simmies Zustand ahnte, bezog er Walts Besorgnis lediglich auf Amy Bedford.

»Mach dir keine Gedanken, Walt. Ich glaube, du hast alles erwischt. Die Ränder sind bestimmt sauber und in Ordnung.«

Doch Walt Duncan wirkte um kein Jota zuversichtlicher. *Das ist nicht der Walt, den ich kenne,* dachte Sy. *Was ist denn nur los mit ihm? Meint er, dass er dem Mädchen zu viel versprochen hat? »Gib mir ein Jahr, und ich mach dich gesund.« Diese seine Worte hatten das Mädchen schließlich überzeugt. Und trotzdem, trotz seiner Entscheidung, war es auch jetzt noch möglich, dass es sein Bein verlor. Aber nicht, weil du dran schuld wärst, Walt. Das ist schon allen Chirurgen in unserem Fach passiert. Sogar dir. Und mir. Es ist eines der Risiken dieses speziellen Fachgebiets. Daraus kannst du dir keinen Vorwurf machen.*

Das Telefon klingelte. Alle Köpfe im Operationssaal drehten sich in seine Richtung. Die Oberschwester nahm den Hörer ab. Sie lächelte; sie sah zu Walt Duncan. Und nickte. Aber das war ihm nicht genug. Er ging selbst ans Telefon, nahm ihr den Hörer aus der Hand.

»Hallo, Peter. Hier Walt. Sag mir bitte sofort dein Ergebnis.«

»Negativ«, erwiderte die Stimme. »Alle Proben sind negativ.«

»Und es gibt keinen Zweifel?«

»Meiner Ansicht nach nicht. Natürlich müssen sie noch das reguläre Laborverfahren durchlaufen. Aber ich hab nie sauberere Proben gesehen.«

»Danke, Pete«, sagte Walter Duncan.

Er kehrte zum Operationstisch zurück. Er gab seiner Schwester ein Zeichen. Sie reichte ihm die Titanprothese, das glänzende Metallskelett. Er bog es am Knie, um sich zu vergewissern, dass es reibungslos und bequem funktionierte. Dann bohrte er eine Vertiefung ins obere Ende von Amys Tibia, füllte sie mit Knochenzement. Und drückte, solange der Zement noch frisch und weich war, das spitze untere Ende der Prothese hinein. Sobald er es sicher darin verankert hatte, streckte er es aus, bis das obere Ende des Titanteils das untere Ende von Amys Femur erreicht und darin einrastete. Das Metallskelett war nun fest verankert und ersetzte den kranken Knochen.

Er gab der Schwester ein Zeichen, ihm die zuvor entfernte Kniescheibe zu reichen. Mithilfe kleiner stabiler Edelstahlschrauben befestigte er sie am Plastikkniegelenk der Prothese. Falls Amys Heilungsprozess ohne Rückschläge vonstatten ging, würde der Knochen der Patella mit der Prothese verwachsen.

Die Operation war aber noch nicht abgeschlossen. Da Haut in direktem Kontakt mit Metall Infektionen zur Folge haben konnte, musste Walter die Muskeln so bearbeiten, dass sie das Titan bedeckten. Er arbeitete langsam und wandte gerade so viel an Druck und Kraft auf, wie nötig war, um Amys Wadenmuskeln über die Prothese zu ziehen. Nun konnte er die Haut über die Muskeln klappen und das Operationsareal schließen.

Das Schließen der Wunde war nur ein Schritt im abschließenden Verfahren. Sobald Walt die Wunde vernäht hatte, streckte er die Hand nach der Spritze aus. Das Areal wurde mit Fluocinolon gespritzt. Als er das erledigt hatte, gab die Schwester einer ihrer Hilfsschwestern ein Zeichen. Die junge Frau schaltete alle Lichter im Operationssaal aus. Walt knipste die Leuchte über dem Operationstisch an, und die Ultraviolettlampe warf ihr seltsames Licht über die lange, soeben verschlossene Wunde. Wenn Amys Haut mithilfe des Fluocinolons in diesem Licht gelb schimmerte, hieß das, dass es sich bei der vernähten Haut um lebendes Gewebe handelte. Wenn nicht, musste Walt die Wunde noch einmal öffnen und erneut verschließen.

Gott sei Dank überzog ein ununterbrochener gelber Schimmer das gesamte vernähte Gebiet.

Nun hatte Walt nur noch einige Drains einzufügen und einen Druckverband zur Unterstützung des Heilungsprozesses anzulegen. Anschließend stabilisierte er Amys Bein über die gesamte Länge mit einer Spezialschiene, einem Gipsverband mit Klettverschlüssen, der sich leicht öffnen ließ und so ermöglichte, dass man den Heilungsprozess der Wunde beobachten konnte.

Schließlich war Amy Bedford so weit und konnte auf die Wachstation geschoben werden.

Vorsichtig wurde sie hochgehoben und auf ein Krankenhausbett gelegt. Als man sie hinausrollte, riss sich Walt Duncan die Gummihandschuhe von den Händen.

»Ausgezeichnet, Walt, erstklassige Arbeit«, sagte Sy.

Corey, Amys Kinderarzt, klopfte ihm auf die Schulter. »Ich schaue mir nicht oft Operationen an. Und nur ganz selten so etwas. Aber wenn ein Künstler am Werk ist, dann sehe ich das. Sollen wir raufgehen zu den Bedfords? Die wollen sicher hören, wie es war. Du weißt, wie Eltern sind.«

Ja, ja, hätte er gern geantwortet, *das weiß ich verdammt gut. Und heute mehr als jemals zuvor.* Stattdessen meinte er: »Natürlich. Sie wollen Bescheid wissen.«

Sie trafen die Bedfords in Amys Zimmer an. Marion Bedford hatte allem Augenschein nach geweint. Und Amys Vater fühlte sich offenbar nur schlecht gerüstet, mit ihrem Tränenstrom fertig zu werden. Denn sie saß im Sessel, während er ziellos aus dem Fenster blickte. Beim Geräusch der aufgehenden Tür drehten sich beide sofort um, begannen beide sofort zu sprechen und sagten beide wie aus einem Mund:

»Doktor?«

Walter betrat, gefolgt von Dr. Corey, den Raum.

»Es ist alles so gut gelaufen, wie wir es uns erhofft haben. Natürlich steht uns noch einiges bevor. Aber bis jetzt war die Operation sehr erfolgreich.«

»Erfolgreich?«, warf Dr. Corey ein. »Ich würde doch sagen, perfekt! Dieser Mann ist ein Genie. Ein absolutes Genie! Sie haben sich für den richtigen Chirurgen entschieden, Ed. In besseren Händen hätte Amy nicht sein können.«

»Danke, Doktor. Vielen Dank«, sagte Bedford und streckte die Hand aus. Während er Walt die Hand drückte, meinte er: »Ich vergesse nicht, was ich gesagt habe. Wenn sie meiner Kleinen da durchhelfen, finanziere ich Ihnen jedes Experiment, was immer es auch ein mag.«

»Wir tun unser Bestes«, meinte Walt, denn es stand ihm noch eine weitere schwere Prüfung bevor, in einer halben Stunde etwa, wenn Amy aus der Narkose erwachen würde. In der Zwischenzeit aber fragte er: »Stört es Sie, wenn ich kurz telefoniere?«

Er nahm den Hörer ab und wählte eine interne Nummer. Dreimal hörte er es läuten, ehe der Anruf entgegengenommen wurde. Schließlich hörte er, wie das vierte Klingeln abriss.

»Vic? Hier Walt. Gibt es ...«

Eine Frauenstimme meldete sich. »Dr. Ogura ist zurzeit nicht im Labor. Kann ich ihm eine Nachricht hinterlassen?«

»Sagen Sie ihm ... nein, sagen Sie lieber mir: Hat er es geschafft, die Probe zu untersuchen, die ich ihm heute morgen gebracht habe?«

»Wie bitte? Welche Probe?« – »Ich bin Dr. Duncan, Walt Duncan. Ist Vic dazu gekommen, diese Probe zu untersuchen?«

»Wenn Sie ihn darum gebeten haben, dann hat er sie sicherlich untersucht.«

»Und, hat er etwas gesagt?«

»Nicht zu mir, tut mir leid.«

»Gut, okay. Sagen Sie ihm, dass ich angerufen habe.« Er legte auf.

»Irgendein Problem, Walt?«, fragte Dr. Corey.

»Nein, nein, alles in Ordnung. Ich kümmere mich später um die Ergebnisse. Nun sollte ich wohl besser nachsehen, wie Amy das Ganze überstanden hat.«

Er ging hinauf in die Wachstation, um sich, so weit das möglich war, zu vergewissern, dass seine Operation erfolgreich verlaufen war. Denn trotz aller ärztlichen Fingerfertigkeit gab es für Amy noch einen Test zu bestehen. Einen ganz schlichten. Der aber für ihr Leben entscheidend war.

Er hörte ihr leises Stöhnen, als er sich der Tür der Wachstation näherte. *Gut,* dachte er, *sie ist aufgewacht.* Als er ins Zimmer trat, sah er, wie sie sich abmühte, den Kopf aus dem Kissen zu heben und nach dem Bein zu schauen. Er wusste, was ihr durch den Kopf ging.

Sind sie noch da, sind sie beide noch da?, fragte ihr Blick mit sichtlicher Beklommenheit.

»Ja, Amy, sie sind beide noch da.«

Sie sah ihn an. In ihrem bleichen, schweißfeuchten Gesicht spiegelten sich Furcht, Erleichterung, Dankbarkeit.

»Und nun, Amy, nur noch eins. Kannst du deine Zehen bewegen? Lass mich mal sehen!«, sagte er.

Er starrte auf das rechte Bein hinunter und wartete. Und schließlich sah er, wie ihre Zehen, die aus dem unteren Ende des Gipses herauslugten, sich zu bewegen begannen. Erst bewegten sie sich nur, dann begann sie, richtiggehend mit ihnen zu wackeln.

Gut, dachte er, *ausgezeichnet. Nerven haben wir also keine beschädigt. Sie kann's schaffen. Kann wieder gesund werden. Wenn wir Glück haben.*

Zwei Stunden später wurde Amy Bedford wieder in ihr Zimmer geschoben – unter den Argusaugen einer Schwester, die beauftragt war, ihr Medikamente zur Linderung ihrer Schmerzen oder Beschwerden zu verabreichen.

Ihr Vater begrüßte sie mit einem Kuss. »Es ist alles wunderbar gelaufen, sagt Dr. Duncan. Einfach perfekt.«

Ihre Mutter lächelte nur und wischte sich die Tränen von den Wangen.

13

Immer wieder blickte Walter Duncan auf die Nachricht, die er, in sein Büro zurückgekehrt, auf seinem Schreibtisch vorgefunden hatte.

DR. OGURA HAT ANGERUFEN. BITTET UM RÜCKRUF. DRINGEND.

Etwa ein Dutzend Mal wollte Walt seine Arbeit unterbrechen, um bei ihm anzurufen. Und zweimal schaffte er es auch. Doch nur, um festzustellen, dass Ogura sich in einer Sitzung des Krebsausschusses befand. Das zweite Mal hatte Ogura die Klinik verlassen, um an der Uni eine Vorlesung über seine Spezialgebiet zu halten.

Es war schon Abend, kurz vor sechs, als Walt Dr. Ogura endlich erreichte.

»Und Vic, was hast du gefunden?«

»Kannst du kurz ins Labor runterkommen, Walt?«

»Selbstverständlich. Sofort.«

Er hatte nicht die Geduld, auf den Aufzug zu warten. Er rannte die vier Treppenfluchten hinunter. Als er in Oguras Labor hineinplatzte, war er außer Atem.

»Was ist es, Vic?«, wollte er wissen.

»Ich weiß nicht, Walt, weshalb dich dieser Patient aufgesucht hat, aber ich würde auf die schlimmere Sache tippen. Was ich dir vorschlage, hängt zum Teil von deiner bisherigen Diagnose und Behandlung ab. Mein erste Reaktion war: Wir brauchen eine Knochenmarksprobe. Aber das ...«

»Knochenmark, hast du gesagt, eine Knochenmarksprobe«, unterbrach ihn Walt.

»Ja. Der niedrige Hämoglobinwert, der niedrige Anteil

weißer Blutzellen, das abnormale Blastenwachstum ... Walt, was ist denn los mit dir?«

»Es ... sie ....«, versuchte Walt zu sagen.

Da Ogura sah, wie blass sein Kollege geworden war, wie seine Lippen zuckten, fragte er: »Walt? Was ist denn los? Hier. Setz dich.«

Walter Duncan ließ sich auf den Stuhl sinken. Er war nicht nur bleich geworden; es standen ihm nun auch Schweißtropfen auf Stirn und Oberlippe.

»Alles in Ordnung, Walt?«

Walter Duncan nickte. Er atmete langsam, aber flach, versuchte, seine Fassung wiederzuerlangen. Dann sagte er mit leiser, heiserer Stimme: »Vic ... der Patient ... ist kein Patient ...«

Verwirrt fragte Ogura: »Wer ... denn dann?«

»Simone«, flüsterte Walt.

»Oh mein Gott!«, erwiderte Ogura.

»Erzähl mir alles«, beharrte Walt.

»Das ist leider schnell geschehen. Derartige Befunde erfordern eine Knochenmarksprobe, damit wir eine definitive Diagnose stellen können.«

»Was vermutest du?«

»Leukämie«, sagte Victor Ogura. »So leid es mir tut, Walt.«

Walter Duncan nickte, wandte seinem langjährigen Freund und Kollegen den Hinterkopf zu.

»Schick sie rein. Lass uns die Knochenmarksprobe machen. Dann wissen wir sehr viel mehr«, sagte Ogura.

Walt nickte wieder und meinte abwesend: »Klar, klar, dann wissen wir sehr viel mehr.«

»Walt, die Heilungsraten sind heutzutage schon sehr viel günstiger. Wir erzielen Resultate, von denen wir damals nicht mal geträumt hätten ...«

Wütend unterbrach ihn Walter: »Zitier mir keine Prozentsätze! Es ist mir egal, was mit anderen Kindern passiert.

Ich will nichts von Remissionen und Heilungserfolgen wissen, es sei denn, es handelt sich um die Remission bei meinem Kind. Ich hab all das tröstliche Zeugs, das wir anderen Eltern erzählen, um ihre verdammt berechtigten Ängste zu zerstreuen, satt. Ich interessiere mich nur für ...«

Er brach ab und flüchtete aus dem Labor. Victor Ogura überlegte hin und her, was er nun tun sollte. Schließlich griff er nach dem Hörer, um zu telefonieren. Das war zwar ein Bruch der üblichen ärztlichen Schweigepflicht. Doch es war ja auch kein gewöhnlicher Fall.

Er wählte eine dreistellige Nummer, die er auswendig kannte. Als geantwortet wurde, sagte er: »Lassen Sie mich mit Sy sprechen.«

»Ja, Vic? Was gibt's denn?«

»Sy, kann ich mal kurz raufkommen und mit dir reden?«

»Was erzählst du da, Vic?«, fragte Simon Rosen und starrte den Hämatologen an. »Du redest hier von meinem Patenkind!«

»Deswegen hab ich dich doch angerufen. Du bist der Einzige, der auf Walt Einfluss hat.«

»Einfluss? Weshalb?«

»Ich hab ihn noch nie so erlebt. Von einem Moment auf den anderen war der Arzt, Chirurg, Wissenschaftler verschwunden. Und ich hatte einen Vater vor mir, so emotional und erschüttert wie jeder andere Laie, dem ich je eine solche Mitteilung zu machen hatte.«

»Und warum auch nicht? Dürfen Ärzte etwa nicht wie Eltern fühlen? Sich wie Eltern verhalten? Würdest du, wenn es deine Tochter, wenn es Natalie wäre, etwas anderes fühlen, würdest du anders handeln?«, fragte Sy. Um dann traurig zu seufzen. »Oh Gott, Vic, was ist das nur? Wie kommt es, dass ausgerechnet die Kinder von Ärzten die schlimmsten Krankheiten auf sich zu ziehen scheinen? Gerade, als ob die Krankheit ihren Feind kennen und zurückschlagen würde.«

»Was machen wir jetzt mit Walt?«, drängte Ogura. »Und Simone?«

»Ich rede mit ihm«, meinte Sy müde. »Wer soll es schließlich sonst tun?«

Sy traf Walter Duncan in seinem Büro an, wo er aus dem Fenster ins abendliche Dunkel starrte. Auf das Geräusch der aufgehenden Tür hatte er nicht reagiert. Hatte sich jedenfalls nicht umgedreht, um zu sehen, wer es war, oder um nachzufragen.

»Walt ...«, begann Sy.

Der jüngere Chirurg gab keine Antwort.

»Victor hat es mir eben erzählt.« Immer noch keine Reaktion von Walt. »Walt, ich weiß, es ist wie ein Messer im Herzen. Und nichts, was ich sagen könnte, kann etwas daran ändern. Jemand muss es Emily sagen. Und dann Simone. Und das solltest du sein. Obwohl ich es ihnen auch sagen würde, wenn du es möchtest.«

Walt Duncan schwieg.

»Walt?«

Ohne ihm das Gesicht zuzuwenden, sagte Walt sehr leise: »Ich werde es Emily sagen.«

»Wann?« Sy ließ nicht locker.

»Heute Abend.«

»Wenn ich dir irgendwie helfen kann, wenn du willst, dass ich dabei bin ...«

»Ich werde es ihr sagen«, wiederholte Walt.

»Und Simone? Was willst du ihr erzählen, wenn du sie zur Knochenmarkbiopsie bringen musst?«

»So wenig wie möglich«, sagte Walt Duncan. Er wandte sich zu Sy um. »Solange ich ihr die Wahrheit verschweigen kann, soll sie sie nicht erfahren. Und versuch jetzt nicht, mit mir zu streiten, Sy. Ich weiß, was für einen Fetisch wir Ärzte daraus gemacht haben, den Patienten die Wahrheit zu sagen, egal wie brutal. Aber Simone ist keine Patientin. Sie ist meine

Tochter! Verstehst du das? Nein, wahrscheinlich verstehst du das nicht.«

Er reagierte seinen Frust und seine Wut auf die Medizin ab, indem er seinen Freund und Mentor attackierte, indem er auf Sys Leben als unverheirateter und kinderloser Mann anspielte. Aber er nahm es sofort zurück. »Tut mir leid, Sy. Ich hätte das nicht sagen dürfen. Verzeihst du mir?«

»Schon verziehen«, meinte Sy. »Und ich mach dir auch keine Vorwürfe. Es gibt nichts Quälenderes, als seine Liebsten mit dem Tod konfrontiert zu sehen und es nicht verhindern zu können.«

Irgendetwas in Sys Stimme, eine Nuance, die er nie zuvor bemerkt hatte, zwang Walter Duncan, Sy in die Augen zu blicken, als der alte Mann fortfuhr.

»Ja, ich kenne das. Ich war schon Arzt, als wir deportiert wurden. Die ganze Familie. Man hatte mich aus der Breslauer Klinik entlassen. Also fuhr ich nach Hause, um meine Mutter und meine Schwestern aus dem kleinen Ort zu holen, wo mein Vater sein Leben lang als Dorfarzt gewirkt hatte. Ich hatte einen exakt ausgetüftelten Plan, um sie über die Grenze in die Schweiz zu schaffen, wo wir in Sicherheit gewesen wären. Leider aber war es zu spät.

Zwei lange Tage und Nächte hielten sie uns in der Synagoge fest, die sie in ein Gefängnis verwandelt hatten. Zusammengepfercht, zusammengeschichtet wie Feuerholz. Zwei Tage im Stehen, alte Frauen und Männer, die aufrecht stehend starben und nicht umfielen, weil kein Platz dafür war. Und immer die Angst, dass sie die ganze Synagoge mit Benzin übergießen und anstecken würden. Wir hatten schon allerhand Geschichten gehört.

Nach zwei Tagen ließen sie uns zu den Bahngleisen marschieren. Die Rampe hinauf in die Waggons, wie Vieh, das zum Schlachthof transportiert wird. Dann drei Tage im Zug. Kälte. Kein Essen. Kein Wasser. Wieder starben Leute. Inzwischen auch schon einige von den jungen.

Schließlich landeten wir in zwei Lagern, einem für Frauen, einem für Männer. Sie lagen nebeneinander, waren nur durch einen hohen Stacheldrahtzaun voneinander getrennt. Wir konnten einander sehen. Konnten uns fast berühren. Fortwährend habe ich sie beobachtet. Meine Mutter, meine beiden Schwestern. Auch den Rauch, der aus den Schornsteinen stieg, hab ich gesehen. Und ich kannte den Geruch.

Am deutlichsten aber sah ich den Ausdruck der Angst auf ihren Gesichtern. Ich war der Mann in der Familie. Hilf uns, flehten ihre Augen, rette uns. Obwohl sie wussten, dass es unmöglich war. Und dennoch konnten sie nicht umhin, mich anzustarren. Konnte ich nicht umhin, mich schuldig zu fühlen.

Sie verschwanden, eine nach der anderen. Erst mein Mutter. Eines Tages war sie nicht mehr da, starrte mich nicht mehr an, flehte nicht mehr um Hilfe. An diesem Tag beobachtete ich den Rauch mit besonders schmerzlichem Gefühl. Dann verschwand eine meiner Schwestern. Esther, die ältere. Eines Tages war sie plötzlich fort. Meine kleine Schwester Miriam war allein, mit dem Unvermeidlichen konfrontiert. Sie ertrug es nicht. Eines Tages, als sie sie abholen wollten, lief sie ihnen in einem vergeblichen Fluchtversuch davon. Sie warf sich gegen den Stacheldraht. Und sie erschossen sie. Und da hing sie, tot, bis ihre Leiche langsam zu Boden glitt, und die rostigen Spitzen des Zauns blutige Spuren in ihren jungen Körper rissen.

Ich konnte nur zusehen. Und du willst mir von Vergeblichkeit, Frustration, Hoffnungslosigkeit erzählen? Vom Schicksal, das du am liebsten verfluchen willst?«

»Sy, du hast mir nie erzählt ...«

»Ich hatte keinen Grund dazu ... bis heute«, sagte der alte Mann. »Wenn ich dir etwas empfehlen darf, Junge, dann sag es Emily. Heute Abend noch. So behutsam, wie es nur geht. Ich werde dafür sorgen, dass wir noch diese Woche eine

Knochenmarksbiopsie von Simone bekommen. Zuerst aber Emily.«

Das Abendessen zog sich endlos in die Länge. Er versuchte zu lächeln und zu lachen, während Simone einen ihrer Lehrer nachäffte. Er registrierte jeden Bissen, den sie zu sich nahm, als könne Nahrung die Entwicklung ihres Zustandes beeinflussen. Bis ihm auffiel, dass Emily begonnen hatte, ihn zu beobachten, ihn fragend und unverwandt anstarrte.

Er konnte es kaum erwarten, dass es für Simone Zeit wurde, zu Bett zu gehen. Er begleitete sie nach oben, gab ihr einen Gutenachtkuss, deckte sie zu. An der Tür wandte er sich noch einmal nach ihr um. Sie lugte unter ihrer Decke hervor und lächelte ihn an. Er blies ihr ein Küsschen zu.

Er versuchte sich zu trösten, indem er ihrer Lebhaftigkeit an diesem Abend zu viel Bedeutung beimaß. Das war ja nun wirklich kein Zustand gewesen, den man als Mattigkeit oder ungewöhnliche Fügsamkeit bezeichnen konnte. Vielleicht lag es daran, dass er beim Abendessen zu Hause gewesen war. Er war nach Hause gerast, um es noch rechtzeitig zu schaffen. Das hatte sie womöglich stimuliert. An diesem Abend allerdings hatte sie mit Sicherheit keine Symptome. Vielleicht stellte sich alles noch als Versehen des Labors heraus. Er merkte, dass er schon wieder wie ein Angehöriger und nicht wie ein Arzt dachte. Solche Fehler unterliefen Victor Ogura einfach nicht.

Unten wartete Emily auf ihn. Besser, er stellte sich und sagte es ihr.

Er wartete, bis sie den Tisch abgeräumt, das Geschirr in der Spülmaschine verstaut und sich zu ihm gesetzt hatte. Er hatte bereits mehrere Möglichkeiten durchgespielt, wie er das Thema anschneiden könnte. Emily aber umging das alles, indem sie ihn fragte: »Okay, Walt, was ist eigentlich los?«

Überrascht warf er ihr nur einen Blick zu.

»Walt, ich bin nicht blind. Gestern hast du deiner Tochter eine Blutprobe abgenommen. Heute Abend verhältst du dich sehr merkwürdig. Hast während des ganzen Abendessens ein bisschen zu oft und zu herzlich gelacht. Hast Simone nicht aus den Augen gelassen. Hast jeden Bissen, den sie zu sich nahm, registriert. Als wolltest du ihn ihr vorkauen. Also, was ist los? Denn egal, was es ist, es kann nicht halb so schlimm sein, als gar nichts zu wissen.«

»Setz dich, Liebling«, sagte er nur.

Sobald sie sich ihm gegenüber in den Sessel hatte gleiten lassen, begann er: »Es kann halb so schlimm sein. Es kann aber auch viel schlimmer sein.«

»Sag's mir!«

»Es besteht die Möglichkeit – nein, ich will dir nichts vormachen. Es gibt ernste Hinweise darauf, dass Simone Leukämie hat.«

Emily stiegen die Tränen in die Augen, aber sie weinte nicht. Sie wollte nicht weinen.

»Und?«, brachte sie heraus.

»Ich muss sie in die Klinik bringen, damit wir eine … eine Knochenmarksbiopsie vornehmen können.«

»Tut es weh?«, fragte Emily.

»Ich sorge dafür, dass es nicht wehtut«, versprach er.

Beide schwiegen eine Weile, ehe er sagte: »Bei der Jugendleukämie können sie heute mithilfe der Chemo Wunder vollbringen.«

»Trotzdem sterben Kinder«, sagte sie nur.

»Aber alles spricht zu ihren Gunsten. Siebzig, achtzig Prozent Heilungschancen.« Er versuchte, ihr Mut zuzusprechen.

»Das heißt, dass eine von fünf stirbt«, sagte Emily und brach seine Statistik auf die Fakten herab. »Eine von fünf«, wiederholte sie.

»Wir sorgen dafür, dass sie nicht diese eine ist«, sagte Walt so bestimmt, wie sein Chirurgenverstand es zuließ.

Dass sie nicht geweint hatte, empfand er als Erleichterung. Denn hätte sie es getan, dann wäre auch er zusammengebrochen, das wusste er.

Anscheinend akzeptierte sie es besser, als er es erwartet und befürchtet hatte.

Langsam, schweigend ging sie zu Bett.

Allein.

Er wollte ihr Zeit zum Einschlafen lassen, ehe er ihr folgte. Denn er wusste, dass er keine Ruhe finden würde.

Er erwachte. Draußen war es noch dunkel. Er griff auf die Matratze neben sich. Er war allein. Er stand auf, ging durch den Flur, flüsterte: »Emily, Schatz?« Erhielt keine Antwort. Vorsichtig öffnete er die Tür zu Simones Zimmer. Keine Spur von Emily. Doch die Tatsache, dass Simone ordentlich zugedeckt war, wies darauf hin, dass Emily bei ihr gewesen war.

Barfuß stieg er die mit Teppich belegten Stufen hinunter. Außer dem Hauslicht im Freien, das ein Timer automatisch ein- und ausschaltete, um Räuber abzuschrecken, brannte nirgends Licht.

Er ging ins Wohnzimmer.

Hier fand er, zusammengekauert, die Bein eng an den Körper gezogen, das Nachthemd gegen die nächtliche Kälte unter die Füße geschlagen, Emily.

Er konnte nicht erkennen, ob sie schlief oder wachte, denn sie hatte das Gesicht den Bleiglasfenstern zugewandt.

»Schatz?«, flüsterte er heiser.

Keine Reaktion. Er trat näher, blickte auf sie hinunter. Ihre Augen waren offen. Sie schlief nicht. Aber sie reagierte auch nicht auf ihn.

»Bist du schon lange wach?«, fragte er.

Sie zuckte die Achseln.

»Du darfst es nicht schlimmer machen, als es ist. Sie wird dich in den kommenden Monaten brauchen. Mehr als je zuvor. Die Chemo. Und was immer sie sonst noch unternehmen müssen.«

»Warum?«, wollte Emily wissen.

»Weil du ihre Mutter bist, darum«, erwiderte Walt leise.

»Ich meine, warum ist es passiert? Warum passiert ihr das?«

»Das kann uns niemand beantworten.«

»Röntgenstrahlen. Ich habe gelesen, dass Röntgenstrahlen manchmal Krebs verursachen können. Vor allem Leukämie. War es nicht in Hiroshima so? All die Strahlung durch die Bombe, ist nicht danach die Leukämierate gestiegen, ziemlich steil nach oben geschnellt?«

»Angestiegen ist sie zwar«, räumte er ein, »aber nicht so stark, wie die Leute meinen. Aber was hat das alles mit Simmie zu tun?«

»Ihre Spange«, meinte Emily.

Walt war verwirrt. »Spange?«

»Die Zahnspange. In der Kieferorthopädie wird häufig geröntgt. Um zu sehen, was für Fortschritte erzielt worden sind.«

»Emily, Liebling, bitte, nun werd nicht hysterisch. Auch im Zuge einer solchen Behandlung bekommt ein Kind nicht genug Röntgenstrahlen ab, um etwas Derartiges zu bewirken«, meinte Walt und versuchte gleichzeitig, sie aus dem Sessel hochzuziehen, sodass er sie umarmen und wärmen konnte, da sie zu zittern begann. Doch sie gab nicht nach.

»Wenn es nicht die Röntgenstrahlen waren, was war es dann?«, fragte sie und ließ nicht locker.

»Wir wissen es nicht. Werden es niemals wissen. Und daher hat es auch keinen Sinn, die Sache weiterzuverfolgen. Wir müssen in die Zukunft blicken. Auf die endgültige Diagnose. Auf die Behandlung. Die Resultate.«

»Hattest du nicht eine Tante, die an Krebs gestorben ist?«, fragte Emily plötzlich.

»Meinst du meine Tante Birdie?«

»Du bist doch damals zu ihrer Beerdigung gefahren, oder?«

»Sicher.«

»Na ja, wenn sie an Krebs gestorben ist, dann liegt es bei euch vielleicht in der Familie. Vielleicht ist es genetisch bedingt.«

»Ich hab dir doch gesagt, wir kennen die Ursache nicht. Werden sie womöglich nie erfahren.«

»Aber deine Tante Birdie, die hatte Krebs«, beharrte Emily.

»Ja. Aber sie war nur meine Tante, weil sie Arthur, den Bruder meiner Mutter, geheiratet hatte. Es gibt also gar keine genetische Verbindung.«

»Aber, wenn du doch auf ihre Beerdigung gegangen ...«

»Ich war der einzige männliche Erwachsene, den es in der Familie noch gab, Emily, deswegen war ich dort«, erklärte Walt.

»Aber, wenn ...«, sagte Emily und begann endlich, zum ersten Mal, seit er es ihr gesagt hatte, zu schluchzen.

Jetzt ließ sie sich von ihm umarmen. Er hielt sie, drückte das Gesicht gegen ihren Kopf und sprach leise. »Liebling, es würde uns nichts nützen, wenn wir wüssten, was es verursacht hat. Wir müssen uns der Tatsache stellen, dass es wahrscheinlich so ist. Und die einzige Frage lautet, was tun wir dagegen? Wie können wir ihr bei der Biopsie beistehen? Falls die Resultate schlecht sind, stecken wir die Köpfe zusammen und sorgen für die bestmögliche Behandlung. Und wir helfen ihr, auch das durchzustehen. Aber wir dürfen nie vergessen, dass alles – nämlich vier zu eins – für sie spricht. Vergiss das nie: Vier zu eins, dass sie in Remission geht und noch Jahre zu leben hat. Jahre!«, wiederholte er, um es noch einmal zu betonen.

Sie nickte. Weinte aber weiter.

»Und jetzt komm wieder ins Bett. Du brauchst jetzt deinen Schlaf. Du musst mit deinen Kräften haushalten, um ihretwillen genauso wie um deinetwillen.«

Er führte sie die Treppe hinauf und an Simones Zimmer vorbei in ihr Schlafzimmer. Er gab ihr eine Tablette, die ihr ein paar Stunden Schlaf schenken würde. Sobald die Pille ihre Wirkung getan hatte, schlüpfte er leise in Simones Zimmer. Setzte sich in ihren weißen Schaukelstuhl, der zu klein für ihn war, und starrte auf seine Tochter. Friedlich und ohne etwas von den Ängsten ihrer Eltern zu ahnen, schlummerte sie in ihrem Bett. Das kindliche, unschuldige Gesicht allein vom Schein der Nachtlampe erhellt.

14

»Geht vorsichtig mit ihr um«, wies Walter Duncan seinen Kollegen Herbert Coleman an, der sich die Hände desinfizierte, um hineinzugehen und Simone die Knochenmarksproben für die Biopsie abzunehmen.

»Walt, Walt«, warf Sy Rosen ein, »ich werde da sein. Emily ist da. Wir sorgen schon dafür, dass man sich gut um Simone kümmert. Damit sie sich sicher und in guten Händen fühlt.«

»Ich wäre gern selbst dabei ...«, begann Walt.

»Walt«, unterbrach ihn Sy, »du hast Patienten, die auf dich warten.«

Walt zögerte einen Augenblick und begriff dann, dass es besser war, wenn er ging. Seine Anwesenheit lenkte Coleman womöglich ab. Sy würde schon dafür sorgen, dass sein Patenkind richtig behandelt, vor Schmerzen bewahrt wurde, dass man es ihm so angenehm wie nur möglich machte. Walt verabschiedete sich und begab sich auf seine Visite.

Er schaute zu Amy Bedford hinein, um zu sehen, ob sie wach war. Tatsächlich. Sie lag auf dem Rücken und starrte an die Decke. Eine Spur von Nässe auf ihren Wangen verriet, dass sie geweint hatte. Zwar plagten ihn eigene Sorgen, doch dieses Kind brauchte Aufmunterung.

»Hallo, Amy, gute Nachrichten«, verkündete er beim Eintreten.

Begierig auf gute Nachrichten, wandte sie ihm den Kopf zu.

»Wir haben die Laborberichte bekommen«, erklärte er.

»Ich dachte, die hätten sie schon während der Operation

bekommen«, sagte sie, beunruhigt von der Vorstellung, dass ihr Zustand womöglich noch einmal neu bewertet wurde.

»Die Berichte waren schon okay. Aber wir geben uns damit nicht zufrieden. Wir führen weitere Tests an dem entnommenen Knochenmaterial durch. Wir nehmen entlang der Knochenränder dreißig Proben. Und unterziehen jede einzelne davon einer Prüfung, um festzustellen, ob sie krebsfrei sind. Und du hast auch diesen Test bestanden! Und zwar zu hundert Prozent. Alle dreißig sind krebsfrei! Wie findest du das?«

Ihre Miene heiterte sich merklich auf. Aber nur für einen Moment. Dann fragte sie: »Und wenn sie nicht alle gesund gewesen wären?«

»Nun, darüber müssen wir uns jetzt keine Gedanken mehr machen«, sagte er.

»Dann hätte ich mich wieder unters Messer begeben müssen ... so drücken es Chirurgen doch aus – *sich unters Messer begeben?* Und Sie hätten mein Bein amputiert?«

»Amy, ich hab dir doch gesagt, dass alle okay waren. Also muss uns das nicht mehr bekümmern. Nun lass mich mal deine Wunde sehen.«

Er öffnete die Verschlüsse des temporären Gipsverbands, der ihr Bein umschloss und unbeweglich hielt, während die Wunde heilte und die Muskeln ihre neuen Aufgaben übernahmen. Schließlich würde sie sich einer langen physiotherapeutischen Spezialbehandlung unterziehen müssen, damit ihr Körper wieder seine alte Stärke erlangte und sich ihre Muskeln an den neuen Zustand gewöhnten. Doch alles das hatte Zeit. Zuerst die Heilung – ungestörte Heilung, bitte, bitte, lieber Gott.

Er legte ihren Unter- und Oberschenkel frei und betrachtete die lange, rote Narbe. Mit scharfen Augen suchte er das Bein nach einem Zeichen ungünstiger Wundverheilung ab. Denn dies kam in einem von vier Fällen vor. Dann war der Chirurg gezwungen, die Wunde erneut zu öffnen, sie sich noch einmal vorzunehmen und wieder zu verschließen in der Hoffnung, so eine saubere und gesunde Verheilung zu stimulieren.

Zum Glück sah Amy Bedfords Bein gut aus. Walt beschloss, die Drains zu entfernen. Er ließ eine Schwester kommen, bestellte ein Operationstablett und ein Becken. Vorsichtig entfernte er die Drains und untersuchte sie. Sauber. *So weit, so gut, Amy,* dachte er. *Hoffen wir, dass es so bleibt. Hoffen wir ... hoffen wir, dass Colemans Befunde nicht meine schlimmsten Befürchtungen bestätigen.*

Er verschloss Amys temporären Gips. »Na, das war doch nicht schlimm, Amy, oder?«

»Geht's Ihnen gut, Doktor?«, fragte sie.

»Natürlich. Warum fragst du mich das?«

»Ich weiß nicht, weil Sie mir heute anderes vorkommen«, sagte sie.

»Ich? Anders? Sei nicht albern. Mir geht es gut. Prima«, beteuerte er und zwang sich zu einem Lächeln.

»Als Sie reingekommen sind und mein Bein untersucht haben, dachte ich, Sie hätten was Negatives gefunden. So wie Sie geguckt haben. Wie Sie geredet haben. Also, ich hatte den Eindruck, als würden Sie versuchen, besonders optimistisch zu klingen, weil sie mir keine Angst machen wollten.«

»Nichts dergleichen, Amy. Alles in bester Ordnung. Bis jetzt erlebst du das, was wir als ungestörten Heilungsprozess bezeichnen. Geradezu langweilig.« Er lachte und hoffte, auch sie zum Lachen zu bringen.

Aber sie lachte nicht und betrachtete ihn weiterhin unverwandt, bis er das Zimmer verließ.

Man merkt mir an, dachte er, *dass ich nicht bei der Sache bin. Mit den Gedanken bin ich bei Simmie und Coleman und dem, was er herausfinden wird. Ich sollte mich besser im Griff haben.*

Emily Duncan hatte ihre Tochter Sy Rosen überlassen. Der

hatte das Kind ins Behandlungszimmer geführt, es beruhigend am Arm gehalten, während Dr. Coleman ihm eine Lokalanästhesie verabreichte. Nach dem ersten Nadelstich entspannte sich Simmie, denn der Schmerz war geringer, als sie befürchtet hatte.

Sobald das Narkosemittel wirkte, drehte Sy das Gesicht des Kindes zu sich her, während Coleman nach einer langen, sterilen Edelstahlnadel griff. Cole stach sie in Simmies Haut, drückte sie behutsam durch das Periost, jene empfindliche Schicht ihres Arms, wo sie den Schmerz, sofern er überhaupt auftrat, spüren würde. Schließlich traf die Nadel auf den festen Widerstand ihres Armknochens. Coleman übte noch stärkeren Druck auf die Nadel aus, bis er merkte, dass sie den Knochen durchbohrte und ins weiche Mark eindrang. Sobald das geschafft war, drehte er die Nadel, um ein paar Tropfen des Marks zu entnehmen. Dann zog er die Nadel zurück. Er gab einige Tropfen des Marks auf einen Glasträger und den Rest – damit es nicht fest wurde – zusammen mit einer Chemikalie namens Heparin in ein Teströhrchen.

Viermal wiederholte Coleman dieses Verfahren und injizierte die Nadel in verschiedene Stellen ihres Körpers. Abnormales Zellenwachstum kann je nach Körperteil variieren.

Während der gesamten Prozedur spürte die junge Patientin kaum Schmerz und fast keine Angst. Sy übergab sie wieder ihrer Mutter.

»Bring sie nach Hause ...«, begann er.

Doch Emily unterbrach ihn sofort: »Was hast du herausgefunden?«

»Bisher nichts«, sagte Sy. »Bring sie nach Hause. Wenn du willst, kannst du sie auch zur Schule schicken.«

»Ich bringe sie heim«, meinte Emily. Sie ergriff Simones Hand und setzte sich in Bewegung, blieb dann jedoch stehen und drehte sich noch einmal zu Sy um. Ihre Augen baten flehentlich: *Findet nichts! Findet nichts!*

Sy versuchte sie zwar durch seinen Blick zu beruhigen, dachte sich aber: *Nicht einmal die Frau eines Arztes kann in solchen Zeiten die Vergeblichkeit aller Hoffnung akzeptieren.*

Als Sy ins Zimmer zurückkehrte, hatte Coleman die Proben bereits auf Objektträgern vorbereitet und betrachtete sie nun unter dem Mikroskop.

»Und?«, fragte Sy.

»Sieh's dir an«, drängte ihn Coleman.

Sy nahm sich die Träger einen nach dem anderen vor, studierte sie eingehend. Als er schließlich den Kopf hob, starrte er Coleman nur an. Offensichtlich waren sie beide zur selben entmutigenden Diagnose gelangt.

»Wir ... wir dürfen das nicht überstürzen. Unterziehen wir die Proben doch noch einer elektromikroskopischen Untersuchung«, meinte Sy.

Coleman wusste, dass auch das die Diagnose nicht rückgängig machen würde. Da er jedoch um Sys Beziehung zu der jungen Patientin wusste, stimmte er zu. »Klar, Sy. Mach ich sofort. Ich ruf dich dann mit den Ergebnissen an.«

Sy kehrte in sein Büro zurück, um seinen Terminkalender zurate zu ziehen.

Aber die Aussichten quälten ihn. Er wollte verleugnen, was er mit eigenen Augen gesehen hatte, und sagte sich: *Gut, dann ist es also Leukämie. Aber es könnte die weniger gefährliche Form sein. Und in diesem Falle wäre die Prognose nicht übel. Ganz und gar nicht. Denn die Variante spricht auf die Chemo an. Und sogar sehr gut. Besserung in achtzig Prozent der Fälle. Besserung, die fünf Jahre lang anhalten kann. Heilungen. Die Aussichten sind hervorragend. Na ja, wenn nicht hervorragend, dann sehr gut. Oder wenigstens ziemlich gut.*

Natürlich, wandte der Diagnostiker in ihm ein, *könnte es, nach allem, was ich gesehen habe und was Coleman gese-*

hen (wenn auch nicht gesagt) hat ... ja, ist es höchstwahrscheinlich T-Zellen- oder B-Zellen-Leukämie. Weniger gut. Bei T-Zellen besteht immer noch Hoffnung. Sie kann behandelt werden. Das ist das Entscheidende. Die Aussichten sind nicht toll. Aber trotzdem, man kann behandeln und eine gewisse Hoffnung haben.

Wenn es allerdings B-Zellen-Leukämie ist, musste er sich in seinem tiefsten Innern eingestehen, *dann ... dann sieht die Sache völlig anders aus. Bei B-Zellen-Leukämie ist die Prognose am schlechtesten. Dennoch wird von Fällen intensiver Chemotherapie berichtet, die zu Besserungen führten. Es hat Fälle gegeben ...* Damit versuchte er sich zu trösten.

Nun wurde ihm auch klar, dass sie eine Probe von Amys zerebrospinaler Flüssigkeit hätten entnehmen sollen, solange sie sie noch im Behandlungszimmer hatten. Um festzustellen, ob die Killerzellen bereits ihr zentrales Nervensystem befallen hatten. Hätten die Befunde ihn nicht so erschüttert, hätte er Emily zurückgerufen und eine solche Probe genommen.

Dann aber dachte er: *Ah, die Ironie, die bittere Ironie, die diese verhassten Krankheiten mit sich bringen. Je mehr wir Simmies Lebensspanne verlängern, umso wahrscheinlicher wird es, dass diese tödlichen Zellen schließlich in ihr Nervensystem vordringen. Und dort die allerletzte Ironie bewirken. Um das wichtigste Organ im menschlichen Körper, das Gehirn, zu schützen, hat die Natur eine Verteidigungsbarriere zwischen Körper und Gehirn aufgerichtet. Diese Barriere soll fremde Substanzen im Blut davor abhalten, ins Gehirn einzudringen.*

Leider wirkt dieser Schutz auch insofern, als er die heilende Chemotherapie abblockt. Und folglich dem Gehirn deren heilende Kraft versagt. Dieselbe Barriere, die das Gehirn schützen soll, verdammt es zum Untergang.

Alle möglichen Aussichten, dachte Sy, *und momentan ist keine sehr vielversprechend.*

Wir müssen Simmie beobachten, nach neurologischen Symptomen Ausschau halten: Kopfschmerzen, Apathie, Reizbarkeit – all den Hinweisen darauf, dass die Leukämie das zentrale Nervensystem befallen hat.

Fürs Erste aber sah sich der alte Mann gezwungen, alle Gedanken an sein Patenkind zu verdrängen, denn ihm lag eine lange Liste von Patienten vor, die man ihm in die Sprechstunde geschickt hatte.

Walt versuchte, seine Visite fortzusetzen. Es gelang ihm nicht. Er war auf dem Weg zu Mr Considine, dem Patienten auf Nummer fünfhundertsiebzehn, dem er wegen seiner sich verschlimmernden und eine Gangrän verursachenden Sklerose das Bein hatte amputieren müssen, als er jäh kehrtmachte und auf den Aufzug zusteuerte. Er fuhr ins Hauptgeschoss hinunter, verließ den Fahrstuhl und schritt durch den langen Korridor, der von den Ärztezimmern flankiert wurde.

Er betrat das Büro mit der Bronzetafel, auf der DR. SIMON ROSEN zu lesen stand. Acht Patienten saßen im Wartezimmer.

»Hat er Zeit?«, fragte er Bridget Kruzsik, Sys Sekretärin.

Ein Blick in sein Gesicht sagte ihr, dass es nichts helfen würde, wenn sie ihn abwies. Walt marschierte in Sys Allerheiligstes. Sy studierte gerade die Akte des Patienten, den er als nächsten untersuchen wollte. Da er eigentlich mit diesem rechnete, las er einfach weiter und meinte nur: »Setzen Sie sich bitte. Ich kümmere mich um Sie, sobald ich mit Ihrer Akte durch bin.«

»Sy?«, sagte Walt bang.

Der alte Mann blickte auf, ließ die Akte sinken und wusste, dass nun der Augenblick gekommen war, um dem Mann, den er wie einen Sohn betrachtete, eine erschreckende, ja niederschmetternde Wahrheit mitzuteilen. Andererseits aber gab es keine gute Art, keinen günstigen Zeitpunkt, um das zu sagen, was nun gesagt werden musste.

»Setz dich, Walt.« Mehr musste Sy eigentlich kaum noch sagen. Walt wusste, dass die Diagnose zu den schlimmstmöglichen zählte und die Prognose kaum besser ausfallen würde.

»War es ...«, begann Walt.

»Wir müssen noch die Bestätigung des Labors abwarten, Walter. Aber wenn ich eine Schnelldiagnose abgeben müsste, würde ich sagen: akute myeloische Leukämie.«

Walter spürte, wie ihm an Stirn, Wangen und Hals der Schweiß ausbrach. Seine Hände, die so stark und geschickt waren, wurden kalt und fühlten sich nutzlos an.

»Es ist nicht das Ende der Welt, Walt. Leukämien lassen sich behandeln. Vincristin, Asparaginase, Prednison in hohen Dosen. Wir können die Krankheit in drei, vier Wochen in die Flucht schlagen.«

Walter Duncan nickte irgendwie vage, um jede weitere Erörterung zu verhindern. Er erhob sich. »Mr Considine wartet auf mich. Ich muss ...« Er ging.

Am nächsten Morgen – Sy Rosen studierte in seinem verdunkelten Sprechzimmer eine Serie von Röntgenbildern und Knochen-Scans – klingelte das Telefon. Dass Bridget ihn störte, während er sich mit einem Fall beschäftigte, war ungewöhnlich. Sie hatte ziemliches Geschick darin entwickelt, sämtliche Anrufe, außer den allerdringendsten, abzuwimmeln.

Und so kapitulierte er; denn die Unterbrechung, so lästig sie ihm auch war, musste wichtig sein. Hoffentlich war es nicht James Row Russell, der ihn anrief, um das weitreichende Urteil zu erörtern, dass die Geschworenen aufgrund von Walters Aussage im Enright-Prozess gefällt hatten. Warum regelten sie die verdammte Sache nicht endlich, damit die Ärzte sich wieder ihren Patienten zuwenden konnten? Da er mit Russell rechnete, antwortete Sy schroff und ungeduldig. – »Ja, Bridget?«

»Sy ...?«, meldete sich zögernd die Stimme Emily Duncans.

»Emily?«

»Sy, ich ... ich muss mit jemandem reden ...« Sie brachte ihren Satz nicht zu Ende, verlor die Fassung und begann zu weinen.

»Emily ... Emily, Liebes, bitte ...«, bat der alte Mann. Er wartete, bis sie sich schließlich erholt hatte. »Nun, meine Liebe, was kann ich für dich tun?«

»Ich muss mit dir reden. Allein. Außerhalb der Klinik.«

»Selbstverständlich.«

Sofort stimmte er ihr zu.

»Lass mich einen Blick auf meinen Terminkalender werfen.« Sein Finger glitt über die Einträge, die Bridget hier gemacht hatte. »Heute Nachmittag um zwei?«, schlug er vor.

»Um zwei ...« Emily überlegte. »Ja, da ist Simmie noch in der Schule. Um zwei.«

»Wo immer du willst«, sagte Sy.

»Es gibt eine kleine Teestube, direkt vor dem Einkaufszentrum«, erwiderte Emily.

»Ich kenne sie. Der Tee ist zwar zu schwach. Und das Gebäck zu schwer. Aber ich komme«, versprach er.

Gewöhnlich war die Teestube gegen 14 Uhr halb leer. Die Frauen, die ihre Besorgungen im Einkaufszentrum unterbrachen, um zu Mittag zu essen, waren bereits gegangen. Und die, die gewöhnlich zum Teetrinken kamen, waren noch nicht eingetroffen. So war es nicht schwer, in einer Ecke, vor Lauschern und der Neugier hilfreicher Zeitgenossen geschützt, einen Tisch für zwei Personen zu finden. Sie bestellten rasch, um schnell ihre Ruhe zu haben. Und Emily hielt sich zurück, bis man sie bedient hatte und sie wieder allein waren. Sy jedoch registrierte alle möglichen Anzeichen von nervöser Überreiztheit an ihr. Offenbar wusste sie nicht, wohin mit ihren Fingern. Und auf der Oberlippe, direkt über dem hastig aufgelegten Lippenstift, glänzte der Schweiß. Immer wieder biss sie sich auf die Unterlippe, ohne es auch nur zu merken. Wenn sie nicht bald zu sprechen begann – das wusste er –, brach sie womöglich noch zusammen.

»Emily, Liebes, was genau willst du denn wissen?«, fragte er.

Sie schien erleichtert, dass er ihr den Gesprächsbeginn abnahm. Zunächst aber hatte sie ihm etwas zu beichten.

»Ich ... ich war gestern in der Bibliothek«, begann sie. »Ich bin zwar keine Ärztin, aber ich habe studiert und bin Lektorin. Ich kenne mich in Bibliotheken aus. Auch in medizinischen Bibliotheken.«

Sy wurde noch etwas angespannter. Ein medizinischer Laie, losgelassen in einer medizinischen Bibliothek, mochte zu allen möglichen schockierenden Fehlinformationen gelangen, die Emily Duncans berechtigte Ängste und Befürchtungen nur vergrößern konnten. Es war besser, derart falsche Eindrücke von vornherein zu unterbinden.

»Und was hast du dort entdeckt?«, fragte Sy.

»Zunächst einmal gibt es zwei Arten von akuter Leukämie.«

»Stimmt.«

»Und die eine ist weit schlimmer als die andere. Es handelt sich dabei um die akute myeloische Leukämie. Die in den Lehrbüchern als AML bezeichnet wird«, sagte Emily.

»Richtig«, stimmte Sy ihr zu und wartete beklommen auf die nächste Frage.

»Die Leukämievariante, die Simmie hat ... ist das AML?«

Sy schwieg einen Moment, ehe er antwortete. Denn wenn Emily so fragte, sprach alles dafür, dass Walter die genaue Diagnose zurückgehalten hatte, um seiner Frau die niederschmetterndste Nachricht zunächst zu ersparen. Vielleicht hatte er die Absicht, sie nicht auf einmal mit allem zu konfrontieren, sondern sie langsam, nach und nach damit vertraut zu machen. Doch wenn Emily ihm eine so direkte Frage stellte, war Sy gezwungen, sie ihr direkt zu beantworten.

»Ja, meine Liebe, Simmie leidet an AML«, erwiderte der alte Mann. »Ich hoffe, du kannst Walt verstehen und ihm verzeihen, dass er auf deine Gefühle Rücksicht nehmen wollte. Dir Zeit lassen wollte, dich daran zu gewöhnen.«

Sie nickte. Tränen begannen ihr über die Wangen zu laufen, doch sie weinte schweigend. Verlegen benutzte sie ihre Serviette als Taschentuch, während zwei schwarze Rinnsale über ihre Wangen liefen.

»Erzähl«, sagte sie schließlich, »erzähl mir alles. Ich muss doch wissen, wie ich mich gegenüber meinem Kind verhalten kann. Wenn es nötig ist, lüge ich auch. Tröste sie. Verspreche ihr alles. Aber ich muss die Wahrheit wissen, und wenn nur, um gut lügen zu können.«

»Emily«, sagte der alte Mann und griff über den Tisch nach ihrer Hand. »Lügen ist vielleicht gar nicht so angebracht.«

»Ich will nicht, dass sie zusätzlich zu ihrem körperlichen Schmerz auch noch seelisch leidet. Ich muss ihr doch sagen können, dass die Behandlung vielleicht hilft.«

»Das kannst du ihr auch sagen, ohne zu lügen. Die Behandlung kann ihr helfen. Wird vielleicht helfen. Aber wir sind uns nicht absolut sicher. Daher kannst du, *falls* oder *bis* die Behandlung zu scheitern droht, wahrheitsgemäß behaupten, dass sie womöglich hilft. Was aber die mit der Behandlung einhergehenden Schmerzen und Beschwerden betrifft, so hat Lügen überhaupt keinen Zweck. Du kannst einem Kind nicht erzählen, dass ihm nicht übel ist oder es sich nicht erbricht, wenn es so ist. Du kannst ihr nicht sagen, die Haare fielen ihr nicht aus, wenn sie sie büschelweise in der Hand hat. Lügen und beruhigen sind nicht dasselbe.«

Emily weinte nicht mehr, doch in ihren Augen standen immer noch Zweifel.

»Emily ... Emily, Liebe, siehst du nicht, wie viel besser es für dich und Simmie wäre, wenn du ihr von all dem Schweren, was vor ihr liegt, erzählen würdest, um dann zu ihr zu sagen: ›Aber Mommy wird immer bei dir sein. Wir stehen das miteinander durch.‹ Wenn du ihr die Wahrheit sagst, dann haben auch deine Versicherungen viel mehr Gewicht.«

Sie nickte unmerklich, akzeptierte den Rat des alten Arztes. »Und was mich angeht, Sy«, bat sie ihn dann, »ich will wissen, wie es sein wird. Im besten und im schlechtesten Falle. Ich muss nicht nur mein Kind, sondern auch mich vorbereiten.«

»Willst du alles wissen?«, fragte er.

»Ja«, sagte sie so bestimmt, dass er wusste, alles Verhehlen war nutzlos.

»Ich weiß nicht, ob das hier der richtige Ort ist. Sag mir daher, wenn es dir zu viel wird, dann gehen wir anderswohin. Vielleicht in den Park, wo wir uns ungestörter unterhalten können.«

»Ich halte es aus. Sag es mir! Hier!«, drängte sie ihn.

»Wie du willst«, erwiderte Sy Rosen. »Vor Jahren, vor fünfundzwanzig, dreißig Jahren hätte ein an AML erkranktes Kind wie Simmie höchstens drei Monate zu leben gehabt. Seitdem aber haben wir gewaltige Fortschritte gemacht. Unsere ›chemischen Waffen‹ haben die Anzahl der überlebenden Kinder dramatisch gesteigert. Vollständige Remission über Jahre oder gar auf Dauer ist heute die Regel.

Allerdings«, fuhr er fort, »beziehen sich diese optimistischen Statistiken stärker auf die zweite Art der Jugendleukämie. Leider ist die Geschichte der AML nicht ganz so ermutigend. Sicher, in etwa siebzig Prozent der AML-Fälle können wir Besserungen verzeichnen, können Leukämiezellen völlig zum Verschwinden bringen, die normale Knochenmarksfunktion wiederherstellen.«

»Siebzig Prozent.« Emily klammerte sich daran fest. »Das ist gut, mehr, als ich zu hoffen wagte.«

»Emily, Emily, du hast gesagt, du willst *alles* wissen. Dann hör mir zu. Das Problem bei den AML-Fällen ist, dass die meisten, die an dieser Ausprägung der Krankheit leiden, nach der Besserung schließlich doch einen Rückfall erleiden.«

»Die meisten«, wiederholte sie atemlos.

»Wir bemühen uns, probieren immer wieder neue Formen der Chemotherapie. Und es gibt natürlich auch immer noch die Möglichkeit der Knochenmarkstransplantation.«

»Was das angeht«, meinte Emily bereitwillig, »ich kann ihr von meinen Knochenmark geben. Wir haben dieselbe Blutgruppe.«

»Die passende Blutgruppe allein genügt nicht«, erklärte Sy. »Außerdem greifen wir jetzt viel zu weit voraus. Schauen wir erst mal, wie sich die Dinge entwickeln. Für alternative Behandlungen ist immer noch Zeit.«

»Gibt es sonst noch etwas, was ich wissen sollte?«, fragte sie.

»Ja. Prozentsätze, Besserungsraten, Heilungsraten haben nicht viel zu besagen. Im Grunde zählt nur der Zustand deiner Tochter. Und den müssen wir von Tag zu Tag verfolgen.«

Sie nickte nachdenklich. Wieder tupfte sie sich mit der Serviette die Augen ab und bemerkte die schwarzen Flecken von der zerlaufenen Wimperntusche. »Ich werde mich daran gewöhnen müssen«, versuchte sie zu scherzen, »in Zukunft weniger von dem Zeug zu benutzen.«

»Und was noch wichtiger ist, vergiss nicht, zu lächeln und ihr damit Mut, Liebe und vor allem auch Hoffnung einzuflößen. Ich habe Fälle erlebt, wo die Ärzte aufgegeben hatten, die Patienten allerdings nicht, und die Patienten dann einige ihrer Ärzte überlebt haben. Die medizinische Wissenschaft mit all ihren Prozentsätzen, Diagrammen, Karten und Fallstudien, die sich bis zum Himmel auftürmen, zählt bis heute nicht zu den exakten Wissenschaften. Ein ehrlicher Arzt kann sich genauso oft vertun, wie er Recht hat. Wir arbeiten mit unserem jeweils vorhandenen Wissen und der Intuition, die uns mitgegeben wurde. Und hoffen ansonsten das Beste.«

Emily blickte auf ihre Armbanduhr. »Ich muss Simmie von der Schule abholen«, sagte sie.

Sie erhoben sich. Er küsste sie auf die Wange. Sah ihr nach.

Sie ist auf die schlimmsten Möglichkeiten gefasst, dachte er, *aber ob sie wohl ahnt, wie aufreibend das alles noch werden wird? Welche qualvollen Tage und Nächte ihr bevorstehen? Zeiten, in denen sie ihr würgendes Kind halten und sich von ganzem Herzen wünschen wird, sie könne anstelle ihrer Tochter leiden. Tage, an denen sie zusehen muss, wie ihr Kind fast stündlich dünner und blasser wird. Die Zeiten, gegen Ende zu, wenn sie flehen wird: »Nehmt mein Blut, gebt ihr mein Knochenmark«, und dennoch alles vergeblich sein wird. Und trotzdem, wer weiß es schon? Vielleicht wird doch noch ein Wunder geschehen.*

Emily setzte sich in ihren Wagen und dachte: *Eins muss man Sy lassen, wenn man die Wahrheit von ihm hören will, dann kriegt man sie auch. Und was hat er gesagt? Dass Simmie die schlimmere von den beiden Varianten hat. Was aber nicht unbedingt heißt, dass sie tödlich ist. Es gibt eine Chance. Mit diesem Gedanken müssen wir arbeiten. Es gibt eine Chance. So klein sie auch ist.*

Nachdem Emily Duncan Simone dann von der Schule abgeholt hatte, war sie bereit, ihrem Mann zu verzeihen.

15

Fünf Tage nach Amy Bedfords Operation und zwei Tage nach Simone Duncans Diagnose trat um 10 Uhr morgens der Krebsausschuss zusammen.

Die Einschätzung von Amy Bedfords Zustand und die Planung ihrer künftigen Behandlung hing von der pathologischen Auswertung des von Walt Duncan entfernten Knochens ab. Obwohl die Operation geglückt war, konnte sie auch jetzt noch scheitern – an hartnäckigen Tumorzellen, die letztlich alle ärztliche Kunst überlisteten.

Daher wurden die Knochensegmente nach ihrer Entfernung zu weiteren Untersuchungen vom Pathologen aufbewahrt. Eine ausführliche mikroskopische und elektromikroskopische Untersuchung hatte er bereits durchgeführt. Auch die den gesunden Randzonen des Knochens entnommenen Proben hatte er sich angesehen. Studiert hatte er überdies die Krebszellen, um festzustellen, welcher Prozentsatz von ihnen durch die Chemotherapie abgetötet worden war.

Der Ausschuss, der sich, abgesehen von Sy Rosen und Walt Duncan, aus einem Hämatologen, einem Onkologen, einem Radiologen und einem Chirurgen zusammensetzte, erwartete nun den Bericht des Pathologen Irwin Steele.

Steele bestätigte die ursprüngliche Diagnose. In Bezug auf die Wirkungen der Chemo erklärte er: »Bei der mikroskopischen Analyse stellte ich fest, dass die Chemo fast neunzig Prozent der Tumorzellen vernichtet hat.«

Er blickte zu Dr. Rita Bristol. Die nickte und meinte: »Wir werden die Behandlung fortsetzen. Eine Veränderung ist nicht angezeigt.«

»Wie nahe, Irwin«, warf Sy Rosen ein, »befand sich der Tumor an der Kante des entfernten Knochenstücks?«

»Nicht nahe genug, um eine Gefahr darzustellen«, erwiderte Steele.

Walt Duncan nahm den Bericht mit großer Erleichterung auf. Denn bei einer anderen Antwort hätte Amy ein weiteres Mal unters Messer gemusst, hätte er amputieren müssen. Ein vorsichtiger und besorgter Chirurg ging bei einem so aggressiven Gegner wie dem osteogenen Sarkom kein Risiko ein.

Der nächste Fall, der dem Ausschuss vorgetragen wurde, war der der Patientin Duncan, Simone.

Die Ergebnisse der Beobachtungen des Hämatologen Ogura, die Bestätigung durch die Knochenmarksbiopsien, veranlassten den Ausschuss zu dem einmütigen Schluss, dass die konventionelle Behandlungsmethode für akute myeloische Leukämie indiziert war.

Bristol schlug starke Dosen von Vincristin, Asparaginase und Prednison vor, die über einen Zeitraum von vier Wochen verabreicht werden sollten.

Normalerweise führte eine derartige Behandlung in den meisten Leukämiefällen zu einer Besserung. Um eine rasche Wiederkehr der Krankheit zu unterbinden, würde sich Simmie aber noch einer Konsolidierungstherapie unterziehen müssen, bei der auch jene Krebszellen zerstört wurden, die die erste Behandlungsphase überlebt hatten. Für diese zweite Phase sah Bristol einen anderen Mix von chemischen Wirkstoffen vor, da Leukämiezellen über die teuflische Fähigkeit verfügen, still und unbemerkt Resistenzen gegen ihre chemischen Feinde zu entwickeln.

Die Konsolidierungsphase musste allerdings warten, bis die Ergebnisse und Reaktionen auf die erste Phase vorlagen. Ironischerweise konnte man die Patientin den Gefahren der zweiten Phase erst dann aussetzen, wenn der Erfolg der ersten sichergestellt war.

Nach dem Fall der Patientin Duncan, Simone wurden noch einige weitere besprochen. Doch da keiner von einen orthopädischen Eingriff erforderte, entschuldigte sich Walt Duncan bei seinen Kollegen. Er flüchtete den Korridor hinab. Wenige Minuten später hörte er jemanden seinen Namen rufen.

»Walter, Walt ...« Es war Sy, der die Sitzung unmittelbar nach ihm verlassen hatte.

Der alte Mann holte ihn ein. »Walt, du darfst dich jetzt nicht so reinsteigern. Wir müssen die Behandlung abwarten. Das ist das Wenigste, was du tun kannst. Führ dich nicht auf, wie Amys Vater es anfangs gemacht hat.«

»Sy, in den letzten paar Tagen habe ich festgestellt, dass ich genau wie Amys Vater bin. Ich bin auch nur ein Vater. Und zwar mit dem einzigen Unterschied, dass ich all das, was schieflaufen kann, kenne. Und auch all die Heilungs- und Sterberaten, die gegen Simmie sprechen. Verzeih mir daher, wenn ich mich als das aufführe, was ich bin. Ein besorgter Vater, ein völlig verängstigter Vater.«

Um eine herzliche und freundliche Beziehung zwischen Arzt und junger Patientin herzustellen, begleitete Walt Duncan seine Kollegin Bristol in Simmies Zimmer im Pädiatrischen Pavillon der Klinik. Während Emily am Fußende von Simmies Bett stand, stellte Walt die beiden einander vor.

»Simmie, mein Schatz, das ist Frau Dr. Bristol. Sie ist für dich zuständig, solange du hier bist. Sie ist eine sehr nette Person. Und eine Freundin von mir. Auch du kannst sie als Freundin betrachten. Wenn du tust, was sie sagt, wird alles gut werden.«

Er versuchte, Emilys Blick auszuweichen, während die sich zu einem Lächeln zwang.

»Und jetzt lasse ich euch beide allein, damit ihr euch miteinander bekannt machen könnt«, sagte Walt. Mit Blicken signalisierte er Emily, dass sie ihm nach draußen folgen sollte.

Sobald sie draußen waren, flüsterte er inständig: »Bitte, Liebling, bemüh dich nicht so und lächle nicht ständig. Sie wird merken, dass es ein falsches Lächeln ist. Und dann vertraut sie keinem mehr von uns beiden. Tröste sie. Sprich mit ihr. Aber lächle nicht, wenn dir zum Heulen zumute ist.«

»Tut mir leid, Walt, tut mir leid ...«

Er küsste sie auf die Wange und sagte leise: »Wenn sie kämpft, hat sie eine Chance. Ich hab viele wie sie erlebt, die wieder gesund geworden sind. Viele!«

»Walt«, sagte sie leise, »lächle auch du nicht, wenn dir eigentlich nach Heulen zumute ist.«

Er sah, dass sein falscher Enthusiasmus sie nicht überzeugt hatte. Er nickte und ging den Korridor hinab.

Den ganzen Morgen hielt er sich an seinen strengen Dienstplan: Untersuchungen, Beratung, Studium von Röntgenbildern, Knochen-Scans und CAT-Scans, Diagnosen, Verordnung von Behandlungen, Vorbereitung auf Operationen, Patientenbesuche, Zufriedenheit über gute Operationsergebnisse, Frustration und Bestürzung über Fälle, die sich nicht entwickelten, wie sie eigentlich sollten, Kopfzerbrechen über alternative Behandlungsmethoden, die die Verschlechterung womöglich rückgängig machen konnten. Alles in allem war es ein ganz normaler Tag im anstrengenden Berufsleben des Walter Duncan.

Mit einer Ausnahme. Den ganzen Tag über war ihm, als schleppe er eine zusätzliche Last mit sich herum, eine unerträgliche Bürde. Wenn er nicht daran dachte, war sie wie ein Schatten, wie eine Präsenz, die ihm folgte, seine Gedanken verdüsterte, eine Präsenz, die ständig an seiner Seite zu kleben schien. Jedes Mal, wenn er sich umdrehte, um ein Instrument zu ergreifen, eine Aufnahme zu betrachten, ein Rezept auszustellen, schien diese Präsenz da zu sein und ihn zu hemmen. Wenn er daran dachte, wusste er, dass es seine Tochter auf Zimmer zweihundertneunzehn auf der Pädiatrischen war. Mit einem Tropf in ihrem dünnen Arm, der ihr chemische Wirkstoffe einflößte, die sich hoffentlich als lebensrettend erweisen würden.

Viermal an diesem Tag fand er einen Anlass, im Pädiatrischen Pavillon vorbeizuschauen und nachzusehen, wie Simmie sich hielt. Jedes Mal fand er sie im Bett, den Tropf im Arm, wobei die aufgehängte Flasche den chemischen Mix Tropfen für Tropfen in ihre Vene einspeiste. Sie schien bester Laune zu sein.

Da Simmie seine Besorgnis spürte, versuchte sie ihn zu beschwichtigen: »Es tut überhaupt nicht weh, Daddy. Ich merke kaum, dass es da ist.«

»Großartig. Braves Mädchen«, meinte er, küsste sie und zauste ihr dunkles Haar. Gleichzeitig behielt er die Zeit im Auge, erst drei Stunden, seit sie den Tropf angelegt hatten. Noch zwei, drei Stunden, dann würde die Wirkung einsetzen. Die Übelkeit, das Erbrechen. Wie würde ihr kindlicher Körper, der ohnehin schon so schmal war, das verkraften? Sie hatte kaum Gewicht, von dem sie zehren konnte.

Seine ersten drei Operationen hatte er hinter sich. Eine halbe Stunde bevor der nächste Eingriff angesetzt war, streifte er seine OP-Kleidung ab und eilte zurück in das Zimmer seiner Tochter. Er fand sie in den Armen ihrer Mutter, sich in ein Edelstahlbecken erbrechend, das bereits zur Hälfte gefüllt war. Er schlüpfte an Emilys Stelle, nahm seine zarte kleine Tochter in die Arme und flüsterte ihr zu: »Bald ist es vorbei, Schatz. Nur noch ein bisschen, und es ist vorbei. Und mach dir deine Sorgen, Daddy ist da. Alles wird wieder gut. Alles wird gut.«

Er warf Emily einen fragenden Blick zu: *Geht es schon den ganzen Nachmittag so?*

Ihre Augen antworteten: *Ja, ja, und schlimmer.*

Er umarmte seine Tochter noch fester, als wolle er ihr etwas von seiner eigenen Kraft abgeben. Allmählich ließ das

Würgen nach. Sie schien sich zu entspannen, aber nur ein wenig. Sie atmete tiefer.

»Besser, Kleines? Besser?«, fragte er leise.

Sie versuchte zu nicken, doch plötzlich überkam sie eine neue Übelkeitswelle. Er spürte, wie sich ihr ganzer Körper schmerzlich versteifte, wie sie wieder zu würgen begann. Das Telefon klingelte. Verärgert wandte er sich halb nach seiner Frau um.

»Lass das verdammte Ding klingeln!«, stieß er heiser hervor.

Es schrillte weiter. Ohne seine Erlaubnis nahm Emily den Hörer ab. »Ja. Ja, er ist da. Ich sag ihm Bescheid.« Sie legte auf. »Das war der OP. Dein nächster Patient wartet. Du musst zum Desinfizieren.«

Widerwillig überließ er das Kind seiner Mutter. Er küsste Simmie auf die Wange. »Mommy bleibt bei dir, also mach dir keine Sorgen, Schatz, sorg dich nicht. Alles wird gut.«

Sobald er die Hände desinfiziert hatte und in den sterilen Kittel und die Handschuhe geschlüpft war, die die OP-Schwestern für ihn bereithielten, hatte er sich wieder gefasst. War wieder der effiziente, fähige, geschickte Chirurg, in der Lage, es mit allen Erkrankungen aufzunehmen, die das menschliche Skelett heimsuchten.

Walt Duncan stand am Bett seiner Tochter und starrte auf das schlafende Kind hinunter. Emily stand am Fußende des Betts.

»Wird es noch mal passieren?«, fragte sie flüsternd.

»Erst dann, wenn sie ihr die nächste Dosis Vincristin verabreichen«, erwiderte er ebenso leise. »Armes Kind, völlig erschöpft. Aber wenigstens kann sie jetzt schlafen. Du solltest nach Hause gehen und selbst ein wenig ausruhen, Schatz.«

»Ich würde lieber hier bleiben – für den Fall, dass sie aufwacht.«

»Die Schwestern kümmern sich um alles, was sie braucht«, sagte er, denn er machte sich Sorgen, dass Emily sich zu sehr verausgabte und es dann vielleicht nicht mehr schaffte, die vor ihnen liegenden schweren Zeiten durchzustehen.

»Wenn sie aufwacht, sucht sie nach mir. Ich lese es dann in ihren Augen: *Lass mich nicht allein. Ich hab Angst.* Ich bleib lieber hier.«

»Dann«, meinte er, »sag ich der Schwester, dass sie ein leeres Zimmer für dich suchen soll, wo du dich zwischendurch mal hinlegen kannst.«

Er schloss die Tür hinter sich und stieß müde den Atem aus, erschöpft von der Anstrengung, seine schlimmsten Befürchtungen vor seiner Frau verbergen zu müssen. Seine Kollegen, einschließlich des alten Sy, hatten sich sehr besorgt um seine Gefühle gezeigt, als man Simmies Fall erörterte, obwohl sie aus Respekt vor ihm keinen falschen Optimismus verbreiteten. Vor Emily aber hatten sie sich zurückgehalten, damit sie Simmie ein hoffnungsfrohes Gesicht zeigen konnte.

Er sorgte dafür, dass man Emily ein Zimmer zur Verfügung stellte, wo sie vielleicht ein wenig zum Schlafen kam. Dann begann er mit der Visite. Für eine seiner Patientinnen, für Amy Bedford, war dies war ein großer Tag. Amy würde heute zum ersten Mal aufstehen. Auf eigenen Füßen stehen. Und zwar auf beiden. Was er ihr noch vor einer Woche nicht hätte versprechen können.

So weit, so gut für Amy Bedford, deren Prognose günstiger war als die der kleinen Simone Duncan. Nicht dass es für Amy ein Kinderspiel gewesen wäre. Ganz und gar nicht. Walt würde ihr die gegenwärtigen und künftigen Gefahren vor Augen führen müssen, um sie auf ihre neue Behandlung vorzubereiten. Die zunächst mal mit Krücken beginnen würde.

Er betrat Amy Bedfords Zimmer und rief so fröhlich er konnte: »Na, Faulpelz! Der Tag ist gekommen – heute heißt's raus aus den Federn.«

»Darf ich wirklich?«, fragte Amy und begann sich zu regen.

»Immer mit der Ruhe, meine Liebe. Zuerst noch ein kleiner Vortrag. Schließlich wäre ich ja nicht der, der ich bin, wenn ich nicht allem einen kleinen Vortrag vorausschicken würde, oder?«

Er versuchte zu lachen, doch Amy bemerkte, dass es ihm nicht so recht gelang. *Gibt es denn noch mehr schlechte Nachrichten?*, dachte sie. *Haben sie was auf meinen Röntgenbildern gefunden? Warum ist er nur so komisch?* Doch sie beschloss mitzuspielen, egal um welches Spiel es sich auch handelte.

»Genau. Wie lautet den heute Ihr Thema, Dr. Walt? Wie man sich auf Krücken fortbewegt? Das weiß ich schon.«

»Ach ja?«, neckte er sie und lächelte.

»Klar. Als ich elf war, hab ich mir mal im Sommerlager das Bein gebrochen. Das linke. Und bin den ganzen Sommer lang auf Krücken herumgehumpelt. Ich bin also Expertin.«

»Nun, diesmal könnte es ein bisschen anders sein«, sagte Walt. Er zeigte ihr die Krücken. »Das hier sind die altmodischen, die man sich unter die Achsel klemmt. Der Grund dafür ist, dass du gehen sollst, ohne dein rechtes Bein zu belasten. Auf dem Bein darf nicht das geringste Gewicht lasten. Wir müssen sie also auf die richtige Höhe einstellen. Setz dich, Amy.«

Langsam, vorsichtig richtete sie sich auf. Um sich schließlich, indem sie die Beine auf die Bettseite brachte, aufrecht hinzusetzen.

»Ganz langsam, meine Liebe«, ermahnte er sie.

Während er ihr eine Krücke unter den linken und die andere unter den rechten Arm schob, begann sie sich zu erheben. Die Krücken waren ein wenig zu lang. Er kniete sich neben sie, lockerte die Schrauben des verstellbaren Teils und stellte sie auf die richtige Höhe ein.

»Jetzt, Amy.«

Sie stützte sich auf die Krücken. Er ließ sie nicht aus den

Augen. Sie stand, ohne ihr rechtes Bein irgendwie zu belasten oder anzustrengen.

»Gut, sehr gut. Hans wird dir heute noch eine Beinschiene raufschicken lassen. Sobald du die hast, kannst du dir ein bisschen die Beine vertreten. Kannst sogar das Zimmer verlassen, das du inzwischen sicher schon satt hast.«

»Ich würde gern einen kleinen Spaziergang machen«, gestand sie ihm. »Da ich immer nur rumliege und lausche, sind all diese Leute nur Stimmen für mich. Ich würde schon gern wissen, wie einige von denen aussehen.«

»Sobald du die Schiene hast, kannst du losziehen«, versprach er ihr.

Und jetzt der Vortrag, dachte er.

»Wir sollten uns aber mit deiner neuen Behandlung beschäftigen, Amy. Ich habe sie schon erwähnt. Aber ich glaube, du hast nicht so besonders gut aufgepasst, weil du Angst vor der Operation hattest. Also lass uns das noch mal durchgehen.«

Die Heiterkeit auf ihrem hellen jungen Gesicht verwandelte sich in nüchterne Konzentration.

»Amy, durch die Operation haben wir die Quelle deines Krebses beseitigt.«

»Sie haben doch gesagt, dass Sie alles erwischt haben«, sagte das Mädchen, und in seinen Augen stand ein Anflug von Angst, während es sich auf schlechte, gefahrvolle Nachrichten gefasst machte.

»Das haben wir auch. Jedenfalls alles, was wir finden konnten. Aber der Krebs ist eine heimtückische Krankheit. Wir können ihn entfernen, und dennoch können Krebszellen in deinem Blut oder anderen Körperteilen vorhanden sein, die bisher noch nicht in Erscheinung getreten sind. Also müssen wir sie aufspüren, wie die Polizei einen flüchtigen Killer jagen würde. Aufspüren, verfolgen und eliminieren.«

»Und wie machen wir das?«, fragte Amy.

»Durch Chemotherapie.«

»Noch mehr Chemo?«, fragte sie. Sie konnte die bitteren Auswirkungen der Behandlung schon fast schmecken.

»Ja, Amy. Wieder Chemo. Aber erst mal mindestens drei Wochen lang nicht. Weil sie jetzt den Heilungsprozess deines Beins stören würde. Danach aber alle zwei, drei Wochen.«

»Alle zwei, drei Wochen!«, echote sie, und ihre Besorgnis nahm zu.

»Ja, Amy. Und wenigstens acht Monate lang«, sagte er. »Vergiss nicht, ich habe dir gesagt, es dauert ein Jahr. Die nächsten acht Monate sind ein Teil davon«, sagte Walt Duncan.

»Eigentlich wollte ich wieder regelmäßig zur Schule gehen«, sagte Amy.

»Nicht in diesem Jahr, Amy. Geh, wann immer du kannst, versuch, auf dem Laufenden zu bleiben. Aber sei nicht enttäuscht, wenn du nicht alle Tests und Prüfungen schaffst. Ja, versuch erst gar nicht, sie mitzuschreiben. So weit bist du einfach noch nicht.«

Sie nickte, doch ihre Augen wurden feucht.

»Acht Monate noch«, sagte sie nur.

»Ich möchte dich jeden Monat röntgen lassen. Lungenaufnahmen anfertigen lassen.«

»Wozu?«

»Falls diese verdammten Zellen noch am Werk sind, ist das der Ort, wo sie mit der höchsten Wahrscheinlichkeit auftauchen«, informierte er sie.

»Und wenn es tatsächlich passiert?«, fragte sie zögernd.

»Dann machen wir ihnen den Garaus, Amy.«

»Einfach so?«, fragte sie und vermutete, dass er ihr etwas verschwieg.

»Ja, Amy, dann lassen wir sie einfach verschwinden«, versicherte er ihr, »und machen mit der Chemo weiter.«

»Das heißt, wenn ich dann noch lebe.« Sie schaute ihm direkt in die Augen und wartete auf ein Wort des Widerspruchs.

»Amy, nun hast du's schon so weit geschafft. Jetzt ist keine Zeit für Selbstmitleid. Nicht jetzt. Glaub mir, verglichen mit einigen Fällen, die ich kenne, geht es dir hervorragend. Fantastisch«, sagte er.

»Doktor ...«, begann sie, zögerte dann und fragte sich, ob er sie wohl vorlaut fand, wenn sie das fragte. Sie beschloss, es zu riskieren. »Doktor, geht's Ihnen heute eigentlich gut?«

»Aber natürlich. Warum fragst du das?«

»Ich weiß nicht. Schon wie Sie zur Tür hereingekommen sind. So aufgedreht. Zu aufgedreht. Ich dachte, Sie wollten irgendwelche schlechten Nachrichten vor mir verheimlichen.«

»Aber ich hab dir doch von der Chemobehandlung erzählt«, protestierte er.

»Aber es ist was Schlimmeres«, sagte Amy mit Nachdruck. »Und auch als Sie eben sagten ›verglichen mit einigen Fällen, die ich kenne‹, hatte ich, so wie Sie das gesagt haben, ein komisches Gefühl. Warum wohl?«

Er merkte, dass seine junge Patientin weit aufmerksamer war, als er gedacht hätte. Oder er selbst weit leichter zu durchschauen.

»Ja, Amy. Da hast du Recht. Einer dieser ›Fälle‹ ... ist meine eigene Tochter.«

»Oh?« Und dann wagte Amy, ihn zu fragen: »Geht's ihr denn sehr schlecht?«

»Es wird ihr vielleicht noch sehr schlecht gehen«, räumte er ein.

»Ist sie denn hier im Krankenhaus?«

»Hier auf diesem Stockwerk.«

»Hätten Sie was dagegen ... ich meine, kann man sie besuchen?«

»Ich glaube, sie würde sich freuen, Amy.«

»Wenn es nicht zu weit ist, dann mache ich meinen ersten Spaziergang zu ihr«, sagte Amy.

»Das wäre wirklich nett von dir. Aber übernimm dich

nicht. Deine Muskeln sind sicher nicht mehr so stark, wie du glaubst. Es wird eine gewisse Zeit dauern. Also übertreib's nicht.«

»Nein, Doktor, bestimmt nicht.«

Sobald sie allein war, griff Amy Bedford nach den neben dem Bett lehnenden Krücken. Sie schob sie sich unter die Achseln und dachte: *Ich mache meinen Spaziergang, bevor Mom kommt. Dann kann ich sie mit meiner Vorführung überraschen. Und es wird wirklich Zeit, dass sie mal eine freudige Überraschung erlebt. Sie hat einfach zu viel geheult in letzter Zeit. Zwar nicht vor mir. Aber ich hab's ihr angesehen. Warum bilden sich Eltern nur immer ein, sie könnten ihren Kindern was vormachen?*

Sie trat auf ihren gesunden Fuß, verlagerte ihr gesamtes Gewicht darauf, vergewisserte sich, dass der rechte Fuß den Boden nicht berührte. Mehrere Male hatte sie gewagt zuzusehen, wenn Dr. Duncan den Gips geöffnet hatte, um sich zu vergewissern, wie die Wunde verheilte. Die lange rote Narbe des Einschnitts mit den Einstichen daneben machten ihr hinreichend deutlich, dass sie überaus sorgsam mit diesem Bein umzugehen hatte, wenn sie nicht all die dafür aufgewandte Arbeit und Geschicklichkeit wieder zunichte machen wollte.

Sie humpelte zur Tür und merkte, dass ihre Erinnerungen an das An-Krücken-Gehen im Sommerlager ihr nun nicht mehr viel nützte. Es war eine völlig neue und ungewohnte Sache für sie, bei der sie sich besser vorsah. Mit der Schwäche in ihrem rechten Bein hatte sie nicht gerechnet – ganz abgesehen von dem zusätzlichen Gewicht, das sie nun belastete.

Nachdem sie mehrere Schritte gemacht und die Tür erreicht hatte, beschloss sie, sich lieber doch nicht auf den Flur hinauszuwagen und Dr. Duncans Tochter zu besuchen. Sie war erleichtert, sich, ein wenig außer Atem und sehr viel müder, als sie erwartet hatte, wieder ins Bett legen zu können.

Wo, dachte sie, *wo ist nur all die Energie, all die Kraft geblieben, die ich früher mal hatte? Als ich mich, wenn ich es nur wollte, in einen fünften, einen sechsten Satz reinstürzen konnte? Weg. Einfach weg – wie meine Haare. Ob sie wohl – wie mein Haar – eines Tages zurückkehrt?*

Ernüchtert, ein wenig erschrocken lag sie im Bett und fragte sich: *Fühlt es sich etwa so an, wenn man alt wird?*

Es war früher Abend. Entsprechend den Klinikgepflogenheiten hatte Amy Bedford bereits zu Abend gegessen. Sie hatte versucht, in einer Nummer von *Seventeen* zu lesen, aber auch ihre Konzentrationsfähigkeit hatte sie im Stich gelassen. Den Fernseher hatte sie wieder abgeschaltet, als sie merkte, dass sie aufs Bild starrte, ohne irgendetwas mitzubekommen, dem Dialog lauschte, ohne etwas zu hören. Einmal schaltete sie sogar den Ton ab, um sich vorzustellen, was die Figuren zueinander sagten. Aber ihre Gesten und Grimassen waren ihr einfach lächerlich erschienen.

Draußen war es inzwischen fast dunkel; es war einer jener warmen Frühlingsabende, an denen einem die Dämmerung so sanft und wohltuend erscheint. Der Autoverkehr klang sehr fern. Das Kommen und Gehen der Menschen auf den Klinikfluren war abgeflaut – vor dem Ansturm der Abendbesucher, Eltern, Verwandten, Freunden, die den ganzen Tag am Arbeitsplatz oder in der Schule verbrachten und nun Zeit hatten, um zu kommen, zu gucken, zu lächeln, endlos Konversation zu treiben, als ob die Stille und nicht die Krankheit der Feind des Patienten sei.

In all ihren Tagen in der Klinik hatte Amy großes Geschick darin entwickelt, die Schritte der Menschen zu unterscheiden. Die Schwestern mit ihrem flinken, huschenden Gang auf dem Weg zu irgendeinem Notfall. Die Ärzte, die mit schwererem, gemessenerem Schritt durch den Korridor marschierten und vor der einen oder anderen Tür anhielten. Die Besucher, die alle ihre besonderen Rhythmen und Geschwindigkeiten hatten.

Und dann ihr persönlicher Besucher. Brent. Sie erkannte seinen Schritt, der in seinen Laufschuhen zwar leise, aber ziemlich ausgeprägt war. Mehrere ihrer Freundinnen aus der Schule, das Klippklapp ihrer Absätze, ihre gedämpften Gespräche, die verrieten, dass das Krankenhaus sie einschüchterte. Ihr Gelächter, unmittelbar bevor sie ihr Zimmer betraten, um ihre Bangigkeit zu kaschieren und Amy glauben zu machen, dass sie unbekümmert und gerne hier waren.

Schließlich die Schritte ihrer Eltern. Die ihrer Mutter, an die sie gewöhnt war, weil sie jeden Morgen so verlässlich, dass man die Uhr nach ihr hätte stellen können, bei ihr eintraf. Genau den richtigen Zeitpunkt abpasste, nachdem die Schwestern ihre Morgenroutine beendet hatten und ehe Dr. Duncan seine Visite begann. Die Schritte ihres Vaters, rasch, abgehackt. Ihr ganzes Leben lang hatte sie ihn als einen Mann erlebt, der beständig in Eile war. Egal was er tat – ob er zum Essen nach Hause kam, morgens das Haus verließ, ihre Zeugnisse betrachtete, zur Kirche ging, Gäste empfing, mit ihr redete, sie tadelte, sie beschenkte, ganz selten auch einmal eine Schulveranstaltung besuchte –, er war immer in Eile.

Sogar damals, als ihre Mutter ihn gezwungen hatte, mit ihnen in Urlaub zu fahren – eine Reise quer durchs ganze Land, um die reichen und überwältigenden Naturschönheiten zu besichtigen –, hatte er die Ferien um vier Tage gekürzt. Hatte zurückgemusst zu seinem Geschäft.

Seine abgehackten Schritte, die durch die Klinikkorridore hallten, spiegelten seine Haltung zum Leben: *Mach es. Mach es sofort. Bring's hinter dich.* Aber auch wenn er in ihrem Zimmer war, konnte er diese Gewohnheit – so sehr er sich bemühte – nicht unterdrücken. Bis Amy nur noch dachte: *Warum hört er nicht auf, so zu tun, als wäre er gerne hier.*

Ich weiß, dass er mich liebt, aber er hat einfach nicht die Zeit, um es mir zu zeigen. Geh, Daddy, um Himmels willen, verschwinde schon endlich!

Sie hörte, wie seine schnellen Schritte nun näher kamen. Hörte, wie die Schritte ihrer Mutter neben ihm herhasteten. Amy richtete sich auf, rutschte zur Bettkante, setzte sich aufrecht hin, griff nach ihren Krücken, schob sie sich unter die Achseln und stand auf. Sie war entschlossen, sie so zu begrüßen.

Wie üblich trat ihr Vater zuerst ins Zimmer, wie üblich gefolgt von ihrer Mutter. Sein aufgesetztes Lächeln wich einem Ausdruck echter Überraschung, ja Begeisterung.

»Amy! Mein Gott, Amy, du kannst ja stehen. Marion, sieh mal, meine Tochter steht auf ihren Beinen, allen beiden! Das ist ja toll?«

Er langte bei seiner Tochter an, umarmte sie vorsichtig und küsste sie auf die Wange. Plötzlich wich er zurück. »Tut mir leid, Darling, ich hab dir doch nicht wehgetan, oder? Also, ich bin doch nicht gegen das Bein gestoßen, oder?«

»Nein, Daddy. Alles in Ordnung. Mir geht's super. Und Dr. Duncan hat gesagt, dass ich den Gang runterspazieren kann, wann immer ich Lust dazu habe.«

»Vielleicht sollten wir eine private Pflegerin engagieren, die dich begleitet und dafür sorgt, dass du dir nicht wehtust«, schlug ihr Vater vor. »Das ist überhaupt kein Problem.«

»Ich glaube, Dad, der Doktor will, dass ich selbst losziehe. Damit ich wieder kräftiger werde. Und meine Muskeln wieder aufbaue.«

»Er hat das Sagen. Er ist der Boss. Der Mann hat ein Wunder vollbracht«, schwärmte ihr Vater.

Sein Enthusiasmus erhielt einen ziemlichen Dämpfer, als sie dann meinte: »Er hat auch gesagt, dass ich noch mal Chemo haben muss.«

»Chemo? Noch einmal?«, fragte ihr Vater.

»Alle zwei bis drei Wochen. Acht Monate lang«, informierte sie ihn.

»So lang? So oft?«, fragte ihr Vater und konnte seine Enttäuschung nicht verhehlen.

»Ed«, mischte sich seine Frau ein, »das hat er alles an dem Tag erklärt, als du es nicht geschafft hast. Du warst auf Geschäftsreise.«

»Davon hast du mir aber nichts erzählt.«

»Ich hab davon angefangen. Mehrere Male. Es kamen dir immer wieder Anrufe dazwischen. Außerdem lässt sich sowieso nichts daran ändern. Es muss einfach sein. Es gehört eben zu diesem Jahr, von dem er bei unserem allerersten Treffen gesprochen hat.«

»Ja. Natürlich. Ich erinnere mich. Tja, wenn mein kleines Mädchen das muss, dann tut es das auch«, sagte er. »Genau deswegen ist sie doch ein Champion. Oder?«

»Genau, Dad!«, erwiderte Amy so herzhaft, wie man es von ihr erwartete. Aber sie wusste auch, dass sie ihn wieder mal enttäuscht hatte. Er hoffe, erwartete, von den Klinikbesuchen und den damit einhergehenden Sorgen befreit zu werden. Solange seine Tochter im Krankenhaus bleiben musste, schien ihm die Gefahr bedrohlicher. War sie erst mal zu Hause, so hieß das, dass sie sich langsam erholte, dass sie genesen würde. Aber wochen-, dann monatelange Chemotherapie, immer wieder ein paar Tage in der Klinik, da schien ihm die Krankheit wieder näher zu rücken und bedrohlicher zu werden.

16

»Na, Amy, lass sehen, wie es heute mit dem Gehen klappt«, sagte Walt Duncan.

Amy begann, sich auf den Krücken in Bewegung zu setzen.

Er beobachtete sie und versuchte festzustellen, ob sie, wenn auch unabsichtlich, ihr rechtes Bein belastete.

Nein, der Fuß berührte tatsächlich bei keinem einzigen Schritt den Boden.

»Toll, Amy. Jetzt legen wir dir die Beinstütze an, die Hans für dich entworfen hat. Du trägst sie, bis ich dich wieder untersuche – um dann festzustellen, ob du das Bein schon geringfügig belasten kannst – mit, sagen wir mal, etwa fünfundzwanzig Prozent deines Normalgewichts. Aber das ist eigentlich erst bei meiner nächsten Einschätzung in etwa fünf Wochen spruchreif.«

»Wollen Sie damit sagen, dass ich jetzt nach Hause gehen kann?«, fragte Amy.

»Genau!«, sagte Walt Duncan. »Aber vergiss nicht: Zwei Dinge müssen wir im Auge behalten. Die Heilung und vor allem auch jedes Anzeichen für eine Infektion. Deswegen darf das Bein nicht belastet werden. Und deswegen trägst du die Stütze. Wir wollen, dass die Beinmuskeln, das Gewebe sauber um das Implantat herum verheilen. Wir wollen keine Entzündung riskieren.«

»Warum reiten Sie eigentlich immer auf dieser Infektion herum?«, fragte Amy. »Ich werde schon nichts Gefährliches tun.«

»Amy, alle paar Wochen bekommst du jetzt deine Chemo. Und die jagt zwar diese verdammten Krebszellen, schwächt aber gleichzeitig dein Immunsystem. Deswegen reite ich darauf herum«, erklärte er.

Sie nickte ernüchtert.

»Wir werden dir auch in Monatsabständen die Lungen röntgen«, meinte er grimmig. »Ein ganzes Jahr lang werden wir das im Auge behalten müssen«, sagte er. »Ich habe deine Mutter angerufen. Sie wird dich heute Nachmittag abholen.«

»Dann sollte ich Simmie wohl besser besuchen, ehe Mom hier aufkreuzt.«

»Sie hat mir erzählt, dass du einige Male bei ihr warst. Sie mag dich.«

»Ich mag sie auch«, sagte Amy. »Sie ist so hübsch und intelligent. Und wirkt viel reifer als ihre elf Jahre.«

»Die Krankheit lässt die Menschen schneller reifen«, sagte Walt.

»Was fehlt ihr eigentlich?« fragte Amy. »Keiner hat es mir sagen wollen. Nur aus ihrem Verhalten hab ich gespürt, dass es was Ernstes ist.«

»Stimmt«, räumte er ein: »Aber wir tun alles für sie, was wir können.«

»Das heißt doch, dass es sehr ernst ist. Nicht wahr?«, fragte das Mädchen.

»Es ist Leukämie, Amy, und zwar die gefährlichste Variante«, sagte Walt leise.

Amy Bedford bewegte sich auf ihren Krücken, die sie inzwischen sicher, wenn auch noch nicht mühelos handhaben konnte, den Gang hinab. Sie war an der offenen Tür von Simone Duncans Zimmer angelangt, als sie diese hörte: »Geh doch runter und hol dir was zu essen, Mommy. Mir geht's gut. Ich fühl mich prima.« Simmies dünnes Stimmchen aber strafte ihre Entschlossenheit Lügen.

»Ich lass dich jetzt nicht allein«, sagte Simmies Mutter, als Amy ins Zimmer trat.

»Das müssen Sie auch nicht, Mrs Duncan. Ich kann so lange bei Simmie bleiben.«

»Sieh mal, Mommy, jetzt kannst du gehen«, ermunterte sie das Kind.

»Okay«, sagte Emily Duncan und deckte Amy mit einer ganzen Liste von Instruktionen ein. »Falls es Simmie übel wird, halt ihr diese Schüssel hin. Und ruf die Schwester. Wenn nicht gleich eine Schwester kommt, dann klingle weiter. Und ...«

»Mrs Duncan, ich weiß, was ich tun muss. Ich habe das selbst durchgemacht«, erklärte ihr Amy.

»Natürlich. Tut mir leid. Ich bin so schnell wie möglich wieder da, Schatz.«

Als sie sich zu Simmie hinabbeugte, um sie zu küssen, sagte das Kind: »Du brauchst dich nicht zu beeilen, Mommy. Amy und ich, wir verstehen uns gut.«

Die beiden Mädchen warteten, bis Emily Duncan verschwunden war.

»Schön, dass du gekommen bist«, flüsterte Simmie. »Ich muss mit jemandem reden. Stört es dich?«

»Nein. Schieß los. Sag, was du auf dem Herzen hast!«

»Ich glaube, dass sie mir nicht die Wahrheit sagen«, vertraute Simmie ihr an.

»Aber natürlich tun sie das. Mir hat dein Vater die Wahrheit gesagt. Er ist sehr direkt. Egal, ob es sich um was Gutes oder Schlechtes handelt«.

»Dann war deine schlechte Nachricht vielleicht nicht so schlecht wie meine«, sagte Simmie.

»Was willst du damit sagen?«

»Sie erzählen mir alles Mögliche. Etwa, welche Chemo ich kriege. Und wie sie sich auswirkt. Was sie für mich tut. Eines aber sagen sie mir nicht.«

»Und was ist das?«, fragte Amy.

»Ob ich sterbe«, sagte Simmie, »darüber reden sie nicht. Also denke ich ständig darüber nach. War's bei dir auch so?«

»So. Und noch schlimmer. Ich dachte, dass ich mein Bein verliere«, gestand Amy ein.

»Ist das schlimmer als sterben?«

»Dachte ich jedenfalls immer«, sagte Amy.

»Natürlich bleibt mir auch gar keine Wahl«, sagte Simmie.

»Was meinst du damit?«

»Na ja, ich kann nicht sagen: ›Will ich lieber sterben oder mein Bein verlieren?‹ Ich kann nur sagen: ›Sterben oder nicht sterben?‹ Und deshalb, nicht wahr, sind wir auch nicht in derselben Situation.«

»Ich weiß, wie's dir geht. Ich hab das alles auch durchgemacht«, sagte Amy. »Die Gedanken. In der Nacht und wenn man allein ist. Egal, wie oft sie einen besuchen und wie viel sie reden und lächeln, nachts ist man allein. Und denkt an all die Sachen, von denen sie einen ständig abzulenken versuchen. Und sogar, wenn einem die Ärzte alles erzählt haben, gibt es immer noch Fragen, die man vergessen hat oder die man sich nicht zu stellen traute oder auf die man nur halbe Antworten bekommen hat. Sodass man drüber nachgrübelt.«

»Du auch?«, fragte Simone.

»Wahrscheinlich jeder.«

»Ich auf jeden Fall«, sagte Simmie. »Ich sag Mom nie, dass ich ans Sterben denke. Sie heult so schon genug. Wenn ich es ihr sagen würde, würde sie völlig zusammenklappen. Deswegen kann ich's auch niemandem erzählen.«

»Nicht mal deinem Vater?«

»Dem vor allem nicht«, sagte Simmie.

»Aber er ist doch Arzt«, meinte Amy mit Nachdruck.

»Deswegen weiß er ja, wie schlimm es ist. Ich glaub nicht, dass er Mutter alles sagt. Das kann ich mir zusammenreimen aus dem, was er sagt, wenn er bei mir ist. Und aus dem, was sie sagt. Das ist nämlich nicht immer dasselbe. Und sie würde mich nicht anlügen. Vielleicht würde sie mir nicht die ganze Wahrheit sagen. Aber lügen würde sie nicht. Wenn sie also nicht dasselbe sagen, heißt das, dass Daddy ihr nicht alles erzählt. Und letztlich bedeutet das: Egal was es ist, es ist zu schlimm, um's mir zu sagen«, meinte Simmie.

»Mach dir nicht zu viele Sorgen. Dein Vater lässt nicht zu, dass dir was Schlimmes zustößt. Sieh doch mal, was er für mich getan hat«, versuchte Amy sie zu trösten. »Ich kann jetzt auf Krücken gehen. Und in ein paar Wochen kann ich dieses Bein wieder belasten. Und Krebs hab ich auch nicht mehr. Dein Vater hat ihn rausgeschnitten. Einfach entfernt!«

Simmie betrachtete Amy auf eine Art, die diese veranlasste zu fragen: »Was ist los, Simmie?«

»Jetzt klingst du schon genauso wie sie. Wie sie alle. Vater, Mutter. Onkel Sy. Alle sind so erpicht darauf, mich aufzuheitern – als würden sie mich für eine Idiotin halten. Als würden sie denken, ich kapier einfach nichts. Als würde ich nicht spüren, was mit mir passiert.«

Sie wandte sich ab von Amys mitfühlendem Blick. Amy hatte das Gefühl, versagt zu haben.

Es klopfte an der Tür. Beide Mädchen wandten den Kopf, um zu sehen, wer es war.

»Mommy?«, rief Simmie.

Doch es war die Schwester mit dem Tropf, mit dem die nächste Phase von Simmies Chemotherapie begann.

Diese Vorrichtung war mittlerweile beiden Patientinnen aus leidvoller Erfahrung vertraut.

Amy beugte sich zu Simmie hinüber.

»Nimm's nicht so schwer. Ich weiß, dass es, solange es dauert, schlimm ist, aber vergiss nicht, dass es vorbeigeht. Immer.«

Impulsiv umarmte sie das jüngere Mädchen.

»Dein Vater ist ein wunderbarer Mann. Er würde nicht zulassen, dass dir was Schlimmes zustößt.«

Sie humpelte auf den Krücken aus dem Raum und wusste,

dass auch sie sich binnen zweier Wochen wieder derselben Behandlung unterziehen musste.

Während Marion Bedford die Sachen ihrer Tochter zusammenklaubte und sie ordentlich in dem kleinen Koffer verstaute, gab Walt Duncan der jungen Patientin seine Anweisungen.

»In vierzehn Tagen kommst du für einen Tag zur Chemo. Danach bleibst du zwei Tage zu Hause, um dich von den Nachwirkungen zu erholen. Und das Ganze machst du, je nachdem, was Dr. Bristol beobachtet, alle drei Wochen. Gleichzeitig mit der ersten Chemo werden wir dich auch röntgen. Und bei der vierten Chemo machen wir dann einen kompletten Knochen-Scan.«

»Sie glauben also, Doktor, der Krebs ist noch da, nicht wahr?«, fragte Marion.

»Wir wollen doch kein Risiko eingehen, Amy, oder?«

»Nein, Dr. Duncan.«

»Noch eins, Amy. Übertreib es nicht. Die Heilung ist ein langwieriger Prozess. Behalt immer die Stütze an. Geh vorsichtig. In diesem Stadium kann ein Stolpern oder gar ein Sturz noch alles ruinieren. Wenn dann später alles an Ort und Stelle fixiert ist und wir uns sicher sind, dass keine Gefahr mehr besteht, werden wir mit der Physiotherapie beginnen, damit sich dein Unter- und Oberschenkel an ihre neuen Aufgaben gewöhnen. Da du eine Sportlerin bist, wird dir das wahrscheinlich sehr viel besser gefallen als die Chemo, das Röntgen oder die Scans.«

Mrs Bedford hatte den Koffer zugeklappt. Es war Zeit, sich zu verabschieden.

»Zurzeit, Amy, hast du hervorragende Aussichten auf ein gesundes normales Leben. Bitte gefährde sie nicht, indem du jetzt etwas Unüberlegtes tust.«

»Werde ich bestimmt nicht. Und danke, tausend Dank noch mal.«

Aus einem Impuls heraus küsste sie ihn auf die Wange, verlor dabei jedoch die Kontrolle über eine Krücke und fiel in seine Arme.

Er fing sie auf und hielt sie fest.

»Genau das meine ich, Amy. Keine jähen Bewegungen. Immer schön langsam. Und sicher. Fürs Erste ist das die einzige Vorschrift, die ich dir mache.«

»Ich weiß. Tut mir leid. Ich musste Ihnen einfach danken.«

An der offenen Tür ertönte ein Klopfen.

Sie drehten sich um. Brent Martin stand im Türrahmen und fragte: »Kann ich irgendwie helfen? Dir deine Taschen oder deine Blumen tragen?«

»Solltest du nicht in der Schule sein, Brent?«, fragte Mrs Bedford.

»Sie haben mir freigegeben. Wir dachten, Sie könnten Hilfe gebrauchen.«

»Na ja, der Koffer hier ist schwerer, als ich dachte«, meinte Mrs Bedford und überließ ihn ihm.

Als er nach dem Koffer griff, sagte Brent: »Doktor, Sie sollen wissen, dass wir alle Ihnen für das danken, was Sie für Amy getan haben.«

»Eine bereitwilligere und kooperativere Patientin hatte ich nie. Ich bin wirklich stolz auf sie. Aber ich will euch auch erinnern, dass der Krieg noch nicht gewonnen ist. Spart euch also euren Dank.«

»Ich wünsche Ihnen, Doktor«, sagte Amy, »dass es Simmie bald besser geht. Sie ist so ein Schatz. Und so intelligent. Noch viel intelligenter, als Sie glauben«, sagte Amy. »Grüßen Sie sie bitte von mir.«

»Das werde ich, und danke, Amy«, sagte er. »Bis in ein paar Wochen also, wenn du zur Chemo kommst.«

Befriedigt beobachtete er, wie Amy, gefolgt von ihrer Mutter und Brent, mit eigener Kraft hinaushumpelte.

Keiner wusste so gut wie er, welche Rolle schieres Glück

dabei gespielt hatte, Amy Bedford an diesen Punkt zu bringen.

Nur er wusste, wie oft ihre Behandlung, die Operation schon durch unwillkommene Entwicklungen hätte gestört werden können, die entweder Amputation oder den Tod bedeutet hätten.

Und noch immer – das wusste er – musste mit beiden vernichtenden Möglichkeiten gerechnet werden.

Und dieser Gedanke veranlasste ihn, seinen nächsten Patientenbesuch zu verschieben und den Gang hinunter zu Zimmer zweihundertneunzehn zu gehen.

Er traf Simmie im Bett an, den Tropf am Arm, die Nadel in der Vene. Sie trug ihren Kopfhörer und hörte sich eine Kassette an. Emily saß im Sessel gegenüber dem Bett, lächelte ihre Tochter an und versuchte, ihr Mut zu machen.

»Na, wie geht's meinem Mädchen?«, fragte Walt und bemühte sich, möglichst väterlich, forsch und fröhlich zu klingen.

Simmie erwiderte sein Lächeln, und obwohl sie seine Worte nicht verstanden hatte, antwortete sie: »Großartig. Mom hat mir 'ne neue Kassette mitgebracht. The Outrageous.«

Als sie Walts verwirrten Gesichtsausdruck sah, erklärte sie: »Das ist eine neue Gruppe, Dad. Hörst du denn kein Radio? Die sind jede Woche in den Top Forty.«

»Ach ja, klar. The Outrageous. Super! Ich höre sie immer auf dem Weg ins Krankenhaus. Manchmal summe ich sogar mit. Wenn ich den Text verstehe.«

Simmie lachte. »Tust du nicht«, sagte sie.

Sogar ein so flüchtiges Lachen wärmte ihm das Herz. Doch wenn er zu Emily hinübersah, entdeckte er hinter ihrem Lächeln die Furcht vor dem, was sich in wenigen Stunden hier abspielen würde, wenn die chemischen Stoffe Simmies Körper wieder in Aufruhr versetzten.

Er küsste seine Tochter, tätschelte ihr die Wange. Und er küsste seine Frau und spürte, wie starr und angespannt sie war.

Doch er musste gehen und sich seinen ärztlichen Pflichten widmen. Zu solchen Zeiten empfand er absolute Ohnmacht, denn seine Wissenschaft war inzwischen derart spezialisiert, dass er seinem kranken Kind kaum mehr helfen konnte als irgendein medizinischer Laie.

An der von Bäumen gesäumten Straße, an der die Bedfords wohnten, schienen mehr Wagen zu stehen als sonst an Wochentagen. Als Mrs Bedford sich dem Haus näherte, meinte Amy: »Ganz schön viele Autos – für einen normalen Dienstagabend.«

»Mrs Snedeker von gegenüber: Die veranstaltet wahrscheinlich wieder mal eine ihrer Bridgepartys«, sagte Marion Bedford.

Sie steuerte den silbernen Cadillac Seville in die Auffahrt und bis fast vor den Hauseingang. Brent folgte ihnen auf dem Motorrad, sodass er, als Amy die Wagentür öffnete, schon bereitstand, um ihr die Krücken abzunehmen, ihr beim Auftreten zu helfen und sie über den Ziegelpfad zum Eingang zu begleiten.

Keine Sekunde wich er ihr von der Seite und rief ihrer Mutter zu: »Lassen Sie den Koffer ruhig stehen; ich hole ihn gleich.«

Amy humpelte zu den drei roten Stufen der Außentreppe vor dem weißen Hauseingang. Brent musste sich zurückhalten, damit er ihr nicht beim Erklimmen der Stufen zu Hilfe eilte, die sie jeweils Krücken voran und linker Fuß nach oben eine nach der anderen erstieg.

An der Tür angelangt, war sie von der Anstrengung buchstäblich außer Atem. Brent griff entschlossen nach dem schimmernden Messingtürknauf. Er drückte darauf, und sofort gab die Tür nach. Amy humpelte hinein.

Kaum aber hatte sie vier schwerfällige Schritte ins Foyer getan, wurde sie von den aufgeregten Stimmen ihrer Klassenkameraden begrüßt: »Willkommen daheim, Amy!« Aus dem Wohnzimmer zur Rechten, dem Esszimmer zur Linken und vom Treppenabsatz im ersten Stock kamen sie herbeigeeilt, um sie in Empfang zu nehmen.

Nicht nur Amy, auch ihre Mutter war völlig verblüfft. Und nach der ersten Überraschung sahen sie sich an und begannen zu lachen und zu weinen. Obwohl sie aber von all diesen überschwänglichen jungen Männern und Frauen umgeben waren, fiel ihnen auf, dass niemand versucht hatte, Amy zu umarmen – da sie fürchteten, ihre prekäre Balance zu gefährden.

»Das ist ja großartig«, rief Marion Bedford ihnen entgegen. »Aber müsstet ihr nicht alle in der Schule sein?«

»Sind wir doch«, meinte eines der Mädchen. »Wir haben das alles arrangiert. Das hier ist unser Sozialkundeunterricht. Eine Stunde zum Thema, wie man sich als guter Nachbar und Freund verhält.«

»Seid ihr auch sicher, dass euer Lehrer damit einverstanden ist?«, fragte Marion Bedford.

»Rufen Sie ihn doch an, wenn Sie Lust haben.«

»Na ja, dann sollte ich wohl besser was zu essen bestellen, und, nach der Größe der Gruppe zu urteilen, eine ganze Menge.«

»Zu spät«, rief ein anderes Mädchen aus.

»Es wird gar nicht mehr lange dauern«, ergänzte ein anderer Schüler vergnügt.

»Sie meint, es ist schon passiert«, erklärte Brent. »Wir haben die Erlaubnis ihres Mannes gebraucht, um hier reinzukommen. Und als er erfahren hat, warum, da hat er alles in die Weg geleitet. Ein erstaunlicher Mann, wenn man ihn näher kennenlernt.«

»Ist er wohl. Wenn man ihn näher kennt«, wiederholte Amy.

Am Spätnachmittag schaute Sy Rosen bei Simmie vorbei. Diesmal litt die Kleine noch heftiger an der Wirkung der Chemo. Über das Edelstahlbecken gebeugt, hing sie buchstäblich in den Armen ihrer Mutter.

Sy und Emily tauschten einen Blick, in dem Frage und Antwort lagen: *Soll ich dich ablösen?*, fragte Sy. Und sie erwiderte: *Nein, Sy, ich bin die Einzige, die das tun kann.*

Schweigend schlüpfte Sy zur Tür hinaus. Er fühlte sich schuldig.

Nicht weil das Kind so viel leiden musste. Das war der Preis, den Krebspatienten zu entrichten hatten, wenn sie ihre Gesundheit wiedererlangen wollten.

Aber nach dem, was Dr. Bristols Befunde verrieten, musste er annehmen, dass Simmies Leiden bisher noch keine ermutigenden Ergebnisse gezeitigt hatten. Bald würden sie, wenn es nicht besser wurde, zu noch drastischeren chemischen Keulen greifen müssen. Und wenn die ebenfalls versagten ... Nun, dann gab es immer noch die letzte und endgültige Therapie. Die ebenso gefährlich wie aussichtsreich war.

Er schaute in Rita Bristols Büro vorbei. Er musste gar nichts sagen, sie wusste, was ihm auf dem Herzen brannte.

»Nein, Sy, keine Besserung.«

»Sollten wir vielleicht die Chemo verändern?«, fragte er.

»Noch nicht. Wir müssen der Sache noch etwas Zeit geben«, meinte Dr. Bristol.

»Zeit, ja«, sagte der alte Arzt. »Wochen sind vergangen, Monate. Was glauben Sie denn, wie viel Zeit und Geduld ein Kind in diesem Alter noch hat?«

»Wir tun unser Bestes«, sagte Dr. Bristol. »Was wir können.«

Hätte er sie nicht besser gekannt, hätte er sie wohl auch als »Eisberg« bezeichnet, wie viele Patienten, die sie mit ihrer stets kühlen, zurückhaltenden, wissenschaftlichen Art verwirrte, sie zuweilen nannten.

Doch Sy wusste, dass es sich dabei nur um eine Fassade handelte, die sich eine außergewöhnlich sensible Frau angesichts ihres beruflichen Schicksals, ausschließlich mit Schwerstkranken und Sterbenden zu tun zu haben, zugelegt hatte.

Und deswegen verließ er sich auf ihr Urteil.

Wenn es einmal so weit war, würde sie die Zusammensetzung der Medikamente verändern.

Und falls extremere Maßnahmen angezeigt waren, sie würde sie ergreifen.

Auf dem Weg zu seinem Büro murmelte er leise vor sich hin: »Ach, Simmie, Simmie, Simmie. Wenn es dir nur helfen würde, wie gern gäbe ich dir mein Blut.«

Er konnte den Anblick seiner jungen Schwester, ihres Bluts, das vom rostigen Stacheldraht tropfte, während sie langsam zu Boden sank, einfach nicht aus seiner Erinnerung tilgen.

17

Zwei weitere Monate gingen ins Land. Simmie bekam ihre vierte Chemoserie. Wieder einmal war sie zu Untersuchungen in der Klinik, die ihr inzwischen zur Routine geworden waren. Die Ergebnisse waren immer noch nicht ermutigend. Die Onkologin Bristol beschloss, wirksamere Medikamente zu verabreichen.

Als sie ihre Entscheidung verkündete, stellte Walt Duncan fest, dass sie ihre Befürchtungen nicht ganz offen äußerte. Und seine Aufgabe war es nun, mit Emily dasselbe traurige Spiel zu spielen. Ihr den Gedanken nahezubringen, ohne sie zu erschrecken.

Simmie war schon im Bett. Emily und Walt saßen im Wohnzimmer, als er sagte: »Ich hab mich heute wieder mit Bristol unterhalten.«

»Und, was gibt's Neues vom Eisberg?«, fragte Emily, die sofort schlechte Nachrichten befürchtete.

Walt versuchte zu lachen. »Ich dachte, nur die Patienten nennen sie so.«

»Sie ist eine Maschine. Ein Computer. Diese und jene Laborresultate, Anzahl der weißen und der roten Blutkörperchen, und sie rattert die Dosierungen von Medikamenten herunter, wie ein Getränkeautomat Limodosen ausspuckt.«

»Die Frau ist andauernd mit den schlimmsten Krankheiten konfrontiert, Emily. Wenn sie sich auf jeden Fall emotional einlassen würde, würde sie zerbrechen.«

»Werde bloß nie so«, warnte ihn Emily.

»Werde ich nicht. Ist aber nicht mein Verdienst. Es ist

ziemlich schwierig, Emotionen über Kreuzschmerzen zu empfinden. Also lass die arme Frau in Frieden.«

»Gut, gut«, meinte Emily.

»Aber warum nimmst du sie derart in Schutz? Wenn ich's nicht besser wüsste, müsste ich annehmen, ihr habt eine Affäre.«

»Jetzt reicht's aber, Em«, sagte er. »Sei jetzt bitte nicht albern.«

»Was ist daran so albern?«, konterte sie und klang ernster, als er es für möglich gehalten hätte. »Nach allem, was während der letzten paar Monate aus unserem Leben geworden ist ...« Sie wandte sich ab.

Er trat neben sie, fasste sie zärtlich bei den Schultern, drehte sie zu sich herum. Ihre Augen schimmerten feucht.

Sie wandte den Kopf ab.

Er zwang sie, ihn anzusehen.

»Ich habe noch nie so was gesagt«, räumte sie ein. »Hab nie etwas Derartiges gedacht.«

»Die einzige andere Frau ist Simmie. Abgesehen von meiner Arbeit ist in meinem Leben für sonst nichts mehr Platz«, gestand er.

Er zog sie an sich, küsste sie. Ein zärtlicher, aber leidenschaftsloser Kuss. Sie wusste es.

Während er sie noch immer umarmte, fragte sie ihn: »Was ist mit Bristol?«

»Ich hab dir doch gesagt, dass es lächerlich ist ...«, begann er zu sagen, erinnerte sich dann jedoch, was er ihr ursprünglich hatte sagen wollen. »Sie will Simmie wieder in der Klinik haben.«

»Ich habe sie jeden Morgen zur Untersuchung hingebracht.«

»Sie will, dass sie bleibt.«

»Dass sie bleibt?«, fragte Emily und erstarrte in seinen Armen. »Wozu?«

»Eine neue Art von Chemo. Deswegen soll sie im Krankenhaus bleiben.«

»Was für eine Chemo?«, wollte Emily wissen.

»Eine neue. Experimentelle. Viel stärkere. Bristol glaubt, dass sie es damit schaffen kann.«

»Sie will, dass Simmie in der Klinik bleibt? Hat sie das so gesagt, dass sie ›bleibt‹?«, fragte Emily.

»An die genauen Worte erinnere ich mich nicht mehr. Aber sie hat mich wissen lassen, dass sie meint, Simmie sollte während des gesamten Behandlungsverlaufs im Krankenhaus bleiben. Es ist eine Schutzmaßnahme. Em. Liebling. Was ist denn plötzlich in dich gefahren?«

»Ich weiß nicht«, gestand sie und riss sich los, um sich die Tränen abzuwischen. »Bei diesem Wort, diesem Satz, dass sie ›bleiben‹ soll, hab ich irgendwie das Gefühl, als würde sie nie wieder nach Hause kommen.«

»Dr. Bristol tut alles, was sie kann. Wir alle. Aber es gibt einfach keine Garantien«, sagte er.

Sie nickte, wischte sich erneut mit den Fingern die Tränen ab. Schließlich fragte sie resignierend: »Wann will sie sie denn in der Klinik haben?«

»Morgen früh.«

Am nächsten Morgen brachte Emily Duncan ihre Tochter in den Pädiatrischen Pavillon zurück. Sie trug den kleinen Koffer mit Simmies Nachtzeug, Morgenmantel und Pantoffeln. Sowie Matilda, ihrer Lieblingspuppe.

Als sie in den Aufzug stiegen, entdeckten sie Mrs Amiel, eine junge und ziemlich hübsche Blondine. Ihr Sohn hatte bei Simmies letztem Klinikaufenthalt im Nachbarzimmer gelegen.

»Oh, guten Morgen«, sagte Emily. »Wie geht es denn David?«

Durch Simmies Anwesenheit gehemmt, meinte Mrs Amiel: »Oh, gut. Er erholt sich wirklich … gut.«

»Das freut mich«, sagte Emily. Über Simmies Kopf hinweg aber tauschten die beiden Mütter Blicke aus, die mehr über die Wahrheit enthüllten als ihre Worte. Aus Mrs Amiels Augen sprach Hoffnungslosigkeit. Doch noch immer versuchte sie zu lächeln. *Vor zwei Monaten,* dachte Emily, *war sie noch so hübsch. Sie ist nicht um Monate, sondern um Jahre gealtert. Werde ich in ein paar Monaten auch so aussehen?*

»Falls David Besuch haben darf, würde Simmie bestimmt gern bei ihm vorbeischauen. Nicht wahr, Liebes?«

»Klar. Wenn sie mich aus dem Bett lassen«, sagte Simmie freundlich.

»David würde sich freuen«, meinte Mrs Amiel.

Die Tür des Fahrstuhls ging auf. Rasch verabschiedeten sie sich, und Mrs Amiel eilte den Flur hinab zu ihrem kleinen Sohn.

»Er ist sehr, sehr krank, nicht wahr?«, fragte Simmie ihre Mutter.

»Ja, Schatz.«

»Warum hast sie dann gesagt, es geht ihm gut, wenn es doch gar nicht stimmt?«

»Wahr… wahrscheinlich versucht sie sich nur an irgendeine Hoffnung zu klammern. Die Arme.«

Sie gingen an einer offen stehenden Tür vorbei, als eine vertraute Stimme ertönte: »Simmie, bist du das?«

Simmie näherte sich der Tür, blickte hinein und entdeckte Amy Bedford im Bett, den Tropf neben sich und die Nadel im Arm.

»Amy …« Simmie freute sich riesig.

»Ja. Bin wieder mal hier. Und du auch?«

»Sieht ganz so aus«, meinte Simmie.

»Tja, vier Monate hab ich jetzt noch«, sagte Amy.

»Haben sie dich schon geröntgt, Amy?«, fragte Emily.

»Ja. Krebsfrei, sagen die Ärzte. Morgen machen sie einen kompletten Knochen-Scan. Und wenn der auch in Ordnung ist, kann ich wieder für drei Wochen nach Hause, hat es geheißen.«

»Das wird bestimmt klappen. Walt sagt, dass er mit deinen Fortschritten sehr zufrieden ist«, meinte Emily.

»Stimmt das? Also manchmal frag ich mich schon, was die Ärzte wirklich denken, wenn sie so was sagen. Wollen sie mir nur Mut machen, mich bei Laune halten? Oder meinen sie es wirklich ernst?«

»Wenn mein Mann das sagt, dann meint er es auch«, versicherte Emily.

»Eins hab ich jedenfalls gelernt«, sagte Amy, um Simmie aufzumuntern. »Je mehr Chemo ich kriege, umso besser vertrage ich sie. Also, Simmie, darauf kannst du dich freuen. Es wird leichter.«

»Das ist schon mal was«, meinte Simmie.

»Hör mal, wenn ich den Tropf los bin, besuch ich dich mal. Okay?«

»Klar!«, meinte Simmie. »Gerne!«

In Vorbereitung auf den Knochen-Scan hatte man Amy Bedford ihre Dosis an sensibilisierendem Material verabreicht. Sie lag auf der flachen Liege, auf der man sie demnächst unter das riesige, alles sehende Auge der Scan-Apparatur schieben würde. Sie spürte, wie sie rückwärts bewegt wurde, bis sie rundum von diesem metallenen Mechanismus umgeben war. Sie kreuzte Zeige- und Mittelfinger ihrer rechten Hand, ein abergläubischer Tribut an die Glücksgöttin Fortuna.

Bitte, bitte, lass sie nichts mehr finden. Bitte!

Sie fühlte sich sehr allein. Abgeschnitten vom Rest der Welt. Niemand konnte ihr Schicksal jetzt noch beeinflussen. Weder ihre Mutter. Noch ihr Vater. Noch sein Geld. Nichts spielte nun mehr eine Rolle außer dem Urteil, das diese Maschine letztlich sprechen würde.

Sie spürte, wie ihr das Herz hämmerte. Und fragte sich,

ob wohl auch das auf dem Scan zu erkennen war. In der Apparatur schien sich nichts weiter zu tun. Sie gab keinen Laut von sich, nichts in ihr schien sich zu bewegen. Sie schwieg, wie das Gewissen, aber sie konnte Urteile über Leben und Tod fällen. *Lass es das Leben sein,* flehte sie inständig. *Lass es das Leben sein.*

In ihrem Büro im Onkologischen Flügel studierte Dr. Bristol erneut die Laborergebnisse der Patientin Duncan, Simone. Anzahl der weißen Blutkörperchen. Anzahl der roten Blutkörperchen. Anzahl der Blutplättchen. Zwar war keine der Zahlen für sich betrachtet besonders erschreckend, zusammengenommen jedoch boten sie auch keinerlei Anlass für Optimismus. Trotz all der verabreichten Chemotherapie verschlechterte sich der Zustand der Patientin zusehends.

Adriamycin, beschloss Dr. Bristol. Ein bisschen extrem zwar und nicht ohne Risiko. Doch sie musste die Behandlung ausprobieren, solange die Patientin noch stark genug war, die Auswirkungen zu verkraften.

Ab dem nächsten Morgen würde sie die kleine Simmie Duncan auf Adriamycin setzen.

Man hatte Amy Bedford in ihr Zimmer zurückgebracht. Trotz der Reaktion auf die einige Stunden früher verabreichte Chemo durfte sie ihr Zimmer verlassen, ins Solarium gehen, Schularbeiten oder Besuche machen. Sie entschloss sich für die Besuche.

Der kleine Amiel war immer noch da. Jedes Mal, wenn sie von der Chemo zurückkam, schaute sie bei ihm vorbei. Er war ein netter kleiner Kerl, der bei jedem ihrer Besuche noch blasser und dünner wirkte. Aber seine Mutter schien sich immer so zu freuen, wenn jemand vorbeikam. Es erleichterte es ihr wohl ein wenig, dem kleinen Sohn immer wieder zuzulächeln und ihm Trost zu spenden. Ja, sie würde ihn besuchen.

Als sie aber an seine Tür kam, war sie verschlossen und ein

Schild informierte: KEINE BESUCHE. Sie zögerte, machte kehrt und begann, mit ihrem Stock den Flur entlangzugehen. Dr. Duncan war mit ihren diesbezüglichen Fortschritten zufrieden.

Von den Krücken, die ihr rechtes Bein gänzlich entlasteten, war sie inzwischen zu einer Belastung des Beins mit fünfundzwanzig Prozent ihres Körpergewichts übergegangen, von einer Beinstütze und Krücken zu ihrem gegenwärtigen Zustand, in dem sie nur eine Stütze zum Schutz des Beins und einen Stock zum Gehen benötigte.

Sie war nicht nur glücklich, das erreicht zu haben, sondern auch darüber, dass sie es genau in dem von Dr. Duncan vorhergesagten Zeitplan geschafft hatte.

Vorsichtig ging sie den Korridor entlang. Auf gar keine Fall wollte sie stürzen und dieses kunstvoll konstruierte Instrument aus Titan und Plastik beschädigen, das ihre kranken Knochen ersetzte. Da Dr. Duncan so besorgt um ihre Heilung gewesen war, wollte sie es nicht riskieren, dass er sie noch einmal aufschneiden und die Prothese auswechseln musste, obwohl – für alle Fälle – ein Ersatzteil in Hans' Werkstatt bereitlag.

Am Tag vor ihrer ersten Entlassung aus dem Krankenhaus hatte er es ihr gezeigt. Sie war hinuntergegangen, um ihm für seine großartige Arbeit zu danken, und er hatte ihr stolz die Ersatzprothese gezeigt und gemeint: »Wir sind auf alles vorbereitet. Falls es je nötig sein sollte. Aber pass lieber auf, kleine Amy, und sei vorsichtig!«

Sie hatte Simmies Zimmer erreicht. Die Tür stand offen. Amy lugte hinein. Simmie lag im Bett und hielt ihre Puppe im Arm.

Amy betrachtete sie einen Moment und merkte, dass sie schlief. Schon wollte sie kehrtmachen, beschloss dann aber, hineinzugehen und sie sich genau anzusehen – was sie, wenn Simmie wach war, nicht konnte.

Sie stand am Fußende des Betts und beugte sich vor, um

die kleine Simmie eingehend zu mustern. Ein hübsches Kind war sie. Mit feinen, ausgeprägten Zügen – wie ihre Mutter. Wenn sie einmal erwachsen war, würde sie ihrer Mutter sicherlich ähneln. Hübsch, dunkelhaarig und zierlich sein. Amy hatte Emily Duncan bewundert, seit sie sie zum ersten Mal erblickt hatte. *Ein Mann wie Dr. Duncan,* hatte sie sich gedacht, *verdient eine schöne Frau.* Ja, falls sie erwachsen wurde, würde Simmie ganz bestimmt ihrer Mutter gleichen.

Falls?

Warum denke ich plötzlich so was?, dachte Amy. *Hat es mit ihrem Aussehen zu tun, weil sie so dünn, so blass ist? Und die Wangen so eingefallen? Bei unserer ersten Begegnung war sie nicht so. Aber ich auch nicht, vor der Chemo. Sie wird es schon überstehen. Genau wie ich. Und vielleicht kaufen sie ihr ja auch eine Perücke. Ob's für so kleine Kinder überhaupt schon welche gibt?*

Die Schwester rollte Gerätschaften ins Zimmer. Sie wirkte zwar überrascht, Amy zu sehen – aber nicht erschrocken. Sie lächelte sie an und wollte eben etwas sagen, als Amy sie mit einer Geste zum Schweigen aufforderte und auf Simmie wies, die immer noch schlief.

Amy packte ihren Stock und machte kehrt, warf beim Hinausgehen einen Blick auf die medizinische Ausrüstung und dachte: *So was hab ich bei meiner Chemo nie gebraucht. Was das wohl zu bedeuten hat?*

Emily Duncan hatte sich eilig angezogen und befand sich, als das Telefon klingelte, schon auf dem Weg in die Garage. Hoffentlich nicht noch eine freundliche Nachfrage, dachte sie. So sehr sie die Sorge ihrer Freunde auch schätzte, sie war es leid, zuweilen acht bis zehn Leuten am Tag immer dieselben vagen Berichte durchgeben zu müssen. Sie dankte ihnen für ihre Angebote, ihr einen Teil der täglichen Hausarbeit, das Einkaufen oder andere Erledigungen abzunehmen. Lieber aber wäre es ihr gewesen, sie hätten sie damit verschont.

Vor allem die Mütter von Simmies Klassenkameraden. Denn vor kurzem war sich Emily Duncan ihres Grolls bewusst geworden, ihres ausgesprochenen Ressentiments gegenüber Müttern gesunder Kinder.

Einen Moment lang überlegte sie sich, ob sie es nicht einfach klingeln lassen sollte. Aber es konnte die Klinik sein. Sie musste abnehmen.

»Hallo ...«

»Emily, Liebes ...«

Es war die Stimme ihrer Mutter.

»Mutter, du?«

»Emmie, dein Vater und ich haben uns unterhalten, und wir finden, wir sollten bei euch sein ...«, begann ihre Mutter.

»Mach doch nicht solche Umstände, Mutter, bitte.«

»Das sind keine Umstände. Ganz und gar nicht. Und wir sind der Ansicht ...«

»Ich halte das nicht für klug, Mutter. Und Walt auch nicht. Zumal wenn man Vaters Herzschwäche bedenkt. Also bleibt bitte in Arizona, bis wir euch rufen.«

»Und wann ist das?«, fragte ihre Mutter. »Wenn es zu spät ist?«

»Sag das bitte nicht!«, meinte Emily in tadelndem Tonfall.

»Was sollen wir denn denken? Was du uns berichtest, klingt so vage. Und es gibt keine Anzeichen dafür, dass es ihr besser ginge. Oder? Oder, Emily?«

»Mutter, bitte. Ich komme zu spät in die Klinik.«

Ihre Mutter aber gab sich entschlossen. »Ich hab mich hier im Haus mit einer Nachbarin unterhalten. Sie haben dasselbe durchgemacht. Zwar nicht Leukämie. Aber eine andere furchtbare Krankheit. Ihre Enkelin starb, bevor sie sich von ihr verabschieden konnten.«

»Mutter, ich will nichts von anderen Kindern und ihrem Unglück hören!«

»Wir finden nach wie vor, dass wir kommen sollten!« Ihre Mutter ließ nicht locker.

»Nein!«, erwiderte Emily ohne weitere Umschweife. »Ich verbringe all meine Zeit mit Simmie. Und habe daher, so lieb ihr mir seid, keine Zeit, für dich und Vater den Haushalt zu schmeißen. Ich habe jetzt nur für eines Zeit, für meine Tochter!«

»Verbietest du uns etwa, zu kommen?«, fragte ihr Mutter, deren angespannte Stimme verriet, wie ungeheuer verletzt sie sich fühlte.

»Wenn du es so ausdrücken willst, Mutter, ja, dann verbiete ich es euch. Aber jetzt muss ich los. Ich ruf dich später an.

»Ja, später, immer später«, nörgelte ihre Mutter. Und legte ohne ein Wort des Abschieds auf.

Das Gespräch mit ihrer Mutter hatte sie den letzten Nerv gekostet. Und auf dem Weg zum Krankenhaus musste sie sich sehr zusammennehmen, um vorsichtig zu fahren. Erst bei ihrer Ankunft hatte sie wieder das Gefühl, alles im Griff zu haben.

Ausreichend im Griff jedenfalls, um anerkennen zu können, dass ihre Eltern Simmie nicht weniger liebten als sie selbst. Und dass ihr Bedürfnis, zu einer solchen Zeit bei ihr zu sein, genauso stark war wie ihres. Sie musste sie heute Abend anrufen und sich bemühen, netter und verständnisvoller zu sein.

Ihr Gefühl, alles unter Kontrolle zu haben, wurde ernsthaft erschüttert durch den Anblick, der sich ihr beim Eintritt in Simmies Zimmer bot.

Ihr Kind lag auf dem Rücken, den Tropf im Arm. Auf ihrer Brust die vertrauten Sensoren, die man, wie Emily wusste, für ein laufendes EKG benötigte. Die daran befestigten Kabel führten zum entsprechenden Gerät und dem Oszilloskop.

Um Himmels willen, dachte Emily. *Ist die Wirkung der Chemo so verheerend gewesen, dass Simmies Herz ausge-*

setzt hat? Wir müssen aufhören, sie so zu quälen. Genug ist genug!

Alle Selbstbeherrschung, die sie bis zu diesem Zeitpunkt aufgebracht hatte, kam ihr abhanden.

Ihr Schluchzen veranlasste Dr. Sy Rosen, sich zu ihr umzudrehen.

»Sy?«, schluchzte Emily unter Tränen.

Mit einer Geste scheuchte er sie hinaus auf den Korridor. Sobald er die Tür geschlossen hatte, fragte sie: »Was ist passiert?«

»Nichts. Dieses Gerät soll verhindern, dass etwas passiert«, erklärte er.

»Sie machen ein EKG. Das heißt doch, dass sie einen Herzanfall hatte.«

»Emily, bitte, lass es mich dir erklären, eh du das Schlimmste befürchtest. Dr. Bristol behandelt Simmie jetzt mit einem wirksameren Medikament. Adriamycin. Das zuweilen Nebenwirkungen haben kann. Herzjagen. Beschleunigter Puls. Vorzeitige ventrikuläre Kontraktionen. Aussetzen des Herzschlags. Und andere mögliche Komplikationen. Daher überwachen sie, während sie ihr das Medikament verabreichen, auch das Herz, um sicherzustellen, dass nichts dergleichen auftritt.«

»Und wenn es doch passiert?«, wollte Emily wissen.

»Dann bricht sie die Behandlung sofort ab. Und alles normalisiert sich wieder«, versicherte der alte Chirurg. Und schob dann, als Emily nicht darauf reagierte, noch nach: »Du glaubst mir doch, Emily, oder?«

Endlich nickte sie.

»Ich hab dir doch gesagt, Liebes, dass ich dich nie anlügen würde.«

»Tut mir leid, Sy. Aber ich hatte eben einen Streit mit meiner Mutter am Telefon, und das hat mir wohl den Rest gegeben.«

»Sie will herkommen, oder?«

»Ja. Was hältst du davon?« – »Da fragst du den Falschen. Ehrlich gesagt – wenn du und Walt damals nach Kalifornien gezogen wärt, als er das Angebot von der UCLA bekam, und Simmie so krank gewesen wäre wie jetzt, dann wär ich gekommen. Ob es dir gepasst hätte oder nicht. Ich weiß also, wie Großeltern zumute ist.«

Er lächelte.

»Ich bin dir keine große Hilfe, was?«

Sie küsste ihn auf die faltige Wange. »Ich ruf Mutter an und sag ihr, dass sie kommen sollen.«

»Gut. Deine Tochter braucht dich zwar jetzt. Aber auch du bist eine Tochter. Und folglich ist es keine Schande, wenn du auch deine Mutter brauchst.«

18

Amy Bedford war zu ihrer nächsten Chemo in die Klinik zurückgekehrt. Zu neuen Röntgenaufnahmen. Ein Scan war diesmal allerdings nicht fällig, denn den letzten hatte man erst vor zwei Monaten gemacht. Inzwischen war ihr das alles zur Routine geworden. Alle drei Wochen Chemo. Eimmal im Monat Röntgen der Lungen. Alle drei Monate Komplett-Scan. Inzwischen hatte sie fünf Röntgensitzungen, zwei Scans und einundzwanzig Chemoserien hinter sich. Allmählich war ein Ende absehbar, denn jetzt musste sie nur noch viermal zum Röntgen, zweimal zum Scannen und achtmal zur Chemo.

Vor einem Jahr war sie eine gesunde, kräftige junge Frau gewesen, deren einziges Ziel im Leben darin bestand, für sich und das Tennisteam von Swede Olafsen die Staatsmeisterschaften zu gewinnen. Und wenn sie heute in den Handspiegel blickte, den sie stets bei sich hatte, sah sie eine hagere und fast kahle junge Frau, die sich allein deshalb glücklich schätzen durfte, dass sie überhaupt noch lebte.

Aber sie lebte, verdammt noch mal! Und war entschlossen, am Leben zu bleiben. Nicht nur um ihrer selbst willen, sondern auch ihrer Mutter wegen, die sich so für sie einsetzte, und vor allem auch ihres Vaters wegen. Er hatte plötzlich eine Tiefe und ein Gefühl gezeigt, mit denen sie niemals gerechnet hatte.

Wenn sie jetzt morgens zur Chemo oder zu einem Test in die Klinik musste, frühstückte ihr Vater vorher ausgiebig mit ihr. Das Telefon, nach dem er früher hektisch gegriffen hatte, ließ er jetzt ungerührt klingeln. Und wenn sie im Krankenhaus war, rief er sie mindestens viermal am Tag an. Besuchte er sie aber am Ende des Tages, so kam er niemals mit leeren Händen.

Was er heute sicher auch wieder tun wird, dachte Amy, als sie sich dem ihr zugewiesenen Zimmer näherte. Den Stock benötigte sie immer noch. Aber nur noch so lange, bis sie in der Physiotherapie genügend fortgeschritten war und die Hüft- und Beinmuskulatur ausreichend aufgebaut hatte, um die Funktionen der nun fehlenden Kniemuskeln zu übernehmen.

Es war noch früh am Tag. Die Teewagen standen auf dem Flur, bereit, die leeren Frühstückstabletts aufzunehmen. Amy suchte das Zimmer und merkte plötzlich, dass sie an einer Tür mit dem Kärtchen DUNCAN, SIMONE vorübergegangen war. *Dann ist die kleine Simmie also noch immer hier.* Komisch. Als sie Dr. Duncan das letzte Mal nach seiner Tochter gefragt hatte, hatte er gemeint: »Oh, die macht sich. Die macht sich«, und sich danach umso eifriger Amys heilendem Bein gewidmet, indem er sie ohne Krücken und ohne Stock auf und ab gehen ließ.

Meidet er das Thema Simmie, fragte sich Amy, *um seinen Schmerz zu mildern oder weil er mir nicht den Mut nehmen will? Ich muss noch mal bei ihr vorbeischauen, wenn sie wach ist.*

Simmie Duncan lag wach – hinter der geschlossenen Zimmertür. Lag in ihrem Bett, drückte ihre Puppe Matilda an sich und wartete auf die Ankunft ihrer Mutter. Die Schwester war schon da gewesen, hatte das Frühstückstablett mitgenommen und sie fröhlich erinnert: »Keine Chemo heute, Schätzchen. Ist das keine gute Nachricht?« Simmie hatte versucht zu lachen, aber nach drei Tagen ständiger Übelkeit waren die Muskeln ihres empfindlichen Magens viel zu überreizt dazu.

Im Mundinnern, an der Gaumendecke und an den Zungenrändern hatte sie offene Läsionen, die, obwohl die

Schwestern sie mit lindernden Arzneien eingepinselt hatten, furchtbar wehtaten.

Simmie presste Matilda fester an sich, versuchte aus ihrer Nähe und Vertrautheit Trost zu schöpfen.

Irgendwann einmal, bald schon, dachte Simmie, *gehe ich nach Hause. Und dann hört das alles auf. Die Nadeln. Die Ärzte. All diese Ärzte. Die müssen mich wirklich für ein Dummerchen halten. So, wie sie mich anlächeln. Wie sie sich anstrengen, um mir weiszumachen, es wär nichts. Onkel Sy. Sogar wenn er lächelt, seh ich in seinen Augen, wie schlimm es ist. Die Matilda hat er mir gekauft – als ich acht war.*

Sie drückte die Puppe noch fester an sich. Sie begann ihr vorzusingen, ganz leise, eine Melodie, die ihre Mutter ihr vorgesungen hatte, als sie noch viel kleiner gewesen war. Als sie drei war. Denn in den letzten Jahren, als sie begonnen hatte, nach den Hausaufgaben allein zu Bett zu gehen, hatten sie nicht mehr miteinander gesungen.

Vor der Tür ertönten nun die gewohnten Morgengeräusche. Der Wagen, der leise von Tür zu Tür rollte, um die leeren Frühstückstabletts aufzunehmen. Begrüßungen, wenn die Schwestern einander zum ersten Mal in der Frühe begegneten.

Plötzlich veränderten sich die Geräusche. Schritte schienen innezuhalten, bis sie sich dann alle rasch und auf einmal in dieselbe Richtung bewegten. Ein nervöses Flüstern war zu hören, bei dem sich Simmie im Bett aufsetzte. Sie konnte die Worte nicht deutlich genug verstehen, um zu begreifen, was da vor sich ging. Sie legte sich wieder hin, fand aber keine Ruhe. Sie hielt Matilda nicht mehr im Arm, sondern beugte sich nun in Richtung Tür und lauschte angestrengt.

Andere Laute kamen nun dazu. Sie erkannte eine der Stimmen. Die von Mrs Hutchinson. Sie war die Oberschwester auf diesem Stockwerk und hatte sich ausdrücklich wenigstens einmal pro Tag bei ihr sehen lassen und sich erkundigt: »Und wie geht's Dr. Duncans kleinem Mädchen heute?« Anfänglich hatte Simmie diese Vorzugsbehandlung begrüßt. Doch als die Tag dahingingen und sie sich nicht besser, sondern eher schlechter fühlte, hatte sie begonnen, Mrs Hutchinson ihre Aufmerksamkeit übelzunehmen. Was sagte sie denn zu anderen Kindern, wenn sie bei denen vorbeischaute? Oder machte sie sich bei Kindern, deren Väter keine bedeutenden Ärzte waren, nicht die Mühe?

Mrs Hutchinsons Stimme klang ziemlich besorgt und sehr sachlich, als sie sagte: »Wir lassen den Schein später ausfüllen. Bringt ihn inzwischen weg.«

Neugierig und vom hemmenden Tropf befreit, glitt Simmie Duncan aus dem Bett. Sie ging zur Tür und zog sie gerade so weit auf, dass sie auf den Korridor spähen konnte. Wieder hörte sie Geräusche. Stimmen. Schritte. Das gedämpfte Geräusch von rollenden Gummirädern.

Verstohlen versuchte Simmie etwas zu erkennen. Zunächst war da Mrs Hutchinson in ihrer gewohnten weißen Uniform, mit einem blauen Sweater über den Schultern. Die Oberschwester schaute auf etwas, das sich hinter ihr befand. Dann schob sich dieses Etwas in Simmies Blickfeld. Es war eine Bahre auf Gummirädern, die von einer jungen Lernschwester geschoben wurde. Auf der Bahre lag, völlig von einem weißen Tuch bedeckt, aber nicht zu verkennen, eine Gestalt. Es war der Körper eines Kindes. Eines Jungen, wie Simmie wusste. Denn weshalb hätte Mrs Hutchinson sonst sagen sollen: »Bringt *ihn* weg«?

Mit großen, erschrockenen Augen sah Simmie zu, bis sich die kleine Prozession schließlich ihren Blicken entzog. Auf einmal war ihr kalt geworden. Und sie begann zu zittern. Sie ging zu ihrem Bett zurück. Kroch zwischen die warmen Laken, griff nach Matilda, die sich wärmer anfühlte als sie selbst. Sie hielt die Puppe an sich gepresst, lag steif und reglos da, bis sie sich zuletzt die Decke über den Kopf zerrte.

Als Emily Duncan zu ihrem gewohnten Morgenbesuch ins Zimmer trat, traf sie ihre Tochter so an.

»Was machst du denn da, Liebes?« – »Ich ... ich spiele nur mit Matilda«, erwiderte Simmie.

»Komm heraus. Ich will sehen, wie du heute aussiehst.« Simmie wand sich aus ihrem Versteck und lächelte ihre Mutter an.

»So ist's brav«, sagte Emily, aber sie sah die Angst in den Augen ihres Kindes. »Was ist denn los, Schatz? Stimmt was nicht? Tut dir was weh?«

»Nein, es geht mir gut, Mommy. Ehrlich. Nur ... nur ...«

»Nur was, Schatz?«

»Kann ich nicht wieder nach Hause?«, platzte Simmie heraus.

»Nach Hause?«, wiederholte Emily. Die Frage überraschte sie. »Die Ärzte haben noch einiges mit dir vor. Wann du nach Hause darfst, hängt von dem ab, was Dr. Bristol sagt.«

»Und wenn sie *nie* sagt, dass ich nach Hause darf?«, fragte Simmie.

»Warum sollte sie das denn?«

»Weil ihnen vielleicht immer noch was einfällt, was sie mit mir anstellen können.«

Emily saß auf der Bettkante, nahm ihr Kind in die Arme, strich sein dünner werdendes dunkelbraunes Haar zurück und streichelte die blasse, kühle Haut. Sie näherte sich Simmies Gesicht und sagte ihr leise ins Ohr. »Simmie, Liebes, die Ärzte probieren neue Sachen aus, um so das Richtige zu finden, das dich gesund macht.«

»Sie machen aber nicht jeden gesund«, sagte Simmie.

Emily spürte, wie sie trotz all ihrer Bemühungen, sich nichts anmerken zu lassen, erstarrte.

»Nein, Schatz, die Ärzte können nicht jeden heilen. Aber wenn sie das Richtige finden, heilen sie dich.«

Simmie versuchte, Emily in die Augen zu schauen, wurde aber so fest gehalten, dass es unmöglich war. Sie schauderte.

»Ich leg dich lieber wieder ins Bett und decke dich zu.«

»Ganz und gar?«, fragte das Kind. – Emily verstand nicht, was die Frage bedeutete. Behutsam legte sie das Kind aufs Bett zurück, zog die Decke hoch und deckte das zarte Wesen gut zu.

»So ist es besser, oder? Wärmer? Schätzchen?«

»Ja, Mommy«, erwiderte schließlich das Kind.

Gleich nach dem Essen, als Simmie eingeschlafen war, nutzte Emily die Gelegenheit, zum Schwesternzimmer zu gehen und ein paar dringende Telefonate zu erledigen. Dort erfuhr sie dann, dass der kleine David Amiel am frühen Morgen seiner Lungenkrankheit erlegen war. Der süße, sanfte Junge, der noch keine neun Jahre gezählt hatte. Mit der Mutter hatte sie häufig im Besucherraum gesessen. Sympathische Frau. Und furchtbar verängstigt. Nun hatten sich ihre schlimmsten Befürchtungen bestätigt.

Emily dachte: *Ich muss ihr schreiben. Oder Blumen schicken. Irgendwas.*

Eines aber war klar. Sobald Simmie aufwachte, würde sie mit ihr sprechen müssen. Sie würde nicht zulassen, dass Simmie weiterhin ihre Ängste zurückhielt.

* * *

Simmie bewegte sich im Schlaf, ließ Matilda los, sodass sie zu Boden rutschte. Emily beugte sich hinunter, um die Puppe aufzuheben. Als sie sie aufs Bett legte, schlug Simmie die Augen auf.

»Mommy«, sagte sie, als wolle sie sich vergewissern.

»Ja, Schatz, ich bin da.«

Simmie lächelte und griff nach Matilda.

»Möchtest du was trinken? Was Kaltes?«

»Mm-mm«, meinte sie ablehnend.

»Überhaupt nichts.«

»Nöö.«

Das Kind lag still und begann dann, seiner Puppe etwas vorzusummen.

»Ist heute Morgen was Ungewöhnliches passiert, Simmie?«

»Heute Morgen ... Oh. Oh, ja. Jemand ... Ich glaub, ein Kind ist gestorben.«

»Woher weißt du das denn?«

»Ich ... ich hab Stimmen gehört. Und da bin ich aufgestanden. Aber mach dir keine Sorgen, niemand hat es bemerkt. Ich bin zur Tür gegangen. Und hab rausgelinst. Und da hab ich die Bahre gesehen. Und da war ... da war was, unter einem Tuch. Ein Mensch. Ein kleiner Mensch. Ein Junge.«

»Kennst du Mrs Amiel? Sie hat dich ein paarmal besucht.«

»Oh, ja. Sie ist sehr nett. War es ...?«

»Ja, Simmie. Es war ihr Sohn.«

Simmie überlegte einen Moment. Ein ängstlicher Blick verdunkelte ihr blasses, schmales Gesicht. Aber sie sagte nichts.

»Simmie ... als du das gesehen hast, heute morgen, hat es dir Angst gemacht?«

»Mm-hm«, sagte sie sehr leise.

»Hast du dich *deswegen* versteckt?«, fragte Emily.

»Ich hab mich nicht versteckt«, sagte Simmie.

»Aber du warst doch unter der Decke«, insistierte Emily.

»Ich – ich hab nur ausprobiert, wie es sich anfühlt.«

»Wie sich was anfühlt, Schatz?«

»Wie es sich anfühlt, so ganz zugedeckt auf der Bahre zu liegen. Und tot zu sein.«

Emily bezwang den Impuls, ihr Kind in die Arme zu reißen. Denn sie wusste, jede überemotionale Reaktion würde es nur noch mehr erschrecken.

»Wie fühlt es sich an, Mommy?«

»Genau weiß ich es nicht. Aber eins weiß ich. Es gibt keinen Schmerz mehr.« – »Gar keinen?«, fragte das Kind.

»Gar keinen«, versicherte ihr Emily mit mühsam beherrschter Stimme. Das Kind überlegte kurz und nickte dann. Es schien zufrieden.

»Es ist nichts, wovor man Angst haben müsste, Simmie. Denn eines Tages stößt es uns allen zu. Es gehört zum Leben wie das Geborenwerden.«

»Tut es den Babys weh, wenn sie geboren werden?«

»Ich glaube nicht. Sonst müssten sie die Ärzte nicht auf den Popo schlagen, damit sie schreien.«

»Haben sie das bei mir gemacht?«, fragte Simmie.

»Nein. Als du gerade geboren warst, hat dich der Arzt der Schwester gegeben, und du hast selbst geschrien. Und der Arzt ... es war Dr. Breland ... hat gesagt: ›Emily, da hast du ein wirklich gesundes Kind. Gutes Herz. Gute, starke Lungen.‹«

»Hat er das wirklich gesagt?«

»So wahr ich hier stehe.«

»Und was hat Dad gesagt?«

»Dad?«, echote Emily verwirrt.

»Er war doch dabei, oder?«, beharrte sie.

»Na ja, eigentlich ...«

»Ich weiß. Er war in der Klinik und hat operiert. Stimmt's?«

Emily lächelte.

»Simmie, Schatz, wir waren auch in der Klinik. Wir waren im Kreißsaal. Und Daddy war oben im OP in der Orthopädie. Und hat operiert. Aber ich hab gesagt: ›Rufen Sie Dr. Duncan an, und sagen Sie ihm, dass er Vater einer Tochter geworden ist.‹ Und das haben sie dann gemacht. Haben's ihm im OP ausrichten lassen.«

»Und was hat er gesagt?«

»Onkel Sy hat es mir erzählt. Daddy hat ihm damals assistiert, weiß du. Und Onkel Sy behauptet, er hätte gesagt: ›Sy, unsere Erste benennen wir nach dir.‹«

»Stimmt das, Mommy?«

»Ja, das hatten wir alles schon vor deiner Geburt besprochen. Onkel Sy war wie ein Vater zu deinem Daddy. Daher hatten wir uns auf Simon für einen Jungen und auf Simone für ein Mädchen geeinigt. Onkel Sy hat dich bei dann bei der Taufe gehalten. Er hat dir das Goldarmband geschenkt, das wir für dich aufbewahren. Als er es vorbeibrachte, hat er zu mir gesagt: ›Em, wenn Simmie mal heiratet, werde ich nicht mehr da sein. Aber ich hätte gerne, dass sie es auf ihrer Hochzeit trägt.‹«

»Aber wir würden ihn doch bestimmt zur Hochzeit einladen, oder, Mommy?«

»Er wollte damit sagen, dass jeder einmal stirbt. Und er dachte, dass seine Zeit schon vor deiner Hochzeit käme. Er wollte, dass wir uns an ihn erinnern.«

»Ich würde ihn sowieso nie vergessen, auch ohne das Armband«, meinte Simone.

»Er wollte dir nah sein. Und das hat er damit gezeigt.«

»War er … hatte er – als er das gesagt hat, als er ans Sterben gedacht hat – Angst?«

»Nein. Er hatte keine Angst. Er wirkte wie ein Mann, der sein Lebenswerk vollendet hat und bereit ist zu sterben«, erklärte Emily.

»War er müde und wollte sich ausruhen?«

»Ja, so könnte man es auch sagen, Schatz. Tatsächlich hörte er kurz danach mit dem Operieren auf und wurde Berater. Aber seitdem lebt er auch schon ganz schön lange.«

19

Dr. Bristol breitete die Daten auf Sy Rosens Schreibtisch aus. Der alte Mann zupfte an seinem kleinen schmalen Bart und blickte zögernd auf das Material. Er hatte ein äußerst ungutes Gefühl, was Dr. Bristols Gründe anging, ihn um dieses Treffen zu bitten. Schließlich griff er nach den Laborresultaten, veränderte seine Haltung, damit das Licht der Schreibtischlampe mit der Intensität eines Scheinwerfers auf die Seiten fiel. Er studierte die Resultate. Sie waren noch schlimmer, als er befürchtet hatte.

Verdammt, dachte er. *Dass Simmie, dieses unschuldige, aufgeweckte Kind eine so niedrige Anzahl an weißen Blutkörperchen hat. Und Blutplättchen sind es noch weniger. Beide sind durch die Chemo stark vermindert. Was die Möglichkeit nicht nur einer Infektion, sondern auch eines Blutsturzes beträchtlich erhöht. Und dennoch sind die bösartigen Zellen nicht ausgerottet worden. Das ist das Elend mit der Chemo. Sie attackiert gesunde Zellen ebenso wie den Krebs. Und genau die weißen Blutkörperchen und Blutplättchen, die die Krankheit bekämpfen sollen, fallen der Chemo zum Opfer.*

Sy warf die Berichte auf den Schreibtisch, blickte zu Dr. Bristol auf und fragte: »Und nun, Rita, was schlagen Sie vor?«

»Natürlich werde ich das alles dem Krebsausschuss vortragen. Aber zuerst sollte sich jemand mit Walt Duncan unterhalten.«

»Das übernehme ich. Aber wir müssen einen Behandlungsplan vorlegen. Wie lautet Ihr Vorschlag?«, fragte Sy.

Rita Bristol blickte auf den alten Mann hinunter, in seine

wässrigen Augen, die die Qual nicht verhehlen konnten. *Warum fragt er mich das? Er weiß, was in einem so schwer zu behandelnden Fall wie dem Simmies der letzte Ausweg ist. Aber wenn er es aus persönlichen Gründen nötig hat, dass ich es sage, dann tu ich es.*

»Extreme Fälle erfordern extreme Maßnahmen. Subletale Dosen von Chemotherapeutika, um sämtliche bösartigen Zellen auszurotten wie auch ihr eigenes Knochenmark. Um dann das Knochenmark eines gesunden Spenders zu geben, um das Immunsystem ihres Körpers wieder aufzubauen.«

»Bestrahlung des gesamten Körpers«, kommentierte Sy und deutete sein Zögern an.

»In diesem Falle ja.«

»Einschließlich Bestrahlung des Schädels«, sagte Sy und nickte traurig. Denn die Behandlung hatte durchaus beträchtliche und eventuell unerwünschte Nebenwirkungen.

»Ich werde natürlich Prednison verordnen, um jedem Anschwellen des Gehirns entgegenzuwirken«, sagte Dr. Bristol.

»Ihnen ist doch klar, Rita, dass Simmie keine Geschwister hat.«

Dr. Bristol nickte.

»Dann kennen Sie auch die Risiken«, sagte Sy.

»Ich habe nie behauptet, dass sie die ideale Kandidatin für eine Knochenmarkstransplantation ist. Aber ich weiß, welche Chancen sie gegenwärtig hat. Nämlich keine. Darüber wollte ich mit Ihnen reden. Sie kennen die Familie gut. Gibt es irgendwelche möglichen Spender, von denen ich nichts weiß?«

»Nein«, sagte Sy.

»Dann würde ich gerne Histokompatibilitätstests von Walter und seiner Frau machen, um ihre Blut- und Gewebetypen festzustellen. Und das Mark desjenigen der beiden benutzen, das am besten zu Simmie passt.«

»Das ist ein extrem riskantes Verfahren.«

»Wissen Sie eine Alternative?«, fragte Dr. Bristol.

»Ich werde sofort mit Walt sprechen«, sagte Sy. »Ja, ich rede mit ihm.«

Dr. Bristol begann, ihre Laborberichte zusammenzuklauben, aber der alte Mann legte seine Hand auf die ihre. Zu ihr aufblickend, meinte er: »Sie wissen, wie schlecht ihre Chancen stehen.«

»In diesem Fall haben wir keine Wahl.«

Er nickte. Dr. Bristol nahm ihre Berichte und strebte zur Tür. Auf der Schwelle hielt sie inne, um Sy zu erinnern: »Ich werde Simmie natürlich auf reverse Isolation beschränken müssen, sobald wir mit den subletalen Bestrahlungs- und Chemodosen beginnen.«

»Selbstverständlich.«

Walter Duncan nahm die Nachricht scheinbar gefasst auf. Der alte Sy wünschte sich fast, sein Schützling würde zusammenbrechen, weinen, fluchen oder vor Zorn über dieses Schicksal, das so häufig Ärzte und ihre Kinder heimsuchte, explodieren. Doch Walter Duncan hatte emotionslos zugehört, so als nehme er die Ergebnisse eines Patienten in Empfang, der ihm völlig fremd war. Noch ehe Sy zu Ende gekommen war, nahm Walter Duncan ihm die unangenehme Aufgabe ab.

»Ja, ja, Sy, natürlich. Knochenmarkstransplantation. Das Problem der Spender ... ich nehme an, du und Dr. Bristol, ihr habt das schon besprochen. Hat sie gesagt, wann wir zur Knochenmarksabnahme kommen sollen?«

»Das hat sie nicht, aber nach allem, was ich gesehen habe, dürfen wir keinen Tag verlieren.«

»Ich rede mit Emily, sobald ich nach Hause komme.« Walt ging zur Tür.

Sy konnte sich nicht mehr beherrschen. »Um Himmels willen, Walter«, rief er aus, »verhalte dich wie ein Vater und nicht wie ein Arzt!«

Walter Duncan drehte sich langsam um, sodass er seinem

Mentor gegenüberstand, und Sy sah, dass auf den Wangen des jüngeren Mannes Tränen schimmerten.

»Ich muss es Emily sagen. Und sie ist nicht dumm. Sie wird merken, wie verzweifelt wir sind. Nur einen Schritt von der völligen Kapitulation entfernt. Diese Nachricht wird ihr womöglich den Rest geben.«

»Walt, würde es denn etwas helfen, wenn ich es ihr erzähle?«, fragte Sy.

»Nein, das muss ich ihr selbst sagen«, meinte er. »Und jetzt mache ich noch meine Visite, ehe ich Emily sehe.«

Er hatte die Visite beendet, hatte Patienten besucht, die er auf die Operation vorbereitet hatte, und solche, die bereits operiert waren wie etwa Amy Bedford, die zu ihrer dreiwöchentlichen Chemotherapie in die Klinik zurückgekehrt war. Welche diesmal mit der sechswöchentlichen Untersuchung des verheilenden Beins zusammenfiel. Er schaute in ihrem Zimmer vorbei, sah sich das Bein an und war mit ihren Fortschritten zufrieden.

»Und jetzt müssen wir sehen, dass du mit der Physiotherapie anfängst und allmählich vom Stock wegkommst«, bemerkte er. »Wie läuft es denn mit der Chemo? Immer noch so schlimm?«

»Offenbar gewöhne ich mich daran«, sagte sie. »Übelkeit ist inzwischen so normal für mich, dass ich gar nicht mehr weiß, wie es vorher war. Sodass ich an guten Tagen aufwache und mir überlege: Da fehlt doch irgendwas?«

Wegen seiner ungewohnt verbissenen Haltung hatte sie versucht, ein Witzchen zu machen. Und merkte, dass es ihr gründlich misslungen war.

»Doktor?«

»Ja?«

Er reagierte rasch, da er eine Frage nach künftigen Fortschritten erwartete.

»Geht es Simmie denn wirklich so schlecht?«

Er warf ihr einen Blick zu, dem man ansah, dass er ihre Einmischung in seinen privaten Kummer übelnahm.

»Jedes Mal, wenn ich zu meiner Chemo zurückkomme, besuche ich sie. Sie beklagt sich nie. Ich weiß noch, wie ich mich gefühlt habe, als die Chemo am schlimmsten war. Ich hab ständig rumgenörgelt und gejammert.«

»Das ist nicht wahr«, widersprach er ihr.

»Oh, doch, das ist wahr. Vielleicht nicht bei Ihnen. Manchmal nicht mal vor meinen Eltern. Aber innerlich. Ich war ungeheuer zornig. Ich hab mich aufgelehnt: ›Warum ich? Was habe ich getan?‹ Simmie ist nicht so. Sie ist so nett und ...« Sie hatte sagen wollen »ergeben«, merkte aber im letzten Augenblick noch, dass das in der gegenwärtigen Lage das falsche Wort war. »Sie ist sehr krank, nicht wahr? Ich meine, wirklich sehr, sehr krank.«

Er nickte ernst.

»Niemand hat je etwas verlauten lassen. Aber ich sehe es Ihrer Frau an. Mütter haben so eine Art zu lächeln, wenn sie das Schlimmste befürchten. Ich habe es in den Augen meiner Mutter gesehen. Ihre Frau hat dasselbe Lächeln. Es tut mir so leid, Doktor, so leid.«

»Danke, Amy, ich weiß das zu schätzen.«

»Stört es, wenn ich reingehe und mit ihr rede? Ich glaube eigentlich, dass es sie ermutigen müsste, eine Patientin zu sehen, die auch jung ist und die langsam wieder gesund wird. Das brauchen wir doch alle, das Wissen, dass Besserung möglich ist.«

»Natürlich. Geh ruhig zu ihr. Heute zumindest. Danach ist es vielleicht nicht mehr möglich.«

»Oh? Warum denn das?«

»Wegen einer Sache, die wir Umkehrisolation nennen«, sagte Walt nur. »Und jetzt werde ich mal mit Brud Simpson reden, damit er einen Physiotherapieplan für dich aufstellt. Er schaut dann bei dir vorbei, eh du morgen die Klinik verlässt.«

Er hatte alle seine Patienten besucht, alle Anrufer zurückgerufen, für seine Operationen am nächsten Morgen die nötigen Anweisungen hinterlassen. Er entdeckte zwei Mitteilungen von James Row Russell, dem Vorstandsvorsitzenden und der beherrschenden nichtärztlichen Macht der Klinik. Offenbar glaubte Russell, dass Walt ihm auswich. Denn in seiner zweiten Nachricht hieß es: ICH WARTE IN MEINEM BÜRO, BIS ICH VON IHNEN HÖRE.

Es handelte sich also um einen obligatorischen Anruf von der Art, die der alte Sy immer einen »Erstes-Gebot-Anruf« nannte, denn er hatte die Stelle im Alten Testament, wo es heißt »Du sollst keine anderen Götter neben mir haben«, durch die Passage »außer Klinikvorständen« erweitert.

Walt rief in Russells Büro an. Auf den Mann war tatsächlich Verlass, denn er meldete sich persönlich, was bedeutete, dass um diese Zeit sogar seine Sekretärin schon nach Hause gegangen war.

»Oh, Duncan«, grüßte Russell und konnte seine feindselige Haltung kaum verbergen: »Was kann ich für Sie tun?«

»Da Sie mich angerufen haben, Sir, muss ich Ihnen diese Frage stellen: Was kann ich also für Sie tun?«

»Zum einen können Sie sich mal einen Brief anhören, den ich gerade von den Anwälten der Klinik erhalten habe. ›Vom Justizsekretär eines der beiden Berufungsrichter sind wir soeben informiert worden, dass das Urteil gegen Dr. Peter Enright über zwei Millionen fünfhunderttausend Dollar bestätigt wurde. Vor knapp einer Stunde hat uns die Versicherungsgesellschaft mitgeteilt, dass die Prämien für die Versicherung gegen ärztliche Behandlungsfehler im kommenden Jahr für alle Kliniken in diesem Kreis um einhunderfünfzig Prozent erhöht werden.‹«

»Hundertfünfzig Prozent, Duncan«, wiederholte Russell. »Wissen Sie, was das heißt?«

»Eine Million mehr?«, schätzte Walt.

»Zwei Millionen vierhundertausend«, korrigierte ihn

Russell. »Wenn Sie das nächste Mal den Drang verspüren, Ihre ›ethische Pflicht‹ über den gesunden Menschenverstand zu stellen, dann denken Sie an diese Erfahrung. Überlegen Sie es sich noch mal.«

»Wollen Sie mir drohen, Sir?«, fragte Walter Duncan.

»Nur einen Rat geben, Duncan, nur einen Rat«, versetzte Russell kalt.

Doch ehe Walt darauf reagieren konnte, hatte Russell schon aufgelegt. Nun blieb ihm nichts mehr zu tun, als zu Zimmer zweihundertneunzehn zu gehen und Emily abzuholen und nach Hause zu bringen.

Und ihr Bescheid zu sagen. Über Simmie. Und die Knochenmarkstransplantationen.

Er umarmte seine Tochter, spürte, wie zerbrechlich sie war. Sie schien ihm nur noch halb so schwer wie vor einigen Monaten. Die Krankheit hatte ihre verheerende Wirkung entfaltet, die Chemo und ihre Folgen hatten den Rest besorgt. Er saß auf ihrem Bett, hielt sie zärtlich in den Armen, erzählte ihr, was er an diesem Tag getan hatte, was er am nächsten vorhatte. Erzählte ihr von all den Dingen, die er mit ihr unternehmen wollte, sobald man sie aus der Klinik entließ. Sie musste nur noch gesund werden.

»Werde ich denn gesund, Daddy?«, fragte sie und schmiegte sich an ihn.

»Aber natürlich. Glaubst du vielleicht, Onkel Sy würde zulassen, dass seiner Lieblingsnichte etwas zustößt?«, sagte Walt, tätschelte ihr den Kopf und merkte, dass ihm dunkle Strähnen zwischen den Fingern hängen blieben.

Sie waren schon fast zu Hause. Sie hatten nichts gesprochen. Denn es gab nichts zu sagen. Außer vielleicht, dass Simmie noch blasser, noch dünner aussah. Es war nicht nötig, das eigens festzustellen.

Walt und Emily hielten an der Ampel an der Ecke von

Main und Chestnut Street, direkt neben dem Einkaufszentrum.

»Brauchen wir noch irgendwas?«, fragte er.

Emily antwortete nicht.

»Milch? Orangen? Sonstwas?«, fragte er erneut.

Wieder keine Reaktion.

»Em? Liebling?« Er wandte den Kopf zur Seite und sah, dass sie stumm weinte. »Em, Em ... bitte ...«

Sie schüttelte den Kopf, weinte weiter, unfähig, die Tränen zurückzuhalten. Er drehte sich ihr zu, wollte sie umarmen, doch da sprang die Ampel auf Grün. Irgendein ungeduldiger Fahrer hinter ihm drückte auf die Hupe. Walt startete den Wagen mit einem Ruck. Als er ihn wieder unter Kontrolle hatte, fuhr er die Main weiter bis zur Abzweigung Sycamore, einer ruhigen Straße, die zu ihrem Wohngebiet führte. Er streckte die Hand aus, um sie an sich zu ziehen. Tröstend legte er ihr den Arm um die Schulter und fuhr langsam dahin.

»Em, du darfst nicht aufgeben. Wir können immer noch etwas tun«, versicherte er ihr. Er blickte zu ihr. Blind, mit immer noch feuchten Augen starrte sie vor sich hin, und die Tränen liefen ihr über die Wangen.

»Ich wollte es dir sowieso heute sagen. Wir müssen beide getestet werden. Am besten gleich morgen. Sie müssen herausfinden, wer von uns beiden mit Simmie histokompatibel ist.«

Er hatte erwartet, sie werde fragen, warum, doch sie schwieg, lehnte sich an ihn, atmete flach.

»Es gibt da ein Verfahren, weißt du, die so genannte Knochenmarkstransplantation. Sie ist in ihrer Funktionsweise wahrlich ein Wunder. Bei Leukämie produziert das Immunsystem des Körpers keine ausreichende Anzahl von gesunden die Krankheit bekämpfenden weißen Blutkörperchen mehr. Das Problem liegt im Knochenmark. Daher können wir Simmies defektes Knochenmark jetzt mithilfe starker

Chemo- und Strahlenkonzentrationen vollständig eliminieren. Es einfach ausradieren. Und dann das Knochenmark eines kompatiblen gesunden Spenders, wie etwa dir oder mir, nehmen und es ihr intravenös injizieren. Am Ende stimuliert dann das gesunde transplantierte Knochenmark das Wachstum und die Bildung von neuem, gesundem Knochenmark bei der Patientin. Auf dieses Weise lehren unsere gesunden Zellen Simmies Körper, wieder seine eigenen gesunden Zellen zu produzieren.«

Er erwartete eine Reaktion auf diese beruhigende Erklärung. Doch es kam keine. Er fühlte sich gezwungen weiterzusprechen.

»Natürlich tauchen im Laufe der Behandlung Schwierigkeiten auf. Oder eher Unannehmlichkeiten. Denn mit der Entfernung von Simmies Knochenmark, weißt du, geht auch die Widerstandskraft des Körpers gegen Krankheiten verloren. Alle Krankheiten. Erkältungen. Infektionen. Lungenentzündung. Daher muss sich der Patient während dieser Zeit in der so genannten Umkehrisolation aufhalten. Simmie wird in ein anderes Zimmer umziehen. In eine kleine Suite. Mit einem kleinen Vorraum, durch den sie von der Außenwelt abgeschirmt wird.

Dort haben Besucher die Möglichkeit, sich zu waschen. Und es gibt sterile Kittel für sie. Und natürlich darf niemand mit einer Erkältung oder einer anderen ansteckenden Krankheit hinein. Aber ansonsten kannst du genauso viel Zeit mit ihr verbringen wie bisher. Wir müssen nur vorsichtiger sein, das ist alles.«

Er fand, so hatte er ihr die Behandlung, die ihnen als letzter Ausweg noch blieb, am schonendsten beschrieben.

Sie waren am Haus angekommen. Der automatische Timer hatte die Lichter im Wohnzimmer und in der Küche eingeschaltet, sodass ihr Heim nicht ganz so verlassen wirkte. Von der Garage her betraten sie die Küche.

»Hungrig?«, fragte Emily nur.

»Nein. Vielleicht was zu trinken. Kein Essen«, sagte er. »Und du?«

»Auch nichts. Vorerst.«

»Du solltest aber was essen«, meinte er. »Ich hab gehört, du trinkst im Krankenhaus nur Kaffee. Und auch den nur, wenn ihn die Schwestern dir bringen.«

»Später«, sagte sie.

Er fühlte sich versucht, darauf zu bestehen, war andererseits aber erleichtert, dass sie nicht mehr weinte. Er ging ins Wohnzimmer, goss sich einen Whiskey und reichlich Soda ein, als er hörte, wie ihre Schritte von hinten – vom Teppich des Flurs aufs Parkett des Wohnzimmers wechselnd – näher kamen.

»Willst du auch was trinken?« fragte er.

»Walter«, begann sie, »Was bedeutet eigentlich GvHD?«

Er musste den Griff um die Whiskeyflasche verstärken, damit sie ihm nicht aus der Hand fiel. *Wo hat sie denn das wieder aufgeschnappt? Und weshalb? Wenn sie sich diese medizinische Information irgendwo angelesen hat, jedenfalls genug davon, um nach ihrer Bedeutung zu fragen, so muss sie sehr viel mehr über Knochenmarkstransplantationen wissen, als sie sich anmerken lässt.*

»GvHD«, begann er, »tja, das heißt ... das heißt *Graft versus Host Disease* und bedeutet ›Transplantat-Wirt-Reaktion‹. Abgekürzt GvHD.«

»Und was ist das?«, insistierte sie.

»Na ja, ... was ich dir gerade gesagt habe«, meinte er ausweichend.

»Walter!«, sagte sie sehr bestimmt und auf eine Weise, die ihm keine weiteren Ausflüchte gestattete.

»Was GvHD ist ... na ja, es gibt Fälle, wo das Transplantat, statt das gewünschte Ergebnis hervorzurufen, anfängt, den Wirt – also den Patienten – anzugreifen.«

»Sodass eine Knochenmarkstransplantation Simmie mehr Schaden zufügen könnte, als sie ihr nützt«, sagte sie.

»Tja, Schatz, du weißt ja, dass jede Behandlung – sogar meine Operationen – zuweilen misslingen kann. Es kommt zu Infektionen. Lungenentzündung. Allen möglichen Komplikationen. Wir tun das Beste, was sich mit den gegebenen Mitteln erreichen lässt.«

»Das Beste, was sich mit den gegebenen Mitteln erreichen lässt«, wiederholte sie mit bitterem Sarkasmus. »Und wenn das Beste nicht besser ist als das Schlimmste?«, fragte sie herausfordernd. »Was dann?«

Er wusste, dass er auf ihre Ängste eingehen musste. »Em, wie bist du auf GvHD gestoßen?«

Sie starrte ihn an, zunächst ärgerlich, bis dann schließlich der Zorn den Tränen wich. »Ich trinke jetzt was.« Sie ging zum nächsten Sessel und ließ sich hineinsinken. Walt machte ihr einen Drink und brachte ihn ihr. Sanft strich er ein paar widerspenstige Strähnen aus ihrem Gesicht.

Er setzte sich ihr gegenüber. »Em?«

Sie nippte an ihrem Whiskey. Nahm zwei winzige Schlückchen. Starrte an ihm vorbei ins Leere.

»Heute Nachmittag ...« sagte sie. Sie zögerte. Er drang nicht in sie, sondern wartete ab. Sie begann aufs Neue. »Heute Nachmittag, als ich Simmie das wenige, das sie überhaupt schaffte, zu essen gegeben hatte, wollte ich gerade rausgehen auf den Gang, um das Tablett loszuwerden. Als ich an die Tür kam, hörte ich eine vertraute Stimme. Die von Dr. Bristol. ›Hast du es ihm schon gesagt?‹, fragte sie. Und dann hörte ich Sy erwidern: ›Er hat den ganzen Tag operiert. Ich sage es ihm, sobald er fertig ist.‹ Aber das war noch nicht alles, was Sy gesagt hat.«

»Was hat er denn sonst noch gesagt?«, fragte Walter.

»Er ... hat gesagt: ›Glaubst du, Rita, dass die Knochenmarkstransplantation etwas nützt?‹ Und sie hat geantwortet: ›Sy, du kennst die Risiken einer Knochenmarkstransplantation.‹ Und darauf meinte Sy: ›Leider, ... leider ja.‹«

»Em, ich habe dir nie versprochen, dass es eine narrensicheres Verfahren ist«, verteidigte sich Walter Duncan.

»Ich bin noch nicht fertig!«, erwiderte Emily scharf. »Nachdem ich das gehört hatte und Simmie eingeschlafen war, ging ich hinunter in die Klinikbibliothek. Und ich bat die Frau dort ...«

»Mrs Robinson, die Bibliothekarin?«

»Sie war sehr hilfsbereit. Ich bat sie um die jüngsten Publikationen über Knochenmarkstransplantationen. Sie hat mehrere medizinische Zeitschriften für mich durchforstet. Wie die, die du abends nach dem Nachhausekommen immer liest.«

»Em, diese Artikel sind für Ärzte, nicht für Laien bestimmt!«, protestierte er.

»Walter, ich bin keine Analphabetin. Ich habe einen Abschluss in englischer Literatur. Ich habe als Lektorin gearbeitet und tue es gelegentlich immer noch. Ich begreife, was ich lese. Manche Dinge in diesen Artikeln habe ich durchaus verstanden. Wie etwa Diagramme, Tabellen, Zahlen.«

»Zahlen?«

»Prozentsätze. Wahrscheinlichkeitsraten. Heilungschancen«, sagte sie, und ihre Stimme wurde laut und zornig.

»Em, Em, bitte ...«, versuchte er, sie zu unterbrechen.

Doch sie ließ sich nicht beirren. »Wie ich herausgefunden habe, gibt es alle möglichen Arten von Knochenmarkstransplantaten. Transplantate aus dem Knochenmark der Patientin, wenn sie sich auf dem Weg der Besserung befindet. Oder auch von einem eineiigen Zwilling. Und dann auch solches von einem Spender, dessen Knochenmark nur teilweise mit ihrem übereinstimmt oder der nicht mit ihr verwandt ist. Ist das richtig?«

»Ja, ja, natürlich.«

»Die schlechtesten Aussichten, die niedrigste Heilungsrate besteht dort, wo man Knochenmark von einem nur teilweise kompatiblen Spender transplantiert.«

»Es ist ja wahr, dass ein eineiiger Zwilling der ideale Spender ist. Aber Simmie hat nun mal keinen Zwilling«, sagte Walt. »Sie hat nicht mal einen Bruder oder eine Schwester. Nur wir beide sind genetisch mit ihr verwandt. Sodass wenigstens eine Chance auf Histokompatibilität besteht. Wir tun, was wir können.«

»Nicht ganz, mein Herz«, sagte Emily.

»Etwas anderes bleibt uns nicht mehr!«, protestierte er erregt.

»Genau das meine ich, Walter. Wir sind an einem Punkt angelangt, wo kleine Lügen nicht mehr weiterhelfen. Wo ich dir deine ›Rücksicht‹ auf meine Gefühle nicht mehr abkaufe.

Ich will keine Halbwahrheiten mehr hören.

Ich will dir nicht dabei zusehen, wie du dich selbst herabwürdigst und mir Sachen erzählst, die, wie ich heute Nachmittag herausgefunden habe, so nicht stimmen.

Von jetzt an – bis zum Ende – will ich wissen, wie schlimm es steht. Ich will in der Lage sein, meiner Tochter ehrlich zu begegnen.

Sie ist sehr intelligent, sehr sensibel. Sie ist viel wacher, als du glaubst.

Ich sehe ihr an, dass sie Bescheid weiß. Und kann deshalb keine Spielchen mehr mit ihr spielen. Vorgestern ...«

Das Glas fiel ihr aus der Hand. Nur der Teppich bewahrte es davor, mit lautem Klirren in tausend Stücke zu zerspringen.

»Em ...«

»Erst vorgestern hat mich meine Tochter, deine Tochter, vorgestern hat sie mich gefragt: ›Mommy, sterben – wie fühlt sich das an?‹«

»Em! Emily!«

Er ging zu ihr, zog sie aus dem Sessel zu sich hoch und hielt sie in seinen Armen, während sie von Schluchzern geschüttelt wurde.

»Emily, Liebling, bitte ...«

Zwischen den Schluchzern brachte sie stockend heraus: »Von jetzt an … muss ich die Wahrheit wissen, die ganze Wahrheit … ab jetzt.«

»Natürlich, Liebling. Die Wahrheit. Alles. Aber bitte halt daran fest, dass es noch nicht hoffnungslos ist. Schwierig. Ohne große Aussichten. Ja. Aber nicht hoffnungslos. Vergiss das nicht.«

»Wirst du es mir sagen, wenn es so weit ist?«, fragte sie herausfordernd.

Er zögerte nur kurz. »Ja, ja, ich werd es dir sagen.«

20

Emily und Walter Duncan hatten sich beide Blut abnehmen lassen, sich beide unter Lokalanästhesie einer Punktion unterzogen, damit man ihnen ausreichend Knochenmark entnehmen konnte, um dieses dann im Labor mit Simmies Knochenmark und Blut zu vergleichen. Sobald alle Faktoren und Charakteristika miteinander verglichen waren, stellte sich rasch heraus, dass Emilys genetische Merkmale mehr Übereinstimmungen mit Simmies aufwiesen als die Walters. Obzwar Victor Ogura gegenüber Sy Rosen und Rita Bristol bemerkte: »Ich hab schon größere Übereinstimmungen gesehen.«

»Vic, wenn wir eine Alternative hätten ...«, begann Sy zu erwidern.

Und Ogura nickte traurig und verständnisvoll: »Wenn es nur einen Bruder oder eine Schwester gäbe!«

Sobald die Entscheidung zur Knochenmarkstransplantation gefallen war, musste Simmie Duncan auf das Verfahren vorbereitet werden. Es war eine Prozedur, die sie schwächen würde und die mit intravenösen Gaben des chemischen Stoffes Zyklophosphamid an zwei aufeinanderfolgenden Tagen begann.

Da Zyklophosphamid eine stärkere Droge als all die früheren war, gingen damit auch unseligere und belastendere Wirkungen einher. Simmie wurde von Übelkeit und Erbrechen gequält. Mehr als einmal hielt Emily sie in den Armen, während das Kind sich vom Widerstand seines Körpers gegen die Behandlung völlig zerschlagen fühlte.

Es gab viele Moment, in denen Emily gerne geweint hätte,

es aber nicht wagte. Momente, in denen sie sich fragte: *Ist das Ganze all dieses Leiden überhaupt wert? Warum lassen wir sie nicht sterben?* Doch solange auch nur eine leise, schwache Hoffnung bestand, wappnete sie sich gegen die Agonie ihrer kleinen Tochter und machte weiter.

Sie machte Versprechungen, versuchte, Simmie Hoffnung einzuflößen, tröstete sie immer wieder: »Jetzt tut's vielleicht weh, Liebes, aber wenn es dir bessergeht, wirst du das alles vergessen.«

Nachdem die beiden Leidenstage vorüber waren, blieben immer noch weitere sechs Behandlungstage. Sechs Tage subletaler Bestrahlungen. Damit das transplantierte Mark überhaupt eine Erfolgschance hatte, musste der Körper der Patientin völlig krebsfrei sein, durfte er keinerlei Tumorzellen mehr enthalten. Da es Körperbereiche wie etwa das zentrale Nervensystem gibt, in die auch die wirksamste Chemotherapie nicht vordringen beziehungsweise nicht wirksam werden kann, verlässt man sich zur Erreichung dieses Ziels auf die Bestrahlungen. Obwohl die sofortigen Nebenwirkungen dieser Ganzkörperbestrahlungen nicht so unmittelbar erfahrbar waren wie die der Chemotherapie – auch bei ihnen ging es nicht ohne ernsthafte Konsequenzen ab.

Eintausend Rad pro Tag, an sechs aufeinanderfolgenden Tagen, eine extrem hohe Strahlendosis, war vorgesehen. Am folgenden Tag würde sich Emily Duncan zur Verfügung stellen, um durch ihre Spende das erkrankte Knochenmark ihrer Tochter zu ersetzen.

Weil Emily für die chirurgische Prozedur, so geringfügig diese auch war, vorbereitet wurde, konnte sie an diesem Morgen nicht bei Simmie sein. Walt Duncan hatte daher alle Operationen abgesagt, die dringendsten Fälle auf den Nachmittag und andere aufs Wochenende verschoben.

Er betrat die kleine Umkehrisolationssuite, in der seine Tochter nun untergebracht war. Nachdem ihre Abwehr ausgelöscht worden war und ihr Körper drei bis vier Wochen benötigen würde, um eine Krankheit oder Infektion zu bekämpfen, musste jeder Besucher so aseptisch wie nur möglich sein.

Walter stand vor dem Edelstahlbecken, um sich gründlich die Hände zu waschen. Währenddessen blickte er durch die Glasscheibe ins Zimmer auf seine Tochter, die reglos im Bett lag und den Blick aufs Fenster, Richtung Außenwelt richtete, so wie sich Blumen und Pflanzen der Sonne zuwenden.

Er versuchte – so objektiv wie möglich – ihren Zustand einzuschätzen. Sie wirkte noch blasser als früher, noch dünner. *Und warum auch nicht,* dachte er wie in einem Abwehrreflex, *nach allem, was sie in den letzten zehn Tagen durchgemacht hat. Wochenlange Chemo, gefolgt von Zyklophosphamid, dann Ganzkörperbestrahlung. Als ob sie die Hälfte ihres sowieso schon geringen Gewichts eingebüßt hätte.*

Er schlüpfte in den sterilen Kittel und setzte einen OP-Mundschutz auf, ehe er sich der inneren Tür näherte. Sie hörte das Drehen des Türknaufs. Ohne sich umzuwenden, fragte sie mit leiser, dünner Stimme: »Mommy?«

»Diesmal ist es Daddy«, sagte er.

Erschrocken wandte sie sich um. »Wo ist Mommy? Ist ihr was passiert?«

»Nein, nein, Schatz, Mommy ist nichts passiert.«

Doch das schien sie kaum zu beruhigen. »Ich will nicht allein sein«, sagte sie. Die Bedeutung dieser Aussage aber erschloss sich ihrem Vater nicht ganz.

»Wir schauen doch alle immer wieder bei dir vorbei. Mommy. Daddy. Onkel Sy. Und dieses nette Mädchen, diese Patientin von mir, Amy Bedford. Du freust dich doch, wenn sie kommt.«

Simmie nickte. Ihr blasses, eingefallenes Gesicht erinnerte ihn inzwischen an Fotos von halb verhungerten Kindern.

Das ist die teuflische Medizin, die wir praktizieren, dachte er. *Wir bekämpfen die Krankheit mit Methoden, die auch die Widerstandskräfte des Patienten attackieren. Es ist beinahe so schlimm wie ein Exorzismus.*

Sie bewegte sich und konnte den kleinen Schmerzensschrei nicht unterdrücken.

»Tut es weh, Kleines? Wo denn?«

Sie schob die leichte Decke ein wenig zur Seite und entblößte einen Teil ihres Beins, der mit winzigen Blasen bedeckt war. Trotz all der Vorsichtsmaßnahmen, die Ärzte und Schwestern ergriffen, waren Verbrennungen bei so hohen Strahlendosen unvermeidlich. Er griff nach einer Tube mit kühlendem Gel und schmierte die befallene Stelle damit ein.

»Besser so?«

»Mm-hm«, flüsterte sie, als bereite ihr sogar das Sprechen Schmerzen.

»Das geht vorbei, Schatz, schon bald. Dann fühlst du dich besser.«

»Wann?«, fragte sie mit kindlicher Direktheit.

»Bald«, sagte er ausweichend.

»Sehr bald?«

»Sehr bald«, wiederholte er.

Das schien sie zu trösten. Sie hielt seine Hand ganz nah an ihrem abgemagerten Gesicht, bis sie, beruhigt, einschlief.

Zur gleichen Zeit vollzog sich in einem anderen Flügel des Krankenhauses der Beginn eines anderen Teils ihrer Behandlung.

In einem kleinen Operationsraum, kaum groß genug, um den Anästhesisten und seine Ausrüstung, die ihm assistierende Schwester und den Operationstisch aufzunehmen, lag Emily Duncan auf dem Rücken, von einem Operationstuch bedeckt. Der Anästhesist hatte sich entschieden, sie vollständig zu betäuben, um ihre Gefühle in Schach zu halten und um sie vor dem mit der Prozedur einhergehenden Schmerz zu bewahren.

Sobald Dr. Bristol das Zeichen erhalten hatte, dass die Patientin sich unter Narkose befand, griff sie nach dem spitzen sterilen Edelstahlinstrument, das einer langen Subkutannadel mit einer flachen Verschlusskappe am oberen Ende glich. Allerdings war diese Nadel viel stärker als die übliche Subkutannadel, da sie es aushalten musste, durch die Haut, das Gewebe und dann mit beträchtlicher Kraft tief in den Knochen des Spenders gedrückt zu werden.

Man hätte wohl kaum vermutet, dass eine so zierliche Person wie Dr. Bristol die nötige Körperkraft für eine solche Aufgabe mitbrachte. Doch sobald die Schwester Emily Duncan auf die Seite gedreht hatte, um Dr. Bristol Zugang zu deren entblößtem unterem Rücken zu verschaffen, begann die Ärztin, das spitze, hohle Instrument in den Knochen des Beckengürtels zu stoßen, jenen Körperbereich, der am meisten Knochenmark produziert. Das spitze Ende glitt problemlos durch die Haut und das Weichgewebe, bis es auf den harten, unnachgiebigen Knochen traf. Dr. Bristol übte nun beträchtlichen Druck aus, bis sie schließlich spürte, dass der Knochen nachgab, und sie wusste, dass sie sich nun in seinem weichen, markreichen Innern befand.

Nachdem Dr. Bristol dies vollbracht hatte, entfernte sie die Verschlusskappe von der Nadel und signalisierte der Schwester, ihr die Glasspritze zu reichen. Sie schraubte sie auf die Oberseite der Nadel. Dann zog sie langsam den Kolben zurück. Bald war die Spritze mit einer Mischung aus blutigem serumartigem Knochenmark gefüllt, das sie dann in ein steriles Reagenzglas entleerte und es versiegelte.

Diese Prozedur wurde noch dreimal wiederholt. Als Dr. Bristol schließlich fertig war, schickte sie die Schwester mit den Teströhrchen und der Anweisung, das Mark aufzubereiten, ins Labor.

Als Emily Duncan wieder zu Bewusstsein kam, fand sie sich in einem kleinen Privatzimmer der Klinik wieder. Sie war allein. Die Prozedur war nicht so gefährlich oder mit so starken Beschwerden verbunden, dass sie die Anwesenheit einer Schwester erfordert hätte. Sie lag wach und wusste momentan weder, weshalb sie sich an diesem Ort befand, noch warum sie den dumpfen Schmerz im Becken verspürte. Sie tastete gerade nach dem Summer, um eine Schwester zu rufen, als sie hörte, dass die Tür aufging. Sie wandte sich um.

Dr. Simon Rosen spähte ins Zimmer.

»Emily, Liebes, wie geht es dir denn? Tut ein bisschen weh, was?«, fragte der alte Mann.

»Wie ist es denn gelaufen? Konnten sie mir genug abzapfen?«, fragte sie.

»Jede Menge«, versicherte ihr Sy. »Ich komme gerade aus dem Labor. Alles läuft bestens.«

»Haben sie es ihr schon gegeben?«

»Noch nicht. Erst später am Nachmittag«, sagte er.

»Später? Je früher sie es kriegt, umso schneller kann es seine Wirkung entfalten«, protestierte Emily.

»Sie kriegt es schon früh genug. Ein paar Stunden hin oder her sind momentan nicht entscheidend. Es wird Wochen dauern, bevor ihr Körper beginnt, dein gesundes Mark zu nutzen und eigenes zu erzeugen.«

»Sy ... wird es denn funktionieren?«

»Emily, deswegen tun wir es ja. Um zu sehen, ob's funktioniert. Bis jetzt läuft alles so, wie es sollte. Ganz genau so.«

»Kann ich sie sehen?«

»Fürs Erste und wenigstens bis morgen solltest du nach Möglichkeit im Bett bleiben.«

»Ich würde sie gern sehen. Jetzt gleich!«

Der alte Chirurg zögerte. Dann lenkte er ein.

»Ja, natürlich, warum nicht? Aber du musst dich selbstverständlich desinfizieren und einen Kittel und eine Gesichtsmaske tragen.«

»Ich weiß.«

Einige Stunden später spritzte Dr. Bristol das Knochenmark intravenös in Simone Duncans Arme. Wenn die Natur und das Glück auf ihrer Seite standen, würden Emilys Knochenmarkzellen durch Simones Blut kreisen und sich schließlich in den engen Markhöhlen der Knochen des kranken Kindes einnisten.

Danach blieb nur noch abzuwarten, ob dessen Immunsystem wieder begann, selbstständig gesundes Mark zu produzieren.

Was immer die Ärzte auch planen, hoffen und fürchten mochten, *darüber* würde allein die Natur entscheiden.

21

Am Montagnachmittag, einen Tag nachdem man der gebrechlichen Simone Duncan das gesunde Knochenmark gespritzt hatte, trafen Emilys Eltern, Charles und Madeline Ingraham, in der Stadt ein. Da Emily nicht vom Bett ihres Kindes weichen wollte, nahmen die Ingrahams am Flughafen ein Taxi. Und statt sich zum Haus ihrer Tochter zu begeben, ließen sie sich direkt ins Krankenhaus fahren.

So sah sich Emily ohne Vorbereitung oder Vorwarnung plötzlich mit ihren Eltern konfrontiert, die durch die Glasscheibe des kleinen Vorraums auf sie starrten. Ihre Verblüffung, die Enkelin in so völliger Isolation anzutreffen, war ihnen anzusehen. Doch ehe sie noch ihrer Besorgnis Ausdruck geben konnten, kam Emily schon heraus, um sie zu begrüßen.

Wie immer trat ihr Vater als Erster auf sie zu. Sie wich zurück.

»Dad, bitte, der Kittel muss steril bleiben.«

»Ja, sicher«, sagte er. Doch wurde schmerzhaft deutlich, dass er sich zurückgewiesen fühlte.

Ihre Mutter war schon immer die Unverblümtere von beiden gewesen. »Em, wozu sterile Kittel? Was ist denn hier los? Und warum hat man uns nichts gesagt?«

»Mutter, bitte! Ich kann dir das jetzt nicht erklären. Aber wenn du Simmie sehen und eine Weile bei ihr bleiben willst, dann musst du dasselbe tun. Wasch dir sorgfältig die Hände. Zieh einen dieser Kittel an. Und eine Gesichtsmaske.«

»Ich würde trotzdem gern wissen, warum meine Enkelin eigentlich ...«

»Mutter, entweder wäschst du dir jetzt die Hände und

ziehst so einen Kittel an, oder ich muss dich bitten hinauszugehen«, erklärte Emily.

»Maddy«, meinte ihr Vater bestimmt, »tu, was sie sagt.«

Langsam und sorgfältig wuschen sie sich die Hände und schlüpften in die sterilen grünen Kittel. Sie warteten im Vorzimmer, bis Emily rief: »Simmie, Schatz, rate mal, wer den ganzen Weg aus Arizona gekommen ist, um dich zu besuchen?«

»Oma, Opa ...«, sagte das Kind mit schwacher Stimme.

»Genau, Simmie«, rief ihre Großmutter und näherte sich dem Bett. Sie wandte sich halb nach Emily um, als wolle sie sie um Erlaubnis bitten, die Enkelin umarmen zu dürfen. Emily nickte. Sie nahm das Kind in die Arme und drückte es an sich. »Oh, Simmie, wie ich mich freue, dich wiederzusehen. Ach, Kind, Kind ...«

Sie verlor die Fassung. Der Schock über das Aussehen ihrer Enkelin ließ die arme Frau in eine wahre Tränenflut ausbrechen. Emily hatte zwar Mitleid mit ihr, aber um des Kindes willen befahl sie: »Dad, bring sie raus!«

»Komm, Maddy!« Er legte seiner Frau den Arm um die Schultern und führte sie aus dem Zimmer.

Emily kniete am Bett. »Großmutter ist so froh, dich zu sehen, das sie vor lauter Freude in Tränen ausbricht. Aber stell dir mal vor, sie sind mehr als tausend Meilen geflogen, um dich zu besuchen.«

Das Kind starrte sie aus tiefen Augenhöhlen und einem schrecklich dünnen Gesichtchen an. »Sehe ich wirklich so schlimm aus?«

»Natürlich nicht, Kleines«, beeilte sich Emily zu versichern. »Nur hat sich die letzte Behandlung noch nicht auswirken können. Du musst verstehen, wie es Großmutter geht. Weil sie so weit weg ist und sich Sorgen um dich macht, war sie so erleichtert, dass sie einfach zusammengeklappt ist. Wenn ich früher nach ein paar Monaten vom College zurückkam, war sie auch immer so. Hat eben nah am Wasser gebaut, deine Oma«, meinte Emily lächelnd. Und endlich lächelte auch das Kind.

»Sie kommt doch noch mal, oder?«

»Aber natürlich. Lass ihr nur ein bisschen Zeit, sich wieder zu fangen«, meinte Emily.

»Und Opa auch?«, fragte Simmie.

»Alle beide«, versprach Emily.

* * *

Sie fand sie im Besucherzimmer. In einer Ecke stand ihr Vater neben seiner Frau, die sich dort, abgewandt von den anderen Besuchern, verschämt die Tränen abwischte.

»Maddy ... Maddy ...«, flehte er sie an.

»Ich kann nicht anders ... ich kann nicht.« Immer wieder schüttelte sie weinend den Kopf.

Emily näherte sich ihnen. Ihr Vater blickte ihr mit jenem hilflosen Achselzucken, das sie so oft an ihm gesehen hatte, entgegen. Noch nie war es ihm gelungen, seine Frau zu beruhigen, wenn sie sich in einem aufgewühlten Zustand befand. Emily gab ihm zu verstehen, dass er sie in Ruhe lassen solle. Sie legte die Hände auf die Schultern ihrer Mutter, drehte sie zu sich herum, nahm ihr das zerknüllte feuchte Taschentuch aus der Hand. Ihre Mutter versuchte, ihr auszuweichen.

»Mutter! Mutter! Hör mir zu!« Endlich sah ihre Mutter sie an. »Du gehst da noch mal rein. Und lächelst. Und unterhältst dich mit Simone über angenehme Dinge. Ich will nicht, dass sie dir anmerkt, wie erschrocken und verängstigt du bist. Walt und ich tun das nicht. Und wir lassen auch nicht zu, dass du es machst.«

»Aber wie sie aussieht ... es ist ja offenkundig ...«

»Was ist offenkundig?«, fragte Emily verärgert.

Madeline Ingraham blickte zu ihrem Mann und sah dann wieder ihre Tochter an. »Dass sie stirbt.«

»Die letzte Behandlung hat sich noch nicht auswirken können«, insistierte Emily, vermutlich mehr, um die eigene Moral als die ihrer Mutter zu stärken. »Es dauert Wochen, einige Wochen, ehe wir es wissen.«

»Emily, hör mir zu. Tatsächlich sind wir gekommen, weil wir ...«

»Maddy! Schweig!«, ging ihr Mann dazwischen.

»Dieses ganze große Krankenhaus, ihr Vater, der so ein bedeutender Chirurg sein soll, das alles hat ihr nicht helfen können. Das kannst du dem Kind doch an seinem spitzen Gesichtchen ablesen. Vor vier Jahren, als sie uns besucht hat, hat sie mehr gewogen als heute.«

»Maddy, ich hab Nein gesagt!«, insistierte Charles Ingraham leise, aber so entschlossen, dass die anderen Besucher sich umwandten und sie anstarrten.

»Wenigstens ich muss es ihr sagen«, entgegnete seine Frau mit einer Entschlossenheit, die seiner nicht nachstand. Ihren Mann ignorierend, packte sie Emily an den Armen und zog sie zu sich heran. »Also, wir haben das aus bester Quelle. Von dieser Familie aus Sunburst, das nur ein paar Meilen von unserem Städtchen entfernt liegt. Sie haben einen kleinen Jungen. Er ist etwa neun, vielleicht auch zehn. Auch er hat irgendeinen furchtbaren Krebs. Sie hatten schon alles ausprobiert. Das Krankenhaus in Phoenix konnte rein gar nichts für ihn tun. Sie hatten ihn sogar nach Chicago geschickt. Nichts hat geholfen. Dann brachten sie ihn über die Grenze nach Mexiko. Dort gibt es einen Arzt, von dem die Leute alle möglichen wunderbaren Dinge berichten ...«

»Ich bringe Simmie nicht nach Mexiko!«, protestierte Emily.

»Ich sag nicht, dass du sie nach Mexiko bringen sollst.«

»Was willst du dann damit sagen?«

»Maddy – Maddy, bitte, nein«, flehte ihr Mann.

»Charles! Halt dich da raus! Ich sehe doch, dass sie all

ihre Behandlungsmethoden erschöpft haben. Da kann es doch nicht schaden.«

»Mutter, worum geht es hier eigentlich?«, fragte Emily.

»Emily, tatsächlich sind wir, außer dass wir Simmie natürlich sehen wollten, gekommen, damit ich dir von Angesicht zu Angesicht von dem kleinen Jungen erzählen kann. Als die Ärzte – alle, auch der aus Mexiko – ihn aufgegeben hatten, erschien dieser Prediger ... diese Gruppe, die sich als *Boten Gottes* bezeichnet. Er kam nach Sunburst und legte dem Jungen die Hände auf. Und von diesem Augenblick an begann sich sein Zustand zu bessern. Es war wie ein Wunder.«

Emily starrte auf ihre Mutter und dann auf ihren Vater, der die Schultern zuckte, um anzudeuten, dass er die Überzeugungen seiner Frau nicht teilte.

»Wir sind gekommen, um Simmie mitzunehmen. Um diesen Mann Gottes aufzusuchen«, sagte ihrer Mutter mit einer religiösen Überzeugung, die Emily noch nie an ihr erlebt hatte.

»Wir können Simmie nicht aus diesem Isolationsraum herausnehmen, Mutter, und sie auch keine tausend Meilen reisen lassen.«

»Es ist die einzige Möglichkeit. Das Kind stirbt doch.«

»Hör auf damit, Mutter!«

»Du musst jetzt nach jedem Strohhalm greifen!«

»Wir greifen schon nach jedem Strohhalm. Nach allem, was die Medizin über diese Krankheit weiß«, sagte Emily.

»Und was ist das Ergebnis? Dem Kind steht der Tod im Gesicht geschrieben.«

»Maddy!« Ingraham versuchte sie zu umarmen und auf diese Weise zum Schweigen zu bringen.

Sie riss sich los. »Nein, Charles. Also, Emily, wenn du das Kind nicht auf dem Gewissen haben willst, dann lässt du entweder zu, dass ich sie hinbringe, oder du lässt uns den Mann herholen!«

Einen Augenblick, nur einen Augenblick lang schwankte Emily Duncan. Wenn ihre Mutter eine Wahrheit ausgesprochen hatte, dann die, dass alles, was die Medizin bisher zu bieten gehabt hatte, erfolglos geblieben war. Sie selbst hatte dieselbe Verzweiflung empfunden, hatte gesehen, dass der Kampf ihres Kindes, seine Qual, sein Schmerz, dass alles umsonst gewesen war. Ja, wenn Emilys Knochenmark ebenfalls versagte, dann waren auch die Ärzte bereit, ihre endgültige Niederlage einzugestehen.

Doch dann siegte ihre nüchterne Intelligenz. Und sie war wieder in der Lage, zwischen Verzweiflung und Wirklichkeit zu unterscheiden.

»Nein, Mutter. Sie bleibt hier in der Obhut der Ärzte.«

»Em ...« Ihre Mutter ließ nicht locker.

Und ihr Mann unterbrach sie bestimmter als zuvor. »Maddy, du hast gesagt, was du sagen wolltest. Und unsere Tochter hat Nein gesagt. Und jetzt tust du Folgendes. Du gehst in dieses Zimmer. Du wäschst dich, damit du nicht mehr so verheult aussieht. Du ziehst dir einen von diesen Kitteln an und gehst wieder in dieses Zimmer zurück. Dann lächelst du deine Enkelin an. Redest mit ihr. Singst ihr was vor, wie damals, als sie noch ein Winzling war. Deine Angst aber behältst du für dich.«

Sie schien sich widersetzen zu wollen, beugte sich dann jedoch wie meist dem Urteil ihres Mannes. Sobald sie der Zimmertür zustrebte, flüsterte Emily ihrem Vater zu: »Dad, dieser Junge, von dem sie geredet hat, ist der wirklich wieder gesund geworden?«

»Wir wissen es nicht. Wir haben weder den Jungen noch die Familie gekannt. Wir haben das nur gehört. Vielleicht war es ja nur eine spontane Remission, die für eine Weile vorhielt.«

Die Verwendung dieses Ausdrucks, den sie von einem Laien nicht erwartet hätte, veranlasste Emily, ihr fragend anzusehen.

Fast verlegen gab er zu. »Ich wollte dich und Walt nicht allzu sehr nerven. So wie es momentan steht. Deswegen hab ich mich mit unserem Arzt unterhalten. Und mit einem gewissen Dr. Bernhardt. Er ist Krebsspezialist in unserem Krankenhaus.«

Er nahm seine Tochter bei der Hand; er fasste sie unters Kinn, um ihr in die Augen zu blicken.

»So, und nun sag mir, Em, ist es so schlimm, wie es aussieht?«

Sie versuchte zu nicken.

»Stimmt es, dass diese letzte Behandlung noch nicht zu wirken begonnen hat, dass mit einer Wirkung noch gar nicht zu rechnen ist?«

»Es dauert einige Wochen, ehe wir es wissen.«

»Dann sage ich dir, was ich jetzt tun werde. Ich bringe deine Mutter nach Hause. Zurück nach Arizona. Du hast es hier sowieso schon schwer genug. Du musst nicht auch uns noch was vormachen.«

»Danke, Dad. Für dein Verständnis«, sagte sie.

»Sieh mal, Liebes, was deine Mutter angeht. Sie gehört nicht zu denen, die es mit Geistheilern haben, das weißt du doch. Aber sie ist so besorgt, so verzweifelt, sie würde alles tun, um dieses Kind zu retten. Vergiss nicht, Simmie liegt uns genauso am Herzen wie du. Durch ihre Geburt haben wir uns wieder jung gefühlt. All die Dinge, die wir früher mit dir unternommen haben, durften wir mit ihr wieder erleben. Wer hätte gedacht, dass ich noch mal mit einer Vierjährigen auf dem Rasen herumtollen würde. Aber da war ich und sprang mit Simmie im Gras herum. Ging mit ihr in den Zoo. In den Vergnügungspark. Lauter Sachen, die ich seit vielen Jahren, seitdem du ein Kind warst, nicht mehr gemacht hatte. Ja, sie hat mir viel bedeutet. Und deiner Mutter auch. Denn wer bereitet einer Köchin größere Freude als ein Kind, das ihre Kuchen und Kekse verschlingt? Ja, wenn Simmie zu Besuch kam, hat deine Mutter sämtliche Mahlzeiten, Kuchen, Plätzchen, die sie für sie machen wollte, schon Wochen im Voraus geplant.

Ein paar Tage vorher gingen wir dann einkaufen. Und sie füllte zwei Einkaufswagen, um Simmie zu verköstigen. Ja, es gibt wohl kein Kind auf dieser Welt, das all die Dinge, die deine Mutter für Simmie kaufte, hätte aufessen können. Irgendwie glaube ich, dass deine Mutter all die Liebe, mit der sie dich nach deinem Weggang aufs College nicht mehr überhäufen konnte, für Simmie aufsparte. Und all diese aufgestaute Liebe bringt sie dazu, an Sachen wie Geistheilen zu denken. Sie ist verzweifelt, Em. Wir sind beide verzweifelt. Mir geht es nicht anders als ihr.«

Emily streckte die Hand nach oben, zog sein Gesicht zu sich herunter und küsste ihn. »Ich weiß, Dad. Ich weiß. Wir müssen das beide auf unsere Art durchstehen.«

»Möchtest du, dass ich deine Mutter wieder nach Hause bringe?«, fragte er.

»In ein, zwei Tagen«, sagte Emily.

»Okay, Kleines. Du kannst dich auf mich verlassen.«

»Danke, Dad.«

Drei Wochen waren vergangen, seit man Simone Duncan Emilys Knochenmark injiziert hatte.

Jeden Tag war Emily frühmorgens im Krankenhaus erschienen, hatte sich die Hände desinfiziert, war in einen sterilen grünen Kittel geschlüpft und hatte den Tag mit ihrem kranken Kind verbracht. Tag für Tag fütterte sie es. Tag für Tag hielt sie Ausschau, erwartete eine Veränderung, irgendeine wundersame Veränderung. Doch sie konnte keine entdecken.

Meistens hielt sie ihr Kind, wenn es sich erbrach und damit auf das Methotrexat reagierte, das es nehmen musste, damit sein Körper mit dem fremden Knochenmark zurechtkam. Gleichzeitig forschte sie, wie auch Walter und der alte Sy, nach irgendwelchen Hinweisen auf die gefürchtete

Transplantat-Wirt-Reaktion, bei der die Behandlung selbst zum Feind der Patientin wurde.

Trotz der bekannten und entmutigenden Statistik, die Walter nicht mehr vor ihr geheim hielt, hoffte Emily weiter und suchte nach Anzeichen einer Besserung. Schon während der ersten beiden Wochen, in denen – wie man ihr gesagt hatte – es keine sichtbare oder reale Veränderung geben konnte, hatte sie behauptet, Zeichen der Genesung zu entdecken.

Mehrere Male am Tag, bei jeder sich bietenden Gelegenheit, eilte Walter Duncan herein, desinfizierte sich, zog den Kittel über und besuchte seine Tochter. Er umarmte sie, erzählte ihr von vergangenen Freuden und stellte ihr zukünftige in Aussicht. Er erzählte ihr lustige Geschichten aus seiner Kindheit und brachte sie zum Lachen. Erzählte von ihrem Großvater väterlicherseits, den sie nie gekannt hatte, weil er bereits vor ihrer Geburt gestorben war. Wenn nötig, hielt er sie auch beim Erbrechen. Und die ganze Zeit über spürte er, wie ihr Körper leichter wurde, dünner wurde, und die blasse Haut kaum mehr das zarte Skelett verbarg.

Immer wieder suchten Emilys Augen die seinen und flehten: *Sag mir, dass du eine Besserung siehst, sag mir, dass das Transplantat wirkt.* Er hatte diesen Ausdruck in den Augen vieler Mütter und Väter gesehen. Nie hätte er erwartet, ihn in den Augen seiner Frau sehen zu müssen.

Sy Rosen kam mehrere Male am Tag vorbei, um seine Namensvetterin aufzuheitern. Um Emily beruhigend zuzunicken. Seine Beobachtungen und Vorschläge jedoch sparte er sich für Dr. Bristol auf. Jeden Tag stellte er sie in ihrem Büro zur Rede.

»Nun, Rita, wie sieht es aus?«, fragte er nur.

»Wir wissen es noch nicht«, meinte sie dann.

»Wisst ihr es noch nicht, oder wollt ihr es nicht sagen?«, versetzte Sy. »Weiße Blutkörperchen. Lymphozyten. Blutplättchen. Beginnt ihr System schon zu reagieren und gesunde Zellen zu produzieren?«

»Es sieht nicht gut aus, Sy«, gestand Dr. Bristol. – »Und GvHD? Irgendwelche Anzeichen dafür?«, fragte Sy.

»Noch nicht.«

»Noch nicht? Heißt das, dass du damit rechnest? Warum ersetzt du das Methotrexat dann nicht durch Zyklosporin? Oder durch Prednison?«, drängte Sy. »Beide sind bei der Verhütung von GvHD sehr wirksam.«

»Sie wirken zuweilen«, korrigierte ihn Dr. Bristol.

Sy nickte, nahm den milden Tadel hin. Denn in seiner Sorge um Simmie maßte er sich nicht nur Urteile auf dem Spezialgebiet seiner Kollegin an, sondern versuchte auch, zugunsten der Patientin allgemein akzeptierte medizinische Tatsachen außer Acht zu lassen.

»Sag mir Bescheid, Rita. Halt mich auf dem Laufenden. Und falls ich irgendetwas tun kann ... falls wir etwas tun können ...« Dem alten Mann gingen die Worte aus. Nichts von dem, was er sagen konnte, würde das Ergebnis beeinflussen.

Sogar in Fällen, wo die Knochenmarkspende vom eineiigen Zwillingsgeschwister des Patienten stammte und die Chancen besser standen, war die Genesungswahrscheinlichkeit immer noch schlecht. Vierzig bis fünfzig Prozent der Betroffenen erkrankten an GvHD. Und sobald diese Transplantat-Wirt-Reaktion auftrat, war sie praktisch nicht zu behandeln. Schon bald konnte sie Simmies Leber oder ihre Haut oder ihren Magen befallen oder auch alles auf einmal. In den letzten Phasen würde sie sie für jede Infektion anfällig machen. Und das Ende war unvermeidlich.

22

Sechsundzwanzig Tage nachdem Simone Duncan Emilys Knochenmarkspende erhalten hatte, maß Corinne Scammon, die für Simone abgestellte Schwester, bei der üblichen Morgenroutine Simones Temperatur. Da das Kind schon seit vielen Tagen keine Anzeichen erhöhter Temperatur zeigte, warf Scammon nur einen Blick darauf und wollte das Quecksilber in dem schlanken Instrument schon zurückschütteln, als sie plötzlich innehielt.

Sie hielt das Thermometer ins Licht. Ihr Blick folgte der silbernen Linie bis über die rote Zahl, bis auf 41,5 °C. Emily stand am Fußende des Betts; Scammon aber sagte nichts, klopfte lediglich das Thermometer zurück und legte es wieder in Alkohol.

Sie marschierte schnurstracks zum Flurtelefon und ließ Dr. Bristol ausrufen.

Die Ärztin antwortete nicht sofort. Binnen einer Stunde jedoch fand sich Bristol auf der Pädiatrischen ein, um nach Scammon zu suchen, die gerade damit beschäftigt war, einen Chemotropf an Amy Bedfords Arm zu befestigen. Amy war zu ihrer gewohnten Chemotherapie und allmonatlichen Röntgenaufnahme in die Klinik gekommen.

»Dr. Duncan hat uns die Anweisung hinterlassen, dass ich dich, sobald du all das Zytotoxin intus hast, runter in die Radiologische bringen soll.«

»Ich weiß«, sagte Amy. »Ich rechne schon jeden Tag damit, irgendwann mal aufzuleuchten und im Dunkeln zu strahlen.«

Beide lachten, als Dr. Bristol den Raum betrat. Die Unterredung gestaltete sich kurz.

»Sie haben mich angerufen, Scammon?« – »Die Patientin in zwei-zwölf.«

»Ja?«, fragte Dr. Bristol drängend.

»Vier eins Komma fünf«, sagte Schwester Scammon.

»Danke, Scammon. Ich sehe mal nach.« Dr. Bristol eilte davon.

»Mrs Scammon«, sagte Amy. »Die Patientin auf zwei-zwölf, ist das nicht Simmie, Dr. Duncans Tochter?«

»Ja.«

»Vielleicht schaue ich später mal bei ihr vorbei, wenn ich kann. Sie ist ein nettes Mädchen.«

»Ich würde das lieber nicht tun. Wenigstens heute nicht«, meinte Schwester Scammon.

»Oh, ich kenne mich aus mit Desinfizieren und sterilen Kitteln ...«

Doch Scammon unterbrach sie. »Ich würde das an deiner Stelle nicht tun. Nicht heute.«

Amy Bedford beharrte nicht mehr darauf.

»Guten Morgen, Frau Doktor.« Emily Duncan begrüßte Rita Bristol, als sie das Zimmer betrat. Es war eine fröhliche Begrüßung, so als wolle sie die Ärztin freundlich stimmen und so zu einem optimistischen Urteil veranlassen.

»Guten Morgen«, rief Dr. Bristol lächelnd zurück. Sie trat neben Simmie, nahm ihre Hand, um ihr den Puls zu fühlen. Doch es war eine List, um dem Kind unbemerkt in die Augen blicken zu können. Rasch streckte sie die Hand aus, um Simmies Stirn zu fühlen. Heiß, trocken. Sie griff nach dem Thermometer. Nahm die Temperatur. Weiterhin beiläufiges Interesse heuchelnd, hielt Dr. Bristol das zarte Glasröhrchen ins Licht. Scammon hatte Recht. Nur dass das Quecksilber inzwischen auf 41,6 °C geklettert war.

»Sehen wir doch mal nach«, meinte Dr. Bristol liebenswürdig. Sie schlug die leichte Decke und das Laken zurück. Hob Simmies Krankenhausnachthemd und untersuchte sie rasch, erst vorn, dann hinten. Sie entdeckte erste Anzeichen eines Ausschlags, der zwar noch nicht stark entzündet war, es jedoch bald sein würde.

Sie drehte das Kind auf den Rücken, drückte ihm leicht auf den Bauch. Und das Kind zuckte vor Schmerz zusammen.

»Ganz sachte, Simmie, ich tu das nicht wieder. Entspann dich.«

Dr. Bristol zog das Nachthemd herunter und deckte das Kind wieder zu. Während sie es tat, sah sie sich mit dem fragenden Blick Emilys konfrontiert. Dr. Bristol lächelte ihr aufmunternd zu.

»Bis später, Liebes«, meinte Dr. Bristol fröhlich, als sie den Raum verließ.

Sie ging direkt ins Stationszimmer. Suchte die Tabelle der Patientin Duncan, Simone heraus. Kontrollierte sie auf bestimmte wichtige Einträge hin. Scammons Temperatureintrag war vorhanden. Gefolgt von einem Eintrag leichten Gewichtsverlusts vom Vortag. Keine Notiz jedoch, die auf eine Darmverstopfung hinwies, die sich Ileus nannte. Insgesamt jedoch genügend Anzeichen, um Rita Bristol zum Telefonhörer greifen zu lassen und um eine Verbindung zu Dr. Sy Rosens Büro zu bitten.

Sy Rosen kehrte in sein Büro zurück, nachdem er bei einer Operation assistiert hatte, bei der man einem seiner alten Freunde ein neues Hüftgelenk einpflanzte. Routinemäßig streckte er, an Bridgets Schreibtisch vorbeikommend, die Hand aus. Und seine langjährige Sekretärin reichte ihm ebenso routinemäßig einen Packen angesammelter Nachrichten. Dr. Bristols Nachricht hatte sie ganz oben platziert. Sy warf kaum einen Blick darauf und ging weiter in sein Privatbüro. Doch im selben Moment, in dem seine Hand den Türknauf berührte, registrierte er plötzlich, was die Nachricht besagte.

Er hielt inne, starrte durch die untere Hälfte seiner Bifokalbrille darauf.

DR. BRISTOL WÜRDE SIE GERN SPRECHEN, SOBALD SIE EINEN MOMENT ZEIT HABEN.

Er fürchtete dieses Telefonat, befahl aber: »Bridget, rufen Sie sie an!«

Sy Rosen saß in seinem knarrenden alten Bürostuhl. Er zupfte an seinem dünnen Bart, während er über den Schreibtisch blickte und zögernd fragte: »Okay, Rita, wie sieht es aus?«

»Inzwischen hat sie eine Temperatur von 41,6 °C.«

»Irgendwelche sonstigen Anzeichen?«

»Hinweise auf exfoliative Dermatitis am Rücken, leichte Blähungen und gewisse Empfindlichkeit.«

»Irgendwelche Hinweise auf Hepatitis?«, fragte Sy.

»Noch nicht«, erwiderte Bristol mit einem Nachdruck, der dem älteren Arzt nicht entging. »Aber es liegt ein, wenn auch kaum merklicher, Gewichtsverlust vor.«

Sy Rosen nickte traurig. »Die klassischen Anzeichen. GvHD.«

»Die meisten Empfänger von Knochenmarkspenden entwickeln diese Reaktion«, erinnerte ihn Dr. Bristol.

»Und obwohl wir Emilys Mark inkubiert haben, ehe Sie es transplantiert haben. Verdammt, eines Tages müssen wir eine Methode finden ...« Dann wischte er vergebliche Hoffnungen und Erwartungen beiseite und fragte: »Sollen wir das Methotrexat erhöhen?«

»Ich gebe ihr schon alles, was sie momentan aushalten kann.«

Er nickte und akzeptierte ihre Einschätzung der Lage. »Das ist mir schon eine Wissenschaft, die wir da praktizieren, Rita! Wenn die Krankheit sie nicht umbringt, dann tut es die Behandlung.«

»Wir wussten um das Risiko. Aber wir hatten keine andere Wahl.«

»Rita … wenn man Sie um Ihre Einschätzung bäte, wie stehen in Simmies Fall die Chancen, die GvHD rückgängig zu machen?«

»Wie Sie, Sy, hab ich ein paar höchst seltene Fälle erlebt, die aller Wahrscheinlichkeit zuwiderliefen. Schwer zu sagen. Im Grunde auch unangemessen. Irreführend.«

»Wie würden Sie auf der Basis Ihrer Erfahrung, Ihres Wissens ihre Chancen einschätzen?«, fragte er.

»Zwischen sehr schlecht und aussichtslos.«

»Dann betrachten Sie sie also als unheilbar?«, fragte Sy.

»Die kleinste Infektion, interstitielle Pneumonitis, ausgelöst durch die Auswirkungen der Chemo auf ihre Lunge, oder eine Blutung, alles kann den Ausschlag geben. Alles.«

»Würden Sie etwas für mich tun, Rita?«

»Was kann ich denn noch tun?«

»Ich habe nicht den Mumm, es Emily zu sagen. Oder Walt.«

»Es ist mein Fall«, sagte Dr. Bristol und akzeptierte ihre Verpflichtung, es den Eltern mitzuteilen.

Sie ging zur Tür. Sy hielt sie ihr auf. »Warten Sie, Rita. Nein, so ein Feigling bin ich denn doch nicht. Sie haben das Recht, es von mir zu hören.«

Er ließ Walter Duncan anrufen. Bridget berichtete ihm, dass Dr. Duncan in einer Besprechung sei und hinterlassen habe, dass er nicht gestört werden wolle.

Das, was ich ihm zu sagen habe, dachte Sy, *kann auch bis zu einem späteren Zeitpunkt warten. Dann ist es immer noch früh genug.*

Walter Duncan war von Dr. Wiswell, der schon seit den ersten Röntgenaufnahmen und Scans für Amy Bedford verantwortlich gewesen war, in die radiologische Abteilung gerufen worden. Zum Vergleich hatte Wiswell alle Röntgenserien von Amy auf der Glaswand ausgehängt. Als Walt den Raum betrat, genügte ihm ein einziger Blick, um zu wissen, das es ernste Probleme gab.

»Walt, sieh dir das an«, sagte Wiswell nur. Wiswell schaltete die Deckenbeleuchtung aus und knipste die Lichter hinter der Leuchtbox an. Walt Duncan begann auf der linken Seite der Glaswand. Von hinten her beleuchtet, präsentierten die Filme gleißende Formen und Schatten, Hell und Dunkel. Langsam wanderten die beiden Ärzte an der Wand entlang.

Sauber, sauber, sauber, notierte Walter schweigend. Bis er vor Amys letzten Röntgenaufnahmen stand. Hier hatte Wiswell mit rotem Filzstift einen Schatten umringelt, der auf keinem der früheren Film zu sehen gewesen war.

Walt sah Wiswell an.

»Als das hier heute Morgen auf den Filmen aufgetaucht ist, habe ich sofort losgelegt und Scans gemacht. Auf denen sieht man es noch deutlicher. Ein ganz klar definierter Krankheitsherd.«

»Verdammt noch mal!«, sagte Walt. »Sie hat sich so gut entwickelt ... so gut.«

»Zum Glück ist das Ding verkapselt. Eigentlich müsste man es herausschneiden können.«

»›Zum Glück‹«, schoss Walter Duncan verärgert zurück. »Was für ein Glück ist es denn, eine Metastase zu haben? Ich dachte, wir hätten dieses verdammte Ding besiegt! Aber es hört wohl nie auf, was? Wie in einem Guerillakrieg. Die Zellen verschanzen sich einfach in irgendwelchen Geheimverstecken im Körper des Patienten. Irgendwo im Blut. Warten nur darauf, dass der Chirurg und der Onkologe ein wenig zuversichtlicher werden. Und dann stößt der Feind wieder vor. Clowns! Scharlatane! Und all unsere beruhigenden Worte gegenüber den Patienten klingen jetzt, als hätten wir sie mit Absicht belogen. Nun, vielleicht haben wir das. Oder wir sind wegen unserer schlechten Heilungserfolge so verletzlich, dass wir lügen, ohne es zu wollen. Um unser Versagen zu verschleiern.«

Walt merkte, wie Wiswell ihn anstarrte. Er wurde verlegen.

»Tut mir leid. Wahrscheinlich der Druck. Der baut sich auf und auf, bis man ihn nicht mehr aushält. Aber sie hatte sich so gut entwickelt, damit hatte ich einfach nicht gerechnet. Ich rede mit Levin in der Thoraxchirurgie. Und natürlich mit Amy und ihrer Familie. Verdammt!«, wiederholte er, doch diesmal war es fast nur noch ein Flüstern.

* * *

Binnen einer halben Stunde nach Walter Duncans Anruf waren Ed und Marion Bedford, sie von zu Hause, er von einer wichtigen Sitzung in seiner Hauptniederlassung, in der Klinik eingetroffen.

Besorgt warteten sie vor Amys Zimmer auf Walts Ankunft.

»Hat Dr. Duncan dir irgendwas erzählt, Schatz?«, fragte Ed seine Tochter.

»Nur, dass er uns alle zusammen sprechen will«, sagte Amy.

»Wahrscheinlich irgendeine neue Behandlung«, sagte ihr Vater. »Ich hab ihm gesagt, wenn es irgendwas Neues gibt, das meinem Mädchen helfen könnte, soll er es ausprobieren. Egal, was es kostet. Also muss es das wohl sein. Vielleicht etwas, das die Physiotherapie unterstützt.«

Er lächelte zuversichtlich. Dennoch wischte er sich mit einem Taschentuch, das schon ganz schlaff war, immer wieder über das Gesicht.

»Hey, ich weiß. Er will dich vorzeitig entlassen. Sobald du nur kannst, hab ich ihm gesagt, will ich, dass wir drei eine Reise machen. Eine Kreuzfahrt vielleicht. Würde dir das gefallen, Schatz? Eine Kreuzfahrt? Um diese Jahreszeit soll es in den skandinavischen Ländern toll sein. Die Fjorde, die Berge und so weiter.«

Marion Bedford konnte nicht mehr an sich halten. »Bitte,

Ed, warten wir's doch einfach ab und hören, was der Doktor uns zu sagen hat.«

Er verstummte. Und all die unausgesprochenen Ängste machten sich im Zimmer breit.

Walter Duncan trat ein. »Tut mir leid, dass ich Sie warten lassen musste. Aber ich hatte … ich hatte hier auf dem Gang noch zu tun.«

»Doktor …«, begann Ed Bedford, ehe der warnende Blick seiner Frau ihm Einhalt gebot.

»Mr Bedford, Mrs Bedford, Amy, was ich Ihnen jetzt sagen muss, klingt zunächst entmutigend …«

»Was gibt's denn, Doktor?« fragte Amy ängstlich.

»Hör dir zuerst mal alles an, Amy, eh du das Schlimmste denkst. Auf deiner letzten Röntgenaufnahme haben wir etwas entdeckt. Und die Scans bestätigen es. Eine Stelle. Eine Metastase.«

»Sie sagen, sie hat immer noch Krebs?«, rief Ed Bedford in anklagendem Ton, als ob Chirurgie und Medizin ihn gleichermaßen betrogen hätten.

»Ich sage nur, Mr Bedford, dass der Krebs, wie häufig in solchen Fällen, auf die Lunge übergegriffen hat. Das ist nicht so schwerwiegend, wie es klingt. Weil dieser Krebs, wenn er in die Lungen gelangt, verkapselt ist. Betroffen ist nur ein kleines Gebiet, das wir leicht herausschneiden können, sodass die Lunge intakt bleibt.«

»Und wenn die Krankheit latent immer noch da ist …«, begann Ed Bedford.

»Deswegen machen wir ja ein ganzes Jahr lang die Chemo«, erklärte Walt. »Und diese Zellen zu jagen und auszulöschen.«

»Aber Sie haben sie nicht eliminiert!«, schrie Bedford. »Und das, nachdem Sie meine Tochter durch die Hölle geschickt haben, nach all der entsetzlichen Übelkeit, dem Kotzen. Warum wiegt sie denn nur noch halb so viel wie zu Beginn dieser ganzen Geschichte? Sehen Sie sie doch an!

Schauen Sie doch mal, was Ihre Behandlung aus ihr gemacht hat. Erst vorgestern konnte ich wieder nicht schlafen. Und da ging ich runter ins Spielzimmer, wo Marion all die Fotos von Amy aufbewahrt. Ich habe mir ein paar Schnappschüsse angesehen, die ich letztes Jahr, ehe das Ganze losging, von ihr gemacht habe. Ich sag Ihnen, ich hab sie nicht wiedererkannt. Das ist nicht mehr dieselbe Person. Ich hab mir gesagt: ›Das wird schon wieder, wird schon. Sie erholt sich so gut; sie hat den Krebs besiegt. In einem Jahr sieht sie wieder aus wie auf diesen Fotos.‹ Und jetzt sagen Sie mir ...« Bestürzt schüttelte er den Kopf und begann sich erneut übers Gesicht zu streichen. »Sie wissen wahrscheinlich nicht, wie das ist, Vater eines kranken Kindes zu sein. Hilflos fühlt man sich da. Völlig hilflos.«

»Ich glaube, ich kenne das Gefühl, Mr Bedford. Und jetzt, nachdem Sie sich alles vom Herzen geredet haben, lassen Sie mich fortfahren.«

Er wandte sich an Amy. »Amy, wir müssen dich noch mal operieren. Und da es diesmal die Lunge ist, werde ich Dr. Levin bitten, den Eingriff zu übernehmen. Er ist ein exzellenter Chirurg. Und er hat schon viele ähnliche Fälle operiert. Ich werde mit ihm in den OP gehen und die ganze Zeit dabei sein. Ich passe auf und sorge dafür, dass dir nichts passiert. Das Wichtigste, Amy, aber ist, dass du nicht denkst, das sei irgendwie ungewöhnlich. Wir hoffen zwar immer, dass es nicht geschieht. Aber wir rechnen damit. Und alles spricht zu deinen Gunsten. Absolut alles.«

»Wie sehr zu ihren Gunsten?«, wollte Marion Bedford wissen.

Walt ignorierte die beiden älteren Bedfords und griff nach Amys Hand. »Amy, du hast das alles durchgestanden wie eine kleine Soldatin. Du bist eine der engagiertesten und kooperativsten Patientinnen, die ich je hatte. Deswegen will ich, dass du die Wahrheit erfährst. Patienten mit einer Lungenmetastase und sonst keinen Komplikationen haben eine siebzigprozentige Überlebenschance. Die Chance, fünf Jahre und länger ein völlig normales Leben zu führen. Siebzig Prozent. Das sind verdammt gute Aussichten.«

Amy nickte nüchtern.

»Du musst also den Weg mit uns zu Ende gehen. Operation, dann Chemo. Wir werden das Medikament gegen ein neues austauschen müssen, das Cisplatin heißt. Es ist etwas stärker als die, die du hattest. Aber bei deiner Courage und Entschlossenheit schaffst du auch das.«

Amy sah ihm unverwandt in die Augen und nickte. »Okay, Dr. Duncan, okay.«

»Gut. Denn Dr. Levin hat morgen früh eine Lücke in seinem Operationsplan. Wir sollten das sofort angehen.«

Wieder nickte sie. Er tätschelte ihre Wange. Und wollte schon zur Tür gehen, als Bedford rief: »Dieser Levin, ist das auch der Beste?«

Verdammt noch mal, dachte Walter Duncan, *warum muss nur jeder Angehörige wissen, ob der Arzt der jeweils »Beste« oder »Größte« ist?*

Er drehte sich zu Bedford um. »Wenn meinem Kind durch Lungenchirurgie zu helfen wäre, würde ich es von Levin operieren lassen. Beantwortet das Ihre Frage, Mr Bedford?«

Als Walt Duncan gegangen war, schwiegen sie. Bis Marion Bedford meine: »Geh wieder ins Büro, Ed. Ich bleibe heute bei Amy.«

»Ja ... ja ...«, sagte er. Doch statt zu gehen, trat er an den Nachttisch und griff nach dem Telefonhörer. Er wählte eine Nummer. »Cathy, ich bin's. Sag ihnen, dass ich heute nicht mehr ins Büro komme. Und morgen auch nicht. Ja, ja, ich weiß. Ich werde also der nationalen Verkaufskonferenz nicht vorsitzen. Sag Burke und Chambliss, sie müssen ohne mich auskommen. Schließlich zahle ich ihnen nicht umsonst sechsstellige Gehälter.«

Er legte auf.

Er wandte sich wieder seiner Tochter zu.

»Dad. Du musst wirklich nicht hier bleiben. Mir geht es gut.«

»Ich bleibe nicht, weil ich muss, Kleines. Ich bleibe, weil ich bleiben will.«

Wenige Stunden nach Walt Duncans Besuch waren die Vorbereitungen für Amy Bedfords bevorstehende Operation schon im Gange. Der Techniker traf ein, um Blut abzunehmen. Ein Anästhesist kam vorbei, um alle Zahlen und ihre Krankengeschichte aufzunehmen. Am späten Nachmittag, nach beendeter Morgenoperation, schaute Dr. Alvin Levin vorbei.

Als Dr. Levin sich vorstellte, musterte Ed Bedford ihn unverwandt, ehe er ihm die Hand schüttelte. »Sie ... Sie sind noch ziemlich jung.«

»Besser als nur hübsch«, meinte Dr. Levin lächelnd. »Machen Sie sich keine Sorgen, Mr Bedford, man hat mich genauestens über Amys Fall instruiert. Ich weiß, was ich zu tun habe. Und ich mache meine Arbeit sehr, sehr gut. Morgen um diese Zeit ist es schon vorbei. Amy wird auf der Intensivstation liegen, und wir können alle wieder aufatmen.«

Er näherte sich dem Bett: »Ich habe mir deine Röntgenaufnahmen vorgenommen. Aufgrund dieser Vorgabe gehen wir hinein, ziehen deine Rippen zurück, damit wir an das Ding herankommen, und entfernen es müheloser, als man einen Apfel entkernt. Es lässt sich ganz sauber herausschneiden. Wirklich keine große Sache. Aber natürlich müssen deine Eltern die übliche Zustimmung unterschreiben.«

»Steht darin irgendwas ... von Amputation?«, fragte sie.

»Nein. Das ist diesmal absolut ausgeschlossen«, versprach Levin. »Bis morgen, Amy.«

23

Der alte Sy wusste, wie das Familienleben der Duncans in diesen Tagen aussah, wusste es nur zu gut. Am Ende eines langen Tages, wenn Walter seinen prall gefüllten Terminplan, bestehend aus Operationen, Besprechungen, Untersuchungen, Visiten und Vorbereitungen auf die Operationen des Folgetages, abgearbeitet hatte, erschien er erschöpft, aber entschlossen in Simmies Zimmer, um seine Tochter mit einem optimistischen Lächeln im hageren, gezeichneten Gesicht zu begrüßen.

Um diese Zeit hatte Emily Simmie schon gefüttert – so wenig diese auch hinunterbrachte –, sie zärtlich zugedeckt, ihr vorgesungen, sie geküsst und darauf gewartet, dass das Kind in den Schlaf döste, den es so dringend benötigte. Sie saß an seinem Bett, hielt seine kalten, ausgezehrten Hände, beobachtete das leichte Heben und Senken der Decke.

Dann kam Walter, wusch sich sorgfältig die Hände, schlüpfte in einen sterilen Kittel und betrat leise das Zimmer. Er blickte zu seiner Frau hinüber, die ihm meist bedeutete zu schweigen. Seine Tochter hatte noch nicht lange genug geschlafen, um sich schon im Tiefschlaf zu befinden. Er beobachtete sie genau, als ob er ihren Zustand durch bloßes Betrachten ergründen könnte. Und versuchte sich einzureden, Anzeichen der Besserung entdeckt zu haben, die gar nicht vorhanden waren.

Während die gefürchtete Krankheit seiner Tochter das Leben aus dem Leib saugte, brachten die Anforderungen, die das alles an seine Frau stellte, auch diese an den Rand des Abgrunds – nicht nur physisch, sondern auch emotional. Mangel an Schlaf, Gewichtsverlust waren Faktoren, die zusammengenommen schließlich zu nervöser Erschöpfung und sogar zu einem völligen Zusammenbruch führen konnten.

Sicher hatte sie wieder den ganzen Tag über nichts gegessen; sie entschuldigte sich damit, dass es ihr zu viel Mühe bereite, in die Cafeteria hinunterzugehen, sich dann erneut zu desinfizieren und einen frischen Kittel und eine neue Maske anziehen zu müssen. Er bestand darauf, ihr etwas aus der Klinikküche hinaufzuschicken. Was aber die Situation nicht zu verbessern schien. Tagsüber aß Emily einfach nichts. Und abends wurde jede Mahlzeit, ob sie daheim aßen oder ausgingen, vorzeitig durch die Tränen beendet, die sie den ganzen Tag über zurückgehalten hatte.

Da er wusste, dass er die Duncans in Simmies Zimmer finden würde, rief Sy im Stationszimmer auf der zweiten Etage an und hinterließ eine Nachricht. Als die Schwester den Flur hinunterging und schließlich vor Zimmer zweihundertzwölf ging, sah sie Emily, die die Hand ihrer Tochter umklammerte und sich nicht losreißen konnte, obwohl das Kind endlich eingeschlafen war.

Die Schwester trat ein und sagte leise: »Dr. Rosen fragt, ob sie vielleicht, ehe sie gehen, bei ihm vorbeischauen könnten. Gemeinsam.«

»Em«, drängte Walter, »Sy möchte mit uns reden. Bitte! Komm jetzt!«

Sie nickte vage, beugte sich vor, um ihr Kind auf die Stirn zu küssen.

»Fieber«, sagte sie. »Das Fieber ist schlimmer geworden.«

Sie betraten Sys Büro. Der alte Mann hatte die Berichte Dr. Bristols und des Labors vor sich ausgebreitet. Mit einer einladenden Geste forderte er die beiden auf, Platz zu nehmen. Emily sank in einen der Sessel. Walter blieb stehen. Von der Schreibtischlampe geblendet, blinzelte er in Richtung seines alten Kollegen, in dessen Miene sich die bittere Nachricht spiegelte, die er nun mitzuteilen im Begriff stand.

»Em, Walt, ich habe mit Dr. Bristol gesprochen. Es besteht kein Zweifel daran, dass Simmie unter einer Transplantat-Wirt-Reaktion leidet. Die Knochenmarkspende, die sie, wie wir hofften, auf den Weg der Besserung bringen sollte, hat begonnen, den Körper anzugreifen. Dr. Bristol hat sie bereits auf Zyklosporin gesetzt. Aber ...« Er hielt inne. Seufzte. Dann sagte er nur: »Sie hat praktisch keine Chance. Gar keine.«

»Ich hab sie im Stich gelassen«, sagte Emily leise, als spräche sie mit sich selbst.

»Nein, Em!«, widersprach Sy.

»Ich hab sie im Stich gelassen. Was immer sie aus meinem Knochenmark gebraucht hat, ich hab's ihr nicht gegeben.«

»Em«, sagte Walter, »wir haben dir doch gesagt, dass es riskant ist. Etwas, das man nur probiert, wenn es keinen anderen Ausweg mehr gibt.«

»Ich hab sie im Stich gelassen«, wiederholte Emily aufs Neue, »ich hab sie im Stich gelassen ...«

Walter blickte auf Sy Rosen, der sein Erschrecken über Emilys Reaktion nicht verbergen konnte. Walter legte die Arme um sie, hob sie hoch und hielt sie fest umarmt.

»Em«, sagte er leise, »Em, du hast nicht versagt. Die Medizin hat versagt. Wir wissen noch nicht genug, um diese schreckliche Krankheit zu besiegen. Wenn man jemanden einen Vorwurf machen kann, dann uns Ärzten.«

Er führte sie aus dem Büro. Sy sah ihnen nach, schüttelte grimmig besorgt den Kopf. Für das, was ihr jetzt bevorstand, war Emily Duncan schlecht gerüstet.

Sie hatten den Parkplatz der Klinik erreicht. Walter sperrte die Wagentür auf, als Emily plötzlich sagte: »Ich komme nicht mit.«

»Em, du musst schlafen«, insistierte er.

»Ich schlafe in einem Sessel in ihrem Zimmer«, sagte sie und begann rasch, wieder in Richtung Pädiatrie zu laufen.

Er rannte ihr nach, holte sie ein, packte sie an den Armen, zwang sie, ihn anzusehen. »Em, das geht nicht. Du störst sie. Auch sie braucht ihren Schlaf.«

»Sie braucht ihre Mutter. Wenn die Ärzte versagen, wenn alle Medikamente versagen, dann braucht ein Kind seine Mutter mehr denn je.«

Gewaltsam riss sie sich von ihm los und rannte auf den Eingang zu. An der Tür holte er sie ein. Sie rang mit ihm und bot dabei Kräfte auf, die er ihr nicht zugetraut hatte. Wenn sie derart entschlossen war, dann – wusste er – war es besser, ihr ihren Willen zu lassen.

»Ich lass eine Liege für dich aufstellen«, sagte er schließlich.

Ein Mann vom Nachtpersonal fand eine Liege. Damit er aber nicht die für Simmies Überlebenschancen so wichtige Isolation durchbrach, schlug Walt sie selbst neben dem Bett des Kindes auf. Er bemühte sich nach Kräften, möglichst leise zu sein. Doch Simmie erwachte mehrere Male, öffnete die Augen gerade lange genug, um zu fragen: »Daddy? Bist du das?«

»Ja, Kleines, nun schlaf wieder.«

Sobald Emily sich hingelegt hatte, machte sich Walt Duncan auf den Heimweg. Als er jedoch die Ausgangstür der Klinik erreichte, beschloss er, umzukehren und zu bleiben. Er fand eines der kleinen Zimmer, wo die Ärzte vom Nachtdienst zwischen ihren Einsätzen schliefen. Er zog die Schuhe aus, legte sich auf ein Bett, das ihm – wegen seiner Größe – unbequem war, verschränkte die Hände hinterm Kopf und starrte an die Decke.

Gott, dachte er, *bin ich also nach all den Jahren wieder hier angekommen und schlafe in einem Krankenhausbett wie die Anstaltsärzte. Damals nannten sie uns Assistenz-*

ärzte. Und damals habe ich nach vorne gedacht, an die Zukunft. Wir würden heiraten. Em und ich. Kinder kriegen. Ein Haus kaufen. Erst mal ein bescheidenes. Dann ein Kind oder zwei, oder gar drei. Ich würde anfangen zu praktizieren. Als Sys Assistent. Und dann, wenn Sy in Pension ging, die Praxis übernehmen. Eigentlich hatte ich es schon geschafft.

»Es schon geschafft haben.« Diese schrecklich irreführende Wendung, mit der man sich selbst täuscht und die ein Teil unserer Sprache und unseres Lebens geworden ist. Sicherheit. Wir alle suchen sie. Bilden uns ein, dass wir sie erreicht hätten. Dass wir es geschafft hätten.

Bis auf einmal das Schicksal oder die Natur oder Gott selbst dazwischenfährt und man feststellt, dass es das nicht gibt. Man schuftet und arbeitet, plant und träumt auf etwas hin, am Ende aber hat man nur wenig – wenn überhaupt etwas – unter Kontrolle.

Simmie, oh, Simmie, was für ein Leben hatte ich mir für dich erträumt. Wusstest du, dass ich schon einen Ausbildungsfonds für dich eingerichtet hatte? Festverzinsliche Wertpapiere, die dich meinem Finanzberater zufolge mit all den Mitteln versorgen würden, die fürs College und danach nötig wären. Und zuvor Reisen in einige der schönsten Teile dieses Landes. Dann nach Europa, in den Nahen Osten, um die historischen Orte, die großen Denkmäler vergangener Epochen zu sehen. Ich wollte mir Zeit nehmen – für gemeinsame Reisen.

All die Dinge, die ich nie hatte, die solltest du haben, Simmie. Alles.

Und jetzt bin ich da und habe Angst, in ein leeres Haus zurückzukehren. Angst vor meinem ersten Impuls nach dem Heimkommen, der mich in dein Zimmer stürzen ließe, um dir einen Gutenachtkuss zu geben. Du aber wärst nicht da. Und wenn ich dann ins Wohnzimmer ginge, um mit deiner Mutter meinen Aperitif zu trinken, wäre auch sie nicht mehr da. Und ich müsste erkennen, dass – wenn ihr beide fort seid – auch ich nicht mehr dorthin gehöre.

Also verstecke ich mich in diesem kleinen Zimmer. Das halbe Leben ist vorbei, und ich bin wieder da angelangt, wo ich vor so vielen Jahren begonnen habe. Walter Duncan, der es eigentlich schon geschafft hatte.

Schließlich war er eingenickt, in einen unruhigen, gequälten Schlaf gefallen. Er erwachte nicht langsam, sondern schreckte plötzlich hoch. Und brauchte einen Augenblick, um zu realisieren, wo er sich befand. Und kurz darauf fiel ihm auch der Grund dafür wieder ein. Und er erinnerte sich, dass er einen OP-Termin hatte, dass er sich die Hände desinfizieren und bei Amy Bedfords Lungenoperation zur Entfernung jenes bösartigen Knotens assistieren musste. Er musste duschen, mehrere Tassen Kaffee trinken und sich vorbereiten.

Zuerst aber würde er bei Simmie vorbeischauen und nachsehen, wie es ihr und Emily ging.

Er betrat den Vorraum der Isolationssuite, schickte sich eben an, sich die Hände zu schrubben und in einen sterilen Kittel zu schlüpfen, doch was dann aus dem Zimmer an sein Ohr drang, ließ ihn aufhorchen und lauschen.

»Wenn du einen Wunsch frei hättest, Simmie, Liebes, was würdest du dir wünschen?«, fragte Emily.

»Ich möchte nach Hause, Mommy. Nach Hause.«

»Nach Hause?« stammelte Emily.

»Ich will wieder in meinem eigenen Zimmer sein. Mit meinen eigenen Sachen. Meinen Puppen. Meinen Spielsachen. Meinen Büchern. Meiner Stereoanlage.« Und als ob sie ihr ein Geheimnis anvertrauen würde, fügte sie hinzu: »Mir gefällt es hier nicht, Mommy. Ich wäre lieber zu Hause.«

»In Ordnung, Kleines. Wenn du dir das wünschst, dann bringt Mommy dich nach Hause.«

Walter hätte am liebsten gerufen: »Nein, Emily! Das kannst du nicht!« Doch er riss sich zusammen. Es hatte keinen Sinn, das Kind aufzuregen. Er würde das später mit Emily erörtern. Stattdessen schlüpfte er in den Kittel, zwang sich zu einem herzlichen Lächeln und betrat das Zimmer.

»Guten Morgen, mein Schatz«, begrüßte er seine Tochter.

»Daddy! Daddy, weißt du was? Ich gehe nach Hause. Mommy bringt mich nach Hause. Ist das nicht toll!« Sie lächelte oder verzog vielmehr das Gesicht zur Andeutung eines Lächelns.

»Ja, ja, das ist prima«, stimmte er zu. »Aber natürlich müssen wir das zuerst mit Onkel Sy besprechen.«

»Müssen wir das?«, fragte Emily herausfordernd.

»Ja, Em«, erwiderte er. Um dann, jedes Wort betonend, hinzuzufügen: »Wir müssen zuerst mit Sy reden.«

»Oh, er sagt bestimmt Ja«, warf Simmie zuversichtlich ein. »Er schlägt mir nie was ab.«

»Wir werden sehen, Kleines. Wir werden sehen«, meinte Walter.

Die Schwester kam mit Simmies Frühstück herein. So hatte Walter Gelegenheit, Emily vor die Tür zu winken. Sobald Simmie sie nicht mehr hören konnte, fragte er: »Em, wie konntest du ihr das versprechen? Wir können sie jetzt nicht nach Hause bringen.«

»Und warum nicht?«, fragte sie scharf zurück.

»Weil sie jede medizinische Behandlungsmöglichkeit, die wir ihr bieten können, jetzt nötiger braucht als je zuvor.«

»Und wozu?«, wollte Emily wissen.

»Em, um Himmels willen ...«, begann er zu protestieren.

»Ja! Sag mir, weshalb? Was können sie jetzt denn noch für sie tun? Nichts. Das war es doch, was Sy gestern Abend gesagt hat. Wir können jetzt nur noch zusehen, wie meine Knochenmarkspende sie langsam umbringt. Nein, sie geht nach Hause. Wo sie sein will. Umgeben von den Dingen, die sie liebt. Wo sie ihr ganzes Leben verbracht hat. Heim, Walter, nach Hause! Für dich vielleicht der letzte Ort, den du aufsuchst. Für sie aber ist es der erste! Ihr ein und alles. Ich bringe sie nach Hause!«

»Em ...«, begann er flehentlich.

»Sie geht nach Hause. Noch heute!«, erklärte Emily entschieden.

Er konnte ihr nicht zustimmen. Er kam zu spät zu seiner Operation. Er sagte nur: »Unternimm nichts, ehe ich wieder zurück bin. Versprichst du mir das?«

»So lange kann ich nicht warten«, sagte Emily. Und sie war entschlossener, als er sie je erlebt hatte.

Amy Bedford war bereits sediert, aber noch bei Bewusstsein, als Walter Duncan den Operationssaal in Kittel, Haube und Maske betrat. Er beugte sich über sie.

»Amy ...«

Sie blickte auf und sah ihm in die Augen. »Hi, Dr. Duncan. Gestern Abend vor dem Einschlafen dachte ich mir ...«

»Ja, Amy?«

»Simmie, wie geht's ihr? Ich hab sie in den letzten zwei Tagen nicht sehen dürfen und hab mir Sorgen gemacht.«

»Es geht ihr den Umständen entsprechend, Amy, es geht«, erwiderte er.

Die Anästhesistin ersparte es Walt, seine Lüge noch weiter auszuspinnen, indem sie sagte: »Lassen Sie mich jetzt zur Patientin, Doktor.«

Walt tätschelte Amy die Wange. »Es wird alles gut, Amy. Wenn du aufwachst, ist das Ding verschwunden und du selbst so gut wie neu.«

Während der Operation assistierte Walt, indem er das elektrische Kauterisiergerät handhabte, um Blutungen weitgehend zu unterbinden. Er bewunderte Levins Geschicklichkeit. Obwohl der junge Thoraxchirurg das Gewebe vorsichtig behandelte, arbeitete er dennoch mit großer Effizienz und

Schnelligkeit. Er entfernte die kanzeröse Gewebsveränderung in der Lunge, ließ sie in die Nierenschale fallen und rasch zu einer vorläufigen Biopsie ins Labor bringen, um sicherzustellen, dass es sich nicht um ein frisches Karzinom, sondern um eine Metastase des ursprünglichen Sarkoms handelte. Die Tatsache, dass die Patientin an einer Form von Krebs erkrankt war, schloss eine andere nicht aus. Ohne diese Gewissheit aus dem Labor konnte die Operation nicht zu Ende geführt werden.

Zehn Minuten später kam die Antwort über das OP-Telefon. Ja, metastatisches osteogenes Sarkom. Was bedeutete, dass Levin die Operationswunde verschließen konnte.

Sie hatten Amy Bedford aus dem OP in die Wachstation geschoben. Walt und Dr. Levin zogen sich die Handschuhe von den Fingern, nahmen Masken und Hauben ab, als der jüngere Mann bemerkte: »Du bist sehr unruhig, oder, Walt? Wenn du nicht selbst operierst.«

»Weshalb? Wie kommst du darauf?« fragte Walt zurück.

»Du bist so nervös. Eine Zeit lang dachte ich, du reißt mir das Skalpell aus der Hand und schneidest das Ding selbst heraus. Als ob ich dir zu langsam wäre. Ist irgendwas los heute?«

»Los? Nein. Nichts ist los«, sagte Walt. »Ich muss nur Sy erreichen.« Diese Äußerung schien weiterer Erklärungen zu bedürfen. »Wegen eines Falls, der uns beide interessiert und den wir besprechen müssen.«

»Sicher. Klar«, meinte Doktor Levin. »Nett von dir, mir zu assistieren. Das hat Amy sicher beruhigt.«

Levin blickte ihm nach. *Was ist nur in Walt gefahren?*, dachte er. *Ist ja nicht das erste Mal, dass wir miteinander operieren, aber so war er noch nie. An Amy Bedford kann es nicht liegen. Ich weiß, wie er mit seinen jungen Patienten mitfühlt, aber eine einzelne Metastase im der Lunge ist nun wirklich nicht so bedrohlich. Wenn sie sonst nichts kriegt, dann schafft sie es.*

Plötzlich dämmerte es ihm. *Oh, Gott, wie blöd kann man nur sein? Simmie. Ich hab Simmie vergessen. Wir Chirurgen sind so mit unseren Fällen beschäftigt, dass wir darüber die einfachsten menschlichen Anliegen der anderen vergessen.* »Walt!«, rief Dr. Levin. »Walt! Ich wollte dich fragen ...«

Doch Walt Duncan war schon verschwunden.

»Ich muss dem Kind was schicken. Blumen vielleicht. Oder eine Puppe. Oder ein Buch. Irgendwas, dachte Levin.

»Du musst Emily das ausreden, Sy«, insistierte Walt. »Sie hat versprochen, nichts zu unternehmen, ehe ich wieder zurück bin. Also wartet sie noch. Sprich mit ihr, Sy. Auf dich wird sie hören.«

»Was soll ich ihr denn erzählen?«

»Sag ihr, dass sie Simmie auf keinen Fall nach Hause bringen darf!«

Der Alte strich sich mit den Fingern über den dünner werdenden Bart und fragte: »Warum muss ich ihr das sagen?«

»Was meinst du damit?« fragte Walt. »Wir haben keine entsprechenden Einrichtungen daheim. Auch wenn sie rund um die Uhr gepflegt würde, können wir dort nichts für sie tun.«

»Walt«, sagte der alte Mann leise, »hier können wir auch nichts mehr für sie tun.«

Das Aussprechen dieser einfachen Wahrheit bewirkte, dass Walter Duncan in den nächsten Sessel sank.

Was immer unsere innersten Gedanken und Ängste auch sein mögen, nie klingen sie so endgültig und real wie dann, wenn ein anderer sie ausspricht.

24

Simone Duncan war wieder zu Hause, befand sich wieder im eigenen Bett, unter der fröhlichen Steppdecke mit dem rotweißen Blumenmuster. Sie sah sich um und atmete tief durch.

»Es riecht hier so gut, Mommy«, sagte sie.

Ihre Mutter nickte lächelnd und hielt die Tränen zurück.

»Gut, dass ich wieder zu Hause bin«, sagte sie und fügte hinzu: »Hier krieg ich auch keine Chemo mehr, nicht wahr?«

»Nein, mein Schatz. Würdest du jetzt gern was essen? Cornflakes, vielleicht?«

»Nein. Ich ... Pfannkuchen vielleicht? Ohne Würstchen, nur Pfannkuchen, mit viel Sirup.«

»Natürlich, mein Schatz. Ich geh auf der Stelle runter und mach sie dir«, sagte Emily. Sie wollte zur Tür.

»Mommy?«

»Ja, Liebes?«

»Cindy ...« Sie deutete auf das obere Brett des Bücherschranks gegenüber dem Bett. Emily war verwirrt. Das Kind deutete auf die Puppe auf dem oberen Regal. »Cindy – weißt du noch, Daddy hat sie mir mitgebracht, als er auf einem Seminar in Kalifornien war.«

»Klar«, antwortete Emily. Sie griff nach der fröhlich gekleideten Puppe mit den flachsblonden Nylonzöpfen.

Simmie wiegte die Puppe im Arm und zupfte die Zöpfe zurecht.

»Hallo, Cindy. Hab ich dir gefehlt?«, fragte sie. »Na ja, jetzt bleibe ich hier.« Sie tätschelte der Puppe die Wange.

Emily drehte sich wieder um und eilte dann nach unten,

um ein frühes Mittagessen zuzubereiten. Doch kaum hatte sie zwei Schritte aus dem Zimmer getan, da hörte sie einen Satz, der sie jäh innehalten ließ.

»Würdest du denn gerne Kimmie gehören, Cindy, oder vielleicht Lynne? Ich glaube, du magst Kimmie lieber. Aber du kannst es dir aussuchen.«

Emily drückte sich an die Wand, um nicht gesehen zu werden. Atemlos lauschte sie jedem Wort.

»Oder sollte ich Kimmie aussuchen lassen? Sie ist meine beste Freundin. Lynne mag ich auch. Aber Kimmie ist meine beste Freundin. Wir waren schon miteinander im Kindergarten. Waren in derselben Basketballmannschaft. Du magst sie bestimmt. Vielleicht gebe ich dich Kimmie. Und Oscar den Clown bekommt Lynne. Ihn haben wir gekriegt, als wir damals mit Onkel Sy im Zirkus waren. Weißt du noch? Und dann sind da noch meine Schlittschuhe. Wem schenke ich die?«

Emily wäre am liebsten ins Zimmer gestürzt, um zu protestieren: »Nein, nein, das darfst du nicht!« Stattdessen lehnte sie an der Wand, lautlos weinend und hörte zu, wie ihre Tochter mit leiser Stimme das verteilte, was sie als ihre kostbarsten weltlichen Besitztümer betrachtete.

Simmie war eingenickt, als Emily das Zimmer mit einem Tablett heißer, frischer Pfannkuchen, Butter, einem Krug Sirup und einem Glas kalter Milch betrat.

»Simmie?«, rief Emily freundlich, um sie zu wecken. »Simmie, Mittagessen.«

Das Kind drehte sich ein Stück zu ihr herum, öffnete die Augen und schloss sie wieder.

»Simmie? Pfannkuchen! So wie ich sie Sonntag früh immer backe. Riechen die nicht toll?«

Das Kind ignorierte ihre Einladung und sagte: »Mommy, wie ist es, wenn man stirbt?«

»Wer redet denn vom Sterben?«

»Tut es weh?«, beharrte das Kind. Emily merkte, dass sie der Frage nicht mehr ausweichen konnte. Dem Seelenfrieden ihres Kindes zuliebe musste sie einsehen, dass sie niemandem mehr etwas vormachen konnte. Sie nahm Simmie in die Arme, hielt sie so, wie Simmie ihre blonde Puppe gehalten hatte.

»Nein, Liebes, es tut nicht weh. Tatsächlich gibt es, wenn es so weit ist, keinen Schmerz mehr. Alle Schmerzen sind dann vorbei.«

»Und vorher – hat man vorher Schmerzen?«

»Wenn du welche hast, bitten wir Dr. Bristol oder Onkel Sy, dir was zu geben, damit es nicht mehr wehtut.«

»Oder damit mir nicht mehr übel wird!?«

»Nein. Das ist dann auch vorbei, mein Herz.«

Das Kind lag still und versuchte zu verdauen, was seine Mutter gesagt hatte. »Wie passiert es, Mommy?«

Emily sah sich nicht in der Lage, darauf zu antworten.

»Wird jemand bei mir sein?«, fragte das Kind und erläuterte damit – zu Emilys Erleichterung – seine Frage.

»Natürlich, Schatz. Ich werde da sein. Und Daddy. Vielleicht auch Onkel Sy. Eins aber ist sicher, du wirst nicht allein sein.«

»Und danach? Was passiert danach?«

Emily konnte die Tränen nicht mehr zurückhalten. Ohne zu schluchzen, ließ sie sie, während sie weitersprach, über die Wangen hinunterrollen: »Danach ... sind wir immer noch da. Du wirst nicht allein sein.«

»Sehe ich dich wieder, Mommy?«

»Irgendwann, irgendwo sehen wir uns wieder«, sagte Emily.

»Es wird furchtbar traurig sein, wenn ich so lange von dir getrennt bin«, sagte das Kind. »Furchtbar traurig.« Es spürte Emilys Tränen auf seiner Wange. »Du weinst ja, Mommy?«

»Mm-hm«, gab Emily zu.

»Ist das in Ordnung? Ich meine, weinen?« – »Wenn du möchtest, Liebes, kannst du weinen.«

Das Kind wandte sich zu seiner Mutter, verbarg das Gesicht an Emilys Brust. Und bald spürte Emily, wie ihr die warmen feuchten Tränen ihrer Tochter das Kleid durchnässten.

Nach einiger Zeit fragte Simmie: »Kann Kimmie zu Besuch kommen, Mommy? Und auch Lynn? Und Stephanie? Was ich habe, ist doch nicht ansteckend, oder?«

»Ich glaube, das ist kein Problem, aber ich werde mich bei Dr. Bristol erkundigen.«

»Ich würde ihnen gern ihre Sachen geben«, sagte Simmie.

»Ich frage Dr. Bristol, sobald ich sie erreichen kann«, versprach Emily.

Das Kind schien beruhigt. Plötzlich aber fragte es noch einmal: »Du bist dir doch sicher, Mommy, ich werde nicht allein sein, oder?«

»Nein, Liebes, du wirst nicht allein sein.«

Ab diesem Abend schlief Emily neben ihrer Tochter. Ab dem vierten Tag durfte Simmie, nachdem sie sich zu Hause ein wenig stabilisiert hatte, Besucher empfangen. Zunächst hatte Dr. Bristol Bedenken gehabt, da sie das geschwächte, immunologisch ungeschützte Kind nicht den Infekten ihrer jungen Freunde aussetzen wolle. Dann aber, als ihr klar wurde, dass es, nachdem die Spende versagt hatte, egal war, hatte die Ärztin die Erlaubnis gegeben.

Für eine kurze Weile lebte Simmie, durch die Anwesenheit ihrer drei Freundinnen angeregt, noch einmal richtig auf. Sie erzählte ihnen von ihren Abenteuern im Krankenhaus. Den Behandlungen. Den Schwestern. Der entsetzlichen Übelkeit und den Brechanfällen. Auch ein paar lustige Vorfälle schilderte sie ihnen. Und das nette Mädchen, das im Grunde schon erwachsen und ihr Freundin geworden war – Amy Bedford.

»Habt ihr gewusst, dass sie die Tennismeisterin in der High School war? Sie hat sogar einige der Jungs aus dem Team geschlagen. Sie hat mich oft besucht. Wir hatten viel Spaß miteinander. Sie hat mir sogar eine Haube besorgt, als mir die Haare ausfielen. Das passiert nämlich auch: Die Haare gehen einem aus.«

Vom plötzlichen Energieschub ihrer Tochter ermutigt, hörte Emily dieser zu. Vielleicht würde sie in ihrem heimatlichen Umfeld und von Freunden umgeben gesund werden.

Damit Simmie sich nicht zu sehr erschöpfte, verkündete Emily: »Kinder, nun wird's aber Zeit für Kekse und Eiscreme!«

Keins der Mädchen jedoch schien den gewohnten Heißhunger auf Eis und Kekse zu haben. Nicht einmal Stephanie, die ein bisschen mollig war und als Naschkatze galt. Irgendwie spürten sie, dass dies vielleicht das letzte Mal war, dass sie ihre Freundin sahen. Ehe sie sich verabschiedeten, verteilte Simone ihre Besitztümer, wie sie es vorgehabt hatte. Kimmie und Lynne wollten die von Simone für sie vorgesehenen Puppen nicht annehmen, bis Emily schließlich darauf bestand: »Simmie will, dass ihr sie bekommt.«

Stephanie erhielt Simmies Kugelschreiber, den sie in der Schule einmal bewundert hatte. Mit ihren Geschenken in der Hand wandten sich die drei zum Gehen.

»Geht noch nicht. Es ist nicht ansteckend«, flehte Simmie sie an. »Nicht wahr, Mommy? Sag ihnen, dass es nicht ansteckend ist.«

»Natürlich ist es nicht ansteckend. Aber du musst dich jetzt ausruhen. Das war ein anstrengender Nachmittag, und du brauchst deinen Mittagsschlaf.«

Simone winkte ihn nach, als sie – zurückwinkend – zur Tür hinausschlüpften.

Sie waren fort. Während Simmie weitersprach, strich Emily ihrem bleichen, erschöpften Kind die Decke glatt.

»Die Geschenke haben ihnen doch gefallen, Mommy, oder?«

»Ja, Schatz. Sehr sogar. Das war sehr nett und aufmerksam von dir.«

»Werden sie sich an mich erinnern, wenn ich einmal fort bin? Ich meine, werden sie an mich denken, wenn sie ihre Geschenke anschauen?«

»Ob mit Geschenken oder ohne, sie werden sich an dich erinnern. Wir alle werden uns erinnern. Du wirst nie vergessen werden oder allein sein. Du wirst immer bei uns sein. In unseren Gedanken. In unseren Herzen.«

Getröstet schloss das Kind die Augen und nickte ein.

In den Tagen nach der Heimkehr seiner Tochter erledigte Walter Duncan seine Pflichten in der Klinik wie ein Roboter.

Zum Glück leisteten ihm das in langen Studienjahren erworbene Wissen und seine große Erfahrung gute Dienste. Im Operationssaal arbeitete er weiterhin sorgfältig und geschickt, obwohl er mit seinen Gedanken und Befürchtungen bei seiner Tochter war.

Ob er eine Laminektomie erwog, um einen schmerzenden Rücken zu kurieren, eine Resektion durchführte, um den kanzerösen Teil eines Knochens zu entfernen, einen bei einem Unfall gebrochenen Knochen reparierte oder sich gegen eine Operation aussprach, die nutzlos sein würde – ein Teil seiner Gedanken war immer bei Simmie.

All die gewohnten Tätigkeiten waren ihm derart zur Routine geworden, dass er sich einmal mitten beim Desinfizieren befand, als Sy ihn darauf hinwies, dass er das bereits getan habe. Jedes Klingeln des Telefons, jeder Ton des elektronischen Piepsers in der Tasche seines Arztkittels wurde zu einem Alarmzeichen. Sogar die freundlichsten und wohlmeinendsten Nachfragen seiner Kollegen nach Simmies Befinden konnten ihn schmerzen.

In der Krankheit war ihm sein Kind nun näher, als es ihm in gesunden Zeiten jemals gewesen war.

Trotz eines neuen, verkürzten Dienstplans, der ihm mehr Zeit zu Hause mit Simmie ermöglichen sollte, hatte er stets das Gefühl, seiner Tochter etwas vorzuenthalten. Sein Drang, nach Hause zu kommen, war so überwältigend, dass er sich jeden Tag, wenn er den Klinikparkplatz verließ, zu vorsichtigem Fahren ermahnen musste. Denn fortwährend quälte ihn die nagende Furcht, dass er diesmal, an diesem Tag, zu spät kommen werde.

Doch wenn er dann heimkam, war Simmie noch da. In ihrem Bett. Im Zimmer, das sie liebte. Und sobald sie ihn erblickte, hellte sich ihre Miene auf. So schwach und entkräftet sie auch sein mochte, immer versuchte sie über seine Witze zu lächeln, ja zu lachen. Aber die Anstrengung war zu groß und schließlich – nach einem mahnenden Blick seiner Frau – stellte er die Aufheiterungsversuche ein. Er legte sich neben Simmie und hielt sie im Arm, bis sie einschlief.

Unten im Wohnzimmer blieb alles beim Alten. Walt machte sich und seiner Frau einen Drink. Emily trank ihren nie aus, und bis er seinen getrunken hatte, war auch bei ihm das Eis längst geschmolzen. Sie sprachen. Doch lediglich, um hin und wieder das Schweigen zu durchbrechen.

Einmal fragte Emily: »Soll ich meine Eltern jetzt kommen lassen?«

»Noch nicht«, sagte er. Er musste nicht weiter ausholen. Denn keiner von beiden mochte sich vorstellen, wie Emilys Eltern reagieren würden, wenn sie Simmie in ihrem jetzigen, abgezehrten Zustand sahen.

Ihr Zusammensein im Wohnzimmer endete stets mit der gleichen Ermahnung Emilys, die zu ihm sagte: »Du solltest wirklich was essen, Walt.«

Bei Tisch spielte er mit dem Essen herum, schob es auf dem Teller hin und her, rührte es jedoch nicht an. Kaffee dagegen schon. Er trank Unmengen an Kaffee. Er schien ihn in Gang zu halten.

Nach dem Essen ging er wieder an seinen Schreibtisch, auch das aus Gewohnheit. Er zog die neuesten medizinischen Artikel, die Claudia für ihn sammelte, aus den Tiefen seiner Aktentasche. Und begann zu lesen. Doch nach drei, vier Seiten merkte er, dass er keinen einzigen Gedanken aufgenommen hatte, und legte sie beiseite.

Er blickte durchs Zimmer auf Emily, die an ihrem kleinen Sekretär saß und schrieb.

»Was schreibst du denn da?«, fragte er.

»Dankesschreiben. An Leute, die Simmie Sachen ins Krankenhaus geschickt haben«, meinte Emily. »Weißt du eigentlich, dass einige deiner alten Patienten, die davon hörten, ihre Geschenke gemacht haben? Meist Blumen. Ich will ihnen sagen, dass wir es zu schätzen wissen.«

»Ja, ja, wir wissen es wirklich zu schätzen«, erwiderte er.

Und dann ging er, wie er es sich seit Simmies Heimkehr angewöhnt hatte, nach oben und horchte an der Tür. Als er nichts hören konnte, bekam er Angst. Leise öffnete er die Tür, horchte angestrengt und war erleichtert, als er endlich ihre leisen Atemzüge vernahm.

Amy Bedford kam zu ihrer sechswöchigen Routineuntersuchung in die Klinik. Die neuen Röntgenaufnahmen vor sich ausgebreitet und ihre Scans in der Hand, konnte Walt Duncan ihr versichern, dass keine neuen Metastasen zu entdecken seien.

»Hab ich immer noch eine siebzigprozentige Chance?«, fragte sie.

»Ich würde sagen, dass deine Chancen sogar gestiegen sind. Bring mir weiter solche Röntgenbilder, und eh du dich versiehst, ist dein Jahr vorbei«, sagte er. »Und nun setz dich hier auf den Tisch, damit ich mir das Bein ansehe.«

Er tastete Unter- und Oberschenkel ab. Mit den Fingern

prüfte er die Muskeln, die nun die von ihm eingepflanzte Titanprothese umschlossen. Die Wunde verheilte gut, alles verlief nach Plan. Doch sie brauchte ein anstrengenderes Training, das sie stärker forderte.

»Okay, Amy, alles in Ordnung«, sagte Walt Duncan. »Gehen wir jetzt hoch zur Physiotherapie. Ich muss mir das mal ansehen.«

Brud Simpson, der die physiotherapeutische Abteilung leitete, ließ Amy auf das Laufband steigen. Er gurtete sie an, damit sie nicht stürzte, falls sie es übertrieb und das Gleichgewicht verlor. Walt und Brud blieben in einiger Entfernung stehen, damit sie sich ungestört unterhalten konnten.

»Okay, Amy, auf die Plätze!«, befahl Walt.

Amy begann auf dem geneigten Laufband zu gehen. Es war schwierig, dieses Bein zu motivieren, dem es immer noch an Muskelkraft und Koordination mangelte. Sie begann heftig zu schwitzen. Zu heftig für Walter Duncans Empfinden.

»Da muss die Sauerstoffaufnahme geprüft werden«, sagte er.

Simpson schob das Messgerät heran und Walt beobachtete die Computeranzeige. Wie er vermutet hatte, benötige sie viel zu viel Energie, viel zu viel Sauerstoff für diese Aufgabe. Sie trainierte zu angestrengt und zu ineffizient.

»Wir müssen ihre aerobe Kapazität aufbauen. Je weniger Sauerstoff sie braucht, umso besser.«

»Wir arbeiten dran, Doktor«, sagte Simpson.

»Ich will sie auf dem Ergometer sehen.«

»Okay.«

Walt beobachtete Amys Versuche, ihr rechtes Bein die rotierende Bewegung vollziehen zu lassen, die nötig war, um die Pedale anzutreiben. Verzweifelt kapitulierte sie schließlich und schien den Tränen nahe. Er trat neben sie.

»Amy, vergiss nicht, Amy, dass du lernen musst, dieses

Bein mit einer neuen Muskelgruppe zu bewegen. Du musst dich daran gewöhnen, dass sich hinter dieser Kniescheibe eine künstliches Knie befindet.«

»Aber ich versuche es ja, ich versuche es doch ...« Sie verlor die Fassung und begann zu weinen.

Er legte ihr den Arm um die Schultern. »Amy, wenn du mir auch nur ein bisschen vertraust, dann glaub mir das: Es wird eine Zeit kommen, und sie ist nicht mehr fern, da wirst du das ohne Anstrengung, ohne auch nur einen Gedanken daran zu verschwenden, tun. Aber wir müssen hart dafür arbeiten. Ist dir das klar?«

Sie blickte zu ihm auf, lächelte unter Tränen und sagte: »Klar, Dr. Duncan. Alles, was Sie sagen.«

»Und jetzt auf den Langlaufsimulator. Durch nichts kannst du deine Muskulatur besser aufbauen als durch diese Gleitbewegung.«

»Dann nichts wie ran«, sagte Amy.

Als er sich zum Gehen wandte, hielt sie ihn am Arm. »Dr. Duncan, wie geht es ihr?«

»Ich wünschte, es ginge ihr so gut wie dir«, sagte er.

»Wären Sie einverstanden ... ich meine, ich will mich ja nicht aufdrängen oder so, aber könnte ich sie vielleicht besuchen, obwohl sie jetzt zu Hause ist?«

»Sie würde sich riesig freuen. Sie spricht oft von dir.«

Er ließ Amy in Simpsons Obhut zurück, allerdings nicht ohne eine letztes Wort. »Sorgen Sie dafür, dass sie aktiv bleibt. Aber passen Sie auf, dass sie's nicht übertreibt. Sie könnte dazu neigen. Hat immer noch diesen Wettbewerbsgeist in sich.«

Er verließ die physiotherapeutische Abteilung und dachte: *Warum finde ich nicht mehr Befriedigung in einem Fall wie dem von Amy Bedford? Vor nicht allzu vielen Jahren wäre ein Kind wie sie zum Tode verurteilt gewesen. Doch da steht sie nun, strotzt vor Leben und Vitalität, und meine größte Sorge ist, dass sie's mit dem Training übertreibt.*

Hätte ich nur auch für Simmie so viel tun können ... Hätte irgendeiner so viel für sie tun können!

Da sich Simmies Zustand zunehmend verschlechterte, kam Walter Duncan jeden Tag früher aus der Klinik nach Hause. Sy vertrat ihn in Besprechungen und in Sitzungen des Krebsausschusses. Zweimal, als es bei den üblichen großen Montagsrunden ungewöhnliche Fälle vorzutragen galt, übernahm Sy diese Präsentationen, indem er sich Walts Akten und seiner Fotos bediente. Häufig übernahm Sy auch Walts Visiten nach den Operationen, da er als Beobachter dabei gewesen war. Er hätte alles getan, um Walt in dieser schwierigen Zeit zu entlasten – damit der mehr Zeit mit seiner Tochter verbringen konnte.

Wenn Walt daheim war, verbrachte er jeden wachen Moment Simmies in deren Zimmer. Er erzählte ihr Geschichten aus seiner Jugend und seiner Schulzeit. Geschichten – die nicht immer ganz der Wahrheit entsprachen – über seinen Vater, den Simmie nie kennengelernt hatte. Und von seiner Mutter, die sie vor deren Tod noch kurz gekannt hatte.

Er erzählte Simmie von dem Tag, an dem sein Vater den ersten Farbfernseher mitbrachte. Wie aufgeregt sie damals alle waren.

»Willst du damit etwa sagen, Daddy, dass es mal andere Fernseher gegeben hat?«, fragte das Kind.

»Aber klar doch. Es gab die Schwarzweißgeräte. Es gab sogar eine Zeit, in der wir gar keinen Fernseher hatten.«

»Aber in jedem Haus gibt es doch einen Fernseher!«, protestierte das Kind. »Wir haben drei. Bei Stephanie zu Hause gibt es vier.«

»Tja, Liebes, als ich ein kleiner Junge war, gab es viele Leute, die nicht einmal einen hatten.«

»Baaah ...«, erwiderte das Kind und war sichtlich betroffen, von derart benachteiligten Kindern zu hören.

Während Emily ihrem Mann lauschte, wurde ihr klar, wie er sich bemühte, dieses Erzählen aus seiner Jugend, die Simmie immer als »die alten Zeiten« bezeichnete, in Gang zu halten.

Fast wünschte ich mir, er würde es lassen, dachte Emily. *Es tut weh zu sehen, wie sehr er sich anstrengt, sich was vorzumachen. Manchmal merke ich, dass er beinahe glaubt, er könnte etwas bewirken, könnte das Unvermeidliche umkehren.*

Unter dem Vorwand, dass Simmie Ruhe benötige, gelang es Emily schließlich, Walter aus dem Zimmer zu scheuchen und zurück ins Bett, damit er endlich den so dringend benötigten Schlaf bekam.

Am sechsten Tag der dritten Woche nach Simmies Heimkehr wurde Emily am frühen Morgen, als es draußen noch dunkel war, von der Stimme ihrer Tochter geweckt.

»Mommy ...«

Emily reagierte schläfrig. »Ja, Liebes? Was möchtest du? Wasser? Saft?«

»Mommy ... mir ist so warm, so feucht ...« Simmies Stimme klang plötzlich erstickt. »Und ich bin so ... so müde ...«

Emily war alarmiert. Erschrocken griff sie nach dem Schalter der Nachttischlampe hinter sich. Sie knipste das Licht an. Dann sah sie es.

Blut quoll aus dem Mund ihrer Tochter, lief ihr übers Kinn und auf das Nachthemd.

»Simmie!«, rief Emily aus, nahm das Kind in die Arme und wiegte es. »Walter! Walt! Walt!«, rief sie verzweifelt. Denn sie wusste, was los war. Sie hatte genug gelesen, war ausreichend vorgewarnt, um zu wissen, dass dies *eine* der Möglichkeiten war, wie es enden konnte. Mit einer massiven Blutung. Sie begann zu weinen.

»Mach dir keine Sorgen, Mommy. Mir geht's gut. Es tut

nicht weh. Es ist genau so, wie du gesagt hast. Es tut nicht weh ...«

Jäh aus dem Schlaf gerissen, kam Walter Duncan ins Zimmer geeilt und blinzelte gegen das Licht. Er sah, was geschehen war. Stürzte ans Bett, versuchte das Kind aus den Armen seiner Mutter zu lösen. Doch Emily wehrte sich.

»Nein ... nein ... ich hab es ihr versprochen. Ich hab es versprochen ...«, protestierte sie schluchzend.

Entschlossen und dennoch vorsichtig, um weder seiner Frau noch seinem Kind Schmerz zuzufügen, trennte Walter Duncan die beiden. Das Kind in den Armen, sah er dann, was geschehen war. Was sich so lange drohend angekündigt hatte, war endlich eingetreten. Er hielt Simmie in den Armen, strich mit seiner großen, starken Hand über ihre weiche, hagere Wange.

Der Kampf war zu Ende. Der Schmerz. Die Agonie der Behandlungen. Die Schlacht, die in Simmies ausgezehrten Körper getobt hatte. Alles war vorbei. Endlich ruhte sein Kind in Frieden.

25

Das Begräbnis der elfjährigen Simone Duncan fand an einem Samstagmorgen statt. Mehrere von Simmies Freunden und Klassenkameraden nahmen, in Begleitung ihrer Eltern, daran teil. Kimmie brachte die flachshaarige Puppe mit, die Simmie ihr geschenkt hatte.

Emilys Mutter und Vater waren zugegen, waren aus Tucson herübergeflogen. Als sie bei den Duncans eintrafen, meinte Emilys Mutter als Erstes: »Wie ich es erwartet habe, zu spät.« Was Walt veranlasste, zugunsten Emilys einzuschreiten.

»Ob du hier gewesen wärst oder nicht, hätte keine Rolle gespielt. Emily war ganz wunderbar. Tapfer und wunderbar.«

Emilys Vater packte ihre Mutter am Arm, um sie an einer Antwort zu hindern.

Die Zeremonie in der Kirche war kurz und geschmackvoll. Der Chor von Simmies Schulklasse sang zwei Lieder. Der Priester lobte Simmie und schilderte die Höhepunkte ihres kurzen Lebens.

Emily und Walt folgten dem Sarg durch den Mittelgang der Kirche in den strahlenden sonnigen Tag hinaus. Hinter ihnen reihten sich Sy und andere Kollegen und Angestellte der Klinik in den Zug ein.

Als sie die letzte Kirchenbank erreichten, sah Walter, dass Amy Bedford, auf ihren Stock gestützt, direkt neben dem Mittelgang stand. An ihrer Seite Brent Martin, der sie hergefahren hatte. Amy machte schüchtern eine kaum merkliche Handbewegung, um Walt zu begrüßen und ihm ihr Mitgefühl auszudrücken. Er nickte ihr dankend zu.

Auf dem Friedhof waren nur Walt, Emily, ihre Eltern und Sy versammelt. Emily hatte diesem privatesten und letzten Augenblick mit ihrer verstorbenen Tochter ungestört verbringen wollen. Der Priester sprach ein schlichtes Gebet, in dem er sie der Ewigkeit und Gottes Barmherzigkeit anvertraute. Er wandte sich an Walt, machte einem der Anwesenden ein Zeichen, ihm den ersten symbolischen Spaten Erde zu reichen. Walt jedoch brachte es nicht über sich, ihn zu ergreifen. Wieder drängte ihn der Priester. Walt aber starrte hinab ins Grab und rührte sich nicht.

Sy trat nach vorn, ergriff die Schaufel und warf die frische braune Erde über den Sarg. Emilys Vater nahm den Spaten aus Sys Händen und tat es ihm nach. Walter Duncan aber stand immer noch regungslos.

Die Nachhausefahrt vom Friedhof verlief schweigend. Emily, ihr Vater und ihre Mutter saßen auf der Rückbank der Limousine. Walt und Sy saßen vorn. Niemand sprach. Was blieb auch zu sagen, außer die Ungerechtigkeit all dessen zu beklagen?

Sy hing seinen Gedanken nach. Ihn irritierte, dass Walter Duncan es in diesem letzten Augenblick nicht vermocht hatte, diese letzte Pflicht gegenüber seiner Tochter zu erfüllen. Es sah ihm nicht ähnlich, jedenfalls nicht *dem* Walter Duncan, den er schon als jungen Praktikanten und ausnahmslos als intelligenten, eifrigen und sorgfältigen Chirurgen gekannt hatte. Sy hatte neben Walt gestanden, als dem ein alter Patient auf dem Operationstisch verstarb. Walt hatte den Patienten so ordentlich und professionell wieder zugemacht, wie er es auch getan hätte, wäre der Patient noch am Leben gewesen.

Ja, es irritierte Sy Rosen.

Mehrere Nachbarn erwarteten sie, als sie am Haus eintrafen. Trotz Walts anders lautenden Wünschen hatten sie ein herzhaftes Essen für die Trauernden zubereitet – so klein die Trauergemeinde auch war.

Schweigend wurde das Mahl verzehrt. Niemand machte den Versuch, amüsante Geschichten oder Erinnerungen hervorzukramen, wie sie gewöhnlich zur Aufhellung solcher traurigen Anlässe über die Dahingegangenen erzählt werden. Walt aß wenig. Entschuldigte sich bald und fuhr davon.

»Wahrscheinlich ist er in die Klinik gefahren«, meinte Sy. »Vielleicht ist es jetzt das Beste für ihn.«

Später, in Emilys Blumengarten hinter dem Haus, meinte ihr Vater, nach einem gemeinsamen Gesprächsthema mit Sy suchend: »Gab es denn irgendetwas, Dr. Rosen, was ...«

»Wir haben alles unternommen«, unterbrach ihn Sy. »Alles. Vielleicht zu viel.«

»Zu viel?«, fragte Emilys Vater verwirrt.

»Wir hätten sie früher gehen lassen sollen. Armes Kind«, sagte Sy.

Nach ein paar Minuten des Schweigens meinte Ingraham: »Jetzt ... jetzt werde ich wohl mein Testament ändern müssen.«

»Ich auch«, erwiderte Sy. Um dann zu fragen: »Welches College hatten Sie denn für sie ausgesucht?«

»Ich hatte an Arizona State gedacht. Vielleicht hätte es ihr gefallen. Da hätten wir sie oft sehen können. Das Ärgerliche an diesen herrlichen Seniorenkolonien ist nun mal, dass sie die Familien zerreißen. Nie kriegt man seine Enkel zu Gesicht. Arizona State wäre wunderbar gewesen. Oder auch die University of California in Los Angeles. Das ist nur eine gute Flugstunde von Tucson entfernt.«

»Sie schwiegen eine Zeit lang, ehe Ingraham zurückfragte: »Und Sie?«

»Ich hatte mir die University of Chicago vorgestellt. Aus genau denselben Gründen. Sie ist nur eine Flugstunde von hier entfernt. Und es ist eine gute Uni.« Und Sy fügte hinzu:

»Ich hoffe, es stört sie nicht. Dass auch ich sie als meine Enkelin betrachtet habe.«

»Nach allem, was uns Emily von Ihnen erzählt hat, haben Sie sich dieses Privileg verdient. Außerdem hat schließlich jedes Kind ein Recht auf zwei Großväter.«

»Ich sollte wohl besser gehen«, meinte Sy. »Um Walt heute so weit wie möglich von seinen Pflichten zu entlasten.« Als er sich schon entfernte, wandte er sich noch einmal um. »Haben Sie gewusst, dass sie den Zirkus geliebt hat?«

»Ja.«

»Zweimal war ich mit ihr dort. Wir haben uns ganz wunderbar amüsiert«, sagte Sy.

»Sie hat gerne gelacht«, pflichtete Ingraham ihm bei.

»Und dieses Staunen in ihren Augen, wenn sie irgendein fantastisches Kunststück vollbrachten, einen Mann aus einer Kanone schossen. Oder wenn sie die Artisten auf dem Hochtrapez beobachtete. Mein Gott, sie hatte größten, strahlendsten, dunklen Augen.«

»Sind Sie sicher, dass es wirklich keine ...«, begann Ingraham zu fragen und entschuldigte sich dann. »Nein, wenn es etwas gegeben hätte, dann hätten Sie es getan.«

Sy war unterwegs zu seinem Wagen, als Walt in die Auffahrt gefahren kam. Sy ging zu ihm, um ihm noch einmal sein Mitgefühl auszudrücken. Und da bemerkte er, dass Walt Akten, Bücher und mehrere gerahmte Diplome vom Rücksitz seines Wagens holte.

»Walt, was hat denn das nun zu bedeuten?«

»Ich glaube nicht, dass ich noch mal zurückkomme. Emily braucht mich jetzt. Ich kann sie nicht behandeln, wie ich Simmie behandelt habe. All meine Zeit gehört jetzt ihr. Sie ist durch die Hölle gegangen. Ich hab da einiges wieder gutzumachen.«

»Walter, hör zu ...«, begann Sy.

»Tut mir leid, Sy. Ich hab mich entschieden. Ich habe Anweisungen für meine noch zu operierenden Fälle hinterlassen. Pendleton wird sich um sie kümmern.«

»Walt, warte mal! Du kannst doch nicht einfach gehen!«

»Das hab ich bereits. Emily braucht mich.«

»Walt, ich weiß, wie es dir geht«, sagte Sy. »Aber ...«

Walt unterbrach ihn schroff. »Du kannst eines für mich tun. Amy Bedford. Sie ist so entschlossen, so überzeugt von der Behandlung, samt all ihren Nachteilen, dass es mir lieb wäre, wenn du ihren Fall übernähmst.«

»Selbstverständlich. Aber Walt, das ist doch hier eigentlich nebensächlich. Du ... du musst wieder zurückkommen!«

»Warum?«

»Das schuldest du unserem Berufsstand. Deinen Patienten, gegenwärtigen und künftigen. Und letztlich auch dir selbst.«

»Ich schulde es? Ich bin niemandem etwas schuldig!«, brach es aus Walt heraus. »Simmie! Ja. Ihr war ich etwas schuldig. Und zwar verdammt viel mehr, als erst so spät nach Hause zu kommen, dass sie immer schon schlief. Viel mehr als all diese Gutenachtküsse, die sie meist nicht mal mitbekommen hat. All die Male, wo sie etwas getan hatte und stolz darauf war und ich nie da war und sie bewundert habe. Andere Väter waren da. Andere Väter haben applaudiert, gelacht, etwas mit ihren Töchtern erlebt. Nicht aber Walt Duncan. Oh, nein, der nicht! Denn der war abwesend und ›diente der Menschheit‹. Die Menschheit? Gesichter, die kommen und gehen und von denen ich die meisten niemals wiedersehen werde. Aber der eine Mensch, der Teil meines Lebens war, der mein Leben war, für den hatte ich keine Zeit. Und jetzt habe ich nichts mehr außer Emily. Ihr schulde ich all meine Zeit, all meine Liebe. Und sie braucht sie. Das wirst du doch einsehen.«

Die Antwort lag Sy zwar auf der Zunge, aber er wusste, dass sie auf einen trauernden Mann, so schuldbeladen und gequält wie Walter Duncan es momentan war, keinen Eindruck machen würde.

So beschränkte sich Sy darauf, Walt die Hand auf die Schulter zu legen und leise zu sagen: »Walt, wir Juden haben ein Trauerritual, die so genannte Schiwa. Während dieser Trauerwoche geht ein Mensch nicht aus dem Haus. Trägt keine Schuhe, nur Pantoffeln. Sitzt nicht auf einem Stuhl, sondern auf einem Schemel. Nach biblischer Tradition macht er einen symbolischen Schnitt in seine Jacke, so wie die Alten sich die Kleider zerrissen haben. Und in erster Linie werden Eier gegessen, weil sie die Kontinuität des Lebens symbolisieren. Nach sieben Tagen jedoch schiebt er die Trauer beiseite und kehrt ins Leben zurück. Er vergisst die Toten nicht, sondern gedenkt ihrer ein ganzes Jahr lang Tag für Tag in seinem Gebet. Und auch danach Jahr um Jahr. Aber er nimmt sein Leben wieder auf, nimmt am Leben um ihn herum wieder teil. In den nächsten sieben Tagen werde ich dich nicht mehr darauf ansprechen. Danach aber muss ich es tun.«

»Ich werde meine Meinung nicht ändern«, beharrte Walt.

»In einer Woche bin ich wieder da, Walt«, sagte Sy.

Noch ehe die Woche zu Ende war, rief Sy Emily an und fragte sie: »Kann ich etwas für dich tun? Brauchst du was?«

Nein, nichts. Die Nachbarn seien sehr freundlich gewesen, hätten für sie gekocht, sich um Gäste gekümmert und seien Emily stets zu Diensten gewesen, um jede Besorgung, jeden Gang für sie zu erledigen.

»Und Walt?«, fragte Sy.

Er hörte, wie Emily innehielt. Dann gestand sie – verstohlen, als fürchte sie, Walt könne mithören: »An den ersten beiden Tagen hat er die Besucher begrüßt. Als aber am dritten Tag mehrere Schulkameraden von ihr vorbeikamen, um von ihren Gefühlen und Empfindungen zu sprechen, da ist er plötzlich explodiert. Hat sie angebrüllt, sie sollen sich verziehen. Denn nichts, was sie zu sagen hätten, spiele irgendeine Rolle. Nichts werde sich dadurch ändern. Simmie sei tot. Fort. Und werde nie mehr zurückkehren.«

»Oh, nein!«, stöhnte Sy gequält.

»Seitdem hat er sich oben in Simmies Zimmer verschanzt. Wenn ich ihn bitte runterzukommen, weigert er sich einfach. Wenn ich darauf bestehe, sagt er: ›Ich muss die verlorene Zeit nachholen, die ich hier hätte verbringen sollen.‹ Sy, Sy, ich weiß nicht, was ich machen soll ... ich weiß es einfach nicht.«

Er hörte, wie sie nach Atem rang und zu weinen begann.

»Emily ... Em ... ich komme und rede mit ihm«, versprach der alte Mann.

Sy Rosen klopfte behutsam an die geschlossene Tür zu Simmie Duncans Zimmer. Er erhielt keine Antwort.

»Walt? Walt!«

Keine Reaktion. Sy drehte den Knauf und öffnete die Tür. Der Raum lag im Dunkeln. Die Jalousien waren heruntergelassen und schlossen das Tageslicht aus. Er entdeckte Walt auf Simmies Bett; auf dem so kurzen und kleinen Bett wirkte die große Gestalt geradezu grotesk.

»Walt?«, rief Sy provozierend.

»Deine Woche ist noch nicht vorbei«, versetzte Walt, so wütend, verletzt und unnachgiebig wie zuvor.

»Ich kann nicht so lange warten«, versetzte Sy. »Wir haben Probleme im Krankenhaus. Patienten, bei denen wir deinen Rat brauchen. Patienten, die sich mitten in ihrer Behandlung befinden. Patienten, die nach dir fragen, weil sie nur dir vertrauen.«

»Tut mir leid. Dr. Walter Duncan steht nicht mehr zur Verfügung. Seine Zeit gehört nun ihm ganz allein. Seine Angelegenheiten sind jetzt ebenso bedeutsam wie die aller anderen. Seine Familie, das, was davon übrig ist, zählt so viel wie jede andere Familie. Sag ihnen das!«

»Irgendwann musst du wieder anfangen. Warum nicht jetzt«, wollte Sy wissen.

»Falls ich je wieder anfange … und ich sage ausdrücklich falls …, werde ich nie wieder in diese Klinik zurückkehren. Niemals. Nie wieder werde ich da einen Fuß hineinsetzen. Ich bringe Emily irgendwohin, wo sie das alles vergessen kann. Das ist das Mindeste, was ich ihr schuldig bin!«

»Ihr also schuldest du das, wie?«, begann Sy streitlustig. »Nun, mein lieber Dr. Duncan, vielleicht glaubst du selbst an solche edel klingenden Märchen. Um Emilys willen opferst du also deine Karriere, deine Stellung in der Klinik? Das ist eine Lüge. Ich sage dir, was du wirklich tust. Du frönst hier deinem Egoismus, deinem Wunsch nach Vergeltung.

Ja, Vergeltung! Diese Wissenschaft, der du dein Leben gewidmet hast, hat dich enttäuscht. Dich verlassen. In dem Moment, wo du alles gegeben hättest, um dein Liebstes zu retten, hat deine Wissenschaft versagt. Nachdem du ihr dein Leben geweiht, Patienten gerettet hast, für die andere Ärzte kaum noch Hoffnungen hegten, hat sie dich im Stich gelassen. Hat unsere Klinik dich im Stich gelassen. Du bist ein zorniger Mann, Walter Duncan. Ein rachsüchtiger Mann. ›Wenn die Medizin mich im Stich lässt, dann mache ich dasselbe mit ihr.‹ Das ist es doch, was du sagst.

Walt, du weißt so gut wie irgendeiner, dass es keine Garantien gibt. Du hast deinen Teil an Patienten verloren. Wie wir alle. Wir sind nicht vollkommen. Werden es nie sein. Das weiß unser Feind zu verhindern. Wir bezwingen eine Krankheit, und eine neue taucht auf. Falls wir auch die besiegen, wird es wieder eine andere geben. Du willst Vollkommenheit? Es gibt sie nicht.«

»Ich habe nicht um Vollkommenheit gebeten!«, explodierte Walter Duncan. »Ich wollte nur, dass ein kleines Mädchen gerettet wird. Überlebt. Ein kleines Mädchen. Meine Tochter!«

»Walt …«, wollte Sy fortfahren.

Doch sein Schützling brachte ihn zum Schweigen. »Nein, Sy. Nie wieder. Nie wieder stelle ich meine eigenen Bedürfnisse, die Bedürfnisse meiner Frau um anderer Leute willen hintan. Nie wieder!«

Wie lange man den Augenblick auch hinauszögerte, irgendwann musste er kommen. Die Trauernden waren fort. Die Kondolenzanrufe und -karten waren verebbt. Emilys Eltern nach Arizona zurückgekehrt. Sy musste nun ständig im Krankenhaus sein, um sowohl seine eigenen als auch Walts Aufgaben zu schultern.

Zum ersten Mal war das Haus leer. Und still. Da es sonst nichts zu sagen gab und aus schierer Gewohnheit, fragte Emily: »Möchtest du einen Kaffee? Ich setze eben frischen auf.«

»Nein, danke«, erwiderte Walt, ohne sie anzusehen. Er starrte durchs Wohnzimmerfenster in den Garten, sah aber nichts.

»Kann ich dir etwas bringen?«, fragte sie.

»Ja, ich hätte gern meine Tochter zurück«, sagte er.

»Nein, Walter, oh, nein, das lass ich nicht mit mir machen!«, brach es plötzlich aus ihr heraus.

»Mit dir machen? Was habe ich denn je mit dir gemacht? Außer dass ich dir den Ehemann vorenthalten habe. Dir und Simmie die gemeinsame Zeit vorenthalten habe, die euch zugestanden hätte«, sagte er bitter.

»Das hab ich nicht gemeint«, sagte Emily.

»Was hast du denn dann gemeint?«, wollte er wissen.

»Du willst mich für alles verantwortlich machen, nicht wahr?«

»Davon hab ich kein Wort gesagt, kein Wort!«, protestierte er.

»Natürlich nicht«, erwiderte sie, und Tränen traten ihr in die Augen. »Das ist nichts, mit dem du einfach so rausrückst. Dazu bist du viel zu nett, zu rücksichtsvoll! Verdammt noch mal! Du willst, dass ich es sage. Damit ich dir später nichts vorwerfen kann. Okay! Ich sag es. Was glaubst du denn, was mir in all den Nächten den Schlaf geraubt hat? All die Wochen, seitdem klar war, dass sie sterben wird? Von dem Moment an, als Dr. Bristol sagte – erinnerst du dich an ihre Worte? – ›Inzwischen sollten wir Ergebnisse haben‹. Aber da waren keine. Und dann hat es angefangen. Was ihr edlen und klugen Wissenschaftler GvHD nennt. Wenn die Spende, die heilen soll, sich gegen den Patienten wendet und zu töten beginnt.

Nächtelang war ich wach, habe neben ihrem Bett gesessen und zugesehen, wie das Mark aus meinen Knochen meine Tochter kaputtgemacht hat. Ich hab sie umgebracht.«

»Em, nein! Sie haben dir von Anfang an gesagt, dass es keine vollkommene Übereinstimmung gab. Aber es war ihre einzige Chance, ein verzweifelter Versuch. Das war doch jedem von uns klar.«

»Du begreifst es nicht!«, schrie sie ihn an. »Ein verzweifelter Versuch hätte scheitern können. Aber das hier war etwas anderes. Mein Mark hat Simmie nicht nur im Stich gelassen. Es hat sie angegriffen. Es hat sie getötet. Getötet. Da, ich hab es gesagt! Bist du jetzt zufrieden?«

Sie begann zu schluchzen, und ihr ganzer Körper wurde wie von Krämpfen geschüttelt. Er versuchte sie zu umarmen. Sie riss sich gewaltsam von ihm los.

»Getötet ... getötet ...«, stöhnte sie immer wieder.

»Nein, Em, nein. Du hast alles getan, was du konntest. Alles«, protestierte er. »Ich, ich bin schuld. Meine Schuld ist es. Ja, meine Schuld. Wäre ich nur nicht so damit beschäftigt gewesen, mich um anderer Leute Kinder zu kümmern! Und mich um ihre Krankheiten zu sorgen! Ich hätte es wissen müssen, hätte Simmies Symptome erkennen müssen. All die Anzeichen, die darauf hinwiesen. Im Rückblick sind sie so deutlich. Die Hautverfärbungen. Die Müdigkeit. Erinnerst du dich noch, wie blass sie war? Wie müde, wie sie auf jeden Vorschlag einging? Sie hat mich ja praktisch angefleht, ihre Krankheit endlich wahrzunehmen. Und ich war einfach zu verdammt beschäftigt, mit anderer Leute Krankheiten beschäftigt. Ihr ganzes Leben lang hatte ich zu viel zu tun. Sie hat gelebt und ist gestorben, ohne je einen wirklich anwesenden Vater zu erleben. Die Schuld liegt bei mir, einzig und allein bei mir!«

Er wandte ihr den Rücken zu und ließ sich in den nächsten Sessel fallen.

»Einmal richtig intensiv Zeit miteinander verbringen«, meinte er vage. »Hast du nicht davon gesprochen? Ich habe überhaupt keine Zeit mit Simmie verbracht, nicht wirklich. Mit Sicherheit nicht genug, um ihr eine echte Lebenschance zu geben. Ich hätte diese Symptome früher bemerken müssen. Ich ...«

»Sy hat mir was anderes erzählt«, widersprach ihm Emily.

»Was denn? Was hat Sy dir erzählt?«

»Ich habe ihn gefragt, ob Simmie eine Chance gehabt hätte, wenn wir es früher entdeckt hätten. Er meint, nein. Sobald die Krankheit einmal da war, bestand kaum eine Aussicht. Die Zeit hätte daran nichts geändert. Nichts hätte etwas geändert – das wissen wir.«

Sie schwiegen für eine Weile.

»In diesen letzten Nächten«, gestand er, »bin ich fast durchgedreht. Ich hatte Wahnvorstellungen. Habe mich tatsächlich mit der Krankheit unterhalten. Mit dem Tod. Wollte einen Deal mit ihm machen. Gib mir das Leben meiner Tochter, und ich gebe die Chirurgie dafür auf. Und ich hab das ernst gemeint.«

Es war Nacht. Er hatte kein Licht gemacht. War nicht ans Telefon gegangen. Er saß im Wohnzimmer und empfand weder Hunger noch Durst. Empfand nur die Stille im Haus. Er erhob sich aus dem Sessel, ging nach oben, um seine Frau zu suchen. Er ging an Simmies Tür vorbei, die offen stand.

Er kam zum Schlafzimmer. Die Tür war zu. Seine erste Reaktion war Panik. Hatte sich Emily aus ihren Schuldgefühlen heraus etwas Unüberlegtes angetan?

Er stieß die Tür auf. Und entdeckte Emily mit einem Kleiderbügel in der Hand. Auf dem Kofferständer lag ein geöffneter Koffer.

»Em?«

»Ich denke, ich will hier weg.«

»Aber wohin denn?«

»Ich weiß noch nicht. Zu meiner Mutter vielleicht. Irgendwohin.«

»Und du lässt mich allein? In dieser Leere?«, fragte er.

»Jedes Mal, wenn ich an ihrem Zimmer vorbeikomme, denke ich: ›Ein Stück von mir hat sie angegriffen, hat sie getötet.‹«

Er nahm ihr den Kleiderbügel aus der Hand, warf ihn beiseite und nahm sie in seine Arme.

»Em ... Em ... Wir haben doch jetzt nur noch uns. Und ich brauche dich. Brauche dich sogar sehr. Weil auch ich ein neues Leben anfangen will. Wenn du wegmusst von hier, dann lass uns gemeinsam gehen. Nichts hält uns mehr hier. Ich gehe nicht mehr in die Klinik zurück. Das hab ich Sy schon gesagt. Vielleicht werde ich auch nie wieder operieren. Oder als Arzt praktizieren. Ich bin ihnen nichts schuldig! Gar nichts!«

Er hob ihr Gesicht, küsste sie auf die Lippen. Drückte sie an sich.

»Verzeihst du mir, was ich Simmie angetan habe?«, flüsterte sie.

»Ich verzeihe dir alle Sünden, wirkliche und eingebildete. Ich verzeihe dir, dass du zu freundlich und verständnisvoll bist. Dass du es mit den Notwendigkeiten, Notfällen und Entbehrungen aushältst, die zum Leben jeder Frau gehören, die mit einem Arzt verheiratet ist.«

Er küsste sie erneut. Diesmal erwiderte sie seinen Kuss.

Und er verspürte auf einmal eine Sehnsucht, von der er geglaubt hatte, dass sie mit dem Tod seiner Tochter gestorben war. Nie hatte er stärker nach Emilys Nähe, nach ihrer Vereinigung verlangt. Er trug sie zu ihrem Bett. Legte sich neben sie und begann, sie langsam zu entkleiden.

»Jetzt, zu so einer Zeit ...«, protestierte sie flüsternd.

»Mehr werden wir einander wohl nie brauchen. Nie werden wir unsere Liebe nötiger haben«, sagte er.

Es war schon so spät, dass sie die Glocken der Kirche hörten, die ein paar Straßenzüge weiter stand. Ein Geräusch, das sie nur hören konnten, wenn alle anderen Laute im Viertel verstummt waren.

Sie lag in seiner Armbeuge, ihr Kopf ruhte an seiner Brust, ihre Hand auf seiner Wange.

»Dass du nicht mehr in die Klinik zurückwillst, ist das eigentlich ernst gemeint?«

»Ja.«

26

Dr. Simon Rosen hatte Amy Bedford untersucht. Wieder waren die Röntgenaufnahmen einwandfrei. Die Lungenoperation hatte ihren Zweck erfüllt, die Heilung verlief ausgezeichnet. Und auch Metastasen waren nicht mehr aufgetreten. Das Jahr war fast um, und die Zukunft sah rosig aus.

Während Amy und ihre Mutter in seinem Sprechzimmer warteten, ging Sy hinaus an seinen Schreibtisch. Er bat seine Sekretärin, ihn mit Simpson in der Physiotherapie zu verbinden.

»Brud, hier Dr. Rosen. Dr. Duncans Patientin, Amy Bedford, ist gerade bei mir.«

»Oh, ja, tolles Mädchen. Hat nur einen einzigen Fehler, strengt sich zu sehr an. Aber ihre Fortschritte sind bemerkenswert.«

»Danach wollte ich Sie fragen. Sie geht immer noch am Stock. Mir allerdings erscheint sie kräftig genug, um ihn wegzulassen. Was halten Sie davon?«

»Kein Problem. Trotzdem hätte ich gern, dass sie ihre Therapie beendet.«

»Selbstverständlich. Ich werde ihr das noch mal ans Herz legen. Und danke.«

Sy wollte bereits auflegen, als Simpson plötzlich sagte: »Doktor, was ist eigentlich mit Duncan los? Ist er etwa krank? Warum ist er nicht längst wieder da?«

Sy hielt eine kleine Lüge für angebracht: »Er hat familiäre Probleme.«

»Ah ja. Verstehe. Seine Frau ist sicher immer noch sehr aufgewühlt.«

Sy gab ihm keine Antwort.

»Gut, Amy, geh doch mal durchs Zimmer, vor und zurück. Ohne Stock.«

Amy blickte erst zu Sy, dann zu ihrer Mutter. Sie lehnte den Stock an den Untersuchungstisch und schickte sich an, sich von ihnen weg ans andere Ende des langen schmalen Raums zu bewegen. Wobei sie Fuß vor Fuß stellte und stets einen kaum merklichen Moment zögerte, ehe sie den rechten Fuß aufsetzte. Und dann trat sie so auf, dass die Prothese in ihrem Bein einrastete und sie dadurch hielt und ihr gesamtes Gewicht zu tragen vermochte.

Der ganze Bewegungsablauf war noch nicht so flüssig, wie er eines Tages bei fortgeschrittener Regeneration sein würde. Aber sie war unabhängig. Kam ohne fremde Hilfe zurecht. Abgesehen von der Chemotherapie, die noch einem Monat lang fortgesetzt wurde, konnte sie wieder ein normales Leben führen.

»Amy, du hast die letzte Runde erreicht. Den letzten Satz im Meisterschaftsspiel. Noch ein bisschen Chemo. Noch ein paar Röntgenaufnahmen, ein weiterer Scan, und dein Jahr ist um.«

»Mein Jahr?«, sagte sie. »Es gab Tage – und Nächte –, in denen es mir wie hundert Jahre vorkam!«

»Ich weiß, Kind, ich weiß«, sagte Sy. »Aber es hat sich gelohnt. Finden Sie nicht, Mrs Bedford?«

»Absolut«, sagte Amys Mutter strahlend. »Glauben Sie mir, vor elf Monaten – und auch nachher noch oft – hätte ich nicht geglaubt, dass sie je wieder so gehen kann.«

»Nun, Sie sehen es, und sie wird immer besser.«

»Dr. Rosen, etwas hatte ich Dr. Walt eigentlich noch fragen wollen ...«, begann Amy.

»Ja?«, meinte Sy einladend.

»Kann ich eigentlich wieder Tennis spielen?«

Sy lächelte. »Ob du es kannst, liebe Amy? Mit der Zeit, gewiss. Aber solltest du es auch? Ich an deiner Stelle würde es nicht tun. Und ich spiele seit Ewigkeiten Tennis. Swede kann dir davon erzählen. Aber ich würde es nicht riskieren. Natürlich haben wir eine Ersatzprothese für dich. Die unten in Hans' Werkstatt für dich bereitsteht. Haben wir schon mal eine solche Prothese wie deine ausgewechselt? Selbstverständlich. Tun wir es gern? Unnötige Eingriffe vermeiden wir nach Möglichkeit. Du bist jetzt fünfzehn …«

»Sechzehn«, korrigierte ihn Amy. »An meinem Geburtstag hatte ich eine Chemo.«

»Okay, sechzehn. Du musst wieder leben, Amy. An Ausbildung und Beruf denken. An Jungs, Verliebtsein und Heiraten. Und ans Kinderkriegen. Und nicht daran, noch mehr Zeit in Krankenhäusern zu verbringen. Deswegen würde ich das Tennisspielen lieber vergessen.«

Amy nickte ernst, während sie über Sys Rat nachdachte. Dann hellte sich ihre Miene wieder auf. »In all den langen Monaten, Doktor, hatte ich einen Ehrgeiz: Ich wollte Dr. Duncan zeigen, dass ich wieder laufen kann.«

»Er wäre begeistert gewesen«, versicherte ihr Sy.

»Kann ich es ihm zeigen?«, fragte Amy.

Auf Sys verwirrten Blick hin erklärte sie:

»Glauben Sie, dass er mit mir reden würde, wenn ich bei ihm zu Hause vorbeischaue? Ich würde gern ohne Krücken und Gehwagen, ohne Stock zu seiner Tür gehen.«

Sy nickte. »Ja, das wäre sicher eine gute Idee. Eine sehr gute Idee. Aber ruf ihn erst an. Sag ihm Bescheid, dass du kommst.«

»In Ordnung. Klar«, stimmte Amy ihm zu.

Während Amy sich im Umkleideraum befand und aus dem weißen Patientennachthemd in ihre eigenen Kleider schlüpfte, sagte Sy leise zu ihrer Mutter: »Mrs Bedford, spielt ihr Mann eigentlich Golf?«

»Wenn er Zeit dafür findet. Weshalb?«, fragte die erstaunte Frau zurück.

»Ein Mädchen wie Amy, mit so hervorragender Koordination und einem solchen Drang, sich sportlich hervorzutun, braucht etwas, das ihr das Tennisspiel ersetzt. Tennisspielen könnte ihr gefährlich werden. Wegen der jähen Starts und Stopps. Der Möglichkeit eines Sturzes. Golf dagegen könnte einem doppelten Zweck dienen. Amy könnte ihre Energie, ihr Talent und ihre Lust auf einen sichereren Sport verlagern. Und Vater und Tochter könnten sich durch das gemeinsame Spiel näherkommen.«

Mrs Bedford nickte lächelnd. »Jetzt kann Ihnen auch gestehen, Dr. Rosen, dass ich, seit sich Amys Genesung abzeichnet, Angst hatte, er könne wieder in seine alten Gewohnheiten zurückfallen. Das gemeinsame Golfspiel könnte sogar eine sehr gute Idee sein.«

»Dann schlagen Sie es vor. Unauffällig«, meinte Sy. »Denn schaden kann's nicht.«

»Walt, ein Anruf für dich«, sagte Emily und beugte sich durch die Türöffnung in Simmies Zimmer, wo ihr Mann nun den Großteil seiner Zeit verbrachte.

»Ich will mit niemandem reden«, sagte er.

»Es handelt sich um eine Patientin.«

»Sy kümmert sich um meine Patienten.«

»Es ist Amy Bedford. Sie will mit dir reden.«

»Amy ... Amy Bedford. Okay. Aber sie ist die Einzige.«

Er ging ins Wohnzimmer hinunter, um den Anruf entgegenzunehmen. Er hörte zu, während Amy den Zweck ihres Anrufs erklärte. Walt wollte sie nicht sehen. Erst nachdem sie ihn richtiggehend beschwor, willigte er ein.

Nachdem er zugestimmt hatte, meinte Emily: »Du solltest dich wirklich mal rasieren und was Ordentlicheres anziehen.«

Er nickte grimmig. Kehrte dann jedoch wieder in Simmies Zimmer zurück.

»Brent, du musst mich fahren, unbedingt«, drängte Amy Bedford am Telefon.

»Würde ich ja liebend gern, Amy. Aber ich kann nicht. Mein Wagen ist in der Werkstatt. Und meine Mutter ist beim selben Wohltätigkeitsessen wie deine. Ich hab einfach kein Auto.«

»Ich könnte ein Taxi nehmen«, sagte Amy, »aber ich hätte einfach gern, dass du dabei bist, wenn ich es ihm zeige. Denn schließlich hast du auch deinen Teil dazu beigetragen, nicht wahr?«

»Hey, da fällt mir was ein. Warum nehmen wir nicht das Motorrad? Mit dem fahr ich auch zur Uni, bis mein Auto fertig ist.«

»Motorrad? Auf einem Motorrad hab ich nicht mehr gesessen, seit das alles begonnen hat. Das wäre wie in alten Zeiten. Hol mich in einer halben Stunde ab.«

»Ach, übrigens. Du musst einen Helm tragen.«

»Klar«, sagte Amy. »Aber jetzt sollte ich mich besser mal fertig machen.«

Brent Martin war überaus vorsichtig und vergewisserte sich, dass Amy auf dem Rücksitz seines Motorrades auch sicher und bequem saß. Er wartete, bis sie den Helm festgeschnallt hatte. Dann ließ er den lauten Motor an, und sie starteten in Richtung des Vororts, wo die Duncans wohnten.

Die Fahrt verlief ereignislos, bis sie sich wenige Straßenzüge vom Haus der Duncans entfernt befanden. Ein großer Umzugswagen näherte sich von hinten. Brent reduzierte sein Tempo, um ihn vorbeifahren zu lassen. Sobald er überholt hatte, beschleunigte er wieder.

Dann aber bog der Lastwagen ohne jede Ankündigung nach rechts auf Brents Fahrbahn. Brent bremste hart, doch der Schwung war zu stark, um die Maschine rechtzeitig zum Stehen zu bringen.

Brents Motorrad krachte in die Flanke des einbiegenden Lasters.

Die Bewohnerin des Eckhauses hörte das Kreischen der

Bremsen und den darauf folgenden Zusammenstoß. Ein Blick aus ihrem Fenster genügte, und sie griff nach dem Hörer, um den Notruf 911 zu wählen und den Unfall zu melden.

»Nach allem, was ich sehe«, beendete sie ihre Meldung, »sollten sie einen Krankenwagen schicken! Oder vielleicht auch zwei!«

Mit heulenden Sirenen, roten und weißen Rundumleuchten näherten sich drei Streifenwagen dem Unfallort. Sie bildeten eine Absperrung, um andere Fahrzeuge an der Durchfahrt zu hindern. Und Augenblicke später traf ein Notarztwagen ein. Der verantwortliche Sanitäter sprang aus dem hinteren Teil des Wagen, während der Fahrer eine Bahre herauszog.

»Was haben wir hier?«, fragte der Sanitäter den verantwortlichen Polizisten.

»Zwei Jugendliche«, erwiderte der Beamte. »Zum Glück hatten sie Helme auf. Aber der Junge scheint wirklich schwer verletzt zu sein.«

Der Sanitäter kniete über Brent Martin, der gerade wieder das Bewusstsein erlangte. »Hast du Schmerzen, Junge?«, fragte der Sanitäter

Worauf Brent nur herausbrachte: »Ja, Sir ...«

Rasch vergewisserte sich der Sanitäter über den Zustand des Jungen, wobei er besonders auf den Nackenbereich achtete. Dann rief er dem Fahrer zu: »Bring das Rettungsbrett!«

Sehr vorsichtig hoben sie den Jungen auf das Rettungsbrett – wobei der Sanitäter Brents Kopf abstützte – und trugen ihn zum Rettungswagen. Der Sanitäter befestigte Brents Kopf mit den Gurten des Bretts, sodass er unverrückbar war.

Nun hatte er Zeit, Amy Bedford zu untersuchen. Er fand ihren Puls, kontrollierte den Blutdruck, untersuchte sie nach größeren Verletzungen. Und gelangte zu dem Schluss, dass sie abgesehen vom Schock keinen erkennbaren körperlichen

Schaden davongetragen hatte. Allerdings bestand er darauf, dass sie mit ihnen in die Klinik kam, wo man eine genauere Diagnose und Einschätzung eventuell versteckter Verletzungen vornehmen würde.

Sobald Brent Martin in die Notaufnahme der Universitätsklinik getragen wurde, führte der erste Blick des Arztes ganz automatisch zum nächsten Schritt. Eine einfache seitliche Röntgenaufnahme des Halses war nötig. Während die Aufnahme entwickelt wurde, fragte der Arzt Brent: »Hast du Schmerzen, Junge?«

»Ja«, flüsterte Brent.

»Versuch mal, die Beine zu bewegen. Erst das rechte.«

Brents Reaktion war kaum wahrnehmbar.

»Und jetzt das linke«, befahl der Arzt.

Brent versuchte es, konnte es jedoch nicht bewegen.

»Und nun die Arme, zuerst der rechte.«

Brent kam der Aufforderung mit großer Anstrengung nach.

»Und jetzt der linke«, sagte der Arzt, obwohl er bereits zu seiner Diagnose gelangt war und einer Schwester zurief: »Sorgen Sie dafür, dass Dr. Pendleton runterkommt. Und wenn er beschäftigt ist, suchen Sie mir jemanden aus der Orthopädischen oder der Neurochirurgie. Wir haben hier einen Notfall.«

Vom Untersuchungstisch, auf dem sie lag, rief Amy Bedford: »Holen Sie Dr. Rosen! Bitte!«

»Rosen?«, fragte der junge Arzt. »Simon Rosen? Kennen Sie ihn denn?«

»Ich bin bei ihm in Behandlung.«

»Warum haben Sie das denn nicht gleich gesagt? Schwester, suchen Sie Sy Rosen. Egal, wo er ist.«

Minuten später kam Sy Rosen keuchend in die Notaufnahme gestürzt. »Eine Patientin von mir? Wo denn? Wo?«

Ehe sie ihm antworten konnten, hatte er Amy Bedford bereits erspäht, deren oberflächliche Gesichtsverletzung gerade von einer der Schwestern gereinigt und ausgewaschen wurde. Sy näherte sich dem Tisch.

Der junge Arzt versuchte seine Aufmerksamkeit zu erlangen. »Dr. Rosen, der andere Patient ...«

Doch Sy steuerte an ihm vorbei auf Amy Bedford zu. Mit größter Sorgfalt untersuchte er ihr rechtes Bein. Drückte und tastete, bis er sich mit empfindsamen Fingern schließlich vergewissert hatte. Ihr rechtes Bein schien unverletzt und intakt.

»Steh auf, Amy!«, befahl er.

»Dr. Rosen«, versuchte der jüngere Mann sich bemerkbar zu machen.

»Steh auf, Amy! Und geh mal ein Stück.«

Mit leicht blutverschmierten Hosenbeinen, dem vom Aufprall auf dem Boden zerrissenen Pullover, der kleinen Gesichtswunde schickte Amy Bedford sich an, hin und her zu gehen. »Genug, Amy!«, meinte Sy Rosen schließlich erleichtert. »Wir werden dich röntgen. Aber das Bein scheint mir in Ordnung zu sein.«

Nun wandte er sich dem jüngeren Arzt zu. »Und Sie, Doktor, was haben Sie für Probleme?«

»Diesen Patienten hier.«

»Sehen wir ihn uns mal an.«

Mit größter Vorsicht untersuchte Sy Rosen Brent Martin. Und brauchte nicht lange, um die Befürchtungen des jungen Arztes zu bestätigen.

»Er muss wahrscheinlich operiert werden. Und zwar sofort«, sagte Sy. »Lassen Sie Pendleton kommen, oder, falls der unabkömmlich sein sollte, Harvey oder Bridges. Einer ist sicherlich frei. Und rufen Sie zwischendurch noch oben an, und reservieren Sie einen Operationssaal. Versuchen Sie auch, Braham aus der Neurologischen zu erreichen. Wir brauchen einen Neurochirurgen zum Assistieren.«

27

Wenige Minuten später kam Dr. Alan Bridges, einer der erfahrensten orthopädischen Chirurgen aus Sy Rosens Abteilung, in die Notaufnahme geeilt.

»Sie haben nach mir schicken lassen, Sy?«

»Alan, sehen Sie sich diesen jungen Mann mal an. Aber vorsichtig.«

Sy und Amy standen beide neben Alan Bridges, während er Brent Martins Zustand einschätzte. Amy war in Tränen aufgelöst. Sy versuchte sie zu trösten und legte ihr den Arm um die Schulter.

Sie schluchzte und jammerte weiter: »Es ist meine Schuld, alles meine Schuld. Ich habe ihn gebeten, mich zu Dr. Duncan zu fahren. Sonst wäre das nie passiert. Stirbt er? Bitte, Dr. Rosen, sagen Sie mir die Wahrheit.«

»Amy, das wissen wir noch nicht. Aber es gibt andere Dinge, um die wir uns sorgen. Etwa was geschieht, wenn er überlebt.«

»Was meinen Sie damit?«

Noch ehe Sy antworten konnte, wandte sich Bridges vom Untersuchungstisch ab. Sein Blick zu Sy signalisierte dem, dass er den Zustand des Patienten lieber nicht in Gegenwart der jungen Frau diskutieren wollte. Mit einer Kopfbewegung signalisierte Sy Bridges, ihm in eine Ecke des Raums zu folgen.

»Wir müssen die gesamte Wirbelsäule röntgen ...«, begann Bridges.

»Natürlich!«, unterbrach ihn Sy ungeduldig. »Was gibt es sonst noch? Verrenkung der Wirbelsäule. Möglicherweise Rückenmarksverletzung. Lähmung der Beine.«

»Teilweise. Aber klar zu erkennen. Wenn Sie das bereits wissen, warum haben Sie dann nach mir schicken lassen?«, fragte Bridges.

»Wir müssen ihn sofort operieren!«, sagte Sy.

»Operieren? In einem solchen Fall? Ohne mich!«

»Was wollen Sie damit sagen, ohne Sie – Bridges, wollen Sie mir sagen, dass Sie sich weigern zu operieren? Ich befehle es Ihnen!«

»Dr. Rosen«, erwiderte Bridges nun sehr förmlich, »muss ich Sie daran erinnern, dass Sie nicht der Chef der orthopädischen Chirurgie sind? Und dass Professor emeritus lediglich ein Ehrentitel ist?«

Zornig packte Sy Rosen Bridges am Revers seines Arztkittels. »Bridges, von Arzt zu Arzt, ich verlange von Ihnen, diesen Jungen zu operieren, um den Schaden für sein Rückenmark möglichst gering zu halten.«

»Dr. Rosen«, erwiderte Bridges und wählte seine Worte mit großer Entschiedenheit, »meiner ärztlichen Meinung zufolge sind die Chancen des Patienten, sich von der in diesem Falle angezeigten Operation zu erholen, so gering, dass ich nicht glaube, dass sie das Risiko für den Patienten rechtfertigen.«

»Sie glauben, das Risiko für den Patienten sei nicht gerechtfertigt? Oder glauben Sie nicht vielmehr, der Arzt will es nicht riskieren?«, fragte Sy und wurde ganz rot vor Zorn.

»Ich glaube, dass das Risiko für den Patienten nicht zu rechtfertigen ist«, korrigierte ihn Bridges.

Ohne ein weiteres Wort ging Sy zum Wandtelefon. Und bellte der Telefonistin seine Anweisungen ins Ohr. »Verbinden Sie mich mit Walt Duncan. Er ist zu Hause! Und bestehen Sie darauf, dass er ans Telefon kommt.«

Er hielt den Hörer und warf Dr. Bridges am anderen Ende des Raums böse Blicke zu. Amy stand derweil neben dem Untersuchungstisch und hielt verzweifelt Brents Hand. Brent hatte das Bewusstsein verloren, und sie versuchte, ihn aufzuwecken, ihn wieder zurückzuholen. Denn sie hatte die schlimme Befürchtung, dass er, wenn er nicht bald erwachte, nie wieder zu sich kommen würde.

Sy sprach in den Hörer. »Hallo, Walter. Oh, Emily. Ich will mit ihm sprechen. Er kommt nicht ans Telefon? Verdammt noch mal, sag ihm, ich will mit ihm reden! Zum Trauern haben wir jetzt keine Zeit. Ich muss mit ihm reden!«

Niemand in der Notaufnahme wagte es, sich zu rühren. Sogar die Schwester, die den Tropf an Brent Martins Arm befestigt hatte, zögerte, ehe sie ihn einschaltete. Alles war gedämpft und sehr, sehr still.

Schließlich sagte Rosen: »Walt? Bist du das? Ich will, dass du sofort herkommst. Ein Notfall. Bei dem jede Minute zählt. Ein Traumafall, der sofortige Dekompression des Rückenmarks durch externe Reposition erfordert. Es handelt sich um ein Stauchungstrauma. Und nach allem, was ich erkennen kann, drückt Knochengewebe auf die Nervenbahnen, was bei dem jungen Mann zu einer Querschnittslähmung führen könnte.«

»Sy, ich hab dir doch gesagt ...«, begann Walt.

»Warte, es handelt sich um einen jungen Mann, den du kennst. Den jungen Mann, der dich damals, als es Amy Bedford so schlecht ging, unterstützt hat. Jetzt braucht er deine Hilfe!«

»Er? Martin ... Soundso?«

»Martin ist der Familienname. Mit Vornamen heißt er Brent. Walt, du weißt, was mit Nerven passiert, wenn sie lang genug einem gewissen Druck ausgesetzt sind. Komm her! Und zwar sofort!«

Nie war es Walt gelungen, Sy Rosen etwas abzuschlagen. Und auch diesmal machte er keine Ausnahme.

»In Ordnung, Sy, ich komme.«

»Gut. Und Walt ...«

»Ja?«

»Lass dich von Emily fahren. Nur um sicherzugehen.« Walt Duncan zögerte. »Okay, Sy, in Ordnung.«

Zwölf Minuten später fuhr Emily Duncans Wagen neben der Notaufnahme vor. Mit ausgewachsenem Vollbart, in verschlissener Kordhose und ungebügeltem marineblauem Wollhemd stieg Walt Duncan aus dem Wagen und begann die Betonstufen zur Notaufnahme hinaufzusteigen.

Mit Emily im Schlepptau trat er ein. Sy deutete auf den Untersuchungstisch. Walt näherte sich ihm und starrte auf den bewusstlosen jungen Mann hinunter. Er wollte ihn schon untersuchen, als Sy ihn ermahnte: »Meinen Sie nicht, Doktor, dass Sie sich erst mal die Hände desinfizieren sollten?«

Während er sich die Hände wusch, bemerkte er Amy. »War sie auch in den Unfall verwickelt, Sy? Ist sie verletzt? Was ist mit ihrem Bein?«

»Beim Betasten schien alles in Ordnung, aber wir werden sie noch röntgen. Um den jungen Mann mache ich mir Sorgen.«

Walt Duncan kehrte an den Untersuchungstisch zurück. Vorsichtig schickte er sich an, durch vorsichtigstes Abtasten den Zustand des jungen Brent Martin zu ermitteln.

Er wandte sich an Sy und an Alan Bridges, der direkt hinter dem alten Mann stand. »Ihr müsst operieren und ihn dekomprimieren. Es gibt keine andere Möglichkeit.«

»Dann machen doch Sie es«, sagte Dr. Bridges.

»Ich doch nicht. Um Himmels willen, Alan, nach allem, was ich in den letzten Tagen durchgemacht habe, da würde doch nicht mal ich mir noch trauen. Sie müssen es machen.«

»Muss ich das? Soll ich Ihnen die statistischen Zahlen für solche Fälle nennen – und zwar nur die bei perfekt ausgeführter Operation? Die Sterblichkeitsrate? Der Anteil von Patienten, der zwar überlebt, aber die Beweglichkeit der Beine, der Hände oder aller vier Gliedmaßen einbüßt? Wollen Sie das hören?«

»Alan, der Junge ist siebzehn Jahre alt. Er hat noch sein ganzes Leben vor sich. Wollen Sie ihn dazu verdammen, es im Rollstuhl zu verbringen?«, fragte Sy.

»Ich will niemanden vom Operieren abhalten, aber ich übernehme es nicht. Oh, nein! Und wenn es Ihnen nichts ausmacht, dann möchte ich auch nicht assistieren, entschuldigen Sie mich bitte!«

»Alan, sehen Sie sich meine Hände an«, bekniete ihn Walt Duncan und streckte seine großen, einst mächtigen, jetzt aber leicht zitternden Hände aus. »Ich kann sie kaum gerade halten. Alan?«

Sy Rosen ging dazwischen. Grimmig und ungeheuer traurig sage er: »Nein, Walt. Es hat keinen Zweck. Du hast es hier mit einem neuen Schlag von Ärzten zu tun: Wenn es darum geht, etwas zu riskieren und dem Patienten zu einem besseren Leben zu verhelfen oder aber die eigene Haut zu retten, entscheiden die sich für den Ausweg der Feiglinge.«

»Nennen Sie mich nicht einen Feigling«, versetzte Alan Bridges. »Ich habe dieses System nicht geschaffen. Sie wissen verdammt gut, dass ich, wenn ich operieren sollte und der Junge sterben würde oder gelähmt wäre, einen wahnwitzigen Behandlungsfehlerprozess riskieren würde. Und alles, wofür ich gearbeitet habe, die Sicherheit für meine Familie, die Ausbildung für meine Kinder, könnte ich in den Wind schreiben. Dieser Patient ist siebzehn Jahre alt und hat noch Jahre zu leben. Wenn er gelähmt bleibt, mit welchen Entschädigungszahlungen habe ich dann rechnen? Fünf Millionen? Zehn Millionen? Wer will denn wissen, für wie viel sich die Jury entscheidet? Aber wenn ich nicht operiere, wo liegt dann der Behandlungsfehler? Lediglich in der Meinung des Arztes, dass eine Operation in diesem speziellen Falle ein zu hohes Risiko für das Leben des Patienten darstellte.«

Walt Duncan wandte sich an Alan Bridges.

»Was zum Teufel sind Sie eigentlich, Bridges? Geschäftsmann oder Arzt? Was wollen Sie in diesem Beruf? Nur ein paar Dollar verdienen, damit Sie frühzeitig in Pension gehen können?«

Dr. Bridges antwortete mit sorgsam gewählten Worten: »Ich glaube nicht, dass dieser Patient das Risiko des Dekompressionseingriffs rechtfertigt. Vor allem dann nicht, wenn anschließend vielleicht ein selbstgerechter und selbsternannter ›Heiliger‹ wie Sie vor Gericht geht und gegen mich aussagt. Wie Sie es bei Enright gemacht haben.«

»Einige von euch werden das wohl nie vergessen, werden mir wohl nie verzeihen, dass ich die Wahrheit gesagt habe, oder?«, fragte Walt.

»Meine Herren, ich habe Ihnen meine ärztliche Meinung kundgetan. Ich kann – in diesem Falle – von einer offenen Reposition nur abraten.«

Dr. Bridges verließ den Raum, wobei er den von seinem Verhalten schockierten übrigen Anwesenden – zwei Schwestern und dem jungen Notarzt – böse Blicke zuwarf.

»Walt?«, bat Sy.

Und mehr war nicht nötig. Walter Duncan wusste, worum es ging. Sollte der Eingriff vorgenommen werden, so musste es sofort geschehen. Er spürte immer noch, wie ihm die Hände zitterten. Ob aus Zorn oder vor nervöser Erschöpfung, konnte er nicht sagen. Aber er konnte sich nicht durchringen, Sys Herausforderung anzunehmen.

Sy blickte zu Emily, die sich aus der feindseligen Auseinandersetzung der Ärzte herausgehalten hatte. Sys Augen signalisierten ihr, nun einzugreifen. Langsam näherte sie sich ihrem Mann. Sie legte ihm die Hände auf die Schultern.

»Walt, er ist ein junger Mann, im Grunde noch ein Kind. Er hat noch sein ganzes Leben vor sich. Du musst es tun.«

»Ich … ich ›muss‹ gar nichts mehr«, sagte er. »Außerdem glaube ich nicht, dass ich es schaffe. Nicht mehr.«

»All deine Geschicklichkeit hat sich nicht in den paar Tagen in Luft aufgelöst. Was du vor zehn Tagen konntest, kannst du auch heute. Walt?«

Er antwortete ihr weder noch gab er ein Zeichen der Zustimmung.

»Walter«, sagte sie, »stell dir vor, ein solcher Eingriff hätte Simmie retten können, und ein Arzt hätte sich geweigert, ihn vorzunehmen.«

Tränen traten ihm in die Augen: »Hat irgendjemand Brents Eltern angerufen?«

»Ich«, sagte Amy.

»Dann sollten sie jeden Moment hier sein«, sagte Walt und wandte sich Sy zu. »Ich fang mit dem Desinfizieren an. Du kümmerst dich um die Zustimmung der Eltern, sobald sie hier sind. Ich sehe dich dann oben im OP.«

Er ging zur Tür. Sy trat neben Emily: »Danke, meine Liebe. Du hast ihm gesagt, was er hören musste.«

Externe Reposition. Der Ausdruck ging Walt Duncan durch den Kopf, während er sich geduldig die Hände schrubbte, um seinen ersten chirurgischen Eingriff seit dem Tod seiner Tochter zu wagen. Ein kurzer Ausdruck aus nur zwei Wörtern und eher harmlos klingend. Der jedoch die delikate chirurgische Prozedur beschrieb, durch die das Nervensystem eines Traumaopfers entlastet wurde. Es war eine sehr schwierige, sehr heikle Arbeit, die vonseiten des Chirurgen äußerste Sorgfalt erforderte. Scharfe, gezackte Wirbelknochenteilchen müssen behutsam vom Rückenmark getrennt werden, während der Chirurg fortwährend versucht, eine Beschädigung der Nerven zu verhindern. Er muss versuchen, die verbliebene Beweglichkeit in Armen und Beinen des Patienten zu erhalten, und darauf hoffen, dass er diese erhöht und dem Patienten schließlich vielleicht sogar wieder zum vollen Gebrauch seiner Glieder verhilft.

Externe Reposition. Was für eine harmlos klingende Bezeichnung, um all die gefährlichen Möglichkeiten, die dem chirurgischen Verfahren innewohnten, zu verschleiern.

Während der gesamten Operation würde sich Walt der

Tatsache bewusst sein, dass die Chancen sehr schlecht standen. Er hatte schon genügend solche Fälle erlebt. Zwar lagen seine Resultate über dem Durchschnitt, doch er hatte auch Verluste hinnehmen müssen. Trotzdem – um dem jungen Mann eine Chance auf ein gutes und aktives Leben zu geben, musste er das Risiko eingehen.

Sy trat neben ihn, um sich im Nachbarbecken die Hände zu schrubben. »Clemmons aus der Neurochirurgie ist bereit zu assistieren. Er wird gleich da sein.«

»Guter Mann, Clemmons, guter Mann«, sagte Walt. Er ließ sich ein letztes Mal Wasser über Arme und Hände laufen und sagte: »Was Alan Bridges betrifft, im Grunde ist es nicht seine Schuld. Das hat das System aus vielen Ärzten und Chirurgen gemacht. Gute Leute, fähige Leute werden abgeschreckt, ihr Bestes zu geben, und gehen lieber auf Nummer sicher.«

Sobald Walt die Finger in die Handschuhe schob, die die Schwester für ihn bereithielt, fühlte er sich wohler. Das war er gewohnt. Trotz aller Überraschungen, die ihm womöglich bevorstanden, wenn er den Patienten aufgemacht hatte, fühlte er sich für den Eingriff gerüstet. Weit besser gerüstet als für den Umgang mit den Kümmernissen seines Privatlebens.

Mit Clemmons neben sich und Sy auf der anderen Seite des Operationstischs, ging Walt mit äußerstem Feingefühl und größter Vorsicht daran, sich zum Ort des Traumas vorzuarbeiten. Er klappte eine Haut- und Gewebeschicht nach der anderen zurück, zuletzt die *Dura Mater,* die das Rückenmark schützende Haut.

Er hatte den Bereich der Verletzung erreicht. Mit dem bloßen Auge konnte man erkennen, dass Knochensplitter von zerschmetterten Wirbeln auf das Rückenmark drückten. Ließ man sie auch nur ein paar Stunden an Ort und Stelle, führte dies zu irreversiblen Lähmungen. Und dennoch würde die Entfernung dieser winzigen Fragmente nicht unbedingt die völlige Wiederherstellung sichern. Ja, der Versuch, sie zu entfernen, konnte sogar zu noch schwereren Schäden führen.

Bridges hatte absolut Recht, dachte Walter Duncan. *An diesem Punkt des Verfahrens kann der Chirurg alles richtig machen, und dennoch sind die Aussichten des Patienten schlecht.*

Sich vergewissernd, blickte er zu Clemmons. Clemmons nickte. Walter Duncan machte sich an die heikle Aufgabe, die winzigen Knochensplitter aus Brent Martins Rückenmark zu ziehen. Als es geschafft war, ging er daran, die Fusion durchzuführen, die jede künftige Verletzung unterbinden sollte. Der Nerv war dekomprimiert. Was danach geschah, musste man der Natur überlassen.

Walt gab seine Anweisungen. Der Kopf des Patienten musste mit Kopfhaltern immobilisiert werden, um Bewegungen und damit weitere Risiken zu unterbinden und eine Heilung ohne weitere Zwischenfälle zu fördern. Clemmons würde die neurologischen Aspekte des Falles im Auge behalten. Wenn alles gutging, hatte der Junge eine viel versprechende Zukunft vor sich. Doch die Genesung würde sich über Wochen, wenn nicht Monate erstrecken. Wenigstens aber hatte er nun eine Chance, eine gute sogar. Sie schoben ihn auf die Wachstation.

Walt Duncan riss sich die Handschuhe von den Fingern. Er schleuderte sie in den Abfallcontainer, den er verfehlte. Als er seine Gesichtsmaske löste, merkte er, dass Sy ihn – immer noch maskiert, nur die wasserblauen Augen waren zu sehen – von der anderen Tischseite her betrachtete.

»Gute Arbeit, Walt«, sagte Sy.

»Wunderbare Arbeit«, lobte Clemmons. »Der Junge ist ein Riesenglückspilz. Ich hoffe, er weiß es zu schätzen.« Er streckte die Hand aus. »Walt, ist mir immer ein Vergnügen, mit dir zu operieren. Es ist, als ginge man zu einem Spiel seiner alten Collegemannschaft – bei dem man sich sicher ist, dass sie gewinnt. Man fühlt sich einfach entspannt und zuversichtlich.«

Clemmons verließ den OP. Sy streifte seine Handschuhe und die Maske ab. »Walt«, sagte er, »könntest du mir vielleicht, solange du hier bist, einen Gefallen tun?«

»Worum geht es, Sy?«

»Ich hab da einen kleinen Jungen auf zweihundertneunundzwanzig in der Pädiatrischen. Sieh ihn dir bitte an, ja?«

»Was vermutest du?«, fragte Walt.

»Ich will dich nicht beeinflussen. Sieh ihn dir einfach an.«

Walter überlegte kurz und gab nach. »Okay. Nur diesen einen.«

»Um mehr will ich dich gar nicht bitten«, meinte Sy. »Aber rasier dich vorher. Und kämm dir die Haare. Du siehst aus wie ein Rockstar, aber nicht wie ein Chirurg.«

28

Walter Duncans sorgfältige Untersuchung des schmächtigen Zehnjährigen erbrachte nicht annähernd so viele Aufschlüsse wie die Fallgeschichte des Jungen. Sobald sich Walt diese zu Gemüte geführt hatte, gab er Sy ein Zeichen, mit ihm nach draußen zu kommen.

»Sy, dafür brauchst du meine Meinung nicht. Seine Röntgenaufnahmen und Scans sagen doch alles. Osteogenes Sarkom.«

»Was schlägst du also vor?«

»Chemo, natürlich. Und zwar sofort.«

»Er hat schon eine Chemo gekriegt. Vor acht Wochen«, sagte Sy. Als Walt ihn zweifelnd ansah, erklärte der alte Mann: »Ich wollte dich nicht damit behelligen. Nach all dem, was in diesen acht Wochen in deinem Leben los war.«

Walt nickte, ein kurzes rasches Nicken, das seiner Dankbarkeit Ausdruck gab. Dann stellte er die entscheidende Frage: »Und, ist das Ding kleiner geworden?«

»Merklich«, erwiderte Sy.

»Dann ist es doch völlig klar: operieren und resezieren«, sagte Walt. »Das verdammte Ding entfernen. Natürlich wird er in diesem zarten Alter, bei all dem Wachstum, das er noch vor sich hat, in einigen Jahren eine neue Prothese brauchen. Aber das ist keine große Sache.«

»Natürlich müssen wir das tun, Walt, aber es gibt ein Problem«, sagte Sy.

»Welches denn?«

»Ist dir beim Blick in seine Akte sein Name aufgefallen?«

»Spielt der denn eine Rolle?«

»Er stand auf seiner Tabelle.«

»Ich weiß. Mangan. Oder so ähnlich.« – »Ist dir auch die Adresse aufgefallen?«

»Was ändert das an der Sache?«, erwiderte Walt.

»St. Mary's Waisenhaus.«

»Er ist Waise?«

»Kein Glückspilz jedenfalls«, meinte Sy. Als Walt ihn verwirrt ansah, erklärte Sy. »Ein misshandeltes Kind. Das Gericht hat ihn den Eltern weggenommen. Deswegen haben die Ärzte sein Sarkom auch erst so spät entdeckt. Als er sich über Schmerzen beklagte, glaubten sie, das käme noch von dem erlittenen Misshandlungen.«

»Naheliegender Irrtum«, sagte Walt. »Aber es ist nicht zu spät.«

»Zum Glück. Mein Problem allerdings ist, dass es sich um einen Sozialhilfefall handelt. Welchen Chirurgen kann ich darum bitten, aufs Honorar zu verzichten? Einen unserer Staroperateure, die Hunderttausend-Dollar-Mercedes fahren? Du kennst ja die Entschuldigungen, die man dann hört. Deswegen, Walt, bitte ich dich nur noch um diesen einzigen Gefallen … Tu es für mich. Und für dieses Kind. Er ist ein netter Kerl, das musst du doch zugeben.«

»Ja. Ein netter Kerl mag er zwar sein«, sagte Walt. »Aber Em und ich wollen weg von hier. Irgendwohin. Um diesen Ort – und alles, was hier geschehen ist – zu vergessen.«

»Und eure Erinnerungen wollt ihr auch zurücklassen? Simmie vergessen? Das, was meiner Familie zugestoßen ist, liegt mehr als vierzig Jahre zurück. Glaubst du, ich könnte es je vergessen?«

Walt wich einer Antwort aus, indem er sagte: »Den Kleinen übernehme ich noch. Aber danach will ich frei sein. Frei!«

Sie standen, Seite an Seite, vor den Edelstahlwaschbecken und schrubbten sich mit grüner antiseptischer Seife und harten Nagelbürsten die Hände. Walter Duncan, Simon Rosen.

»Erstaunlicher Junge, was?«, sagte Sy. Walt wirkte überrascht, die bevorstehende Operation, die damit einhergehenden Befürchtungen und Hoffnungen schienen ihn völlig in Anspruch zu nehmen.

»Dieser Junge«, fuhr Sy fort, »der Kleine, den du gleich operierst. Angesichts dessen, was er durchgemacht hat, hat er einen unglaublichen Mumm, einen großartigen Überlebenswillen.

Bei so einem Kind muss man sich wirklich fragen: Haben seine Eltern nicht begriffen, was ihnen da geschenkt worden ist? Was für eine kostbare Gabe? Wie kann man ein solches Kind nur misshandeln?«

Sie befanden sich im Operationssaal, wo eine Gruppe von Medizinstudenten versammelt war, um Walt bei der Resektion an dem kleinen Jungen zuzusehen. Und sie würden der Operation nicht nur beiwohnen, sondern eine Kamera und ein großer Bildschirm würden ihnen sogar gestatten, Walt bei der Arbeit direkt über die Schultern zu blicken.

Sy und Walt sahen sich noch einmal die Scans und Röntgenaufnahmen an, als Walt plötzlich fragte: »Was wird mit ihm geschehen?«

»Was das angeht, verlass ich mich ganz auf dich, Walt.«

»Ich meine, nachdem wir ihn operiert haben. Angenommen, er erholt sich gut. Was passiert dann mit ihm?«

»Keine Ahnung. Ich nehme an, das müssen die Gerichte entscheiden. Oder die Jugendhilfe«, sagte Sy. »Ich bin schließlich kein Jurist.«

»Hoffentlich geben sie ihn nicht wieder den Eltern zurück«, sagte Walt. »Sieh dir mal die verheilten Frakturen auf den Röntgenbildern an. Sie müssen ihn schon als Säugling misshandelt haben. Wie zum Teufel kann man zulassen, dass sich so was fortsetzt?«

»Walt, wir sind nur für sein gesundheitliches Wohl zuständig. Wir können's nicht mit allen Übeln dieser Gesellschaft aufnehmen«, sagte Sy.

»Ich werde nie seinen Gesichtsausdruck vergessen, diesen eifrigen Blick, als ich ihn zum ersten Mal untersucht habe«, sagte Walt. »Er hatte so was Flehendes: Hab mich lieb, akzeptier mich! Wie kann jemand gegen ein solches Kind die Hand erheben? Du musst die Sache weiterverfolgen, und nicht nur medizinisch.«

»Du hast Recht«, sagte Sy, warf Walt einen verstohlenen Blick zu und dachte: *»Du musst die Sache weiterverfolgen«, sagt er. Ich wünschte, er hätte gesagt: »Ich werde die Sache weiterverfolgen.« Aber jeder muss selbst sein Heil finden.*

Es war ein langer und intensiver Eingriff, doch alles ging gut. Walts chirurgisches Geschick traf auf günstige Bedingungen, die es ihm ermöglichten, eine sehr saubere Resektion durchzuführen, den kranken Knochen so zu entfernen, dass er sichere Ränder erhielt, die dem jungen Patienten jede Genesungschance boten. Das von Hans entworfene und angefertigte Titanimplantat passte perfekt. Und dass es in einigen Jahren ersetzt werden musste, spielte keine große Rolle.

Walt genoss es zu wissen, dass der Junge, den sie nach fünfeinhalbstündiger Operation aus dem OP schoben, die besten Aussichten hatte. Wenn er auch auf die Chemo noch gut ansprach, konnte er ein langes, aktives Leben führen.

Als er die Gummihandschuhe abstreifte, sagte Sy: »Walt, solange du noch da bist, schau doch mal bei Brent Martin vorbei. Denk dran, was er damals bei Amy Bedford für dich getan hat.«

»Er war wirklich eine große Hilfe«, räumte Walt ein. »Ich schau mal bei ihm rein.«

Brent Martin lag im Bett, den Hals starr fixiert, um jedes Risiko für sein Rückenmark auszuschließen. Als er die Tür aufgehen hörte, war er gespannt: Wer mochte es sein? Noch eine Schwester mit noch einer Spritze? Seine Mutter? Oder einer seiner Freunde, von denen jeweils nur einer zu ihm vorgelassen wurde. Er war hocherfreut, als er Walter Duncan im Türrahmen stehen sah.

»Oh, wie geht's, wie steht's, Doktor?«, versuchte er zu witzeln.

»Das wollte ich eigentlich dich fragen«, sagte Walt. »Wie fühlst du dich?«

»In Anbetracht der Tatsache, dass ich mich in dieser Folterkammer des zwanzigsten Jahrhunderts befinde, nicht schlecht.«

Walt zog die Decke zurück. »Beweg mal die Zehen.« Als Brent gehorchte und die Zehen bewegte, tastete Walt seine Beine ab und kniff ihn leicht, um automatische Reflexe auszulösen. »Gut.« Er griff nach Brents rechter Hand. »Drück mal. Gut. Fester. Sehr gut.« Er wiederholte dieselbe Prozedur mit Brents linker Hand. »Du machst dich wirklich großartig, wirklich toll.«

»Doktor, ich hab da so Sachen gehört ... also, Leute, die in Krankenhäusern arbeiten – Schwestern und Ärzte –, glauben immer, dass Patienten nichts mitkriegen. Sodass sie über uns reden, als wären wir nicht da. Oder würden nichts kapieren.«

»Manchmal sind wir wirklich nachlässig«, räumte Walt ein.

»Nach allem, was ich gehört habe, wäre ich heute – wenn sie mich nicht freiwillig operiert hätten – vielleicht völlig gelähmt. Ist das wahr?«

»Jeder halbwegs gute Chirurg hätte dich operieren können, Brent.«

»Aber wenigstens *ein* ›halbwegs guter Chirurg‹ hat es, wie ich höre, abgelehnt«, sagte Brent.

»Es gab einige ... Unstimmigkeiten über das, was man tun sollte«, gestand Walt und fuhr mit seiner Untersuchung fort.

»Wenn ich mir vorstelle, dass ich vielleicht mein Leben im

Rollstuhl hätte verbringen müssen … Wissen Sie, ich wache nachts auf, und obwohl ich jetzt weiß, dass es nicht passieren wird, … muss ich weinen«, gestand der junge Mann. »Allein der Gedanke, dass es möglicherweise hätte geschehen können, versetzt mich in Panik. Und mir bricht der kalte Schweiß aus.«

»Nun, es wird nicht geschehen, mein Junge. Du wirst dich wieder erholen«, sagte Walt.

Plötzlich ging die Tür auf. Und er hörte eine bekannte Stimme ausrufen: »Brent, ich hab gerade … tut mir leid, Dr. Duncan. Ich wusste nicht, dass Sie hier sind.«

»Amy! Du hast ja keinen Stock dabei«, meinte Walt lächelnd.

»Nein. Und sehen Sie«, sagte sie stolz, während sie das Zimmer durchmaß und dann wieder umkehrte und vor ihm stehen blieb. »Wie finden Sie das?«

»Wunderbar. Wunderbar! Einfach toll, Amy.«

»Wissen Sie noch, wie Sie gesagt haben: ›Gib mir ein Jahr deines Lebens‹? Tja, wir haben es in elf Monaten geschafft!«, prahlte sie.

»In der Tat. Ab jetzt bleibt dir nichts mehr zu tun, als das Bein durch Sport aufzubauen, dich alle drei Monate untersuchen zu lassen und alle sechs Monate einen Knochen-Scan zu machen.«

»Und keine Chemo mehr!«, frohlockte Amy.

»Du bist eine freie Frau, Amy. Kannst wieder ein ganz normales Leben führen. Schule. Tanzen. Schwimmen. Fahrrad fahren. Sogar Tennis, wenn du vorsichtig bist«, sagte Walt.

»Ich hab zwar daran gedacht. Aber ich hab mich für Golf entschieden.«

»Gute Idee.«

»Dad findet das auch. Auf diese Weise, meint er, könnten wir ein bisschen mehr Zeit miteinander verbringen.« Ihr Augen wurden feucht, als sie gestand: »Eins hat das Ganze jedenfalls gebracht – er ist jetzt wirklich mein Vater. Und er ist wirklich ein toller Kerl, wenn man ihn näher kennenlernt.«

»Da ist noch was, Amy?«, sagte Walt. »Die Verpflichtung, die du eingegangen bist.«

»Oh? Was für eine Verpflichtung?«

»Ich hab dir doch gesagt, dass du mit anderen Patienten reden musst! Erinnerst du dich?«

»Ja.«

»Tja, dann komm mit. Du entschuldigst doch, Brent, wenn ich dir Amy kurz entführe?«

»Hauptsache, Sie schicken sie mir wieder zurück.«

Während sie den Korridor hinuntergingen, sagte Walt: »Amy, auf Zimmer zweihundertneunundzwanzig liegt ein Junge. Er ist erst zehn Jahre alt. Und sehr verängstigt, weil er keine Familie hat. Nicht mehr. Deswegen braucht er allen Mut, den du ihm nur machen kannst. Okay?«

»Verlassen Sie sich auf mich, Dr. Duncan.«

Walt stieß die Tür auf und fand eine Schwester, die dem Jungen gerade kalten Fruchtsaft einflößte.

»Wollten Sie ihn untersuchen, Doktor? Ich hole Ihnen gern Ihre Instrumente ...«, bot die Schwester ihm an.

»Nein. Wir wollen uns nur ein bisschen unterhalten«, sagte Walt.

Die Schwester verließ den Raum.

»Thomas Mangan, ich möchte, dass du eine andere Patientin von mir kennenlernst, Amy Bedford.«

»Hallo, Tommy.«

»Amy, geh doch mal für Tommy auf und ab. Zeig ihm, wie es ihm in etwa einem Jahr gehen wird.«

Amy ging vor dem Bett des Jungen auf und ab, hielt sich aufrecht wie ein Model und bewegte sich tadellos.

Der Junge hob den Kopf vom Kissen, um ihr zuzusehen, und riss vor Verblüffung die blauen Augen auf. »Du hattest dasselbe wie ich ...«, begann er.

»Noch schlimmer, Tommy«, sagte Walt. »Und sieh sie dir jetzt an. Na ja, ich lass euch zwei jetzt mal eine Weile allein, damit ihr euch besser kennenlernen könnt.«

Als er die Tür hinter sich schloss, hörte er Amy sagen: »Du hast wirklich ein Riesenglück, Dr. Duncan als Arzt zu haben.«

* * *

Er war noch einmal in sein altes Büro zurückgekehrt, um seinen Mantel abzuholen und dann zu gehen. Sy Rosen hatte ihm eine dringende Nachricht hinterlassen. RUF MICH SOFORT AN!!! Mit drei Ausrufezeichen.

So also läuft das Spiel, dachte Walt. *Er deckt mich mit so vielen neuen Fällen ein, dass ich meinen Plan schließlich aufgebe.*

Er nahm den Hörer ab, wählte Sys Privatnummer, und als Sy antwortete, sagte Walt: »Hör mal zu, du alter Schlauberger, ich weiß genau, was du vorhast. Aber es wird dir nicht gelingen. Emily und ich gehen weg. Weit weg! Und wir kommen nie wieder zurück! Verstanden?«

»Nicht mal zur Feier?«, fragte Sy.

»Feier? Welche Feier?«, fragte Walt.

»Na ja, ich halte da eben eine Ankündigung von James Rowe Russell in der Hand. Was, wie ich dir nicht erklären muss, dasselbe ist, als hätte ich sie von Gott höchstpersönlich.«

»Sy, ich interessiere mich nicht mehr für das, was der illustre James Rowe Russell zu sagen hat. Der kann seine Klinik führen, wie's ihm passt!«, sagte Walt.

»Du könntest mir wenigstens den Gefallen tun und dir anhören, wie das Schreiben lautet«, sagte Sy.

»Russell nicht. Dir schon. Also schieß los!«

»Ich zitiere: ›Am nächsten Freitagabend werden wir im Hauptvortragssaal dieser Klinik eine Zeremonic abhalten, um den Empfang einer Spende für die Walter-R.-Duncan-Forschungsstiftung zu feiern. Diese Spende ist für orthopädische Forschungsprojekte bestimmt, die der Geehrte für förderwürdig befindet.‹ Wie findest du das?«, fragte Sy. »Walt? Bist du noch da?«

»Ich bin noch da. Und sprachlos. Wer in aller Welt sollte so was tun?«

»Ich zitiere weiter: ›Die Mittel zur Finanzierung dieses Projekts verdanken wir der Großzügigkeit von Bedford Industries und Mr Edward Bedford, dem Vater von einer von Dr. Duncans Patientinnen.‹ Zitat Ende. Walt, wie würde es denn aussehen, wenn du nicht dabei wärst?«

»Na ja ... ich ... ich ... wahrscheinlich hast du Recht, Sy. Okay. Ich komme. Aber sonst kann ich nichts versprechen.«

»Hab ich dich etwa darum gebeten?«, erwiderte Sy. Und lächelnd legte er auf.

* * *

Auch Walter legte den Hörer auf. Er zögerte nur einen Augenblick und wählte erneut.

»Em? Liebling? Nach allem, was du durchgemacht hast, bitte ich dich wirklich nur ungern. Aber wir müssen unsere Reise ein wenig aufschieben.«

»Ich weiß, Walt. Sy hat mich schon angerufen, um mich zu fragen, ob es in Ordnung ist.«

»Und ...«

»Wenn ich nicht Ja gesagt hätte, hätte er dich gar nicht gefragt«, sagte sie. »Er ist ein sehr netter und rücksichtsvoller Mann, dein Freund.«

»Em ... weißt du, was ich gedacht habe? Wenn du nichts dagegen hast ... hab ich gedacht, würde ich ihn bitten, die Stiftung Simone-Duncan-Forschungsstiftung zu nennen. Em?«

»Ich ... das fände ich sehr schön. Ja, die Leute sollen wissen, dass es einen Menschen wie Simone gegeben hat. Und immer an sie erinnert werden.« Er hörte eine zarte Andeutung von Tränen in ihrer Stimme.

»Em, warum steigst du nicht einfach ins Auto, fährst hierher, und wir gehen heute Abend essen? Wir waren schon so lange nicht mehr miteinander aus.«

»Gerne, Schatz.«

»Und wenn du hier bist, möchte ich, dass du jemanden kennenlernst. Er ist zehn Jahre alt. Und hat gewaltige Probleme. Medizinische. Aber auch andere, noch größere. Momentan steht ihm eine lange Genesungsphase bevor. Und er ist praktisch auf sich gestellt. Weil sie ihn den Eltern wegnehmen mussten.«

»Wegnehmen ...?«, fragte Emily.

»Das Gericht hat den Eltern jeden Kontakt mit ihm untersagt. Er wurde misshandelt. Schwer misshandelt.«

»Oh, nein!«, rief Emily mitfühlend.

»Folglich ist er allein. Abgesehen von Amy, die im Rahmen von ›Patienten betreuen Patienten‹ bei ihm vorbeischaut. Aber was er genauso sehr braucht wie die Betreuung, vielleicht sogar mehr, ist das Gefühl, nicht allein auf der Welt zu sein. Er braucht jemanden, der ihn besucht. Zeit mit ihm verbringt. Ihm zuweilen was mitbringt. Damit er spürt, dass es auch noch freundliche und gute Menschen gibt auf der Welt. Ich hab nie ein Kind erlebt, das das dringender braucht. Em?«

»Natürlich, Schatz. Ich komme, sobald ich kann.«

* * *

Auf der zweiten Etage des Pädiatrischen Pavillons war abendliche Ruhe eingekehrt. Die Besucher waren gegangen. Und die Schwestern bereiteten die Patienten auf eine, wie sie hofften, ruhige und zwischenfallsfreie Nacht vor.

Walt Duncan und seine Frau Emily trafen vor Zimmer

zweihundertneunundzwanzig ein. Walt klopfte leise. Sachte öffnete er die Tür. »Tommy? Noch wach?«

»Ja, Dr. Duncan.«

Trotz des hemmenden Gewichts der Gipsschiene am linken Bein versuchte der Junge sich aufzusetzen.

»Tommy, ich möchte gern, dass du meine Frau kennenlernst – Emily.«

Der Junge starrte sie aus blauen Augen an und nickte kaum merklich.

»Ich hoffe, ihr zwei werdet in den nächsten Wochen gute Freunde. Wirklich gute Freunde«, sagte Walter Duncan.

Weltbild Buchverlag
Deutsche Erstausgabe 2006

Projektleitung: Gerald Fiebig
Übersetzung: Maria Mill
Redaktion: Claus Keller
Umschlag: Hauptmann & Kompanie Werbeagentur GmbH,
München–Zürich
Umschlagabbildung: Michael Pole/Corbis
Satz: Dirk Risch, Berlin
Druck und Bindung: Oldenbourg Taschenbuch GmbH,
Hürderstraße 4, 85551 Kirchheim

Gedruckt auf chlorfrei gebleichtem Papier

ISBN 3-89897-402-2